朝内
766
人文文库

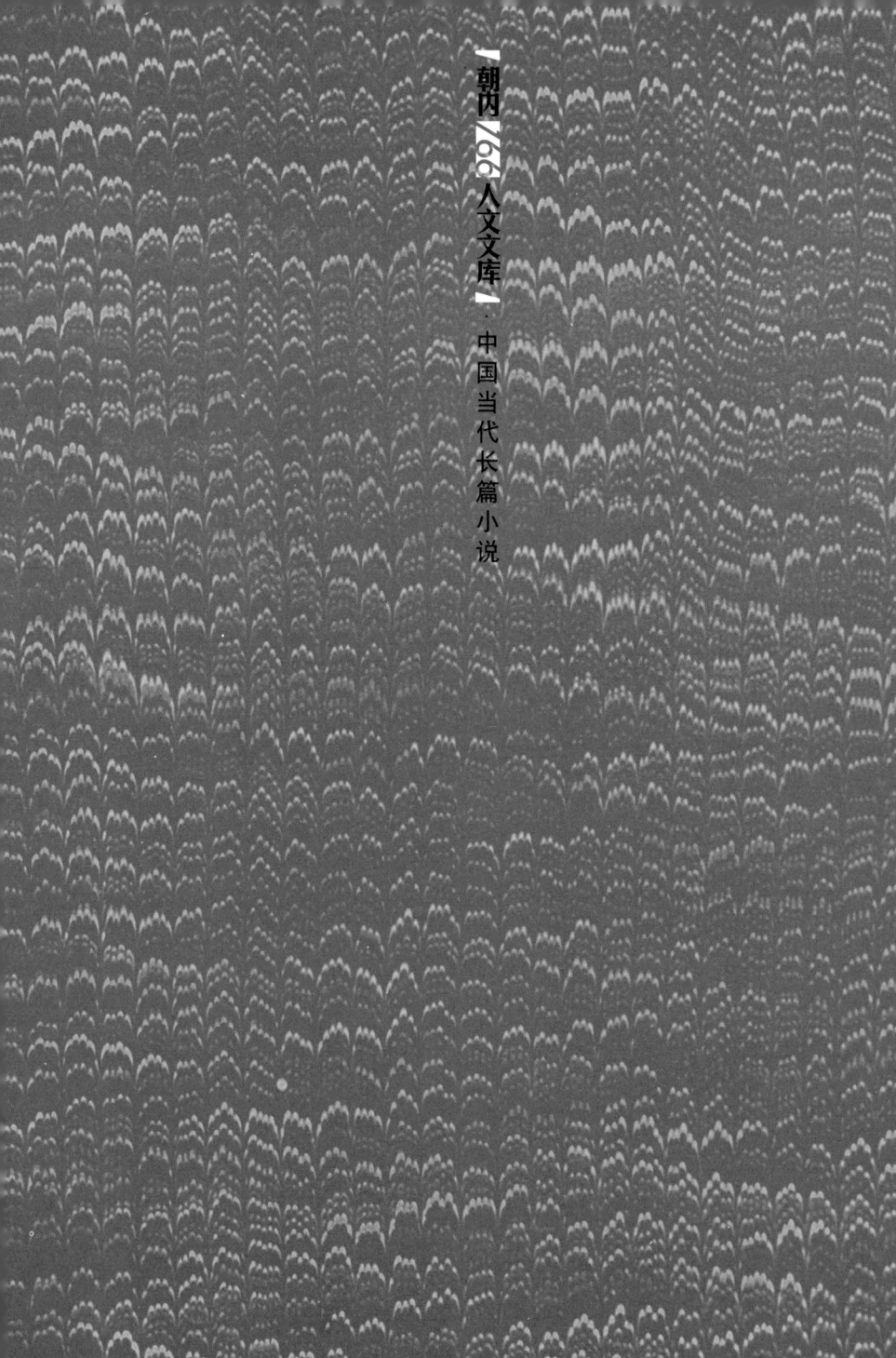

朝内166·人文文库·中国当代长篇小说

我的生活质量

邵 丽 =著

人民文学出版社

图书在版编目(CIP)数据

我的生活质量/邵丽著.—北京：人民文学出版社，2012
（朝内166人文文库.中国当代长篇小说）
ISBN 978-7-02-009387-8

Ⅰ.①我… Ⅱ.①邵… Ⅲ.①长篇小说—中国—当代 Ⅳ.①I247.5

中国版本图书馆 CIP 数据核字(2012)第 171751 号

责任编辑　脚　印
装帖设计　刘　静
责任印制　苏文强

出版发行　人民文学出版社
社　　址　北京市朝内大街166号
邮政编码　100705
网　　址　http://www.rw-cn.com

印　　刷　保定市中画美凯印刷有限公司
经　　销　全国新华书店等

字　　数　265千字
开　　本　880×1230毫米　1/32
印　　张　11　插页3
印　　数　1—8000
版　　次　2004年1月北京第1版
印　　次　2013年3月第1次印刷

书　　号　978-7-02-009387-8
定　　价　26.00元

如有印装质量问题，请与本社图书销售中心调换。电话：01065233595

出 版 说 明

以"文库"形式荟萃本社历年出版物之精华，是国际知名品牌出版企业的惯例和通行做法。作为新中国建社最早、规模最大、读者知名度最高的国家级专业文学出版机构，人民文学出版社在自己六十余年的历程中，已累计出版了古今中外文学读物凡一万三千余种，沉淀下了丰富的精神资源，出版我们自己的"文库"不仅生逢其时，更是为了满足广大读者精品阅读的需求。

有必要对"朝内166人文文库"这样的命名予以简要说明："朝内166"是我们赖以栖身半个多世纪的所在地，从这里走出了一位位大师，沁透着一股股书香，这里是我们的精神家园与灵魂地标；"人文文库"似已毋须赘言；而随后还将对文库该辑所集纳之图书某一门类予以描述，我们的描述将是客观的、平实的，诸如"经典"、"大全"、"宝典"一类的炫丽均不是我们的选择。

"文库"将分门别类推出，版本精良、品质上乘是我们的追求，至于门类的划分则未必拘于一格，装帧也不强求一致。总之，我们将通过几年的努力，为广大读者奉上一套精心编就的、开放的文库。恳请广大读者不吝赐教。

人民文学出版社编辑部
二〇一二年五月

我走过许多条路

我的袜子里装满了错误

——海子《跳跃者》

楔　　子

　　含含做梦都不会想到,她竟然在这三天里从了三个男人。幸亏那时她的爸和妈已经死了,要是人死了真的有灵魂,他们非得从土里拱出来再死一次不可。

　　若干年后,含含临终闭上眼睛的那一刻,她并没有看到小鬼们来索拿她的命,她看到的全是昔时家里的富丽。要过年了啊,后院儿里挂满了剥得赤条条的猪和羊,就像它们是从地底下一丛丛地长出来似的,一串串的鱼儿成群结队地挂在瓦檐下,吃惊地看着袖着手游动的人们。含含听下人说,光礼花和炮仗,就得花去几百个大洋,张灯结彩的铺张更不知要花去多少金银。新油漆过的门上,窗棂上,树上,都结着花灯,就连院子里每个防火用的大缸都系上了大红的丝带。

　　含含她爸才四十几岁,不老。爸穿着崭崭新的缎子棉袍,一只手背在身后,一只手窝着一把精致的紫砂小泥壶,不时地对着壶嘴儿吸溜一口,故意钝着脸其实是透着满腔得意地冲含含的妈吼:哎!我的太太啊!买的鞋子都可以开铺子了!

也冲含含吼：含儿啊，不许再乱买东西了。否则送婆家的时候可就没有嫁妆了！

含含的爸是南京城里的大丝绸商人。他饱读诗书，被儒雅之气和财富滋润着，随便往哪儿一站，都能让人看出他的不同凡俗来。但在家里，他还是喜欢做一个传统的老太爷，娇妻宠儿，倚老卖老。他的喊其实是一种卖弄，在家里一大一小两个女人面前，堆砌男人的骄傲和成就感。如果她们真不去买东西了，他就会亲自大包小包地买回来，哪怕买回来堆在那里没用，他还是要买。他喜欢看着票子大把大把出去，然后又大把大把地回来。就像一个养鸽人看着鸽群呼啦啦地放飞，又扑棱棱地回来一样。那个得意啊！

含含认定那天是该有喜事发生的。

一大早还没有起床，就听见窗外的桂花树上有两只鸦鹊儿在聒噪。那是南京城最多的一种鸟儿，普遍得就像那些穿着长袍马褂起早遛鸟的老爷子一样。爸的那些商道上的朋友总是说，这些个鸦鹊儿！爸就会接着他们说，唉！这些个鸦鹊儿！要是她的奶妈活着，她就会跟含含说，乖乖儿啊，要有喜事了。或者说，今天可得当心，看这鸦鹊儿叫的，早报喜晚报忧啊！这鸦鹊儿一大早的叫，正合着含含掩饰不住的喜悦心情。

含含瞒了爸和妈，偷偷从家里跑了出来。说是日本人要打到城里来了，满世界的人都闹哄哄的，谁家有闺女也不会这会儿放出去。听说总统府里的人都躲出去了，有钱的人家也都急惶惶如丧家之犬，纷纷找地儿藏起来。王老板也想走，可太太怕出去受苦。她说的也在理儿，到哪里还不是做我们的生意？再打再闹，还能不穿衣服了？想想也是，他们两家人都是好几代之前漂到城市里来的，在外地都没有了亲戚，更没有个满意的去处。女儿含含不知道为什么是死活不愿意走。儿子去年刚在总统府捐了个事，好歹是有公差的人，走不了。眼看着仗一天天打起来，炮声恍惚就响在耳边，王老板要走的打算就给耽搁了。

王老板且不说顾及自己的生命,若是他能知道一点点后来女儿的结果,就是舍尽家产拼了命他都会逃出去的。

含含这几日快要急疯了。她几乎是二十四小时被她的妈看着,到茅房都恨不得跟着去,更不要说是出去找同学玩儿了。可是今天她说什么都得出去,她要去见一个人,一个特殊的人。

昨天傍晚王家来了个姑娘,是含含的同学。含含的妈原来也见过,知道是城北吴家的小姐。那吴家是做药材生意的,城里好多条街上都开着铺子,文庙后面有半条胡同都是他们家的宅子。吴家的姑娘挺招人喜欢的,说话一板一眼,落落大方,一看就知道是大家出来的女孩儿。含含妈不是个有心计的女人,也并非嫌贫爱富,她只是觉得女儿和这样家庭长大的孩子交往让她更安心。妈忙着去张罗点心,那姑娘却只待了不大一会儿,没等妈端着点心过来就走了。妈还直纳闷,问含含,这大老远的从城北跑到城南来,怎么没说几句话就走了?

含含是有了秘密的人,她的爸和妈都还不知道。并不是她刻意隐瞒着不说,她只是觉得这事要由别人来说,由她说不合适。含含虽是金枝玉叶似的被捧着长大,却还是个懂得分寸的孩子。

吴家的大公子克凡本来是在上海读书,这几日因为上海战事吃紧,家人要商量出去避难的事情,特意被父母召了回来。他已经想法子给含含送了几回信约她出来见面。但含含被母亲监视着,一直不得脱身。妹妹昨晚看哥哥焦急的样子,心里比他还急,仗着父母的几分宠爱,半娇半嗔地过去把这件事情跟父母说了,还直催着让他们出面去找含含的父母提亲呢。父母听说是绸缎庄王家的女儿,对这件荒唐的婚事倒还真的没什么意见,只是这个时机让他们犹豫。爸说,兵荒马乱的,哪里是说亲的时日?仗打完了再说吧!

见他们这样说,克凡也没什么可说的。但他却坚持让家人先走,自己和含含见一面,再去找他们。

那含含出门就叫了黄包车直接往夫子庙那里奔去。车轮滚滚,含含的心情也像车轱辘似的忽忽悠悠。她的头发被风一缕一缕地吹到后面,衣服也灌满了风,她感觉自己快飞了起来。夫子庙过去就是他们见面的老地方,那里人杂,不起眼,而且离家不算太远。

少女含含的心一路嘣嘣地跳,马上就要见到克凡,她都要开心死了。她只想着去和她的情郎相会,她却丝毫都没有料想到,就在这么短短的一天,她的家,还有整个中国历史将要发生什么样的变故。

含含下了车,一眼就看到高大俊秀的克凡立在那里等她。她立马就碎着步子跑起来。克凡也迎着她跑,跑到一处却又笑着嗔怪她:这么大的姑娘不知道羞,这般疯跑成个什么样子了!

含含不说话,很娇羞。过去就在他的背上偷偷掐了一把,说,今儿带我到什么地儿玩?

克凡把含含的肩膀扳过来朝向自己,他看着她的眼睛说,爸妈和弟弟妹妹们昨儿晚上已经走了,因为惦记着你,所以才留下来了。

含含揽着克凡的腰,把头靠在他的胸膛上,许久才说:我爸也一直说走,我坚持不走。我也是好不容易才逃出来的啊!

然后又变得快活起来:快说,你还没告诉我,今天怎么玩儿啊?

克凡叹了口气,说,国破尚如此,我们还能怎么玩儿!说不定今儿明儿的就得分开一阵子了,我可是只想和你说说话儿。他手指着一个方向说,我舅舅家离这里挺近的,他们前天也走了,家里只有下人,还说让我在走前帮助照看着。要不我们就去他们那里?家里又安静,又有茶水点心什么的。

这天的风很大,风一吹就把远处的枪炮声给刮了过来。含含凝神听,好像要算算这声音距离他们有多远。虽然她的心里对于要打的仗没有一点实际概念,但被他们故意弄出来的生离死别的忧伤气氛,还是充塞在两个青年的心头。

她点了点头。两个人就拉着手去了克凡的舅舅家。

那天含含穿了粉色织锦缎子旗袍,迈了小步,走得娇喘吁吁的,越发把一个十七大八的女儿家招摇得娇娆万分。克凡看她的眼神都变得怪怪的了。

到了舅舅家里,含含已经出了一身小汗,撒着娇喊口渴。克凡等不得下人走开就在她的粉脸上啄了一口。等茶水和点心上来,克凡就吩咐下人,不招呼不要再过来了。

掩了门,两个人马上偎在一处。含含喝了水,嚷着要看新房。这舅舅是克凡外婆的老儿子,上个月刚结的婚,屋子里的喜气还很浓郁。东厢房里婚床还是崭新的,铜床是西式的,不带顶,床头架子上面镂刻着一对搂着亲嘴的外国小人儿。含含赞他们新派。克凡就说,我们就买一张比他们还新的。

含含噘着嘴说:还不知要等到什么时候呢!我天天想你,好像这一天漫长得永远也来不了一样。

我的父母已经同意了,等仗停下来,他们就去提亲。赶得快了说不准明年还来得及抱上 BABY 呢!

你要死呀你!含含去打,克凡顺势把她搂倒在了床上,两个人就在床上滚,把个铜床弄出一片好听的当当的声响。

含含后来想起,是克凡解了她的旗袍扣子。她拒绝他,克凡就在她身上疯狂地吻,眼泪都下来了。他说,含含,现在是战争啊!说不定我们永远都不能再见了啊!如果得到了你再死,我就算有了一个完美的人生了。

含含就去捂他的嘴,然后把自己脱得一丝不挂。

事儿完后含含就哭起来。她不是为着自己失了贞洁,也并不是担心后来的事情,她只是疼得哭起来。含含十七岁了,十七岁的含含其实还只是个孩子。

5

床上弄得如鲜血梅花。克凡把含含的头揽在自己的胸前,说,含含!我的含含!我的!

含含停住了哭泣,骄傲而又壮烈的笑容出现在脸上。她看着克凡的眼睛,嗲着声音说:你的爸妈一回来你就得让他们去我家提亲!

哦。克凡这才想起来什么,他从口袋里掏出一只湖绿色的翡翠镯子来,戴在含含的手上。他说,这是母亲让我送给你的。放心吧我的小傻瓜,在我心里你早就是我的小妻子了。他们等得及我还等不及呢!

两个人抱在一起疯疯癫癫地说了大半天的亲热话,说得动了情,就又疯着做了两次。一次是克凡要的,一次是含含要的。他们觉得只有这样才最能表达彼此的热爱。在将被战争的洪水淹没的前沿,他们的做爱更具有了誓师般的悲壮意味。含含搂着他,被他的激情浇灌得死去活来,觉得她和他是透了骨的亲,她这一辈子都只做他的女人了。

含含是被枪炮声震醒的,她不知道自己什么时候躺在克凡的怀里睡着了。她醒了,身边却不见了克凡。

含含走到院子外面,她看到了城南已经成了一片火海。她立刻就哭起来,那是她家的方向。家里怎么样了?爸妈他们在干什么?从来都是爸和妈为含含担心,含含还没有为他们揪心过,现在她突然间知道这种滋味了。她想她得赶紧回家,她甚至有些后悔偷偷从家里跑出来。

她看见门口挂着的克凡的外套,想着刚才两个人的缠绵,想着刚刚说过的上刀山下火海都不能阻止他们的话,脸兀自红了起来。

舅舅家里的下人在外面等她,见她出来,连忙出来拦着她说,克凡少爷交代了让你等他。他出去办点急事,办完就回来接你。

那不行!我得回去看看我的父母,哪怕再回来都行。拜托你们给喊辆车好吗?

小姐,到处都在打仗,满大街都是日本鬼子。车夫跟着少爷呢。外面哪里能叫到车?

我多给你们钱,好吧?她走到下人们跟前。

哎呀我的小姐,你给金子都没人敢拉你啊!

对突然而来的变故,含含这才害怕起来。她不知道所谓的战争,竟是这个样子——这么具体,这么不近人情,这么不好玩儿。

含含的眼泪一下就下来了。因为她是个千金小姐,所以她的哭在那些个下人面前更具有了穿透力,或者是震慑力。她的眼泪让他们感觉到了自己身上的压力,可是谁也不肯说出怎么办是好。

含含把泪眼定定地盯在一个四十几岁的汉子身上:求求你,送我回去好吗?

那是一个木讷的看起来很善良的男人,黑红的脸膛,阔背宽肩,像个北方人。

汉子不说话,心被她的眼泪泡得软软的。也说不定,家里同样有个这么大的女儿。他转身看了看其他几个人,末了下了决心似的说:来吧,家里就只有拉煤的板车,你就迁就一下吧!

王家一大早丢了女儿,两口子还没有来得及对门房审问清楚,就听到了枪炮声。一会儿,儿子穿着平民的衣服惊慌失措地回来了。两口子立刻就像疯了,拉着儿子的手一连声地说,你的妹妹去哪里了?你的妹妹去哪里了?好像儿子这个穿官衣吃官饭的小人物能代表国民政府,给他们一个肯定的答案似的。他们哪里知道,随着国军在淞沪战役上的节节失利,守军已经奉命撤退。国民政府的各级官僚,已经提前知道上海失陷的消息,打点金银细软作鸟兽散。儿子哪里经过这样的阵势?自个儿早已经吓得不知所措。一家人犹如遭了大难,乱成一团。屋里院里,院里屋里,活脱三只热锅上的蚂蚁。

妈一下子垮下来,瘫坐在门槛上,被泪水浸透的哀伤的脸,好像是在笑一样。她反复地说,含含啊,你只要囫囵着回来,让我给谁下跪、把脑壳磕烂都行!然后就真的把头往门框上磕。

爸站在院子里,扶着女贞树的那只手,不住地颤抖。抬头望着灰蒙蒙的深秋的天空,无奈地叹气。儿子过来搀住他,才发现他也是满脸的泪水。

他努力地抑制着眼泪,问儿子:我们的军队真的撤了?

儿子说,撤了。卫戍司令唐生智,还有他的部队,全都走了。

到了吃中饭的时候,外面就像炸了窝,炮声、枪声还有鸡飞狗跳的喧嚣声。鬼子们真的进城了。含含的妈终是忍不住大哭起来,在枪炮的背景里,她的哭声像歌声一样悠扬。

含含是傍黑的时候被克凡舅舅家的煤车子送回来的。含含到哪里去了,含含都有了些什么故事,她的家人永远都不会再知道了。含含到家时他们家的院子已经差不多烧完了,黑糊糊的断墙里面还四处冒着黑烟。含含哭都不会哭了。活的都走了,剩下的都已经死了!她首先看到的是哥哥横着躺在院子里,脑袋开了花,身子都已经硬了。含含看了,仍然是不哭。她让自己的身体在大门的旁边软下来,她想不软都不行了。她开始吐,把个肚子里的东西吐干净了,最后连黄胆汁水也吐出来了,还是吐,恨不得肠子都一节一节地吐出来。

含含吐完了想站起来,这时候她根本就站不起来了。有一个人从残墙边过来扶她。那人全身上下全是黑的,整个人像是被火烧过了一次,成了黑炭一样。他可能一直躲在熄了火的黑暗的墙边。含含根本没有看到院子里有活物,她用了微弱的力气问:你是谁?

我是你们家的厨子王栓保。

含含想起了那个每天一大早就颠儿颠儿地跑出去买菜,总是一脸谦卑的乡下人阿保。

人都到哪里去了?

死的死了,活着的都跑了。

我爸我妈他们呢?也跑了吗?

王栓宝扑通一下跪在含含的面前,哭丧着声音说,老爷太太为了等你,说什么都不走,他们现在还在房子里埋着。

含含的脑子一时没转过弯儿来,她把头抵在墙上,问道:你为什么不跑?

我在等小姐,我知道你会回来。我不等你,你去找谁啊?

含含用了微弱的力气呵斥他:放肆!你不知道这样说话要挨打的吗?

我知道,但是小姐您就是打我,我也得等你!

含含爬了两步才凑到跪着的王栓保的跟前,用了全身的力气打过去。

你这乌鸦嘴!你刚才说什么啊?你的爸妈才在房子里埋着!我要你告诉我他们去了哪里?告诉我!

小姐,是在房子里埋着,我刚才已经快要把他们挖出来了。

又一巴掌扇在王栓保的脸上,含含声嘶力竭地喊道:你用什么挖的?你没有把他们弄疼吧?他们还活着是不是?

不,他们死了。房子都焚烧了,人哪有烧不死的?

含含又开始打王栓保:是你烧的,是你把他们烧死的。你为什么把他们烧死?还有我哥哥,他的头是被你打烂的!

别打了,你打死我也救不了老爷他们了,小姐。不是我,我怎么敢把老爷和太太他们打死,你就是再借给我一条命我都不敢。是鬼子,鬼子把家里的东西都抢了,抢完了就把房子点了。太太那时还藏在屋子里的阁楼上,老爷进去救太太,鬼子就把他也锁进去,把房子点了。

我哥哥呢?

少爷冲过去弄门,被一个鬼子用枪托子砸了一下。那个脑浆啊,可怜得很,流出来老半天还冒热气呢。

王栓保还在说,那边的含含已经没有一点热气了。

含含醒来已经是第二天的早上。她睁开眼睛就看见了克凡,眼泪一下就流出来了。克凡,克凡你昨天为什么不管我了?她用手去抓他,克凡却躲开去。我不是克凡,小姐你醒醒,我是你们家的厨子王栓保。含含这才清醒了,她不再哭了。含含扯掉盖在自己身上王栓保的破衣服,她要去找她的克凡。即便是爸爸妈妈哥哥这个世界上的亲人都死了她都不能哭,她得找她的克凡去。想到她的克凡,她好像突然生出了非凡的力气。她一下就站了起来,看都没看王栓保一眼。她走出院门的时候,才发现王栓保在后面跟着。她立马紫着脸喝一声:回去!王栓保连忙低下头说,小姐,不能……啊!

回去!含含又瞪她一眼。王栓保伸了伸手,可他不敢拉含含,他守了含含一夜都没有敢碰她一碰。他说,小姐你去吧,你找不到人就回来,我在这里等你。小姐已经走出去老远,她根本就没有听到他说了些什么。王栓保没有跟着小姐走,他不敢,他也不能走,他还得留下来掩埋主人的尸体。他是个厚道的乡下人,他不能看着主人一家三口的尸体在院子里发臭。

含含被突然而至的那股力气支撑着,她觉得只要找到她的克凡,所有的一切都会改变。那只不过是因为克凡不在,别人欺负她的一个恶作剧罢了。她以从来都没有过的速度走得飞快。她是在飞,脚不挨地,她的身体没有一点分量,她根本就没有了肉体。

含含走啊,走啊,她就快要走到克凡家的胡同去了。两个穿着像道具一样土黄色衣服的孩子突然出现在她的面前。过大过胖的衣服穿在他们身上,更衬托出了他们俩的孩子气。黄色的帽子两侧垂下的帽耳像大象的耳朵一样扑扑闪闪地拍打着他们年轻红润的脸,连眸子里流出的都是有些孩子气的清纯,像她的那些淘气的同学一样拦在她的前面。他们看到含含就笑起来,他们笑得很温柔。他们的笑如同含含的哥哥,也如同克凡的一样,让含含觉得很亲近。含含糊涂了,但她没有时间与他们周旋。她着急地告诉他们:我是找克凡的!

两个黄色的孩子相互看看然后冲着含含摇头。

含含说,我是找我们家克凡的!

含含说我们家克凡的时候甚至有了一种骄傲的感觉。她是克凡的女人,找到克凡从此就可以和他永远待在一起了。

他们不再摇头,但是他们仍然是微笑着的,他们笑着把含含朝一个院子里推去。他们弄开了这家人的门。含含终于愤怒起来。

你们要我来这里干什么？我不认识你们,我要去找我家克凡!

两个孩子仍然在笑,他们笑着把含含朝一面墙上推。

放开我,你们要干什么？我是要去找克凡的,我去晚了会找不到的。

克凡！克凡——！

有人听到了喊声,院子的大门发出哐哐的声响。含含松了一口气,含含别过头去看,却仍是一个穿黄衣服的人,年龄比他们两个大,大概是这两个孩子的哥哥。哥哥走过来看了看含含,用手替她把额前的一缕头发往后面拢了拢,他的手热热的,很温柔。但是含含从来没有见过这么大的手,像一只大蒲扇。他对他们俩说了一句话,那句话让含含的汗毛都竖起来了,随即她感觉到好像有一股热流扑到了自己脸上,就像哥哥的脑浆糊了自己一脸。

他是笑着说的,眉飞色舞地跟他的两个"弟弟"说的。

含含一个字都没有听懂,但含含知道,她遇到了鬼子!

"哥哥"冲着他的两个"弟弟"挥了挥手,两个"弟弟"很听话地退了出去。含含也很听话,她已经无法不听话了,她在瞬间变成了一根木头。含含被这家伙带到厢房里去了。他让她坐在一张床上,没有铺褥子的床。那鬼子先是摸她的手,她的脸,她的肩膀,后

11

来他开始解她的旗袍的扣子。那么大的一双手去解那么小小的一排扣子,他干得很辛苦,很有耐心,但他的手在发抖。含含想去帮他,可含含那一会儿突然想睡,她在睡着之前还想着那手,蒲扇一样的大手。那手要是抓住她的脖子动一下,恐怕脖子立马就会被扭断。含含仿佛听到了骨头断裂的咔嚓声,有些怕,她于是就让自己睡着了。

她昏厥了过去。

不!含含也许真的是睡了一觉,若干年后无数次地回想起来,仍然是没有任何更准确的记忆。她惟一的知觉就是疼、疼,昨天还没有愈合的伤口今天又重新被撕裂了一次。

含含是被那鬼子"送"到克凡家里的——含含走在前面,鬼子跟在后面。在他后面,跟着另外两个鬼子。含含没有看清楚是不是开始那两个更年轻一点的。

就这样,十七岁的含含,和三个日本鬼子,走在1937年年底的南京,直到走成官方统计的一个数字,一个和她的被杀戮的亲人并排的数字。但那个时候,没人知道这个。含含只记得那只蒲扇一样的大手,在含含停止在克凡家的门前的时候,又替她拢了一次头发,并且在她的脸蛋上爱怜地捏了一下。

含含在克凡家的门外坐了大概有一个时辰,门是从里边打开的。先是有下人喊叫,后来克凡就出来了。含含看到克凡,不但没有哭出来,她甚至有点顽皮地笑了一下。

那种笑,让克凡的脊背凉得彻骨。

他用两手抓住含含的肩膀,不知是心疼还是害怕。我的宝贝儿,你是从哪里冒出来的呀?

含含不说话,一直盯着克凡的鞋子,好像那上面写着他的问题的答案似的。

克凡是把含含抱到屋子里去的。克凡给含含洗了脸,又给含含换上了妹妹的衣服。克凡不停地亲着含含。克凡一直在说话,昨晚去干什么干什么去了,又因为什么因为什么没有回来,急得如何如何。

含含一句也没听清楚,她只看见克凡的嘴一直在动,和嗡嗡嗡的回声,在巨大的空间里盘旋。在回声的间隙,含含说,我要喝水。

喝了水,含含好像缓过来一点劲儿,那嗡嗡的回声没有了。但又静得可怕,好像是刚刚退了潮的寂静的海滩。含含静静地看着远处,她开始说话了,含含不说爸也不说妈,更没有说死得很恐怖的哥哥。含含只想说鬼子,眼下,鬼子是她的生命里最重要的一件事情了!

她真的遇到了鬼子,而且被鬼子带到了一所院子里,后来又被鬼子送了回来。

克凡不明白,克凡问,什么鬼子?什么院子?

人家的院子。床上没有铺褥子。

天——! 克凡跳起来,鬼子?他都干了什么?

什么都没有干,他把我放到了床上。

后来呢?

后来我就回来了。

克凡又一次跳起来。这些该死的鬼子,这些该挨千刀的鬼子——!

他突然恐怖地睁大了眼睛:天哪!他们都干了些什么?!

含含过去抱住克凡,含含说,我这不是好好的回来了嘛!

克凡不说话,他把头埋在含含的怀里。含含发现克凡在哭,眼泪流得汹涌澎湃。他的面孔扭曲着,眼珠子血红血红的,就像昨天在她身上的那个样子。

含含说,别哭,我这不是好好的嘛!

克凡说,含含,告诉我,你是不是被他们污辱了?

含含迷惑地看着克凡。她看克凡盯着自己的胸脯,也低头看

13

了看自己系的好好的旗袍扣子。她说,我困。说完倒头睡了过去,她知道,找到了克凡,她就有了家,一切问题都可以解决了。

　　含含是第二天早晨被送到瞻园二妈家的。她就只有一个二妈了。

　　含含早晨醒来的时候克凡已经走了。下人说,少爷交代了,他要去找自己的父母了,让他们一定把她送到她的亲戚那里。含含没有亲戚,含含想起来住在瞻园那边的二妈。

　　含含打了半天的门才发现门是上了锁的,含含把二妈家门前的泥地哭成了一条河。含含一边哭一边喊,爸!妈!哥哥!二妈!你们在哪里啊,怎么都不管我了?

　　她没再喊克凡,她突然之间就记不起克凡了。

　　含含就这么整整哭了一天,她在那一天里把一生的眼泪都哭干了。含含哭的时候连一条狗、一只鸟都没有停下来看过她一眼。人都逃命去了,狗和鸟也都逃命去了。但哭着哭着,含含竟然醒了过来。是清醒。清醒过来的含含仍然在哭,但只有眼泪,半天才下来一颗。扑通一下,砸在她的手上,砸在她的心上。

　　后来那个显得十分憔悴,但依然很有一点妖冶的女人的车子肯定是从天上掉下来的。她掉落在含含的面前,说,哎哟!这不是王家的含含小姐吗?

　　含含停住了哭,瞪着眼睛看着她。

　　我和你爸可是老相识了,常常去你们店里呢!那个女人低头亲昵地看着含含说。

　　含含依然看着她不说话。

　　你爸和你妈呢?

　　眼泪像一层纱,顷刻之间蒙上了含含的眼睛。她摇了摇头。

　　死了?

　　含含点点头,然后说:你能带我走吗?

那女人直了身子,自言自语地说:唉!你爸可真是个好人。好人不长寿啊!这样也好,我再也不会惹你妈烦了。

女人弯腰拉起了含含,叹口气说,来吧,王家的千金小姐,今后我就是你的妈。她换了只手拉着含含。走吧,跟着妈妈去享福去吧!

含含对这个让喊她妈妈的女人,有一种本能地厌恶。但这个时候,她能这样对自己说话,又让她非常温暖了。谁还顾得了别人啊!只要能逃出去,不管怎么样都行,她现在才有点怕得发起抖来。含含不由分说,就坐到了这个女人的车子上。车子穿过废墟和烟雾,跑了好久好久才停下来。

那女人把含含带到一所破庙里。庙院里到处扔满了垃圾,大殿的地上铺了许多张席子。她们刚进去,立刻就有十几个姑娘围过来喊"妈妈"。

妈妈,外面是不是还放枪?

妈妈,有多少家房子又被鬼子烧了?

妈妈我受不了啦,我们什么时候才能回到城里去?

她们一喊妈妈,把含含的眼泪又惹了出来。含含一边流泪一边想,这个女人不算老,看上去还没有妈的岁数大,她怎么生出这么多的女儿来?

一个小女孩看上去还没有含含大,看到含含流眼泪,就过来拉住了她的手。

我刚来的时候也哭,后来就不哭了。

她是你们的亲妈妈吗?

一个叼着烟卷的大姑娘嘎嘎地笑起来,插进来说,她当然是我们的亲妈,世上最亲最亲的妈!

说完,仰头吐了一个烟圈,又嘎嘎地笑起来。

含含又哭起来。"妈妈"说,你们都不要闹,谁不怕回城里被鬼子捉去,谁就出去闹!

15

只要给钱,给谁捉去还不是一样!

刚刚笑含含的大姑娘又笑起来:我才不敢出去闹呢,哪个不知道鬼子厉害呀,听人说和我们中国男人的玩意儿长得都不一样,一个裆里长两个头。

你见过?有人抢白她。

含含想说我见过鬼子呢,可含含的泪流得越发的凶。她现在才知道她遇到了一帮妓女。她和她的那些女同学们说起过妓女的事情,她并不清楚她们是干什么的。在家里是连妓女两个字也说不得的,否则,妈是要撕她嘴的。

含含一辈子都没有走过那么多的路,她从半夜里一直走到天亮。她得回去找她的家人。他们都死了,可死了也是她的亲人,除了他们剩下的那些尸骨她什么都没有了。走着走着,含含的样子猛然间老了起来,就像是个几十岁的老太太,突然就没有了女孩儿家的鲜活劲。她那一路上一下子就把岁月走过去至少五十年。

含含又看到了她家的厨子王栓保。王栓保把她的爸妈还有哥哥都给埋在院子里的一棵女贞树下。但是含含已经没有力气打他了。那棵树已经有几十年的历史了,它的一边葱茏地奔向天空,另一边却被战火烧得伤痕累累。树下埋人的那一块还是湿的,透着一股泥土的芬芳。含含跪在父兄的跟前,把脸紧紧地贴在泥土上。她是第一次这样亲近泥土,她隔着陈腐的泥土,再一次聆听了父母的教诲。她听到父亲告诉她,要好好地活着,因为她是王家惟一的根苗了。

等含含回过头来的时候,王栓保看到的已经不是王家的大小姐了,他看到的是个女人,一个成熟得让他感觉到自己必须是个男人的女人。他弓下腰来,把这个女人像一口袋米一样放在肩上,扛着她走向被夜色和烟雾所笼罩的城外。

1

奶奶是坐在东厢房的床上睡着的。西厢房里儿媳妇的喊叫声比杀猪都难听,老太太却让自己深陷在一种入定状态里。多年以来她一直都有这种本领,面对大喜大悲的事情她总是能让自己迅速睡过去。现在她又睡熟了,睡姿十分的安详,身子稳稳地坐着,一双玉手合在胸前,光洁的脸上没有任何表情。她的圣洁的神态与这虽然干净却破旧的老屋多少有些不谐和,好像是破庙里住进了一尊神。她的死去的丈夫一直到断气都还被她的这种神情镇压着。她的儿子从知事起,在她跟前倒更像是一个千依百顺的仆从。

奶奶做了一个梦,她梦到远天里一片红光,她被什么东西感动着,想哭,想大喊大叫。她不记得有多少年她都没有这样激动过了。她跪下来,把头紧紧地抵在地上。一个巨大的影子走过来,为她牵过来一只娃娃的小手。他声音异常小,但字字句句却像锥子般钻在她的心上。他说,好好地待他,他不是你们凡间的孩子。奶奶骤然惊醒,她听到了一个娃娃如号角一般嘹亮的哭。旋即,她的儿子便进来禀告隔壁的消息。

生了。一个男娃。

给我抱进来吧!她依然面无表情地说。她心里还是咯噔一下,惊悸在刚才的梦里。她还没来得及穿上鞋子,那个长得像个圆球一样的产婆就颠颠地乐着,把一个血腥的孩子递了过来。

你瞧瞧这小模样俊的,哪里像我们乡下的孩子?生下来就鼻子是鼻子眼是眼的。这骨节儿这个长,只怕是个大个儿。

一头浓密的黑发!奶奶低下头去看他的时候,他黑黑的眼珠转了一下,竟然咧开嘴,笑了。

奶奶看了一会儿,突然把那孩子紧紧地搂了。她说,他不是我们家的孩子,他是上天赐给我的。

产婆惊愕地看着这个不大开口讲话的女人,几十年了,她还是第一次听见她开口说话。这个从来不在外人面前开口的女人,现在嘴巴快乐地抖动着,一脸郑重地讲述了她刚才所做的梦。当她说到远天那一片红光的时候,产婆顺着她的声音向窗外望去,正午的天空里竟然真的是一片通红,太阳如同燃烧了一般。她的口音让产婆觉得像做梦一样的动听,软软的,浓浓的,咿咿呀呀然而又是一字一句的,像炒豆子般清脆。村里人没有说错,她是个南方的蛮子。她说完了,突然有些窘迫,好像自己也突然被刚才说出来的话语震住了。她的眼睛祈求地望着产婆,自言自语地说,我刚才都说了些什么啊?我不该透露神的旨意的,你不要说出去好吗?

产婆惊慌地点了点头,她刚刚为孩子接生出了一身透汗,现在她的脊背却是一阵一阵的发凉。她是退着从王家出去的,在门口绊了一跤。她给村里娃娃接了几十年的生,这样的事情还是第一次。产婆绊了一跤,她把王家儿子给他装的红鸡蛋撒落得满屋子滚动。她顾不得去捡,也许她根本不敢去捡,她像那些鸡蛋一样从王家的院门里滚了出去。接着她好像是着了魔一样,她再也停不下来,她一下子滚过了整个村子,把每个角落都滚遍了。

这个该死的产婆子啊,王家的奶奶怎么可以信任她的承诺,她把王家孩子的事情比风都快地在村里吹了一遍。末了她还说,我是绊了一跤,骇得路都不会走了,那些鸡蛋个个倒像是长了腿一样。我接了半辈子的孩子,哪里遇到过这样的事情啊!

村里有许多人都是不怎么相信产婆子的鬼话的,正像他们不怎么相信媒婆子的话一样。大队里的干部,还有大队里的共产党员,他们是受过党的教育的,而且在剿匪反霸和肃反镇反的革命实践中逐渐变得唯物起来。但是这些话还是像长了翅膀一样,在坑洼不平的村街上流传起来。党员干部忧心忡忡地到支书这里反映情况。那时大队书记正在闹头疼病,折腾起来一家子人都提心吊胆的,比他的头疼还头疼。他从床这头翻到床那头,劈头盖脑地骂娘。听到他们的反映之后,村支书若有所思地沉吟了一会儿,恶狠狠地骂道:娘那×!然后就用两个大拇指顶着自己的太阳穴在屋子里转圈子。转了半天看他没有下文,就又有人说,这事儿得管!不管可不行啊!

大队书记又骂了一声:娘那×!朝几个人挥挥手说,去把她给我叫来!

大家把产婆子押到书记家里来。书记把毛主席像拍在她面前,说,都新社会新时代了,哪里还有什么神神鬼鬼的?要是再宣传迷信思想,就立马取消接生资格,转了一圈,觉得这样说不解气,又补了一句:再敢胡说,别说你吃红鸡蛋,狗卵你也吃不成!产婆子说,我不说了,我不说了。可我也冤枉啊!是她亲口跟我说的,那老女人啊,她辩解道,孩子还没落地就有神托梦给她了。

那都是放屁的话!你听到啦?

没有,可我看到了,天是红的。她摆着手,可万万不敢说让神灵怪罪的话啊!

有什么神灵?大热的天,大晌午正是鬼烧锅的时候,不红都怪了!

是鬼烧锅的时候?你都相信鬼烧锅了啊!产婆抿着嘴乐了。

烧你个老婆子的头,让我再听到你胡扯八道,哼!立即执行!

产婆的话让支书很生气。按理说,他们这个大队在他的治理下算是风平浪静了。就算是把些历史的和现行的反革命拉出来斗争了几回,也只是触及了灵魂而没有触及皮肉,斗完之后,干部群众回自己家吃饭,反革命也是回自己家吃饭。好像大家都是在上工,只是工种不同而已。上级来检查,他能应付。他向他们汇报说,路不拾遗夜不闭户,那些坏蛋都斗趴下了,没有一点儿阶级斗争的新动向。上级喜欢他这样的干部,一来他虽然大大咧咧的,可工作从来不拖后腿;二来有办法,不管多难的事情,只要他站出来,

19

娘那×、爹那头地骂上一通,立马就能摆平,极有威信。上级干部昨天才刚刚说了,虽然前一段工作做的不错,但是不能放松警惕啊!上级干部几乎天天来,听完汇报,作完指示就和支书唠家常。说高兴了就凉拌个青菜萝卜,对着喝上几两自酿的老白干酒。支书高兴,上级也高兴。日头偏西,自行车后架上拴两捆豆角或者是几只茄子就忽忽悠悠地回去了,一路小曲儿,从包拯包丞相一直唱到杨子荣。那些清贫的年代里,连腐败也都瓜菜代了。这太平的日子你说多好啊!可险些被她们败坏掉,今天幸亏上级没有来人,可就闹出来这些神神道道的东西,他怎么会不生气!他咬了咬牙狠下心说,歇了晌我就去王栓保家瞧瞧,我倒要看看那个从不开口的蛮婆子能对我说出什么话来。娘那×!

大队干部们被支书轰走了,他命令他的女人说,孩他娘,给我做两碗捞面条。

支书吃了女人做的面条,拉张破席子在门楼子底下睡了。他那天到底是没有到王栓保的家里去。他醒来嘴就歪了,眼睛也是斜的,只会伸出不灵便的手,指着什么地方啊啊地流眼泪。从此没有人能知道他要说些什么了。

王家的奶奶是有故事的。照理,历次政治运动应该把她拉出来斗一斗,兴许还真的能闹出来点事情。村里的牛鬼蛇神,大都是低头不见抬头见的爷们,根本算不了什么。王老应家是地主,他家那地是从他爷爷的爷爷那一辈儿就开始节俭,历经几代一口一口从嘴里抠出来的。刘铁家是富农,可过去吃一回肉,恨不得要送半截村子。刘笼头就因为说了一句毛主席的脸比下蛋母鸡的脸还要红,李妮子是用有毛主席照片的旧报纸剪了一张鞋样儿,俩人被打了现行。真没有多大意思,这些人斗来斗去的,把大家神经都磨麻木了。后来之所以还把他们拉出来斗,一是要往上面交差,二是斗他们的时候给记工分。给斗的人记,给被斗的人也记。有人提出来王栓保家的女人,说她从来到他们大王庄几乎没有出过门。有人也曾经到她家里看稀罕,就是偶尔在院子里撞见一次,她也是不说话的,看都不看谁一眼。有人说她是被王栓保买来的,有人干脆说是拐来的。有人说是富家的小姐,有人说是资本家的小老婆。他们当然闹不清楚资本家是干什么的,但是他们知道资本家和地主一样是阶级敌人。

有一阵子一些人把话说到支书这里,支书说,一个蛮子女人,有啥子好斗的?这句话等于给王家打上了铅封,再也没人提这个茬儿了。谁不知道,前任支书因为接生婆子的事情,本来狠下心来要去收拾她,结果却出了那样的事情,这事儿如今传得越来越神了。

王家奶奶是有故事的,王家的孙子王祈隆同样是有故事的,那孙子的故事甚至比奶奶来得更神秘。前任支书的事等于给他们这神秘的祖孙俩做了一个真实的注脚。这偏僻的豫东平原与皖西平原交界的小村子,人虽然也免不了是善于斗争的,可他们的这种斗争性,远远没有对某些神秘事物的迷信来得更敏感,更深入心灵。政治的狂风刮到了这里,已经是强弩之末。即便有一个半个进步的,基本上兴不起什么大的风浪。再说了,这王家的奶奶,几十年都是大门不出,二门不迈的,让人抓不住什么把柄。她不和人亲近,也从不与人有任何过节。所以,更多的时候她被人遗忘在岁月的夹缝里,就像挂在墙上的那些年画,只有到祭灶的时候才会被人掸掸土看上一眼,过后又给忘了。关于她的那些传说,因为是一鳞半爪的,所以更刺激了人们的想像力。关于她的像深潭一样的眼睛,关于她的像嫩葱一样的手,在偏僻的乡村人的潜意识里疯狂地蔓延。那些上了年纪的老女人都说,王栓保家的女人不是人,不像是个食人间烟火的。该不会是个修了几辈子的什么仙吧?

王祈隆在奶奶的怀抱里翻了几次身就会咯咯地笑了,再打上几个滚儿就满地乱跑了。他就像嫁接在奶奶身上的一个枝条,他的岁月是和奶奶铆在一块的,他的成长几乎和他的爹娘没有太大的关系。奶奶几乎是不让他的爹和娘更多地接近他。王祈隆不知道人必须是娘生出来的,他宁可相信他是他奶奶生的。王祈隆两岁时他娘又给他生了个妹妹。他觉得爹和娘都是妹妹的,只有奶奶才是他的,吃饭睡觉都是他和奶奶单独在一起。

　　王祈隆被他的奶奶教养成了一个像模像样的小人儿,三四岁上已经是站有站相坐有坐姿了。从他会走路开始,村子里出现了一老一小两个崭新的面孔,奶奶用一双葱枝一样白皙的手牵着小孙子肉乎乎的小手,轰隆隆地走过村街。开始只有一些村人看到他们,后来所有村子里的人都看到了他们。他们自顾自地说着话,好像目中无人一样。奶奶带着孙子到村外的土路上,或者小河边上玩耍,孙子咿咿呀呀地跟着奶奶背诵着什么,听得懂的人说是唐诗宋词。有人企图从她的眼睛里看出些什么,可她的眼睛里什么都没有。像村北那口黑龙潭一样,深邃而又幽静,高贵而又沉着。

　　奶奶不是一个普通的女人,奶奶又是一个非常普通的女人。她爱她的孙子,那是老天补偿给她的。

　　王祈隆这个名字是奶奶给他起的。他还没出生这个名字就已经刻在奶奶的脑海里了。

　　而且,她坚决拒绝了他的父母给他起乳名的请求。

　　王祈隆四处玩耍的时候,他的奶奶就会呆呆地看着远方。她的远方距她生活了四十多年的这个北方小村子实在是太远了。因为看不见,所以在她心里就格外的清晰。她开始对她的不满四岁的小孙子"讲话",那是讲话而不是说话,是讲给他的,也是讲给自己的。如果不是因为有了他,她差不多都忘了话是怎么说的了。她对他说起她的都市,她的石头城墙,她的夫子庙,她的爹娘,她的哥哥,她的伙伴们,她连她的鸦鹊儿都说到了。王祈隆的眼睛一眨不眨地盯着奶奶的嘴,她的嘴里是满口细碎的白玉。村里只有两个人是用牙刷刷牙的,一个是支书,一个就是王祈隆的奶奶。支书刷牙只是虚张声势地做给别人看,他的奶奶却是细细地极认真地刷,刷完之后,还要泡上一杯叶子茶,细细地漱口。他只顾盯着他奶奶的嘴看,对奶奶的话他一点都不明白。奶奶说完了,他却什么都没有记起来。奶奶叹出一口气来,心想,你什么时候才会长成个男人啊!现在她并不需要他懂得这些,但是她自己不能忘掉。他还不到四岁,他还什么事情都不能明白,他迟早有一天是会明白的。

因为她明白。她一直都很明白。

王祈隆睡着的时候奶奶就会长时间地端详他。他不像他的爷爷,不像他的爹。他酷像一个人。那曾经风华正茂地站在夫子庙前等她的那个人的名字,骨头一样地从她的心里梗出来,卡在她的嗓子眼里,她又像嚼骨头一样把这名字重新嚼碎了,咽下去。她这一辈子压根就没有想到过,有一天还会把它吐出来。

如果天还是这样的蓝。

如果水还是这样地流。

我的孙子啊,不!顶天立地的王祈隆!

你快快长大吧!

王祈隆上小学了。

王祈隆上小学的时候已经认得许多字,他不认识毛主席万岁,不认识共产党万岁,也不爱北京天安门。可他认识上中下,人口手,认识大小多少,而且他识的很多字都是繁体。他写的有些字他的老师都不认识。老师们也不免对他背后的那个老女人敬畏起来。

老师的敬畏不是对神灵的敬畏,而是对文化的敬畏。

王祈隆从不和他的那些小同学们玩儿,是他的奶奶不让他和

23

他们玩儿。奶奶说,你和他们是不一样的。他不明白怎么不一样,同样是一个脑袋,两只眼睛,一个鼻子,一张嘴,怎么个不一样?可这话是奶奶说的,那肯定不一样就是不一样了。

　　小学校设在另一个村子里,奶奶每天都牵了他的手把他送出去老远,奶奶每天也都走很远接他。他的那些同学们在夏天里都是打赤脚的,奶奶从不允许他那样,甚至不穿袜子都不行。奶奶看不见他的时候,他就偷偷把鞋和袜子脱下来装在书包里。他的脚板接触到了泥土地,身体快活得颤抖了。有时候天很长时间不下雨,小路都成了细土窝子,一脚踩进去整个脚都被细软如面的土包裹起来,那温热的惬意让他忍不住小声地呻吟起来。他有时就在那土窝子里一边走一边唱歌,唱学校里教的那些歌。他从来不在同学和老师的面前唱,也从来不在奶奶的面前唱。奶奶不唱歌,奶奶让他觉得唱歌是一件难为情的事情。在土窝子里唱的时候他就觉得非常的痛快。唱歌是一件痛快的事情,光脚走在土窝子里更是一件痛快的事情。这乡野里,让他觉得痛快觉得快乐的事情还有好多好多。他的那些同学们上树捉麻雀,下河摸鱼虾。玉米和麦子熟了,他们就会偷了,在地里架上柴火烤了吃。那香味把王祈隆肚子里的馋虫都弄醒了,口水都流出来了。他们多快乐啊!可他的奶奶不让他和他们一起快乐,他奶奶告诉他,他和他们是不一样的。

　　快乐也是不一样的吗?但他不敢问奶奶。

　　村子里有时候会来一次放电影的,但都是打仗的电影。他们在学校里学的歌都是电影里的,"地道战,嗨!地道战"!在村口埋上两棵碗口粗的竹竿,扯一块白布,全村的人都兴高采烈地去看,爹和娘也带着妹妹去看。奶奶不看,也不让王祈隆去看这种电影。王祈隆不高兴,但不说话,也不看奶奶。奶奶不生气,奶奶关了门给他讲一些遥远的城里的稀罕事。奶奶说起他的爹地,那个大丝绸商,带她到大上海看真正的电影。坐在电影院里,有人不断递过来洒了香水的热毛巾和瓜子糖果；爹地还带他到外国人开的咖啡屋里，听爵士乐，看水手的舞蹈。爹地用一只手夹着烟卷，一只手恍恍银银地从口袋里掏出银元赏给那些洋人，眼睛都不眨一下。奶奶说，城里才有真正好看的东西，城里才是真好啊！

城里对童年的王祈隆来说是个多么空洞的概念啊！远远没有被奶奶关在门外、却仍免不了飘过来的一星半点的枪炮声更具吸引力。但是，这个时候的奶奶看上去是那样的神圣不可侵犯，她把王祈隆搂在怀里，搂在她的城市里，紧紧地。王祈隆不敢违抗她，他怕她，他也不想让他的奶奶伤心。

王祈隆是听话的，奶奶让他怎么做他几乎都没有违抗过。可他也有管不住自己的时候。当然，也许他能管得住，他是故意让自己管不住的。他放了学破天荒没有回家去，他追着他的那些同学到河边去了。他穿得太干净，他们就欺负他，把他的身上弄得全是泥巴。他们起哄，他们以为他会哭。可他一直笑，他觉得太好玩了，他从来都没有这么快乐过。他和他们一起玩到很晚，玩到天都黑了。奶奶在村口等着他，他以为她是会打他巴掌的。可是奶奶没有打他，奶奶连骂他一句都没有。奶奶给他仔细地洗了，奶奶洗到他的脚的时候突然失声地叫了起来。奶奶的叫声把他吓得汗毛都立了起来。他在奶奶的叫声里发现，自己左脚的脚踝骨的内侧长出了一块隆起的小骨头。奶奶突然把他丢下不管了，那是他第一次看到奶奶的失态。睡觉的时候他发现奶奶在哭，他长到八岁第一次看见他的奶奶是会流泪的。奶奶的眼泪把王祈隆心里滋生的快乐一星一点地浇灭了，他知道自己惹下了大祸。他把自己蜷起来，一点一点地送进奶奶的怀抱里，送进奶奶的城里。然后，无声地叹了一口长气。

王祈隆上中学了。中学是设在公社镇子上的。公社镇子距大王庄十几里的路程，一个礼拜才能回家一次。奶奶仍然是走的时候送回的时候接,奶奶的精神越发的健朗起来。她不说话,可她的日渐红润的脸却把什么话都说出来了。她时时挂着微笑,少女一般的微笑。奶奶在和王祈隆一起成长。王祈隆每个礼拜天回来,奶奶都把他弄得干干净净的。头发用硫磺洗头膏洗得柔柔顺顺的,散发着一股子让人羡慕的药香。上海产的硫磺洗头膏是爹能给奶奶买到的最好的东西了,村里人半年还不洗一次头,洗头抓上一点碱面或者洗衣粉就好得不行了。奶奶从来不用那些东西,爷爷活着的时候,无论再怎么苦也没有委屈过她。爷爷给奶奶买硫磺洗头膏,自己从来不用硫磺洗头膏。儿子给娘买硫磺洗头膏,自己也是从来不用硫磺洗头膏。儿媳妇就更不用说了。王祈隆用,王祈隆从生下来就和奶奶一样享受硫磺洗头膏的滋润。王祈隆穿着奶奶亲手缝制的白细布衬衣,西式的蓝斜纹裤子。全是凭她老人家记忆中的式样一针一线缝出来的。

奶奶看着个头儿越来越高的孙子,自己常常就醉了。她和孙子对视的时候心突然会嘣嘣地跳起来,脸上竟然会泛出一些少女样的娇羞。她太爱她的孙子了,孙子在她心中的高度让她回到几十年前的旧时光里,回到青春,回到夫子庙前面的匾额下。因为有了孙子,她的日月好像又重新走了一回。

王祈隆飘散着奶奶亲自为他洗的药香味的头发,穿着奶奶亲手为他缝制的一样散发着肥皂清香的衣服,坐在一群乡下孩子中间,仿佛是一头误入羊群的骆驼。开始的时候大家对他侧目而视,不知道他是何方神圣。后来时间长了,大家知道了一些底细,反而又不知道该说什么了。那些男同学们跟他保持着距离,对他是又羡慕又嫉妒。女孩儿家则平白多了心事,她们哪一个哪一天同王祈隆说了一句话,都会兴奋得脸儿红红的。因为王祈隆的存在,她们想办法把自己弄得干净一些,穿上最好看的衣服,她们不想让王祈隆看到她们的时候露出尴尬来。

周小枝是个内向的孩子,她的家里很穷,她的衣服在班里是最

放了学，王祈隆破天荒没有回家去。

破旧的,都是她妈的旧衣服改的。别的同学因为周小枝的穿戴看不起她,嘲笑她。她从来不在意,她只用心读自己的书,这个姑娘的内心是有骨气的。有一天,周小枝穿了一件妈妈过于肥大的花上衣,戴上蓝布头巾,很像电影里乔装了的小地主婆子。她一进教室大家都笑起来,从来不跟同学起哄的王祈隆也笑起来。周小枝向教室里望去,刚巧就看到了王祈隆在笑。从来不哭的周小枝哭了,女同学都说她夜里还蒙在被子里哭。周小枝哭了一个季节,到了下一个学期开学她就不来上学了。老师说这孩子可惜了,书念得好,字也写得好,她要是上到底,说不定还能被公社看上当打字员哩。王祈隆也在心里暗暗为周小枝惋惜,他是班里的学习委员,他看过周小枝的作文。她在作文里写道:"我的爹和妈都是种田的农民,种一年地,收获的粮食还不够糊口的。我们的周围都是这样穷困的农人,他们辛苦的劳作只是为了吃饭,过年都买不上一件新衣服。可他们从来没有被贫穷吓倒,他们生活依旧是快乐的,他们吃上一顿好饭就满足了。不相信你可以来我们农村看一看,下地干活的时候到处都是笑声,还有人唱戏呢,一嗓子吼得人人心里都暖和起来了呢。虽然我们祖祖辈辈都是农民,但我们生活得心安自得,我们也很快乐,毕竟生活的快乐不只是一件衣服啊!"

  王祈隆惋惜归惋惜,他到末了都不知道,周小枝不上学是因为穿不起一件像样的衣裳,甚至是为了不让他王祈隆和大家一起笑话她。尽管快乐不只是一件衣服,但一件衣服可以让你不快乐。

  王祈隆的抽屉里经常会出现一些显然不属于他的东西:一个烤玉米棒子,一个鸡蛋,一个小笔记本,甚至是一支价格低廉的牙膏。王祈隆很惶恐,他不敢要这些东西。他不吃,更不敢带回家去,他怕他的奶奶知道。奶奶知道了会没完没了地追问他一些学校的事情,问得他心里发毛,好像是自己干了坏事一样。奶奶告诉他,什么都得自己挣,告诉他天行健君子自强不息的道理。奶奶说,你得了人家的恩惠就欠了人家一份人情啊!奶奶说,你年龄还小,哪里会知道哪些是好人,哪些是坏人啊!

王祈隆的确是搞不清楚谁好谁坏,他觉得他的那些同学们都是好人。那些男孩子是勤奋的,那些女孩子是纯朴的,他们没有恶意,他们只是想对她好。他喜欢他们,从心里感激他们,可他不敢说,说了奶奶是会不高兴的。

学校里有几个学生家里有自行车,他们上学放学的时候会得意忘形地进行自行车表演。王祈隆的奶奶爱王祈隆,可奶奶没有钱给他买一辆自行车。王祈隆穿得干干净净,可他没有自行车,他甚至从来没有摸过那种骑上去跑得飞快的洋气东西。上学放学他都是步行,他高高瘦瘦的,正在抽条儿一样地疯长,走起路来身体往前倾着,一蹿一蹿地像只奔跑的大鸟。

李晌是个漂亮的姑娘,浓眉毛,大眼睛,脸蛋儿终年被阳光晒得红扑扑的。她喜欢运动,篮球打得挺好。李晌在县城的理发店里剪了一个短短的运动头,穿了运动服,胳膊腿都肉鼓鼓的,在操场上跑起来比男孩子都疯。学校里的男生看打球一半都是为了看李晌,连王祈隆都喜欢看。李晌是公社中学里的校花,大家都传说公社副书记相中了她,单等她毕了业就娶回家去当儿媳妇的。

李晌家里有自行车,李晌的娘也是村子里的婆娘,可她爹是公社干部。李晌说她的姥姥家是大王庄的,她不回自己的家,却骑了车到姥姥家去。李晌在路上碰到了鸵鸟一样向前蹿动着的王祈隆。她说,哎!坐我的车吧!王祈隆站下了,看着李晌,不知道是该答应还是该拒绝。李晌说,上来吧,顺路。王祈隆太想知道坐在自行车上是什么滋味了,他糊里糊涂就坐了上去。李晌骑得飞快,路两旁的小树和庄稼像赛跑似的刷刷地向后退去。王祈隆说,你别骑那么快,我会掉下去的。

怕掉下去你就抓住我的衣服啊——!

王祈隆可不敢抓,拐弯的时候王祈隆大喊,停下来啊,车子要倒了啊！李响不停,却在前面咯咯地笑。

自行车可真够快的,平时王祈隆要走两节课的路,现在半节课就到了。王祈隆的脸兴奋得和李响的一样红了。这么快就到了,他的心里竟是隐隐的遗憾,那车子要是一直停不下来就好了!

再逢到周末往家去,心里是空空的,丢了什么东西似的。走路的那股子快活劲没有了,好像是只没有吃饱的大鸟了,怏怏的打不起精神。王祈隆只走了两里路的样子,李响就追了来。

哎！上来吧！

王祈隆回头看看她的车子,并不看她的脸,做出要坐的姿势来。俩人第一次配合得这样默契,就有点心照不宣的味道了。再下一次,两个人招呼都不打了,李响看到王祈隆就放慢速度,王祈隆一侧身子就坐了上去。开始只是一个骑车,一个坐车,不大说话。后来一边骑一边高声喊叫。有风,不喊听不到。

从第一次起,他们总是在离村子比较远的地方分手,他不想让他的奶奶看到。

刚开始王祈隆出了校门还是一边走一边等车,后来就干脆直接站在路边等待了。李响却不干了。李响说,这太不公平了,你不能总让我载你啊,多沉的一个大个子啊！而且,你看看哪有女人载男人的?

这的确是一个问题,这个问题让王祈隆红了脸。

接下来的问题就是,李响要想当乘客,必须先当老师。

练习几次,就是王祈隆带着李响回家了。他这才知道,骑车可要比坐在后面惬意一万倍。他坐在后面老是缩手缩脚的。李响可不,她总要在后面做许多小动作。挠他的痒痒,捂他的眼睛。她把他唤做拉磨的驴子,拐弯的时候会冷不丁就抱了他的腰,而且是那么自然,让人一点也感觉不到别扭。王祈隆长这么大都没有这样疯过,自由过,他不知道该怎么感激李响。每一次两个人带着遗憾分手时,他都真想对她说一声,我是多么喜欢和你在一起啊！可他一次都没有说,一是因为他有些害羞,说不出。二来是每次要说的时候总会想起在村口等着他的奶奶。

王祈隆没有说,李晌也没有说。李晌只是在坐车子的时候把手伸到他的口袋里去了。王祈隆回家换衣服的时候看到了一个小字条:

王祈隆,李晌真的好喜欢你!

王祈隆傻了,他把条子夹在书里,放在书包的最底层。过一会儿又要掏出来看,他紧张得一点感觉都没有了。他不知道该怎样处理这件事情。

王祈隆分明是把那火烧一样的条子看得紧紧的,可条子却不知道什么时候不翼而飞了。

王祈隆紧张了一个礼拜,简直像坐在火炭盆上。那个礼拜天他没有等到李晌和她的车子,他反而松了一口气。奶奶仍然在村口等他,奶奶什么都没有说,脸上的表情也没有任何异样的地方。王祈隆这才一下子松懈下来。

王祈隆整整两个礼拜没有见到李晌。李晌一直没有来上学。又过了几天,他们是在学校外面的公路上见的面。李晌让人喊他出来。王祈隆一脸的茫然。李晌说,我爹快把我打死了。李晌又说,我爹不让我在这里上了。李晌说,我要走了。

李晌说这些话的时候,一直看着王祈隆,大眼睛里滚落出的泪水一瓣一瓣地摔碎在地上,又被收藏进泥土里。王祈隆一下蒙了,他始终没说一句话,始终是一脸的茫然。

李晌走了。半年后,王祈隆以公社第一名的好成绩被奶奶送到了县城读高中。

王祈隆读高中一年级的时候,有一个姑娘去看过她。姑娘给他送去了两包白糖和一罐头瓶花生酱。姑娘去的时候王祈隆正在上课,没有见到人。门房告诉他,是个大眼睛短头发的姑娘。

也许是李晌吧!

王祈隆在县城读了两年的高中,他的同学有百分之八十是从乡下来的。奶奶仍然把他弄得干干净净的,和县城里孩子在一起的时候也分不出高低来。他的学习始终是最好的,男同学仍然是羡慕他,女同学仍然是暗中喜欢他。王祈隆有了自己的自行车。可王祈隆却没有再和任何人有过更多的交往,也很少骑自行车回家去。那个时候已经注重学习成绩了,谁也不愿意被拉下来。

王祈隆长到二十岁只见奶奶哭过两次,一次是他八岁的时候放学不回家,被村里的孩子糊了一身泥巴。第二次是他拿到了大学的录取通知书。

王祈隆在县城读了两年高中,以全县第一名的好成绩考上了武汉的华中大学。他填志愿的时候报的是南京大学的化学系,奶奶一口咬定,一定要报考南京的大学。王祈隆和他的奶奶到末了都不曾知道,志愿书上好端端的南京,怎么变成了录取通知书上的武汉,更不知道化学系为什么变成了农学系。王祈隆在农村长大,不想再学农。他的奶奶更是不想让他学农啊!他哪里会知道恰恰是因为他是农村的孩子,高招办才会很随便地就把他和另一个城市的孩子对调了。

通知书拿在手上,好在总算是考上了。考上重点大学的全公社就他一个,全县也没有几个。调了就调了,哪里还有心计较,高兴都还来不及呢!

那一年是一九七八年,王祈隆二十岁。

王祈隆因为考上大学让奶奶痛哭了一次。奶奶哭完了,干枯了多少年的眼窝子迅速地滋润了,脸上的皱纹都被眼泪展平了。奶奶对孙子说,武汉也好,终是向南走了啊!

王祈隆走之前,奶奶让他爹卖了猪去公社请了一场电影。她不去看,考上了大学的王祈隆也不会去看。电影是演给村里人看的。村里人都不嫉妒王家,王祈隆考上大学是理所当然的事情,将来他还会有更大的出息。他们看电影的时候是满怀感激的,觉得是沾了王家的光。但是,奶奶不该让王祈隆的爹代表老王家去讲话。当他紧张得结结巴巴的声音透过扩音器传到家里来的时候,奶奶恨不得在床下寻条裂缝钻进去。她对王祈隆说,唉!打从小我看你爹就不是块材料,糊不上墙的马粪啊!你可要像你祖外公那样,像个做大事的男人!

2

  大王庄的孩子王祈隆考上了大学,并且走的时候坐上了火车。那是他第一次见到火车。

  距他们县城二十公里远的地方有一个小火车道,很多同学都去看过。他们说,火车是绿色的,像只大蟒蛇。他们结伴去看火车的时候,按照大人教导的那样,在火车来的时候一定要找一棵树抱住,否则就会被它吸走。

  王祈隆在火车站里并没有见到树。他轰轰隆隆地跟在许多人的后面,挤挤挨挨地爬进了车厢。直到它飞快地离开城市跑到了野外,他那一颗悬着的心才算放下来。火车相当温顺,稳稳当当的,一点都没有大王庄孩子们说的那么玄乎。有的人在看报纸,有的人在喝水,杯子就放在茶几上,一点也不洒。车上人太多了,他好不容易才找到一个座位,把奶奶亲手缝的装了衣服和用具的包紧紧搂在怀里,生怕眨一下眼睛就被小偷给拿走了。他就那么一直抱着,火车从郑州开到武汉,王祈隆愣是没有吃喝,也没有上一次厕所。

  王祈隆就这么怯生生地独自上路了,他一点都不知道前方等待着他的,会是一种什么样的生活。

  后来王祈隆无数次地忆起那次旅行,他都觉得是那火车跑得快,他只不过是抱着包打了个盹,睁开眼睛武汉就到了。因为太紧张,他甚至都没有看清楚坐在他身边的都是些什么人。大概对面坐着的是个自称是地质工程师的男人,四十多岁的样子。因为长得白白瘦瘦的,王祈隆从来没有见过这么白瘦的男人,所以印象深刻。后来他说起他是南方人,这让王祈隆有点儿困惑。他闹不明白,为什么同是中国人,还会有南方和北方人的区别。路途中间,他好像曾经试图要送给王祈隆一只煮熟的鸡蛋。王祈隆不要,为了拒绝,他把脸都弄红了。那地质工程师大约说了,这乡下的孩子,倒是倔强之类的。他并没有介绍过自己,他不知道人家是从什么地方知道他是乡下的孩子。地质工程师没有再理会他,他一直和一个穿红裙子的女孩聊天。王祈隆始终没有闹明白他们聊的都是些什么事物。只是当他们说到住几号楼几单元的时候,他觉得"单元"这个词很诡谲,也很洋气。楼怎么也和书本一样有单元啊?他长这么大,还从没见过楼,单元也是他那一路上惟一记住的一个新鲜名词。那穿红裙子的女孩也是从郑州上的车,她一路都没有和王祈隆说一句话,甚至没有正眼看他一下。下车的时候她走在他的前面,王祈隆的包不小心顶了她一下。她朝他翻了个白眼,并且补充了一句,真是的,没出过门?王祈隆紧张得汗都出来了,不知道如何面对这个操着收音机里播音员的话语说话的女孩。好在人家不和他一般见识,辫子一甩,得得得地走了。

离开了家乡,王祈隆似乎丢了几根脑筋,变得傻头傻脑的了。

大学的录取通知书上写着,报到时学校有接站的车。王祈隆出了站口就满世界地看,车站是那样的巨大,行人如织,他觉得自己渺小得像只蚂蚁。有几辆接新生的车子都不是华中大学的,他差不多急得要哭了。这喧闹的陌生的城市是如此的让他感到恐惧,他好想念他的总站在村口等待他的奶奶。这巨大的城市里如此多的人,可是没有任何人会惦记着他的到来。眼泪真的就出来了。

王祈隆还没有到达目的地就开始怀念起他的家乡。

后来,王祈隆是先看到火车上那红衣裙的女孩,然后才看到他们学校接人的车子。他和那红衣女孩坐了一路的火车都不知道,他们是要到同一所学校报到的。

上了车,坐到红裙女孩的后面,他才想到她和他是从同一个地方来的,心里竟无端地踏实起来,他觉得好像离自己的家又近了一点。

王祈隆穿了奶奶缝制的、多年被乡下孩子艳羡的白衬衣和蓝斜纹布的裤子,领子和袖口都扣得严严的。脚上是他娘为他绞尽脑汁借鞋样子,下了功夫做的千层底的黑灯心绒布鞋。他从家里背了行李走的时候,全村的人都出来看,他们敬羡的目光把他抬了起来。他觉得自己是那般的自信,步子跨得那样从容自在,简直可以用身轻如燕来形容。而且,他也让他的奶奶为他骄傲得眼睛发出猫一样熠熠的光泽。奶奶现在可以站在人前,从从容容地看着他,像一个艺术家看着自己得意的作品。现在他走在武汉的大学校园里,站在新生报到的队伍里,望着那些来来往往像鱼一样快活地滑行在校园里、穿着花花绿绿的短袖衫和宽腿裤子、穿着锃亮的皮鞋的校友们,他一下子感觉到了问题的严重性。他是个从小学到中学都被人注视的人,而到了这里,他连注视别人的资格都没有了。长到二十岁,他第一次有了一种找不到自信的感觉。

从郑州来的穿红裙子的女孩叫刘圆圆,她是王祈隆进了大学第一个同他打招呼的人。哎!那谁,她喊道,帮我把行李搬到宿舍去!

这让他突然回想起,那个骑自行车的女孩这样唤他时的情景。

王祈隆进了大学,把自己一头就扎到学业里去了。

其实直到他进学校很久,也就是基本上熟悉了学校的环境之后,他才开始思索生活的各种变化,以及这种变化昭示给他的今后的道路。他不明白不理解的、令他在深夜里睡不着觉的、百思不得其解的事物实在是太多了。他一脚踏入生活,就感觉出这个社会的复杂了。他生长的大王庄社会,奶奶叙述里的社会,大学里的社会,成为三块各自漂移互不相连的大陆。哪一个才是他的真实,让他觉得自己更像自己?他的脑子被窗外的月光晃成了一锅粥,此起彼伏的虫子们的低吟让他心乱如麻。想家,和对那个时刻飘满牲口粪便味儿家乡的恐惧,像一波高过一波的潮水淹没了他。其实他知道,他的所谓的家,现在只是一个象征,一个影子罢了。奶奶的一个眼神,村口的一棵树,抑或那个坐在人家车座后面有风的夜晚。

王祈隆以为功课学好了,总会找到一个令他满意的答案的。

王祈隆不会说普通话,完全是一口浓重的河南豫西口音。有一次学校放电影,演的是《排球之花》,他上楼梯的时候,几个同学问他演什么电影,他说,排球自化!一下把同学笑得捂肚子,眼泪都出来了。后来同学们见了,干脆就喊他排球自化!他自己也觉得惭愧得很。也学着他们说普通话。谁知道北方人学普通话比南方人还难,因为它们的语调太接近,一发音就走了调。这招致了更多的哄笑。他本来话就不多,过了一段时间,干脆就不怎么说了。

王祈隆在班里成了一个沉默寡言的人。他除了睡觉的时候在寝室里,其他时间基本都是在教室阅览室里。实际上那个时候大学的风气就是这样,大家吃过饭就去教室抢座位。但王祈隆更勤奋,更执着。他从不迟到早退,从不旷课,每次考试都是最好的。这使他离大家越来越远,他成了一个独立于班集体之外的人物,一个学习机器。可是并没有人因而多朝他看上一眼。他在老师的眼里并不比那些油腔滑调的时髦的城里孩子吃香。

他们班里有七个女生,四十二个学生,女生才七个。王祈隆只和女生冯佳说过话,冯佳和他坐在一起。从开学一直读到大二,他和班里的其他几个女生好像是不认识一样。至少是他自己觉得人家不认识他,所以他也装作不认识人家。也不可以说完全没有接触过,有一次他在书店里碰到李丽和杜艳华。她们说,王同学,我们还要逛街,你帮我们把书提回去好不好?

一声王同学把他心里喊得暖融融的,他知道大家还是注意到他的。因此,他表现出比他们更大的热情来,说,好! 他能说不好吗?那两个女生那一会对他是那样热情,语气里都有一点央求了。王祈隆极少上街,武汉那么繁华,他读到大二都没把武汉三镇的景致好好看一遍,他知道自己的口袋里有多少钱。

那天,他甚至都没有顾得上看一眼书店里的书,进门就碰到了他的两个女同学。王祈隆二话没说拎着书就回学校去了。

冯佳不算漂亮,以王祈隆的标准,她甚至没有大王庄的姑娘水灵。可是在大学里,在他们这个农学系的班级里,冯佳算是出类拔萃的了。冯佳个头儿不高,到王祈隆的肩膀。但是,她从头到脚都是圆鼓鼓的,眼睛也是圆的,皮肤是南方女孩特有的白净,头发和眉毛却是出奇的黑。冯佳活泼,和班里所有的同学都打招呼,她倒是没有别的女生身上的那种故作娇羞的东西。除了这些因素,男生们认为冯佳漂亮还有一个重要原因,冯佳是真正的城市人。她可是实实在在武汉生武汉长的,从她太爷爷那一辈起,就在码头上做工了。冯佳说,她的爷爷曾经参加过江汉工人大罢工。冯佳的爸爸是船运公司的船员,跑武汉到重庆的线路,她都跟他爸爸游过好多次三峡了。

武汉女生冯佳的性格是可爱的,她大大咧咧的和同学们交往。虽然她家离学校很近,可冯佳却时常喜欢和宿舍的女生挤在一起,她不怎么爱回家。而女生们不知道是出于什么样的心态,常常在男生面前议论起冯佳来。好像她的家庭条件并不是很好。

她们家父母不和,所以她不回家。李丽说。

姊弟八个呢! 小城来的女生杜艳华用手比划着说。

杜艳华是班里条件最好的学生。刚入校的时候,学校让大家

37

申请助学金和困难补贴,她全部放弃了。听说她的父亲是湖南某市农机局的副局长,她妈妈也是机关干部。杜艳华穿得很豪华,她的衣服可是比冯佳多多了,可总是没有冯佳洋气。杜艳华穿了漂亮的衣服,就忍不住在人面前显摆,尤其是见了男生,屁股扭得格外生动。不知道哪一个就给她取了个外号——杜电门。

杜艳华知道有人给她取外号的事情,把自己关在房间里哭了半天。这种哭是不能让其他女生看到的,如果那样的话,等于她在全校人的面前哭了一次。但杜艳华的哭还是让别的女生知道了,她们却都偷偷地笑。她们"笑"她和"说"冯佳是一个意思。当然是很没意思的意思。而冯佳也和大家一起笑,笑完了她们就相互传纸条,然后再笑。临到下课,她把自己的笔记本推在王祈隆的面前说,笑死我了。你帮我把笔记搞一下嗨!

这当然不是第一次了。但王祈隆始终不知道笑死她了和搞一下笔记有什么关系?更不知道她们笑什么。所以王祈隆看到她们挤眉弄眼地笑的时候,干脆就在课堂上记两份笔记,那时冯佳笑完了,就把书本立起来,挡住老师的视线,呼呼大睡。王祈隆觉得她睡熟的样子才最可爱,因为只有这时他才有可能这么近距离地去看一个城市女孩子的样子。她睡着的样子,让王祈隆模模糊糊体会了一点城里人的味道。与其说是味道还不如说是霸道,可霸道又不确切。他转而又想,她怎么会有如此多的瞌睡?她夜里都干什么去了啊?

王祈隆有时候也会在课间和冯佳聊上几句。

你是城市人,为什么也会报考农学系?

考分低,争不过人家呗!

那你毕了业会到农村去吗?

农村?切!

那你怎么办?

怎么办？凉拌。这么大的武汉城还没听说饿死人的。

都说武汉的女人厉害，王祈隆是一点一点地体会到了。这样王祈隆就没法再往下说了。等了一会儿，她可能觉得话说得太过分了，扭头问道：喂，王祈隆，听说你是我们班考分最高的，你比我都快高四十分了，为什么你也要报考农学系？

我没有报。我也不知道是怎么录取的。

切！她把笔帽含在嘴里，直直地盯着黑板。

过了一会儿，却又自言自语地说，你们这些个老二伯伯啊！

到了大学快毕业的时候，王祈隆才知道"老二伯伯"是对农民的戏称。

到了大二的下半年，同学中已经有人开始谈恋爱了。中文系的李彤和体育系的宋大伟是最打眼的一对。他们两个人都来自南方的广州，听说是在中学里就认识了。李彤甜美，身上尽是南方女孩的柔，宋大伟却是高大伟岸的漂亮小伙。他们常常毫无顾忌地拉了手在校园里走，一边谈笑一边时不时地交换上一个动情的眼神。

做的人不觉得，看的人都傻了。

女生们都说那宋大伟像极了正走红的日本影星三浦友和。男生不轻易发表这类看法，可他们心里觉得那李彤确实不比日本影星山口百惠差呢！

这样的两个人，代表了大学里男生女生心中隐晦而又清晰的情结。那时候的国门刚刚打开，西风正小小地吹过来。得风气之先的大学里的他们，被一种执拗的情绪牵动着。他们在心里不断组合着自己的想象，却又总是被现实弄得垂头丧气。看着牵着手的人家，放牧着内心的躁动不安。

而王祈隆始终是孤独的。王祈隆没有事的时候常常一个人在校园的僻静处漫无目的地瞎转。王祈隆常常能碰到一些谈恋爱的校友。他们并坐在某一个地方，有时候拉着手，碰得巧了还会有一对亲嘴儿的。那个时候王祈隆的心就会剧烈地跳起来，好像身处其中的是他自己而不是别人。受了刺激的王祈隆下了决心不再去那些危险的地方，可他的脚步总是身不由己地步入一些更隐秘之处，看了不该看的东西，到了晚上就会做一些奇怪的梦，他把自己搞得昏头胀脑。

王祈隆亲眼看到过白雪公主李彤和白马王子宋大伟在校园的后山抱在一起。两个人都沉浸在他们那忘情的世界里，他们甚至没有看到走过他们身边的极度慌乱而又惶惑的王祈隆。王祈隆非常近距离地看到了陷入到欲望里的宋大伟的脸，毛孔都是清晰可辨的。那脸在那一刻竟是那样的丑陋，丑陋得让王祈隆都想呕吐了。回到宿舍，王祈隆把自己关在厚重的粗纱布蚊帐里，他第一次像观察一个植物的胚芽那样对着镜子审视自己。那是一张何等英俊的脸啊！他看着自己一点也不比宋大伟差，但哪一点也赶不上宋大伟。那时候他还不知道自己身上缺少了一种精气神，是那种城里孩子的洒脱和吊儿郎当。他把自己的脸弄扭曲了，看着自己的眼睛恶狠狠地骂了一句粗话。他说，妈的，我操！

有一段时间王祈隆变得讲究起来，把上衣洗得雪白，把头发弄得柔柔顺顺的。还参照着同学的式样在街上买了一件港衫和一条牛仔裤。武汉热的时间长，他就脱了布鞋，买了一双廉价的猪皮鞋。这双鞋因为被他用鞋油殷勤伺候着，倒也很有些牛皮的意思了。王祈隆着实把自己弄得很像样子了。

刘圆圆读的是中文系，刘圆圆在学校的女生中间只能算个中等。但她是学中文的，又是城市女孩，因此在河南老乡中就显得很骄傲。王祈隆和刘圆圆从来就没有什么来往，在学校里碰见了，如果实在躲不过去，就打个招呼。

"五四"的时候华中大学举办了一场舞会，跳交谊舞。会跳的不会跳的都去看热闹，王祈隆被几个老乡也拉去了，那里面自然也有刘圆圆。

刘圆圆那一天不知道是因为什么事情,显得非常开心。她那天和王祈隆说了许多话,比如回家几趟,毕业后有什么打算。她还出主意让王祈隆继续考研究生,将来可以进农科所。后来,舞会开始了,刘圆圆一曲一曲地跳,然后又回到老乡们这里来。她原来是会跳舞的,并且跳得非常好,在舞场上她几乎是神采飞扬。

中间休息的时候,刘圆圆仍然是跟王祈隆找话说,让王祈隆为她拿着脱下来的外套。被人重视的王祈隆,心是那样的快乐着,他为刘圆圆也为自己骄傲。他觉得人们在打量刘圆圆的时候也在打量着他,读了三年大学他都没有这么扬眉吐气过。

让王祈隆为之骄傲的刘圆圆像是喝醉了一样,兴奋得忘乎所以。中间她竟然要拉了王祈隆一起跳。王祈隆说,这个我可不会!其实心里是痒痒的。

没关系我带你,一下就会了。

王祈隆木偶一样机械地被刘圆圆拽着走,他大汗淋漓,心都提到了嗓子眼上。舞曲停下来,他一点知觉都没有了。他第一次这么近距离的和一个女孩拥在一起,抱着人家的腰,握着人家的手。松开了,除了激动,竟然什么感觉都没有留下。

刘圆圆终于跳累了,她在距王祈隆不远的地方坐下来,好像把王祈隆忘了一样,并不要回王祈隆为她抱着的衣服。后来有一个女孩子走到她旁边,好像是她的同学。音乐响起的时候她们就开始聊天。

她朝王祈隆看了一眼,问刘圆圆,是你男朋友吗?

男朋友?刘圆圆夸张地瞪大了眼睛看着她,你没发烧吧?

我说呢!

两个人吃吃地笑起来。她们说笑的时候并不看王祈隆,她们尽量把声音压得很低。王祈隆觉得身上的汗晾干了,凉意却是自上而下走的。

无处发泄力量的王祈隆开始在武汉的大街小巷里漫游。开始只是在学校的附近,后来行走的时间和距离越拉越长。开始只是课余随便的走,后来就是星期天和节假日有目的地游览了。他买了张武汉市的地图,图上所能标示的建筑和景区被他的双脚逐个地印证,那些建筑背后的文化和历史在他的丈量里一一盘活。他年轻的好奇被城市这双看不见的手拨弄得激情万丈,好像是他和这个城市的秘密约会。这段时间的游走占据了他课余之外的全部精神和体力,他突然决定,就这么走,要走遍武汉。他变成了一个不与人交道的怪物,旁若无人,独自游移在让自己兴奋的秘密里。他的身体却越加强壮起来,面色红润,神采飞扬,就连那股子乡下孩子的委琐竟然都被他走失掉了许多。计算起来他行走的距离也许已经有数千里之遥了。如果不是那件突兀的遭遇,他的行走该会出现一个什么样的壮观的结局呢?

王祈隆在一个星期天的午后走近了长江岸边的汉川饭店。著名的汉川饭店那时大约是三星或者是四星。不断进进出出的人们,好像是回自己家的后院似的,个个神闲气定,旁若无人。犹疑之间,王祈隆已经靠近了饭店的大门,他被门口那立得笔直的穿红色礼服的门童审视的目光弄得心虚起来,脚步也变得无端地飘忽了,他想也许这里不是适合他观瞻的地方。他在心里悄悄叹了一口气,他是准备好要从那让人肃然起敬的、奢华的宾馆门前跨过去的。门童却在他走近门口的刹那突如其来地捉弄了他一下。直到若干年后,王祈隆回忆起那次事件,他仍然固执地认为自己是受了那该死的门童的捉弄。

星级饭店的门童,在他走近的刹那间突然向茫然无措的王祈隆打开了玻璃拉门,他几乎来不及收住步子,就被那森严的大厅吸了进去。王祈隆其实是在毫无准备的状态下,一头撞进去的。进去之后,他才感觉到大厅之大之空旷。王祈隆完全可以从容地,大摇大摆地在宽敞辉煌的大厅里看一看,在沙发上坐一坐的。但他感觉到周围所有的人都在盯着他看,他与他们是那样的格格不入,好像马上就有人过来要把他清理出去一样。

王祈隆突然觉得膀胱涨了起来,一部分是由于紧张的原因造成的,一部分是他已经在城市的大马路上逛了很长一段时间,他确实需要解决一下。如果说当时他已经完全迷失了目的性,他却是凭着直觉走向大厅一侧的洗手间去的。幸亏有 WC 的标示引领着,他没有搞错。那一排被清洗得耀眼的白色便池明白无误,这里的确是他需要解决问题的地方。

王祈隆匆忙地弄开了拉链,并且准确地对着让他惶恐得几乎不敢细看的洁具亮出了家伙。

妈的!老子就在这里尿了!他暗暗地为自己撑腰。

但在尿之前,他还是心虚地向周围看了一眼。这一眼看得王祈隆心惊肉跳,他进来得太匆忙,竟然没有发现洗手池前还立着一个年轻人。那人着一身蓝色工作服,面无表情地盯着他。王祈隆几乎是愤怒起来,怎么可以这般无礼?可他什么都没敢说,这终究是人家的地盘。

是我做错了吗?

不!既然这小子没有说话,那么他就是对了。然而,王祈隆却任凭自己憋出了一脸细汗,一点也没尿出来,膀胱里的压力一点也没有了。而那小伙子依然一眼不眨地看着他。音乐微弱地在头顶的某一个地方倾泻而下,淡淡的香水的味道迟迟疑疑地渗透肺腑。王祈隆徒劳地尽了最后一丝努力,万分沮丧地收兵回营。转身就想落荒而逃。刚走一步,突然悟到,该洗洗自己工作了好一阵子的手,他可不想被那小子轻看了。他尽量让自己镇定下来,装做若无其事的样子。然而,来到水池前,他更尴尬了。那擦得锃亮的水龙头,竟然没有开关。他摆弄了一下,水并没有在他的预期中流出,他的脸色又红涨起来。那该死的家伙仍然在打量着他。身体里的废水就是被这目光堵回去的,水管子的水怎么也不能就此罢休了。他愤怒地在让他恼羞成怒的龙头上拍了一掌。他这样做也不是完全没有一点道理的,学校里年久失修的水管有时就是这样被拍出水来的。

天,一掌下去,王祈隆不但没有拍出水来,却把水嘴给拍断了。他并没有使出太大的力气,也许根本不是他的过错。那个始终很沉着气的看客开始发话了。好像他蓄谋已久,一直就是在等待着这样一个机会,也许他太久都没有说话了,他需要宣泄。

婊子养的!

这句地道的武汉方言王祈隆完全听明白了,冯佳生气的时候时常会咕哝着来上这么一句。他骂谁呢?他凭什么骂人?

旋即,他明白了,这尿池和水池都是他的,是他在这里看管着的。

看看那个人,又看看损坏的水嘴,王祈隆只能吐出两个字。

我赔!

就凭你,口袋里有几个钱儿?赔得起吗你?也不看看这是不是你来的地方?

我马上就走!

走?有那么容易?你不许动,我去报告经理。

到底是星级宾馆,他没有让无地自容的王祈隆久等,着黑色制服的年轻经理很和气地走了进来。蓝色跟在黑色的后面喋喋不休。在黑色面前,蓝色的气势已经压得很低,完全像是一个无辜的下人在抱怨他自己的不幸了。黑色在蓝色的抱怨声中身体挺得笔直,他的头始终都没有朝蓝色哪怕轻微地侧上一下。他一直走到事件现场,他面朝着王祈隆,打了个让蓝色闭嘴的手势。他带着很职业的微笑对王祈隆开了口:先生是本酒店的客人吗?

王祈隆羞愧万分地摇了摇头,不是。

你有证件吗?

王祈隆如听到大赦令一般,哆嗦着急忙掏出了学生证。我是大学生啊!你这狗眼看人低的一个管厕所的工人!他在心里哀叹着。

黑色的经理身体笔直,威严庄重地审查了证件。蓝色在他的身后期待着,一会儿看看他,一会儿看看王祈隆。

你来这里就是为了找个方便的地方吗?

经理的语气是温和的,经理很骄傲地环视了一下他的属地,他似乎是想要证实一点什么。

王祈隆说,不!

王祈隆的否定让经理很满意,这些乡下的学生到这里,是消费不起的。纯粹进来方便他们也不敢,他们来这里无怪乎是想看个景致。

黑色经理回过头来,看了一眼蓝色的清洁工,严厉地说,你怎么不告诉客人,水龙头是自动感应的?

他把证件交还给王祈隆,说,按照我们酒店的规矩,损坏东西是要赔偿的。看你是个从农村来的学生,就算了吧!

经理把"农村来的"几个字咬得非常严肃,那句"就算了吧"却像是一个急促的滑音,潦草,敷衍,似乎是不愿意张扬他的施舍。说完,他像欣赏自己作品一样,打量着吓坏了的王祈隆,职业性地微笑了一下补充说,先生,你可以走了。

那声"农村来的",那句充满了悲悯和施舍的"就算了吧"和"先生,你可以走了"比清洁工的一声"婊子养的"更让王祈隆羞愧得无地自容。

尽管想飞出去,但王祈隆还是强压住了自己,微弱地说了一声谢谢才冲出去。大厅里有那么多的人啊,几乎所有的眼睛都在看着他,好像他们都知道了刚才发生的那一幕。他费了多大的劲才终于走到了门口,那红色的门童又及时地拉开了门,礼貌周至地弯下腰做了一个请的手势。那红色如火一般烫伤了王祈隆的眼睛。

45

门外的白炽的阳光一下子就猝不及防地戳出他酸酸的一汪眼泪。王祈隆捂住眼睛，几乎是朝着学校的方向狂奔。他的徒步行走武汉的狼子野心在这场事故里戛然而止。

有一段时间，王祈隆上课的时候常常思想抛锚，他常常怀念起他的中学同学李晌。他看到那些穿了裙子在校园里卖弄的女生们的腿，就想到了跑在镇中小操场上的李晌的腿。李晌的腿比她们的长，也比她们的直。女孩子的腿要是一长一直，就有了让人遐思的空间了。李晌要是在这样的大学里读书，穿了她们这样的裙子，一定是学校最亮丽的一道风景。他想着想着就糊涂起来，他不明白他的奶奶为什么就不能容忍那些乡下的好同学啊！李晌当初要是和他好了，能和他一起考上华中大学吗？李晌体育好，至少能和宋大伟一样考上体育系的。李晌要是和他一起在这里读书，他王祈隆该会多么的神气啊！

王祈隆做了一个梦，他梦到他们家院子里的杏子熟了，他拿了长竹竿去打，却打落了一地花。他发现他们家的杏树有一半是开了栀子花的。栀子是他到武汉后才认识的一种植物，他拿了那花去找李晌。李晌在公路上等他，见了他并没显出高兴来。可不知怎地两个人就抱在了一起。王祈隆抱了李晌，却是老虎吃天，无从下口，不知道身体该往哪里使劲，却没有缘由地来了一阵从未有过的快感。他醒来了，大汗淋漓地躺在宿舍里，内裤湿淋淋的，连被子都被弄脏了。

除了冯佳，班里别的女生都在恋爱了。你想啊，连马秀秀那样的都在恋爱了。

马秀秀是从黔西农村来的。马秀秀长得丑丑的，像一朵还没有完全打开，就被倒春寒压迫回去的花。马秀秀长得丑，又是从农村来的，可她却是班里女生中最要强的一个。马秀秀曾经在女生宿舍发过毒誓，说如果找不到一个漂亮的男朋友，就从七楼的旗杆处跳下去。说这话的时候,她嘴唇都是紫的。当时谁也没敢跟她开玩笑。出来之后,大家都捂着嘴笑了半天。瞧那老鼠婆一样的嘴脸哟!说不定死不了,还怪找不到七楼的楼梯呢!然后,她们就常常拿一些男同学出来速配,看看哪一个和马秀秀配对儿才不至于让她跳楼。每当这个时候王祈隆的脸都会涨得红红的,假如有一个人拿他和马秀秀开涮,他立马就翻脸。

让人惊讶不已的是,马秀秀竟然真的找到了一个漂亮的男朋友,陕西来的棒小伙子潘明军。潘明军是陕北绥德人。俗话说,米脂的婆姨绥德的汉。那绥德汉子就是让人眼睛发亮。大家都说马秀秀和潘明军好,是使了心计的。其实这事也怪潘明军自己。潘明军爱喝酒,马秀秀的家里开了一个作坊式的小酒厂,当时在贵州和四川的乡下有很多这样的小酒厂。她就时不时地塞给他一瓶酒,并陪他在校门口的地摊上喝。有一次还真把他灌醉了。马秀秀把醉了酒的潘明军扶了回来,安置在床上。大家都说,那天是马秀秀算好了的日子,学校放片子,同学们都去看电影了。她帮他洗了床下的一堆脏衣服。然后又坐在床沿上帮他缝开了线的裤腿。这个时候醉了酒的潘明军本应该睡着,可他却兴奋得醒了过来。他看着马秀秀一针一线地在帮他缝裤子,歪着头咬线头,"小妹子儿那个毛眼眼"一闪一闪的,酿在心头的黄土地上的老感情很快就泛滥得不得了,像壶口瀑布一样倾泻而下。他说,马秀秀,咱两个好了吧?

马秀秀并没有停下手里的动作,只是看着他笑。那一刻,马秀秀的笑脸在男生宿舍昏黄的灯光和杂沓肮脏的空间里出奇地光彩起来。马秀秀的笑既是沉着的,又是带着某种暗示的,神情暧昧得像一坛老酒。潘明军就势把她拉到怀里。潘明军没有忘记向她承诺,实际上也是试探。

他说,我是认真的。

马秀秀仍然是笑。

潘明军的心窝窝随着马秀秀那坛老酒在发酵。他侧身把她摁到了床上,没等她把嘴里的线头吐出来,就把自己满是酒臭的嘴盖了上去。

冯佳仍然是慵懒的旧模样,甚至还不如刚入学的时候精神。最近她不怎么在学校住了,还常常在课堂上睡觉,让王祈隆帮她记笔记。王祈隆不明白冯佳为什么不谈恋爱,学校里的女生这么少,以冯佳的条件是可以很好地挑拣一番的。冯佳的形象和性格并不是很符合王祈隆理想中的人物。王祈隆喜欢那种个头高一点,性格文气一些的女孩,就是快活也要有分寸的那种快活。冯佳太大咧,和谁在一起都是无所顾忌,说话做事比男生都鲁莽。她很可爱,但是男生都在私下里评论说,她身上太缺乏女人味。

有了那次梦中的花煞,王祈隆再看到冯佳趴在桌子上睡,就望着她那嫩豆腐一样的胳臂发起呆来,按照鲁迅先生提供的那种思路,一直想到人家的裸体。实际上,如果冯佳同意和他好,他还是可以考虑的。那天的课是讲植物繁殖的,老师讲到授粉这一节时说,植物和人是一样的,必须有了一定程度的亲密接触才可能受孕。这不知道触了王祈隆哪一根神经,他碰了碰刚刚醒来还一脸迷茫的冯佳的胳臂说,我晚上请你看电影怎么样?今晚上有内部片《简爱》。

冯佳马上就精神起来。冯佳说,好啊!好啊!

冯佳不会小声说话,她的声音把王祈隆吓了一跳。他赶紧装着若无其事的样子,看着前面的黑板。过了一会儿,王祈隆就在本子上写道:晚饭前在校门口见?

冯佳马上明白不仅要看电影,还要请她吃饭。立马也在本子上写道:不见不散!

王祈隆觉得很有意思,倒不像是约会,好像是在做一项地下工作。但是他心里也是打着响鼓的,各种各样的情节排着队在他脑海里翻跟头。有一刻他曾想,如果在电影中间冯佳不拒绝的话,他准备拉一下她的手。至于以后怎么发展,那就顺其自然吧!

反正还年轻!他那天心情着实不错,心里不知道怎么翻上来这么一句话。

王祈隆盘算好了,他准备请冯佳在校门口的小面馆里吃热干面。热干面素的两角,荤的两角五分。电影票也是两角一张。在进场之前,他还准备再花上两角买一斤橘子,橘子那东西比较适合约会时吃,亲密起来可以一瓣一瓣地剥了,往对方的嘴里送。

这样下来,就算有意想不到的小开支,最多也不会超过一元五角钱的。他一个月可只有不到二十块钱的生活费。不过,花不到两块钱,就赚到人家一个大姑娘的爱情,再怎么说也算是一桩合算的恋爱了。

王祈隆从猪皮鞋入手,从下到上,直到把自己完全收拾齐整了,才开了抽屉拿钱。先拿了两块,后来想想,付钱的时候捏出来一张脏兮兮的票子,太让人家小瞧,于是就把仅有的十块钱都装到口袋里去了。走到楼梯口,他又拍了拍口袋,踌躇了一下,才一步俩台阶地往楼下奔去。

王祈隆以为自己的准备工作已经滴水不漏了,因为他已经在心里预演了好多次见面的场景,甚至每一句话,包括话与话之间的停顿他都想好了。但是,越往楼下走,他越觉得腿脚轻飘飘的,整个身体都往上飘。在三楼的拐角处,他扶住楼梯扶手,深吸了几口气,把全身的气都沉到丹田。他想,冯佳肯定是要迟他一会儿才会出来的,女孩子都是这样,就是早到了,也是在旁边瞧着,等你急不可耐的时候她才站出来。万万让他没有想到的是,她会提前站在那里等他。这让他想好的脚本全部打乱了,他努力地抑制住狂跳的心,但还是让冯佳看出了他的喜形于色。

冯佳还是那种大大咧咧的样子,她把手伸给王祈隆,说,你好啊!然后回转身把一个又小又瘦,像打1840年那阵儿刚从大烟炕上抬下来的烟鬼一样的男人推到他面前,说,这是阿强。又跟阿强说,这就是王祈隆。

王祈隆足足有三分钟没有明白过来,这个突然冒出来的阿强和他们有什么关系?但很快他就闹清楚是怎么回事了,阿强是冯佳带来和他们一起吃饭的。他的心沉了一下,但面上并没有露出什么来。他说,那我们就先吃饭吧!

他们进了面馆,坐好了,要了三碗热干面。王祈隆看看冯佳,又看看那个阿强。

阿强说,我们这么几个老大的人,只吃碗面算怎么回事啊?

他没等王祈隆表态,就要了两个小菜。凉拌皮蛋黄瓜,红烧麻辣小黄泥螺,外加两瓶啤酒。阿强咕咚咕咚把啤酒倒在两只碗里,推给王祈隆一只,自己也拿了一只,互相碰了一下说,喝!哥们儿!然后一气喝了个碗底朝天,嘴上粘着白沫说,我一个人就可以干两瓶!

那一阵儿王祈隆好像变成了客人。阿强说喝,王祈隆端起碗就喝。冯佳说,吃啊!王祈隆就拿起筷子夹菜。

他们把菜和面都吃完了。三个人缓下来,坐着喝面汤。喝了很长一阵子,冯佳和阿强都看着王祈隆。王祈隆突然明白,该他算账了。

总共花了差两角不到七元。不知道阿强有没有喝晕,王祈隆是晕了。接下来的事情都是冯佳指挥着他干的。她让他买了电影票,又让她在电影院门口的水果摊上买了二斤橘子和半斤花生米。找到坐位,阿强很轻松地就在王祈隆和冯佳中间坐了。从头到尾,王祈隆那天连冯佳的衣服角子都没能碰一下。

电影散了场,冯佳干脆就没有再回学校,她和王祈隆道了别,就挂在阿强的胳臂上走了。

看着他们一点一点地消失在昏黄的路灯下,王祈隆的心像被水浪冲击的江堤一样一块一块地坍塌下来。江边上的晚风是有些凉意了。

　　如果……望着他们远去的方向，王祈隆一句台词也想不起来了。

　　本来是场游戏，可王祈隆玩得过于投入，就真的有些陷进去了。这中间又莫名其妙地横出来一个阿强，王祈隆塌了方的心情恶劣到了极点，竟然比爱了一场又失恋还要失落。回到宿舍，躺在被子里的时候，他不再单独想念他的中学同学李昫姑娘了。他把他心仪过的姑娘来了个沙场秋点兵。那些姑娘也真听话，听到招呼应声而来，都千依百顺地粘在他的手上，直到让他的激情喷射而出。这样他才觉得心里舒服了一些，慢慢地睡着了。

　　王祈隆以为，冯佳第二天总要给他解释一下什么的。冯佳却什么都没说。本来这件事情就这样过去了，让王祈隆万万想不到的是，又横生出来一些枝节。首先让他难堪的是那丑婆娘马秀秀，她和潘明军一起碰到王祈隆，就开玩笑说，什么时候也请我们吃饭看电影呀？

　　王祈隆真想回敬她，看见你这个样子，不吃已经想吐了！

　　班里的同学显然是都知道了，见了王祈隆挤眉弄眼的，或者故意说，又有内部片子了哇！王祈隆只当没听见，又天天去阅览室抢座位了。他再见了冯佳，看都不看她一眼。冯佳赶着向他解释说，我什么都没说啊！肯定是我们在一起吃饭被大家看到了。

　　王祈隆连头都不扭一下，直直地走过去。

　　冯佳感到了问题的严重性。她在他散步的时候追在后面说，王祈隆，对不起！

　　王祈隆紫着脸，恶狠狠地瞪了她一眼，这次他说话了：请你离我远一点！

　　冯佳跟在他后面哭了，冯佳说，我根本没想到会伤害你。我和阿强上大学前就定了的。阿强有工作，他在钢铁公司上班，一个月可以拿四十多块钱。冯佳说，我家里条件不好，我爸爸一个人的工资怎么可以养活十口人？我上大学的费用都是阿强给的啊！

说到这里，她已经完全被自己打动了，哭得越发伤心起来。

王祈隆站了下来，他看着这个城市女大学生冯佳，一时百感交集。他看到了在她的优越和高傲下面，掩盖的那些脆弱。就像那些繁花似锦的霓虹灯，白天看起来无非是些苍白而又冰冷的玻璃管子罢了。对于一个高不可攀的城市而言，王祈隆觉得也不过如此。因为农村的贫困是单纯的，仅仅是物质上的匮乏而已；而城市的贫苦却是双重的，既有物质上的贫乏，又有精神上的恐惧。他们更像是踩在高跷上生活，一脚踏空就会呼呼啦啦塌下来。看到了这一点，他忽然找回了曾经失去的自信。他本来想说些更有男人味儿的慷慨激昂的话，可是，他告诉冯佳的是，你还把笔记交给我吧！

漫长的四年大学生活，王祈隆觉得像是踩着一个鼓点走过来的。过去了，一切都可以忽略不计了。没有曲折，也没有浪漫。这种日子给他并没有留下什么深刻的印象，给今后的生活也不应该留下。好像是一头扎进了一个悠长的隧道，见到光明，也就是走到了旅途的尽头。

王祈隆他们就要面临毕业分配了。

从不求人的王祈隆，也开始羞红着脸，向班主任打探情况。

七八级的大学毕业生当时还是很受宠的，除了按计划分配，一些缺少人才的单位甚至会直接跑到学校去要人。王祈隆的学习成绩是全优，班主任私下里跟他透露，根据他的条件，可以留校，或者到北京中国农业大学再去进修两年，按研究生待遇，条件是毕业后留校当老师。而且基本已成定局。

王祈隆就要变成一个武汉人，而且要做武汉人的先生。不管这座城市让他经历了什么样的打击，他觉得让他还手的机会终于来了。妈的，三十年河东，三十年河西啊！他暗暗下定决心，他要征服这座城市,他一定要让他妈的武汉人看看王祈隆是什么人!

分配结果在大家忐忑的期盼中终于拉开幕布。有许多人哭了,更多的人却是在欢笑。门口的小饭店里到处都有毕业生们欢快的影子。王祈隆傻了,全班四十多个同学,只有五个人分到了省会以下的小城,而且全是农村来的孩子。

王祈隆捏着那张派遣证,就像捏着自己的命,去见了班主任。他多么希望是他们搞错了啊!但班主任明白无误的表情,却一下子浇灭了他心中的全部希望。班主任拍了拍他的肩膀,班主任说,我不该告诉你太早,原来定的留校名单里确实有你,现在换了李成一。王祈隆闹了半天才反应过来。李成一家就是武昌的,父母都是官员,可他是他们班学习最差的一个。

所有的屈辱顷刻之间全都回来了,他刚刚激起的雄心壮志反过来像一记耳光搧在自己的脸上。

但王祈隆没有倒下,他什么都没说。他又想起他在见冯佳之前突然冒出来的那句话来,反正还年轻!这句话用在两个不同的地方,泛在心里的滋味却是一样的。但不管怎么说,还得打起精神面对新的生活,面对家乡的亲人。

他心里还站着他的奶奶啊,二十四岁的王祈隆!

见了奶奶,王祈隆故意说是他自己要求回家乡的。奶奶听了孙子的叙述,长长地叹了一口气,但她什么也没说。王祈隆已经看出了奶奶的情绪,知道她是什么都不想说了,自己的分配很显然让她失望。他违了心意拉起奶奶的手说,不是我不想再到北京念书,也不是我不想留在武汉。奶奶,我只是想回来守着你老人家。离开了你,我觉得我什么也不是。

本来很倦怠的奶奶,却一下子激灵起来,她拉住孙子的手,脸色一下变得像一张白纸。她的眼睛在孙子的脸和手上游移着,手哆哆嗦嗦好像控制不住。从孙子去上大学,她还没有这么近距离地看过孙子。她发现孙子长了一双出奇的大手。

细腻修长,像一张蒲扇。

王祈隆被奶奶的神情吓坏了,他坐在床上抱住奶奶,问,奶奶,奶奶,你怎么了?

奶奶一下松懈下来。没等到孙子说完。她坐在那里像睡着了一样,眼皮耷拉下去。奶奶老了。奶奶脸上的皮松松地垮下来,在十五瓦灯泡的照耀下,像一堆枯树根。

3

王祈隆是毕业的第二个礼拜到阳城地区农业局报到的。

回到了家乡,他身上的力气好像突然又回来了,举手投足都充满了自信。就连他身上洗得雪白的衬衣和蓝咔叽布裤子,都重新变得雅致起来。他有足够的信心,他是大学毕业生,那在当时是个说起来就让人啧啧咂嘴的资历。而且,他王祈隆可是被地区农业局亲自去省人事厅挑选回来的。

王祈隆想象着他去农业局报到的情形。肯定是会受到热烈欢迎的,因为据说他们这个地区整个农业口就他一个重点院校毕业的大学生。局领导要是接见的时候,他该怎么样说;在机关为介绍他而召开的全体干部职工大会上,他当着大家的面该怎样说。他这几年的书是没有白读,算是出过门、见过世面的。他提前把什么都想了,他甚至想好了对领导分配给他的工作他如何干出好的成绩来。积攒了十几年的文化知识还没有真正派上过用场,他一定会好好利用,成就一番事业。

哪怕仅仅是为了奶奶!

之所以毫不犹豫地来报到上班,他就是为了奶奶啊!不枉奶奶这么多年的灌输,王祈隆现在自己都觉得他是可以成就一番大事业的。他自己想,成就事业也不一定非要在大城市里。奶奶对他回到河南好像有些失望,他对奶奶说,实际上也是对自己说,我会干好的!

王祈隆洗了头,换了衣服,把自己弄得整整齐齐,踌躇满志地到阳城地区农业局报到了。

农业局设在行署办公大楼的四楼上。陈旧的苏式红砖楼,尘土在外面墙上积了很厚,里面显得暗无天日。办公楼虽然破旧,但政府威严的架子还在,所以这丝毫没有影响到王祈隆的好心情。但是接下来的一切,显然不是王祈隆所能想象的。

王祈隆没有见到农业局局长,副局长也没见到,他只见到了办公室管人事的老张。五十多岁的老张似乎是个好人,他透过老花镜使劲地看了王祈隆一会儿,说,领导都去开会了,你先到行署招待所里住下吧。过去没来过阳城吧?没事你先在城里转转,有什么事情就找我。

阳城是三国时期的古城,这个曾经被历史上好几代君王做过统领天下之地的小城,现如今早已风华褪尽,显露出岁月深处的疲惫和麻木来。王祈隆在城里一连转了三天。在灞陵桥,看着关公辞曹处的纪念碑,想着当年关公就是站在这里,作别曹操,踏马西去,过五关斩六将,心里竟平添出一些感慨来,联系到自己目前的处境,更是有了欲说还休的况味。

三天里,王祈隆每天都是先要到农业局报到的,人家还没有上班,他已经在门口等着了。他自己都不好意思起来,好在那老张还不烦,总是不紧不慢地说,来啦?然后打开办公室的门,先把他让进屋里坐下,倒上一杯水。这些个程式化的动作,却让王祈隆很感动。老张做完这些动作之后,就把自己埋在报纸堆里,好像把王祈隆给忘了。直到他感觉到王祈隆的尴尬来,才会问些不疼不痒的官面上的话,却始终不提王祈隆工作上的事。这样一来,王祈隆反而不好直接问了。老张是个兢兢业业的机关公务员,并不是个善于表达的人,有时候看起来非常热情洋溢,想着他会说出很多话来,可说了一两句就没有了。王祈隆坐了一会儿,就站起来说,我先走吧。那老张也不挽留,说,走了啊? 王祈隆逃也似的离开老张的办公室,手心里竟积满了汗水。

老张确实是个好人,但有时候和好人在一起会让你更累。

有时候王祈隆拘谨地坐在他的办公室里,常常会看到有人手里端着一个茶杯,踱着方步走进来。人家一进来,他就赶忙站起来,一副谦恭的样子。哪知人家看也不看他,过来站站,看看,有时候说句话,有时候连句话也不说就走了。他站了几次,老张就说,你别站,他也不认识你,站起来干吗? 王祈隆说,怕是人家领导过来找你。老张笑道:领导哪里会下来找我? 再者说了,要是领导真过来,我不早就站起来了!

第四天,老张看到王祈隆就露出了笑脸。老张说,批了批了! 领导批了,让你去地区农校当老师。我现在给你开信,今天就可以报到了。

老张只顾自己高兴,他没有注意看王祈隆的脸。年轻人的脸刷一下白了,老半天才蹦出来两个字:农校?

是啊,是啊,是咱们地区的农校啊!

我不是农业局要回来的人吗? 怎么会去农校?

唉! 你没弄明白,农校还不就是农业局的嘛! 农校就是属于农业局管理的。

王祈隆想一想,老张说的是没错,农校确实是农业局系统的。而且这个事情,和老张也说不清。王祈隆说,张科长,我想见见局长。

什么? 老张的眼镜差点掉下来,你想见局长?

是! 王祈隆的情绪已经反映在声音里了。

老张半天没说话。他把王祈隆的派遣证仔仔细细叠好,放在自己面前,像在思索一件重大的工作部署。停了一会儿,说,年轻人啊,我看你是个很稳重的人呢!

王祈隆看着他,没说话。

局长忙得很啊,我想见他都很难。我建议你还是先去报到吧,等你熟悉了情况回头再说。

王祈隆觉得自己的心和身子正在一点一点地往地下陷,脸上的表情不知是气愤还是悲哀,有一种被拐卖的感觉,血一波一波地往脑门子上冲。

老张站起来拍拍他的肩膀说,小王啊,你还年轻,有一份固定工作已经不容易了!我孩子他们年龄比你都大,还在家待业呢!好好干,什么都得一步一步来。老张又说,小王啊,我在农业局都干了三十多年了,混了个科长还是副的。年轻人,干点事儿容易吗?

王祈隆就这样进了距阳城市内还有五公里的农校。学校坐落在三国时期的一处遗迹旁边,据说这曾经是魏国的一个演武场。学校院子的东南角还有一座古庙,古庙边上有几棵柏树,粗大的树干腐朽弯曲,大概很有一些年龄了。学校很有可能原来就是在庙院里设的,不知道刚建校的时候,有没有让学生们在宽敞的庙堂里上过课。现在的学校显然是比原来的庙院扩大了几倍,抑或是十几倍。

倚着庙堂往后走,是几排矮矮的青砖瓦房,房子的年龄大概比王祈隆还大。院子里普通的树都是有些资历的了,好像都有灵性似的,不管生长在哪里,就像天生就应该在那里一样,雄踞一方。学校院子里大块的空地都被学生和老师家属种上了各种青菜,春季里还种上一些瓜果和花生,这既体现了农校的特色,也使院子里到处都是绿色。这个学校每年的招生名额很少,几个年级的学生加在一起也才几百人,即使在他们休息的时候,学校荫荫的绿色也会遮盖住他们,好像农校的主角是植物而不是人。院子的西边有一条河,河面不宽,水流量也很小了,可是水却是出人意料的清澈。

傍晚有河风吹起,人走在河堤上,是多么的清爽啊!

这里其实是一个很神仙的地方,只可惜和王祈隆的想象差距太大了。他又太年轻,那个时候,他年轻的心气正浮躁着,对生活不着边际的设想,正充斥在他的心头。王祈隆眼睛里看到的,这个他要工作和生活的地方,全是破败和颓唐。

学校分了一间屋子给王祈隆,屋子大约有十七八个平米。学校里所有的屋子都是一样的,地面一律用现烧的青砖铺了,屋顶是用芦苇或者黍秆做的顶。屋子与屋子之间的山墙,全是半墙,砌到横梁处,不隔音。从顶北边的屋子里放个屁,顶南边的屋子里一定有人喊臭。老鼠们在顶棚上面横行无阻,轰隆隆地奔跑声震耳欲聋。难怪住在下面的那些为人师表的先生们,一个个会被弄得无精打采,胡须稀疏面皮黄瘦,渐渐露出仙风道骨般的面目来。

王祈隆失去了到北京读研究生、留在大学当老师的机会,本来想着能用自己的满腹才华报效家乡告慰奶奶,谁成想一猛子扎到这么个破烂地方,他连哭的地儿都没有了。王祈隆羞愧得无地自容,他不为自己,单为他的奶奶,已经是伤心到了极点。

王祈隆对生活和爱情的热望一下子降到了最低点,每天半死不活地去给那些半生不熟的、比自己小不了几岁却是死活看不上眼的学生们上课。他们大多都是些农村出来的生瓜蛋蛋,没有出过门,没有见过世面,把个农校看成了高等学府。知识还没学会多少,却先学会了卖弄,把社会上一些庸俗的东西带到学校里来。学生中间竟然也有闹恋爱的,跑到校园外面的小河边去,忸忸怩怩的样子,是农村人相媳妇的翻版,那架势生硬得让王祈隆哭笑不得。他们能知道什么是爱情呢?

他竟然忘了自己也是来自农村,也打从他们这样的年代过过。但他却有千帆过尽般的沧桑感了。

一辈子还没有开始,就已经提前结束了!王祈隆心里不知道是为他的那些学生,还是为他自己哀叹着。

没有课的时候就围着学校的院墙没有尽头地散步,每看到一个数字,比如一个车牌号,王祈隆都要在心里算计能不能被三或者六除尽。如果碰巧有好几个数字除尽了,他会莫名其妙地轻松起来;如果总是除不尽,就会在他阴郁的心情里增添更多的烦恼。

王祈隆看不到希望在什么地方,他现在连老家都很少回了。他都不敢想起奶奶那双期盼的眼睛。考上大学的时候,几乎半个村子的人都眼睛放光地看着他远行。他充满信心地来阳城报到的那一天,更是让村里的人羡慕得眼珠子都绿了。现在他不知道他还将如何面对他们,见面不说话心里就已经虚得不着边际了。想想上大学时的那些好时光啊,每天在校园里穿着洗得雪白的衬衣,浏览着人家手牵着手过家家,设想着自己未来的好事情,那是多么的罗曼蒂克啊!

学校领导也很关心王祈隆,教导处的王主任曾经很郑重地找王祈隆谈过一次话。王主任说,你课教得挺不错的,好好干,有机会我推荐你到省农学院进修进修。

王祈隆差点没把肝子吐出来,我是华中大学毕业的啊!我们学校烧锅炉的要是调到省农学院来,保准都是教授!

王祈隆只是让这话在心里翻了个跟头,又咽了下去。主任是个老实人,也是好心。再说了,他哪里能去和这样一个没有多少文化的人计较呢?主任是学校的老人,没有多少文化,他最自豪的就是说他在学校里干了多少年,哪一棵树是他种的,哪一排房子是他主持盖起来的,学校的建设处处都有他的心血在里面啊!

有一段时间,王祈隆不看电视,不读书,不与人交往。农校连员工算上总共才三十几个工作人员,他有一半都还认不过来。他的日子正像一首歌中唱的,张开嘴巴就吃,睁开眼睛就喝,迷迷瞪瞪上山,稀里糊涂过河。要说这样的日子可也是许多人花大力气都追求不到的一种境界。但心情不一样,结果就更不一样了。王祈隆任凭自己麻木着。

王祈隆那阵子对吃倒是有了一些研究,他在武汉上大学染上了吃辣的习惯,食堂的饭菜吃着不过瘾。在小商店里买来火锅底料,在电炉上煮各种小菜和面条,有时候还买一只鸡炖了吃。奇怪的是,他这样吃了睡睡了吃却越发地瘦起来,一米八一的个子,本来就不胖,现在瘦起来就真的像只衣服架子了。他皮肤白皙,头发柔柔顺顺地疯长,戴了一副金属框的眼睛,看起来斯文的模样,始终有一种让人爱怜的忧郁。

学校的教职工里面只有两个女性。一个是比王祈隆早一年分配来的教师丁萍,人瘦小,长得也不是十分的丑,五官都还行,王祈隆却总是觉得好像是有什么地方不对。思量了一阵子就明白了,像是一朵开了一半就瘪了的花,有些地方没有扑闪开,总让人觉得小里小气的。

物以稀为贵。丁萍这样的,王祈隆看不上眼,身边却有不小的一群追随者。这几年分配来的教师,都还面临着找对象的问题。

与王祈隆一起新分配来的小彭和小李,都是从省农学院毕业的。因为两个人的学业、资历都是一样的,所以就什么都攀比。小彭分到了办公室,工作比较轻松。小李就去找校长,为什么把我分到教研室教基础课?小李房间里多放了一张小木床,是原来一个老师留下的,有了客人可以凑合着住。小彭就找管后勤的领导,为什么别人屋里两张床,我屋里就只有一张?

小彭追丁萍,小李也跟着追。

小彭家里条件好一点,他父亲是一头沉,听说在县城里工作。小彭每次到市内去,都买一斤糕点半斤糖果之类的,自己舍不得吃,悄悄拿给丁萍;小李的家就在附近的郊乡,经常有村里人来看他,拿一些鸡蛋或新鲜的玉米大豆之类的。小李往往趁晚上月黑风高之际,悄悄地送一些给丁萍。

丁萍对待小彭和小李一碗水端得平平的,她非常沉得住气。

小彭和小李却沉不住气了。小彭在办公室里看见小李,就一边装着看报纸,一边当着大家的面说,这现在找媳妇可是真不容易,家庭条件差了,一圈人都看不起。有些人就是不自量,才掸掉身上的泥点子,就癞蛤蟆想吃天鹅肉。总不能娶过来让人家跟着喝西北风吧!

小李知道小彭的话是对着他说的,可是人家说得没有错啊,他家庭条件差,一分钱得掰开花。小李的脸憋得通红,可他决不可以接小彭的话茬。他要是接了,就等于承认自己是那癞蛤蟆了。

下一回,小李在食堂里看见小彭,一边把碗里的菜叶挑出来,狠狠地甩在地上,一边也当着大家的面说,这人的相貌啊,生下来什么样子就什么样子了。经济条件啊,工作状况啊,所有的一切都是可以改变的,长相可是老天的造化。这人相貌差了,才真是一辈子的悲哀啊!

小彭个子低,面目也不很清秀。皮肤粗糙,看着就老相了一些。小彭当然知道小李这话是对着他说的,一张脸眼看着紫涨起来。这长相可是大家都看得见的,他想不认账都不行。小彭脾气暴躁,他也想忍,却怎么也忍不了。他说,小李,你他妈的笑话谁?

小李装做一脸无辜的样子,说,我是在泛泛而谈,没有说谁谁啊!小彭,在我们学校,你长得也不能算最差吧?

小彭咬着牙说,你他妈的是个无赖!你他妈的给我记住,我今天替那些长得不好的教训教训你!小彭话没有说完就把刚打的一盆热稀饭泼了过去。

小李没想到小彭会这样,怔了一下,想着在丁萍面前也不能示弱,也顺手把自己的菜盆子掷了过去。

小彭和小李一人带着一身稀饭,一人顶着一头菜汤去见校长。校长是个老好人,在这种事情上不会犯昏,每人各打了五十大板。最后说,我看你们简直是闲得无聊。你们像个大学生吗?你们像个老师吗？校长骂完了也不评论谁对谁错,撂下他们自己就喝酒去了。

王祈隆是决不会陷入到小彭和小李他们那种低俗里去的,无论人家怎么斗,他始终都是一副事不关己的样子。

过了一阵子,大家都在传小彭和丁萍好了。王祈隆碰见过他们二人在河堤上散步,互相牵着手,脸上那朵花眼看着就要扑闪开了。小李是和王祈隆住隔壁的,王祈隆半夜出来小便,却碰到丁萍披头散发地从小李的房间出来。王祈隆睡得迷迷糊糊的没有反应过来,还跟人家说了一句,起得早啊！

丁萍没理他。丁萍掉头回自己屋去了。王祈隆也不介意,她和他从来都是不怎么说话的。

第二天,丁萍却来找王祈隆帮忙,说她的钥匙忘在房间里了,要王祈隆帮忙给弄出来。

王祈隆犯糊涂了,钥匙丢了应该请小彭小李他们帮忙啊,怎么会找到他的头上？可人家是女同事,说出来了,王祈隆就没有拒绝。

丁萍的钥匙其实就在窗子跟前的桌子上。王祈隆从门头上打开天窗,用一把笤帚把钥匙挑了出来。丁萍一定要让王祈隆进屋去洗洗手。王祈隆拗不过她,只好进去洗了。王祈隆草草地洗了一下就想走,他不习惯单独和一个女人在一起。丁萍却突然红了眼睛说,王祈隆,你是不是特看不起我啊？

我？看不起你？王祈隆一时转不过弯儿来。

其实我和小彭小李都不好,他们两个加在一起,有你一半就好了！

王祈隆不知道丁萍是什么意思,以为是夸奖他。就谦虚说,哪里哪里！他们两个都挺不错的！

王祈隆说完也不看丁萍的脸色,就自顾告辞走了。

过了几天学校里又有了新的说法,这回却是和王祈隆有关系。

说王祈隆面上看着挺老实的,其实也不规矩,听说还在人家丁萍屋里动手动脚呢。

王祈隆听了脸都青了,但他不明白这事儿不能较真儿,更不能解释,会越描越黑。他在办公室看见丁萍,就让她出来证明。他说,丁老师,我那天在你屋里做什么不规矩的事情了吗?

正在说笑的丁萍,突然寒了脸把头扭向别处,说,这事你问我干吗?你规矩不规矩自己还不清楚?

王祈隆被她呛得半天说不出话来,真想打自己的脸。妈的!不但是荡妇,还是个无赖!天下真是惟女子与小人难养也!

农校的女教师丁萍结婚了。不过跟小彭和小李哪个都没关系,丁萍把自己嫁给了行署办公室的秘书小高。这下小彭小李心里反而平衡了,至少他们谁都没捞着。

小彭和小李又和好了。小彭说,大家都是一个学校毕业的同学,又在一个学校里共事,这是多大的缘分啊!我们闹什么闹?尽让外人看笑话。

小李说,我就说是嘛!就这人家还嫌咱们学校的水平低呢!我们再这样闹,不是刚好让人家抓了把柄,成了别人的笑料吗?

他们说的"人家",其实是王祈隆。他俩是普通院校毕业的,而王祈隆是重点院校毕业的,他们觉得他有些看不起人。王祈隆平时不跟他们搀和那么多,他们就觉得王祈隆是在故意疏远他们,再加上在丁萍那件事上,他们心里对王祈隆还窝着火。

从那个时候起,王祈隆就像个扫帚星一样,屁股上总是要挂条尾巴。

王祈隆外语比较好,学校让他和司机一起去买了一台教学用的进口的录音机,有人反映到校长那里,说他把录音机上带的耳机扣下来自己用了。其实那录音机根本没有耳机。

教师宿舍前的空地总是有人夜里起来解手,给尿得满院子臊哄哄的。小彭和小李就解释,自己从来不起来解手。言外之意,王祈隆夜里起来解手是大家共知的。

农业局系统要发展新党员,按照当时的向知识分子倾斜的政策,要重点照顾各类有文凭的年轻人。小彭对小李说,我们可要自己人向着自己人,评选积极分子的时候,我们两个都要互相提名。

"七一"前夕,党员指标下来了,只有一个。校长按照老办法,召集大家开会,推选积极分子。

大家七嘴八舌地议了半天。虽然涉及到自己的时候,表态都很好,纷纷说自己还年轻,资历还浅,希望把机会让给别人,但又绝不提议任何一个"别人"。这样的话,又等于把球踢到了校长这里。

校长听大家说完了,老半天不说话,看了一圈自己的下属,最后眼光落在后面看报纸的王祈隆身上。王祈隆一直不说话,自顾坐在后面低头看报纸。

校长说,王祈隆,你有什么意见吗?

王祈隆头都没抬,说,没意见。没意见。

校长清清嗓子,端了架势说:同志们,我们学校是知识分子集中的地方,知识分子应该是有文化有道德有教养的群体,这样一个群体,首先应该是谦和的,是高风亮节的。想当年,就在我们脚下,魏蜀吴三国争霸,打的就是内耗战哪! 使得多少英雄豪杰为之送掉性命啊! 打来打去,打得是国家衰亡,民不聊生。若论了曹操、刘备和孙权,哪一个人的才智,如果专心治理国家,将会使国家何等的强盛! 他们三家如果联合起来,恢复汉室雄威,就不会是一句空话了。可就是为了霸权,互不谦让,最后是落得个几败俱伤啊! 教训啊! 同志们,我们为什么不从历史中吸取教训呢? 今天我听了听,觉得我们的同志都是好同志,大家都能高风亮节,把机会让给别人! 但是,话又说回来,今天我们是在推荐先进同志,不是总结自己的工作,总是要选出一个人来的。选那些工作踏实,遇到困难不回避,遇到对自己有益处的事也不往前站,这样的同志。大家可以毛遂自荐,也可以推荐一些你了解的同志嘛!

校长说完了,不知道为什么又看了一眼坐在后面尽顾着看报纸的王祈隆一眼。

校长的目光也许根本没有任何意义,也许是对开会期间王祈隆看报纸不满意。可大家想到的却不是那么回事儿。小彭和小李是最先看到的,小彭和小李对了一下眼神。小彭等校长说完,立刻接口说,要说啊,我看王祈隆条件不错,重点院校毕业,又很有才华。只是……有些问题当着大家的面解释清楚就行了,我看没什么大不了的嘛!

小李等小彭说完,接过来话头说,就是嘛!有些属于生活细节,也不能揪住不放。我们还不是一样,在大学里马虎惯了,不太注意公众形象也可以理解。至于生活作风问题,我看是捕风捉影,谁抓住人家啦?

这回可不是校长一个人看王祈隆了,所有的人都用眼睛去看王祈隆。大家的目光聚焦在一起,一下子就把王祈隆的小白脸烤成了个大红脸。

王祈隆是那天最后一个说话的人,他说,我没写入党申请书,我觉得我还不够格写!

学校的另一个女性许彩霞是个有夫之妇,女儿都三岁了。这许彩霞一眼看上去就知道是从农村来的,哪儿都是大的——眼大、嘴大、个子大、骨骼粗大、手和脚都大。最大的却是屁股,像盘磨一样,走起来大腿带不动似的,屁股来回地扭。一条又黑又粗的大辫子左一下右一下地拍打着,很有节奏感。有几回王祈隆走在这女人后面,看着她扭来扭去的屁股,眼睛都直了。这个娘儿们是那种第一次见面就能让人和她单刀直入开玩笑的女人,简直就是邻家的粗粗拉拉的大嫂。其实许彩霞是地区一个副专员的儿媳妇。听人说,这副专员的儿子小时候得过小儿麻痹症,心里不怎么够数,身坯子也有点弱。那副专员有一次到乡下视察工作,在村支书老许家里吃饭,一眼看上了人家老许的女儿,当日就带了回来。

许彩霞结婚后不愿意在家里吃闲饭,回娘家时说起来不大好听,自己要求安排个工作。公爹管农口,就把她弄到农校里来了。

许彩霞文化程度不高,大概初中都没有念完。人倒是十分勤快,不惜力气,眼里又出活儿,看见什么只管争着干,上上下下都挺喜欢她的。虽然是农村出来的,到底是村支书家的女儿,比较知道规矩,就让她在办公室干后勤。

许彩霞的孩子有保姆带着,她夏天里怕晒,中午就不回家,在学校凑合着吃一点。许彩霞人不怯生,常常逮住谁和谁聊。王祈隆在学校是一个没有朋友的人,许彩霞就和他聊。有时候王祈隆做了什么好吃的,不用邀请,她自己就会要求吃一点。也不白吃,她吃了人家王祈隆的,就经常从家里带一些罐头呀灌肠呀这一类的东西让人家吃她。王祈隆吃起来觉得是比一个人吃着香,两个人就常常合着伙吃。

这许彩霞和王祈隆的性情家庭状况文化程度都相去甚远,别的同事倒是不以为意。他们也聊天,基本上是许彩霞聊,王祈隆听。许彩霞最爱说孩子的事情。王祈隆和同事们都知道,她明里说的是孩子,暗里说的却是老公,她想说明他的老公和别的男人一样正常,没有影响传宗接代。她无数次地说起她怀孕的时候生过一场病,用了药,一直担心孩子有问题,结果生下来不但没有问题,反而非常健康,一家人都宝贝得不得了。她最爱说的一句话就是,我那孩子可不像他爹,又高又胖的,结实得像个铁疙瘩一样。那孩子王祈隆见过,许彩霞曾经把她带到学校里来过,确实又高又胖的、爱哭,颜色黑黑的,没有个女孩儿家的模样。许彩霞说,养个孩子可不是容易的,又要吃又要喝又怕磕着碰着的,你不知道有多操心!然后列举了许多小事情,鸡零狗碎的。显然忘了听她诉说的是个大男人,想一想,自己先笑了,说,你将来要是结婚生孩子有什

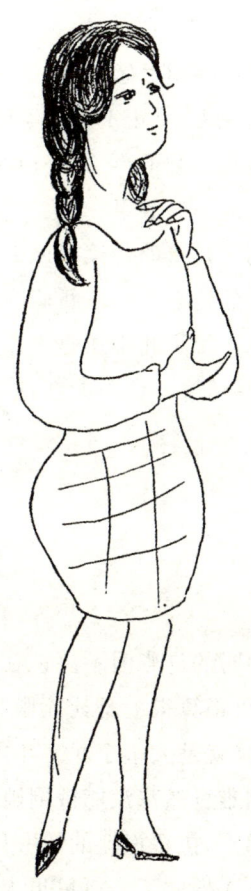

许彩霞简直就是一个粗粗拉拉的大嫂。

么问题就请教我,我养一个就有经验了。

有一次大家一起在食堂吃饭的时候,许彩霞突然说起孩子屙屎拉尿的事情。她说得绘声绘色,说那孩子正在床上玩,这边喊一声屙,说话不及屎已经出来了,她只好伸手接住,屙了一大捧。她用手比画着,王祈隆正把一口米饭往嘴里送,差一点没有把吃进去的东西全都吐出来。王祈隆心里反感得不得了,到底是没有受过教育的,比农村人还农村!

王祈隆反感归反感,他性子绵,并不把心里的情绪露出来。人家愿意说就说去,反正不是自家姐妹,出了丑也是和自己没有任何关系的。他只是搁下筷子,一边冷冷地看着许彩霞油光光的嘴,一边想着自己遥远的心事。

难道用十几年的苦读换来的一切,都将要淹没在这样一个让人欲哭无泪的地方吗?王祈隆有一刻突然下了决心,他要重新考研究生。他不管是北京还是南京,哪怕是让他重新回到他的母校去,他都心甘情愿。他不能在这里再待下去了,否则的话,他真的会发疯。

4

当姑娘时的许彩霞不要说在他们东许村,就是在方圆十里八里的村庄,可都算得上是让人眼睛发亮的漂亮姑娘了。许彩霞随她妈,生下来就是大个子。三年困难时期,她也就两三岁的样子,生活那么困难竟然都没能饿倒她,吃什么都长,而且越长肉皮子也越细嫩得邪乎,扭扭捏捏的像一只鹅仔。到了十五六上,已经是十分成熟的女人模样了。村里男人们提起许家这姑娘,脑子好像短了路,不知道怎么表达好。不怀好意的人会在背地里嘿嘿笑着说,要是一匹牲口啊,拉到骡马市上去,准能比别家的多卖好几个大钱!

人是衣裳马是鞍。许彩霞的爹是大队支书,肯定是比别的农民家的日子好过一点,至少有一些闲钱,常扯上几尺时新的花布给孩子们做件新衣服。许彩霞十五六那会儿时不时就会穿出一件大花团的棉布罩衫来,各种图案各种颜色,把村里姑娘们的眼睛都给照花了。别的姑娘们家里没有钱,就是有钱也没有地方买去,没布票。许彩霞在伙伴们面前,也常常把拇指和中指软软地圈在一起,然后掸着衣襟说,俺爹才从城里给扯回来的,不穿还不行。我最讨厌穿新衣裳了!

许彩霞是可以这样随便地提到城里的,她长得好,又有一个当支书的爹,她当然可以这样说。而且大家都觉得她不仅是可以这样说说,连她自己保不准什么时候就会变成一个城里人的。许支书可是公社县上都有人的人,常常有一些坐了小轿车的城里人来看庄稼,来了就在他家里吃饭。她娘就会把锅架在院子里,把圈里的鸡鸭追得响彻半个庄子。许彩霞帮她的娘烧火,这在平时是她连看都不愿看一眼的活计。她看着那些鸡鸭成群结队地跳到锅里,又昂首挺胸地走进那些人油光光的嘴里,觉得自己就像一个劳动模范似的光荣,越发地妩媚起来。村里的女人们提起许家这姑娘,啧——啧——!瞧人家的姑娘生的,那银盆大脸的!就是单看那一副厚厚的大耳朵垂,天生就是个有福的命!

许彩霞的爹其实并没有说过要让许彩霞进城的话。一来他没有说这话的底气,那些在他们家吃香喝辣的城里人,在城里见到他的时候,好像突然就换了一副脸孔,哼哼哈哈地打起官腔来。开始他还不习惯,心里骂道,妈的!喂不熟的狗!时间长了,才知道都是这个德行,对下边的干部历来就是如此。二来许彩霞学习不好,念完初中就不念了。粗手笨脚的,整天只知道吃了睡睡了吃,还傻呵呵地乐。像她这样的,进城能干什么?乡下人没有见过世面,城里人又能怎么样?还不是一样有穷的有富的。那城里的穷人穷起

69

来比乡里人还穷。乡下人再怎么穷,地里只要能长粮食能种菜,他们就有活路。养一群鸡,养一头羊,卖了手里就可以变些闲钱。城里人可不行,他们没有土地,吃一口青菜叶子都得掏钱去买,没有钱只能饿肚子。许彩霞的爹经常带点自豪地在大会上说,乡下有啥不好,人只要肯出力气就有饭吃,城里人啊,有力气到啥地方使去?

许彩霞也并不是太想进城。城市尽管经常被她挂在嘴上说,事实上城市对她还是一个完全陌生的概念。她只去过县上几回,第一次是跟着爹蹭人家的车屁股去的。回来后胆子就大了起来,先是让村里一个小伙子用自行车驮了她去,回来被爹狠狠地骂了一顿。还有两回是坐村里的拖拉机,和许多姑娘媳妇一起去的。在乡下,许彩霞觉得他们村里的男人和女人一个个都挺像样子的,可是一到城里怎么突然都变得土头灰脸的了,好像连走路也总是出错了一只脚似的。连最精神的小伙子连清,看上去都一副灰溜溜的模样,她都有些不好意思和他们走在一起了。她在百货商店的镜子里看见了自己,目光躲闪着,一脸的怯懦。她进城时换上的最好的衣服,那式样,那颜色,那个笨拙劲啊!只看了一眼,羞得她急急忙忙地从镜子里逃了出去。

许彩霞在村子里是一枝花,她从村人的眼睛里看到的全是赏识。她在城里是什么呢?她在城里人的眼睛里看到的全是不耐烦。

这城市是个会变魔术的地方,人一进到里面为什么感觉都不一样了!

许彩霞每进一次城都要好一阵子才能恢复自信。有时她觉得自己是彻底不行了,她怪自己的衣服没有穿好,怪自己说话带土味儿,甚至怪妈妈把自己生得太愚笨。她闹情绪,躺在家里一连几天不肯出门。可许彩霞终归是个没有心事的女孩儿家,她让自己香香地睡上两天,烦恼就不见了。城里人有什么好的?天天像耗子似的,从家里拱到工厂里,又从工厂拱到家里,能自由自在地睡上这么香的觉吗?衣裳像个硬壳子似的绑在身上,白叽叽的脸孔像哭丧似的没个笑模样儿。她起来,洗洗脸仍旧是出去满世界疯跑。她出去了,走在乡间亮晃晃的大太阳底下,走在青翠的土地上,一切都新鲜着。许彩霞发现自己的衣裳并没有自己想象得那般糟糕,女人们见了仍旧是要夸奖她的模样儿俊。

　　城市对许彩霞是陌生的,是充满着敌意和恐惧的。它像一头怪物,张着巨大的嘴,远远地蹲在她的记忆里,让她又向往又害怕。也许正是害怕,反而使她更向往,至少在她和她的那些同伴看来,她更具有向往的权利。

　　其实,在心底里,许彩霞羡慕死了城里人洋里洋气的穿戴,羡慕他们目空一切的神态。他们对什么都不在乎,对什么都不热心,他们的眸子里飘散着一股子懒散和空洞劲。那种懒散和空洞让许彩霞凭空喜欢起来。虽然她只是盲目地喜欢,但她觉得他们这种神情,比起村子里那些小伙子们喜气洋洋的样子,更具有穿透力。因为喜欢,她开始为自己那种热情而又夸张的精神头儿害羞。可害羞完了仍旧是要热情的,对什么事情丝毫不能掩饰起自己的惊奇。她曾经也模仿着城里人那样,带点拒绝的样子看人,说话的时候故意沉思一下。可她学不会,人家那是天生的神气,她做出来就走了样子,首先在家里就面临着严峻的考验。爹瞪她一眼,什么都没说。娘看着了就赶着骂她,这死妮儿,不学好,啥时候变斜眼子了?

　　城里似乎是许彩霞的一块心病,让她去朝思暮想不可能,不让她想也不可能。城市终归是成了她的一件烦心事。村子里的许多女人也好像故意跟她过不去,总是不断地撩拨她,让她经常面对这道无解的难题。

　　彩霞啊,你们一般大的都找好婆家了。你是不是已经在城里找好了啊?

啥时候去城里住啊?

你爹迟早还不得在城里给你找个事儿干干?

许彩霞恨得牙根儿都是痒的,这不是明看着把人往绝路上逼吗?我什么时候告诉过你们我一定要到城里去?我爹什么时候告诉过你们我一定要到城里去?现在事情全坏在这些人嘴上了,许彩霞越跟她们急,她们越觉得这件事儿是真的。她们说,瞒着我们做啥啊我们又不跟你争相公。许彩霞羞得要命。一定是要到城里去了,要是去不了就成了一件很丢人的事。许彩霞终于是按捺不住去央求她的爹。

爹,你在城里给俺找个厂子里的事行不行?

不行,就你那文化在厂子里能干个啥啊?

掏力气的活儿也行,俺又不怕下力。

你想都别想,你以为弄个工人指标是容易的吗?你都没有看看有那么多城里知青还窝在乡下等工作呢!

许彩霞一下子就泄了气。她爹说得没有错,找工作哪有那般容易,他们村子里还有一些城里来的知青,一个个都在急煎煎地在想办法回城,她爹能有什么办法?

工作不成了,女儿家的再一条路就是嫁人。像她这样的条件,嫁人容易,嫁一个让人满意的就不容易了。许彩霞常常在做活时无端地叹出一口气,她是生错家了,要不是许支书家的闺女,她就不会有这么多的烦心事了。

许彩霞有一段时间恨她的爹,他爹是偏心眼子,重男轻女。当初她和她的妹妹说不上学了。爹说,不上就不上了,闺女家的,上也是白上!可后来轮到她的弟弟就不一样了。爹就说,不上不行,不上将来没有出路。弟弟哭、闹。哭闹就打,打了还得上。弟弟现在还在上学,明知道是什么都学不会,熬着也得熬。许彩霞想明白了,他爹就是在城里认识人有办法,也不会在她身上努力,她还有个弟弟在后面等着呢!

许彩霞那一年十七岁,许彩霞并不知道自己是从哪一天开始喜欢了一个人,她也不清楚到底喜欢这个人的什么,她只是突然管不住自己了。十七岁的许彩霞情窦开了。

许彩霞喜欢上知青王岩。王岩是城里人,可许彩霞喜欢上王岩以后觉得这和城里没有什么关系。她不敢说自己的心思是爱情,她一个乡下的丫头怎么配得起"爱情"?与谁好了就是相好,找了婆家就是处对象。许彩霞喜欢王岩只是偷偷地在心里想。许彩霞有一阵子很绝望,王岩是城里人,说不准哪一天就要回到城里去的。许彩霞根本没有指望过王岩把她带回城里去,可是王岩是可以留在村子里的。她的爹是大队支书,她敢保证她爹是能够很好地给他们安置一个小家的。如果是这样许彩霞不丢人,虽然她没有去城里,可她总归嫁了一个城里人。

许彩霞也只能是想一想罢了,她是一厢情愿,她喜欢王岩,哪个知道王岩喜不喜欢她?人家也许根本就没有注意过她这个叫许彩霞的乡下丫头呢!

知青们出于某种目的,有事没事的也常常到支书家里坐坐。这些知青在外面经常把村人闹得鸡飞狗跳的,有时还打架,同村里农民打,他们自己也打,但是他们到了支书家里就变得规规矩矩的了。许彩霞羡慕他们那种日子,不结婚就可离开父母的管教过生活,看上去无忧无虑。他们爱打牌,有时还唱歌,闲起来就谈开了恋爱。"恋爱",这个名词对农村长大的姑娘是多么诡谲啊,耳朵听一听,嘴上说一说,心就变得软乎乎的。许彩霞喜欢知青们的疯劲儿,并不喜欢他们在她家时的规矩。他们对许彩霞都很和气,不喊她的名字,都喊她姑娘。姑娘好,瞧这许彩霞这名字起的,一听就是乡下女孩儿。她没有本事,若是有本事她会把自己的名字改一改,也改成丽鹃小慧什么的,甚至卫红、亚男啊也都很好听的。

也许许彩霞喜欢王岩是从名字开始的,而喜欢这个名字是从一本书开始的。《红岩》，那是她惟一半半拉拉读过的一部小说。听这名字就知道他爹妈是有学问的人。再说了，这个王岩和别的知青不一样，他高个儿，模样清秀，戴眼镜，不太爱说话，不在支书家的时候也不闹。他还有一手让人羡慕的本领，会拉弦子，不过不是放在腿上拉，而是夹在脖子里拉。知青们说，那不叫弦子，那叫做小提琴。乡里人不管，一样只管叫弦子。王岩常常夹了那弦子到村西的树林子里，先杀鸡杀鸭地砍杀一阵子，然后就像小寡妇哭坟似的哀怨起来，呜呜咽咽的好像有万丈冤屈。好好的光阴，平白给弄得心里酸溜溜的。大家都说不吉利，听了都绕着道走，不愿意听。许彩霞喜欢听，她喜欢知青王岩这个名字，又喜欢听那种弦子的声音，她于是就喜欢上了知青王岩。

许彩霞那一段时间像是失了魂一样，听到那种苦艾艾的响声就想往外跑，后来就是没有响声的日子她都忍不住往村外跑。她换上干净的衣服，有时还为了给他看，挖空心思做一件新衣。她会找一些借口在他身边过来过去，和他说话打招呼。她变得不爱嘻嘻哈哈的傻乐了，抿着嘴笑，说话都细声细气的。她走来走去，他有时不理她，自顾拉他自己的琴。有时也会冲她点个头，说上两句话。比如，给你们家的羊薅草啊？他的态度，打招呼的内容直接关系到许彩霞此后一天里的情绪。他若是没有理她，看都不看她一眼，许彩霞觉得整个世界都把要她抛弃了，一整天都惶惑着。他要是十分和气地与她说上两句话，她梦里都会笑出声来。有一回他甚至邀请她坐了一会儿，他朝她点头，又用琴弓指一指身边的草地。许彩霞坐在他不远的地方，她的心都燃烧起来。远天的晚霞烧得红彤彤的，他们两个人的身上，郁郁葱葱的玉米地，他们周围的小树林，脚下被人踩得瓷白的小路，都像是涂上了重重的油彩。许彩霞恍如走进了仙境，她激动得都想哭出来了。

她哑着喉咙问他，你认不认得我啊？

小伙子笑起来，露出一口被虫龋过的小碎牙，那是城里人因为吃糖才能得上的牙病。要说这城里人的牙也就是怪,要么是白,要么是黑,就不像这乡下人的牙,是一个劲的黄。他说,怎么会不认得?许支书家的女儿,你是叫许彩霞吧!

他连她的名字都知道还有什么不知道的呢?许彩霞简直心花怒放了。

许彩霞就认真地站起来,把手背在身后,害羞地说,你会拉歌儿吗?

王岩也站起来,把琴架在肩上,拉了一曲《红雨》的插曲。

彩霞更激动了,说,神了,和电影上的一模一样!

以后逢到大家一起在大田干活的时候,许彩霞变得不爱扎堆儿了。她穿得很漂亮,头上会变着花样弄出一个发卡什么的,完全不是干活人的样子。休息时,她独自坐在一个没有人的地方,眼睛却是往知青那边看的。坐得远,并不能看真切那边人的表情,可她死死地看。有时王岩偶尔转过脸来,并不一定是朝她看,她就觉得一定是看她的,脸一下子就红了。仿佛她和他之间是有秘密的。碰到王岩有事回城里去几天,许彩霞就苦了,每天都祷告着他早一点回来。她独自一个人跑到村外,坐在他坐过的地方,半天都不动一动,人像是傻掉了一样。

许彩霞瘦了,她开始夜里睡不着觉,盼着天亮,天亮了也许会有机会和他见上一面。她那一阵子吃得极少,一顿饭只吃一个馒头。一张脸眼看着尖下来,身上的皮抓上去都是软的。

这样的日子过去了大半年,许彩霞妄想着,这么对他,他一定会有感知的。可是后来看看王岩并没有多大的动静,心里才空起来,我这么等,什么时候是个头啊?有一天,她终于大着胆子请王岩到她家里吃饭了。她爹好客,根本不用打招呼,这在她心里是有把握的。关键是人家会不会答应。许彩霞假装在地里碰到了王岩,红着脸说,我薅草时薅到了许多新鲜的荠菜,明天要包鸡蛋荠菜饺子,我爹爱热闹,可以一起到我们家去吃啊!

许彩霞甚至想好了如果王岩跟她客气她要怎么说。她没有想到,他那么痛快地答应了。那时候,对一个下乡知青来说,吃顿好饭并不是一件太容易的事情。有老乡请到家里去吃,一般都是不拒绝的,更何况是许支书的女儿请他,而他刚好也想跟支书说一说回城的事情,是个机会。

许彩霞第二天起了个大早,先是把家里里里外外擦了个干净。然后把自己同样弄得很干净,梳了辫子,擦了雪花膏。最后是换衣服,光是挑衣服就花去大半个时辰,而且费了她不少脑筋。穿得太鲜艳了好像是故意做出来的,穿得太随便了好像对这事儿不太上心。最后是选了一件素淡的春秋衫,是比照着那些女知青们的衣服颜色买的。人家穿上好像就是为她们做的,她穿上连村里婆娘们都吵着显老。许彩霞不服气,她们能懂得什么啊!可说实在的,人毕竟是有区别的,衣服穿在谁的身上大致会有个路数。这种衣服让许彩霞穿起来,倒真像是借来的。

吃过早饭许彩霞就开始弄菜。把昨天晚上洗好的荠菜和一捆新鲜韭菜和在一起切得碎碎的,把个鸡蛋磕在碗里细细打均匀了,在文火上煎成薄得透亮的鸡蛋饼,晾凉,然后切成小细丝。最后把菜和鸡蛋拌在一起,淋上麻油浸着。盐一定要等开始包的时候才放,不然青菜出了水不但不好包了,而且饺子煮出来看着不新鲜。菜弄好了又去和面,把个面团在瓦盆里揉得软软的,光光的,然后拿一块干净的湿布细细地盖好,只等着人来了好下手包。

许彩霞做这一切做得柔情蜜意,完全没有了平时的粗枝大叶的劲头儿。

许彩霞的爹也是个粗枝大叶的人,不过看了许彩霞做的这一切,好像品出来了点儿什么,对她娘说,出落成大闺女了,恐怕是该给找个婆家了。许彩霞听得心惊肉跳的,还以为是爹看出了什么,仔细品那话,又不像。她根本没有对他们提王岩要来吃饭的事。她爹一辈子都是这样,来了人就添一双筷子,向来问都不问。她爹要是不问,她妈就连问的道理都没有了。许彩霞洗了一大把蒜苗在筐子里码好,到小杂货店里买了点醋,打了半斤白酒,回来后要倒在爹的酒壶里,才发现爹的酒壶是满的。他爹可以离开孩子老婆,可以离开家,但是离不开烟酒,好像他是烟酒的爹似的。即使没有应酬,他每天都要喝一点。

许彩霞忙了一个上午,忙完了突然心慌起来。要是人家不来,这心机岂不是白费了!

许彩霞的心里像是装了只小兔子,一会儿借口到门口走一圈,她甚至担心人家会不会找不到他们家的门。想一想又笑了,村里人哪个不知道许支书的家啊!许彩霞那一会儿又为她是她爹的女儿骄傲了,幸亏她爹是支书,这样,她和知青王岩的距离似乎是更接近了一些。

王岩没有食言,离吃饭还有两颗烟的工夫他才来,来早了没有话说啊。王岩来时没有忘记把上次回城从家里带来的一条烟,夹在衣服里带了来。支书烟瘾大,平时抽的"丰收"牌烟,这会儿见了"大前门"烟,一下子就和来人拉近了距离。

喝吧!他说。然后把酒倒在一只粗瓷碗里推给王岩。

许彩霞忙不迭地把拌好的青菜端上来,然后又煮了饺子,一趟趟地跑来跑去。她前前后后连看都没敢看王岩一眼,越是这样,她越是觉得王岩的眼睛始终都盯在她的身上。她更兴奋了,坐也不是,站也不是,白生生的饺子煮出来,自己却连一个都咽不下去。生生把个人都累晕了,谁又能说不是高兴晕的。她爹也高兴,有人来看他,还带了好烟。爹一高兴就拼命劝那王岩喝酒。王岩不胜酒力,只几口就醉了,越醉还越要着喝。许彩霞担心王岩没有把饺子吃好,还有点怪他爹。可她很快就被另一个事实刺激得更加兴奋起来:那小子竟然路都走不成了,只得把他留在家里休息。她爹也醉了,根本管不了客人。许彩霞就命令弟弟,把王岩弄到她的床上去。弟弟说,堂屋就有床,为什么要上你的床?许彩霞说,你懂什么呀你？人家是城里人，干净！

王岩醒来时，天已经黑了。他根本不知道是在谁的床上睡了一觉，起来坐了半天，才知道身陷在女儿国温柔乡里。床上的被子松软着，好像还留着另外一个人的体温或者体香，让人想入非非。窗户上贴着大红的剪纸，叙述的却是样板戏上的故事。墙上挂着许家姑娘各个时期的照片，黑白的，然后又用手工上了彩。唇红齿白，面颊上透着熟桃子一样的水灵，让她越发地虚幻起来。王岩觉得心里泛上来一股说不出来的滋味，急忙起来要走。

许彩霞候在隔壁房间里，等了他一个下午，连句话都没有说上。赶着送到门口，却又没有话。王岩看她的眸子亮亮的，两个脸蛋红红的挺可爱，就夸奖她说，你做的饺子很好吃，希望还能有口福吃到啊。有时间也请你到我们知青点来玩儿。

许彩霞立刻就应承了，俺想去就会去的。话一出口，才觉得说的太土。就低了头，把一只手放在另一只手里绞了起来，好像那样就能擦掉刚才那句话一样。

王岩早已经消失在屋后的小路上。

许彩霞那天也没有心情吃晚饭，就在王岩睡热了的被窝里睡下了。她一夜醒了好多回，一迷糊就是一身透汗，心里怎么都冷不下来。

许彩霞没有去知青屋，她看到王岩就害羞得厉害。她觉得自从那天以后，王岩对她也亲热起来。再拉琴时见了她，就留她坐一会儿。他说，你要是喜欢，可以拿着玩玩儿。许彩霞立刻像是被火烫了一样，连连地摆手，却又急着把手藏到身后去。瞧瞧自己的一双手，又黑又粗糙。再看人家的手，那皮肤细腻的，她真恨不得把自己的手剁下来换一双。

王岩好像没看到，也不嫌弃她，拉了她的手把琴交给她拿着。许彩霞迅速在那琴上抚了一下，只觉得光光的凉凉的，没有让自己仔细感觉，就匆忙还给了他，然后找个借口飞快地逃回家去了。她很害羞,她还没有想好,如果王岩对她说他喜欢她,她该怎么说?总不能说,我早就喜欢你了吧?她得先回家,她得好好想一想。

许彩霞已经弄清楚了,知青王岩是喜欢她的。她的正确判断来自于他的一系列行为:主动和她搭话儿,到她的家里吃饭,还拉了她的手!就那么拉她的手!许彩霞想一想,娇羞得要命,也幸福得要死。她觉得他们两个之间,就只差捅破那层窗户纸了。

许彩霞第二日再去地里干活时,意外地没有看到知青王岩。好不容易熬到休息,找个借口去向其他知青打听。她问,王岩是不是回城里去了?我还想托他办点事。说完了急忙看人家的脸,怕露出什么破绽来。人家根本没有把她当回事,只是逗她:

什么事儿这么着急啊?

是不是要办嫁妆啊?可别忘了给我们发喜糖。

为什么非要找王岩?也给我个机会,等我回去为你办不行吗?

许彩霞羞得恨不能找个地缝拱进去,她差不多要恼起来。那帮家伙终于告诉他,王岩病了,昨晚上发烧。

许彩霞也顾不得什么破绽不破绽了,听了这话,脸都白了,丢下他们就走。

许彩霞回了家,匆忙烧火煮了几个鸡蛋,不等晾凉就用手帕包了,直奔知青点。

知青点就在村西,原来是个养马场,城里闹串联的时候人马撤走了。一溜瓦房,院墙基本上都颓塌了。许彩霞一天要打这里过多少趟,知道王岩是住哪一间的。她是留意琴声知道那间房子的。爱屋及乌,一点都不假,喜欢上了王岩之后,她连知青点都喜欢上了。

许彩霞没有敲门。她根本不晓得敲门的规矩,农村人是连睡觉都不关门的。其实她到门口的时候,是踟蹰了一阵子的。她把想好的话,又急促地想了一遍,那些话在她煮鸡蛋的时候,已经在心里煮了一百遍,现在都在她的喉咙口码着。然后凭着涌到脑门子上的热血,一下子就把门推开了。他病了,他的爹和娘都不在这里,他需要有人来照顾,或者可以说,他现在就需要我来照顾。在许彩霞十几年的人生经验里,没有比这更大的事情了。许彩霞被这种伟大的感情激励着,已经顾不得什么害羞不害羞了,她要赶在他的病中告诉他,她早就喜欢上了他,并且将天经地义地由她来照顾他,她不怕别人笑话。他要是需要拉住她的手,她就会毫不犹豫地交给他拉,而且不会再可笑地缩回来。她来时是特意洗了手的。

许彩霞推开了门,她看到了王岩。不过不是他一个人,另外还有一个她不认识的姑娘。不是他们村里的知青,他们村里的知青许彩霞全认识。王岩果真是生了病的,他看上去很虚弱,他躺着,脸红红的。他的头枕在那姑娘的腿上。那个姑娘正在用她的手一下一下地梳理王岩的头发。看到许彩霞进来他们竟然没有动一下。

许彩霞退了出来,手里的鸡蛋滚了一地,她一句话,一个招呼都没有打,转身跑了出去。

那个害了她大半年的秘密像鸡蛋一样摔碎了,然后又滚落在土里。她的爹妈不知道,村里人不知道,就连王岩和那女孩都永远不能知道这个秘密曾经怎样在黑暗里生长,像一株缺少阳光的虚弱的桐树苗。

许彩霞睡了一个春天,她娘说她是得了一种贪睡的春病,她娘还说自己当姑娘的时候也这么睡过,过了春天就会好起来。

春天眨眼就过去了,许彩霞果然就好起来,她重新又恢复了过去嘻嘻哈哈的脾性,干什么都粗枝大叶。饭量大增了,面色很快就又红润起来。

收了秋,二姨给介绍了个对象,是二姨村子的。说是不但家境好,人也长得排场。二姨按照当时的评判标准说,像郭建光。人家在北京当兵,最起码具备了"像郭建光"的形象条件,而且二姨还特别附带着说干好了能转干,说不定到时候还可以把彩霞带了去。就算转不了,怎么说也是在首都当过解放军的,许彩霞就是当然的军属,这比起那些个污糟的城里人来,也差不到哪里去。

二姨过来提亲的时候,许彩霞的娘站在二姨的后面,斜着眼睛看着彩霞的爹。她爹一边喝着酒,一边费力地啃着一只猪蹄。他把猪蹄郑重其事地放在嘴的右边,张开嘴认真地啃了一下,没有成效,然后打量了一下,又放到左边去啃。弄得三个娘儿们都龇牙咧嘴地替他使劲儿。又啃了几下,看着短期内解决不了问题,所以他决定先解决二姨的问题,然后再解决猪蹄的问题。他把猪蹄放在桌子上,喝了一大杯酒说,行嘛!霞,你看呢?

彩霞的娘赶紧插话说,我看是个合适的人家。

爹眼都没抬,提高了嗓门问道,霞,你说!

许彩霞就说,我随了你们,你们怎么说都行。

两家人换了照片,彼此看了,都感到满意,婚事就算是定了。男方家里送来了彩礼,一包袄皮的布料,一块"东风"牌手表,还有五百元的见面礼。这人家底子还真是不错的。无论给什么,许彩霞都欢天喜地地收下了,她那一阵子空落落的心窝子,被现实生活的沃土一锹锹填满了,并被踩得结结实实。

乡下的阳光格外地明亮,空气永远都新鲜着,从地下抽出的井水都是甘甜的。许彩霞满心都是懒洋洋的满足,她不再怕人家说她上不上城里的事,她不想再把自己累着了。她不是个善于动心思的女孩,那样动心思差点儿就把她给累死。

过年的时候,那人回来探亲了。年前就带了礼来东许村走亲戚。果然是长得不错,人高马大的,模样也很周正。虽然打眼一看还是穿了军装的农村小伙子,但毕竟有鲜红的领章帽徽伺候着,又在北京待了几年了,说话办事总是有一股英气和城市味道。许彩霞更是喜欢那衣服的军绿颜色,把个人脸都衬得红扑扑的,瞧着都是精神劲儿。过完年,许彩霞也跟着二姨到那边去回拜人家的父母。许彩霞到了那人的家里,就像是在自己的家一样,把二姨撂在一边,逮着什么活儿都争着干,说说笑笑的把一家人打发得欢天喜地的。那人说是过几天要走,坚持要留她住两天。许彩霞没争得二姨的同意,就点头答应了。二姨为外甥女办了这样的终身大事,也是巴不得他们恩爱有加,早就笑得合不拢嘴儿。撇下许彩霞,高高兴兴地回自己家去了。

到了晚上,那家的人找些借口都出去了,把两个人撇在家里。那人毕竟是在北京干了三四年,见过世面,就给许彩霞讲北京的见闻,而且总是离不开男女之情。

成双成对儿的出去,大白天也敢牵着手。

那还不让人笑话死啊?

操!他学着北京人的口气说,谁笑话谁呀?林子大了,什么鸟儿都有。

许彩霞信服了。但是另一个问题又浮了上来,那么大的人了,在大街上拉着手悠过去悠过来像什么话?

她这样问的时候,还突然想起知青王岩枕在女孩腿上的头,心里便有了一丝伤感,也有了一点冲动。

光走路是没什么劲,还勾着脖子亲嘴儿呢。

嘻!当着人的面啊?我才不信。

不信?还有更邪乎的呢。

啥?

你得答应我一个条件我才说。

啥条件?

让我亲个嘴儿。

许彩霞羞红了脸,用手把嘴捂上,把眼睛低在那人上衣的扣子上不说话。

那人只管上去搂了亲了,顺手摸住了她的一对大奶子。

许彩霞一时没有了主张,只把头抵在他的肩膀上,说,你还没有告诉我。你还没有告诉我呢。

那人更紧地抱住了许彩霞,腾出一只手来,就去扒拉她的裤子。不料想,这回她坚决不从了,使劲把他推出去老远。

这事儿可不行!俺娘说了,没有嫁过来以前什么都行,就这事儿不行。

求求你,早晚你还不是我的?你娘又不在这儿。

那也不行!许彩霞斩钉截铁地说。

我会娶你的。我马上就会娶你的。

许彩霞说,俺娘说不行就不行,你要想要我,就得等到你娶俺的那一天!

你不想和俺好?

想。不过干啥都行,只要不干那事儿。

许彩霞在他家里住了两天。两天里就只让那人亲嘴摸奶,那人反而是铁定了心要娶她了。日子很快就确定下来,为了适应形势的需要,婚期定在当年的"八一"建军节。但是在关键的时候,小伙子突然发现许彩霞还不到结婚年龄。

球!我给你开张鸡巴假证明不就得了!许支书打着酒嗝对未来的女婿说。

许彩霞后来真的是用她爹开的假证明嫁掉的,不过她嫁的可不是邻村那个当兵的。赶在那个当兵的定好的日子之前,她爹在七月里就把她嫁了。

离"八一"还有一个多月的时候,许支书家里来了一辆小轿车。车是黑色的,亮得耀人的眼睛。不是乡上的,也不是县上的,是个更大的官儿。

这可是不得了的事情啊!地区管农业的赵副专员来他们东许看生产了,公社县上都有书记陪着,许支书忙得屁颠屁颠的。别的都好说,吃饭却是个大事情。公社里书记暗示了,一定要把专员留下来吃饭。专员吃高兴了,批一张条子,公社的化肥就够用了。许支书哪里是个不明白的人,地已经分包到户了,农民没有大集体的时候好领导了。他这个支书每年为了村里化肥农药的事,不知道要跑多少趟冤枉路。弄不来一些群众急需的生产资料,你让他们怎么服气你?

让许支书急出一身又一身透汗的问题是,家里什么东西都有,就是由谁来做?他老婆又生了个闺女,正在床上坐月子。就是她能做,还不知道人家专员天天都吃什么!

县委书记说,专员什么好的没吃过?就吃你们的特色,越土越好。

许彩霞说,爹,我做吧。我知道城里人喜欢吃啥。

爹看看她,想了想她招待知青和上边来人赚来的夸奖,点了点头说,你弄吧,可要给爹露脸儿!

许彩霞知道,爹之所以现在看重她,主要因为她已经是军人的未婚妻了。她自己也觉得,自从和那人定了婚之后,自己已经从一个姑娘变成女人了。所以在外人面前,也挺想让自己像模像样的。

许彩霞那天可真是露了脸。烙了一大筐子的油饼,洗了一筐子水灵灵的生葱、萝卜和大蒜。在大锅里炖了一锅小土鸡,在小锅里炒了一锅葱花土鸡蛋。馍菜端上桌去,让他们吃喝着。她又在地锅里用文火熬了一大锅玉米糁子粥,放了红薯。桌子上好像开了个食品博览会,青的滴水,白的晶莹,黄的透亮,红的夺目。进得屋来,闻一闻都香甜得要命。

在田地里转得又饥又渴的人们,被那一桌的丰盛馋得眼睛都直了。尤其是赵副专员,不住地夸奖说,这可是我多少年来没吃过的好饭了!

等吃饱喝足了,那专员就盯着许彩霞问,这姑娘多大了?

许支书看着站在后边的彩霞说,虚着说都快二十了。

哦,真是教子有方啊!姑娘会做事,又长得水灵,真好。

停了一会儿,又叹口气说,我们家的儿子也都二十二了。

乡下孩子,土生土长的,怎么好和专员家的公子比?

唉!你老许是不知道,我那儿子要说生得不错,只是小时候生病留下一点残障,身坯子弱!

乡下孩子身板子倒是结实,可又有什么用途?

看你说的,什么叫没什么用?身体好就是宝贝啊!我这次来一来是看生产,二来也是想看看有没有合适的姑娘,想给孩子在农村找个对象,将来能待他好点儿。

许支书愣了。一屋子人都愣了。

县里和公社两个书记都看着老许。许支书猛然间明白了是怎么回事。

赵专员你要是不嫌弃,我这闺女也就是你的闺女了!

老许啊,这么好的闺女,真的舍得给我们?

哪里会有舍不得的理儿!如果能伺候您,那她可是烧高香了!

嘀!闺女我可是要定了啊!

一时间群情振奋。老许隔着饭桌子紧紧地拉住专员的手,说,出了门你是领导,回到家咱们就是亲戚了。今天我说了算,咱们喝个一醉方休!

其实话是那样说,酒哪里还喝得进去?其他人都借口出去转转,剩下赵副专员和许彩霞一家留在屋里,气氛一时有点尴尬。刚才的话,许彩霞都听到了,但是又不知道说什么好。起初她以为那是大人们的玩笑话,后来看其他人都出去了,她才知道这不是个玩笑。娘也急得不知所措,一个劲地瞅着当家的。

抽了一支烟的功夫,还是赵副专员打破了僵局。他说,我看天也不早了。如果你们放心,我就把闺女带走,回家先去认认门儿,到时候也好接你们过去住两天。

许支书吊起的一颗心落到了肚里,埋在烟雾里的脸,乐成了一朵花。说,你今天先把闺女带回去,看看不行还给我送回来。

赵副专员当天就把许彩霞带回家去了。

走之前许彩霞的娘把闺女单独叫到西边的屋里。问她道,你得对娘说实话,你和你二姨村里那孩子有过什么事没有?

没有。

没有就好。就是有也不能说,打死都不能说。记住没有?

许彩霞看了看她的娘,不知道说什么好。那一刻,她突然有一种想哭的感觉。那种感觉既不是高兴,也不是忧伤。好像春天独自走在野外,遇到一场兜头而来的暴风雨,那种无助和委屈,强烈地撞击着她。

但她还是怀里抱了自己的包袱,坐了专员的车子走了。

看着自己生活了那么多年的村庄,在车子扬起的浮尘里渐渐退去,许彩霞心里却无端地慌乱起来。那个远在北京的人,他现在在干什么呢?她闭上眼睛,立即感受到了曾经在她周身游走的那双汗湿的手。她突然想起来忘了告诉娘,给人家退彩礼的时候,一定要买一块新手表还人家,人家送她的那块表在此之前她已经戴过了。

到了专员家里,许彩霞手脚都不知道放什么地方。专员住的是独家小院,从外面看起来非常普通,许彩霞觉得还没有自己家的大门排场。进得屋来,她才觉得是如此的不同。当间屋里有许多门,那么多的屋,干净得连个灰尘都找不到,柜子桌子皮凳子(沙发)什么都摆得整整齐齐,擦得铿亮。她憋了一个晚上没有敢上厕所,那拉屎拉尿的地方都是白瓷的,要是弄脏了该怎么办!

一家人对她都还好,赵家的妈妈和和气气地领着她在家里看了一遍,包括每一个房间。告诉她怎么用卫生间,怎么用自来水,还教她其他的一些事情。家里本来可以洗澡,但两个姐姐还是带她出去洗了澡,细细地泡了半天,又让人给搓了澡。等她洗完出来,才发现自己的衣服不见了。她们来的时候就新买了衣服和皮鞋,包括内衣内裤。许彩霞从家里带来的东西都被换下来了,尽管那也是她全部新换上的。不过穿上她们买的衣服之后,许彩霞才看出了和她们的差距。她自己的那些衣服,毕竟是镇上的小裁缝做的,多新都脱离不了农村的土气。她们还教她把两条辫子梳在一起,随意地扎成个马尾甩在后面。她们很快就把许彩霞弄得像个样子了。

开始许彩霞还有点不习惯,虽然说不上是害怕,但她们这么客客气气让她受不了。她们都用关切的目光看着她,真心实意地帮助和教导她,还是让她感到那目光后面的怜悯来,她最受不了的也就是这个。她努力让自己感觉到她们一家都是好人,她试图用劳动来报答他们。可是她在家里几乎找不到任何能干的活,吃完饭刚刚有了收拾餐桌的念头,保姆已经抢在前面干完了。有一次她试图去擦抹玻璃柜子里一堆落了灰尘的陶器,害得从里屋出来的赵妈妈脸都吓白了,说,那可碰不得啊!那可是好几千年的古物啊!

那些"古物"让许彩霞很可笑。这城里人真是没见过东西,我们村里的猪圈里,到处都是这些破盆烂罐儿。

许彩霞是在第四天才见到赵家的儿子的。他叫赵柯,可一家人都喊他三儿。那赵柯长得还真不错,面目白白净净的,说话的时候害羞似的看着自己的手。前两天他是陪人家出差去了。到后来许彩霞才知道,他就像个旅行包似的,谁去出差,总是把他也提溜上。这也许是讨好他爸爸的一个方式吧。他什么都懂得,说话也好好的,就是有时脑子翻不过来个儿。许彩霞还发现他的一条腿比另一条细了一点,走路快了才能看出来。

这是小时候得小儿麻痹症落下的病根。这让许彩霞暗暗地松了口气,因为他的残疾,才能让她提着的心和绷紧的神经松弛下来,让许彩霞觉得,她一个健全人和一个残疾人在一起,至少不欠他们家什么。

赵家的人故意腾出些时间把他们往一起拢,让两人单独在一起。而许彩霞单独面对他的时候,心里竟然很复杂。她心里怕被人轻看的负担减少了,但另一个压力又来了。难道她要陪这样一个人过一辈子吗?那赵家的儿子旁若无人地和她在一起,说些没头没脑的话,傻乎乎地乐着。有一次,他们全家人都出去了,把许彩霞他们两个撇在家里整整一天。许彩霞忽然有了做主人的感觉,她陪他玩儿,给他做饭吃。当他们两个坐在院子里的时候,有一瞬间她竟然觉得他不是个男人,而是一个儿童。她伸出手去抚摸他的脸,他依然乐呵呵地笑着。然后她又去拉他的手。他就那样把手搁在她的手里,动也不动。

许彩霞在赵家住了十天,顿顿都是好菜好饭的,吃了睡,睡了吃,然后就是陪赵柯玩。她夜里睡不着,偷偷地流眼泪。有一刻她曾经憋闷得出不来气儿,好像被谁掐了脖子一样,她差一点打开门跑出去。她想回家对她的爹娘说,就是在农村呆一辈子,她还是愿意嫁给那个当兵的。

第十一天头上,许彩霞被赵副专员的小汽车送回来了。走的那天,他们在饭店里包了一桌,一家人都去了。在饭桌上赵妈妈当了大家的面说,让她回去准备准备,过几天就要把她娶过来。

走在路上许彩霞才想起来,农村娶媳妇可不是这个样子的,要找人看好日子,要下帖子送聘礼,赵家妈妈怎么连一点商量的意思都没有。就那么说,过几天把你接过来。

许彩霞坐了轿子车,穿了新衣服新皮鞋回来了。刚到门口不大功夫,全村子的人都过来看她了,村里闺女媳妇羡慕的眼光都快要把她给淹死了。她们扯着她的衣服,摸着她的头发,瞧着她的皮鞋。也许在她们心里,许彩霞早晚会有这一天的,只是没想着这一天这么快就来了。她们的艳羡使她突然之间又骄傲起来,她把想好的要跟爹娘说的话,改成了另外一句:

让她们走吧,我累了。她说。

七月底,许支书把闺女给嫁了。公社县里的领导都来送了贺礼,赵家来了三辆披红戴花的轿子车,把个婚礼弄得排场大的在东许村是空前的,绝后还尚不敢说。

许彩霞风光地嫁到城里去了,不但是城里,而且是城里最好的人家。她爹都说了,一个城市有几十万人家,专员才有几个啊!

成了人家的媳妇,顺水推舟地过上了平常的日子,生活渐渐就露出了本来疲惫的面目。她再站起来干活,也就没人拦她了。尤其是两个婆姐姐,吃过饭大腿跷在二腿上。婆婆也开始板着脸孔对她讲话。特别让她心里不舒服的是,她在家里遇到了越来越多的规矩。开始她家里来了几次人,他们家还客客气气的,尔后再来,他们就非常地不耐烦了。后来许彩霞看出来了,他们根本不想让她的娘家人来走亲戚。

一门心思要嫁到城里来,还不是想让家乡人看一看她过上的幸福生活。现在不要说乡亲了,连娘家人也不是可以随便走动的。那时候,许彩霞还不明白,这就是人家设的一道门槛,而且这道门槛,她自己后来也会设起来的。但当时许彩霞还是一味地烦恼着,好像是谁骗了她似的。惟一让她感到安慰的是,那做了丈夫的赵家儿子,比她想象的还要正常。只要熟悉和习惯了他的状况,日子还是能过下去的。刚过两三个月许彩霞就怀上了,根据她肚子的变化,一家人对她的态度又重新做了调整。吃饭上对她刻意关照,这营养那营养的。又专门为她雇了一个保姆,鞍前马后的伺候着像跟班的一样,什么活都不让她干了。这倒是许彩霞没有想到的,乡下人生孩子,哪一个不是一直忙活到孩子露了头才肯躺下。

许彩霞怀孕之前,她的弟弟许老虎来了一趟。许彩霞高兴得不得了,拉了弟弟的手又是问东又是问西的,爹、娘、妹子、东家的嫂子、西家的大婶,恨不得把全村都问遍了。姐弟俩只顾了亲热,根本没有看到赵家人的脸色。吃饭的时候,婆婆说家里来了客人,让他们俩在厨房里和保姆一起吃。许彩霞当时就有些不高兴。来了什么客人?还不是婆婆的娘家大舅,在地区交通局当局长。你的亲戚是客人,我的亲戚就不是客人?但她没有说出来,只是告诉弟弟说,在里面吃随便,没有那么多礼节。

虽然许老虎已经感觉出来点儿什么了,但他还不知道事情的底细。直到吃饭的时候,他才知道他们是让他在厨房里吃,心里头那个恼怒和沮丧,不知道有多么强烈。妈的!只有女人才会放在厨房里吃饭。我一个大老爷们,竟然让和一帮娘们在一起。但他不露声色,闷着头吃了一大海碗白米饭,外加两个烧饼。菜是猪肉炖粉条,还有一大块烧鸡肉。吃完了,姐姐又给开了一瓶水果罐头,是苹果的。他也一并连水带肉地吃干净了。姐姐却没有敢留他住下,偷偷往他手里塞了十块钱,说是免得爹和娘担心,让他早点回去。那许老虎吃饱喝足又拿了十块钱,出了门他就朝着赵家恨恨地吐唾沫:

不就是个鸡巴专员,有啥了不起啊?我操你妈!

许老虎没有听姐姐的话立即买张车票回家,他可丢不起那份人,他连城里的模样都还没有看清楚,村里人问起来他该怎么说?他花了两块钱买张票看了场电影,又花了一块钱在城里的澡堂子里洗了回澡。看看天都擦黑了,就干脆又花一块钱在澡堂子里睡了一夜。

许老虎一觉睡到第二天上午八点多,人家澡堂子开门才把他给赶出来。许老虎出了澡堂的门,被城市亮得刺目的太阳晃得睁不开眼睛,想想昨天受的委屈,和刚才人家撵他时候的态度,又忍不住朝着人家门口狠狠吐了两口唾沫。他在家里,被全村的人捧着敬着,哪受过这样的鸟气?左顾右盼地转悠了一圈,在街头买了一碗胡辣汤和两个烧饼吃了,还是不想立刻就走,仍然在马路边上晃着。

许老虎在一个小杂货店门前意外地看到一辆没有上锁的自行车。车的后座上夹了一口新买的小炒菜锅,锅里放了一块猪肉和一捆新鲜的韭菜。一看就知道车主人是准备回家包饺子吃的。许老虎突然怒从心头起,恶向胆边生,一下也没有犹豫,抓起车子就骑了上去。跑了很远才扭过头去,看看并没有人在后面追他。但他也没敢放慢速度,骑着车子一口气跑到城市外面,看到一个树林才停下来喘了口气。他把自行车踹了两脚,然后甩在树林中的一个水坑里,摘了两片树叶,把肉包了,赶长途客车回去了。

许老虎拎了一块猪肉,风尘仆仆地回家来了。他说肉是姐给买的,让给爹娘捎回来。娘当晚就把肉给炒了,还给左邻右舍送了一些,说是老虎从他姐家带回来的多,让大家都尝尝。许老虎一边狠狠地嚼着肉,一边在心里恨恨地操着城里人的妈!

5

七月里,学生们都放了假。老师们为了参加市里的中心活动,仍旧照常上班。说是照常却也不太正规,早一点晚一点的也不太好管理。校领导就把大家排了班,市里要是有什么事,谁的班上空了岗谁负责任。王祈隆和许彩霞碰巧排在一个班上。

那天天真热,从凉水管子里接出来的水都烫手。王祈隆宿舍里没有风扇,学校只有办公室有一台风扇,王祈隆一整天就都呆在办公室里。他实在没有什么意思,就站在窗子跟前往外面看。远处的旧屋顶上被阳光蒸得冒着蓝烟,这样远远地看着能生出一种虚幻的美妙来。这让他想起凡·高的油画,他一直不明白为什么凡·高笔下的教堂总给人着了火一样的视觉感受。现在他想,也许凡·高是在夏天的高温里看见过这样的景象。院墙旁边的几株向日葵打了蔫一样耷拉着脑袋,那身上的绿色都变成蓝色了。几只蜻蜓不知道深浅地还要飞,刚飞起来就跑不动了,停在一株向日葵的脑袋上大口喘气。这蜻蜓大概是没有脑子的,也不知道找个阴凉的去处躲一躲。王祈隆叹了一口气,哪里又有凉快的地方呢,连空气都变得黏稠了。

许彩霞早上从家里带了菜和面条来,准备跟王祈隆俩人做素酱面吃,也就是把茄子辣椒鸡蛋放在一起烩了,然后把面条煮熟在凉水里拔了,再与菜拌在一起。她很快就做好了,自己却热得一点胃口都没有了。王祈隆爱吃面,再怎么热的天都影响不到他吃面条的情绪。大号的搪瓷缸子满满地堆着,一会儿工夫就吃下一大半。许彩霞索性把剩下的都扒拉到他的缸子里,她看着他吃。

许彩霞不懂得穿,半截的蓝布裙子下面,露出棒槌一样的两个腿肚子。平底布鞋,还穿着到脚脖子处的白袜子,谁看了都恨不得把那截袜腰给她扒拉下来。她自己却分明没有感觉,大咧咧地把腿跷到了办公桌上。王祈隆吃饭,她就和他扯闲话。这一回说的是夫家的一些事,婆婆不通情理,自己从小还不是一样从农村出来的?却看不起农村人,常常对她横挑鼻子竖挑眼的看不惯。公公没有原则,啥事都和稀泥。两个小姑子简直就不讲一点道理,常常无事生非地指责她。全家就只有丈夫一个人对她好,常常背着人把好吃的给她藏起来,也知道疼她。可惜丈夫脑子有点笨,给他说什么话他都不理解,有时还把她说的话学给婆婆听。许彩霞说她自己可怜,真是连个说话的人都没有。她那边义愤填膺地说,王祈隆这边有一搭没一搭地听着说着,他却看见许彩霞跷在桌子上的腿可以一直看到大腿的根部。一条碎花布的三角裤衩,裆处只有极窄的一条,白花花地一堆肉刺激得让人睁不开眼。王祈隆长这么大还是第一次看到女人的私处,他全身的血一下子涌到了脸上,大脑整个是一片虚空。许彩霞再说什么他都听不到了。他试图把自己的眼睛挪开了去,可眼神却完全不受大脑的指使,费了九牛二虎之力才勉强回过一点神来,早已是大汗淋漓。幸亏许彩霞只顾着说她的,要是看到自己刚才的狼狈相还不把人尴尬死!

许彩霞终于说到了伤心的地方,连娘家的人都不向着她,恨不得为了个官亲戚把女儿活活给舍了。说了眼泪就出来了,她斜楞了眼责令王祈隆给她拿条毛巾来。王祈隆怀了鬼胎怯怯地递了毛巾过去。许彩霞并不接,却把脸歪向一边,等着王祈隆替她擦。王祈隆嗫嚅着并不敢真的造次。许彩霞说,装什么装?刚才该看的不都给你看完了!

原来她是知道的!王祈隆刚刚褪了色的脸立时又憋得血紫,把毛巾颤抖着戳在她的脸上。许彩霞就势扯去毛巾抓住了他的手。王祈隆要向后撤,脚底下却像是失了根一样没有一点力气。许彩霞就把他拉了过去,她拉了他的手往怀里塞,一对巨乳就颤颤巍巍地落到了手心里。

王祈隆好像除了热什么知觉都没有了,他先是扯了衬衣,许彩霞又替他扯了裤子,最后连仅剩的一条内裤也不知飞到什么地方去了。他紧张得上下牙齿合不到一起,好像是在梦里,憋足了一泡尿,却迟迟找不到厕所。许彩霞倒是十分地沉得住气,她丝毫都不慌张,像平时整理档案一样又仔细又耐心,一点一点地教导着他进入了自己的身体。

王祈隆就站在那张办公桌的前边,开始了他的男人营生。终于为那泡尿找到了一个宽大的厕所,那一瞬间让他出乎意料地受用。洞房花烛夜,金榜题名时,真他妈妈的岂不快哉!哪会再顾得上管它梦醒之后悔得扯自己的头发,看着尿得一塌糊涂的被窝捶胸顿足呢!

王祈隆没死没活地睡了两天,那两天他觉得比他过的一辈子都长。他睡得整个身子轻飘飘的,什么都抓不住,空虚得让人绝望。他的思维系统却承载着一座大山,他一辈子都翻越不了的山,那山每分每秒压在他心房上,他呼吸一下都觉得困难重重。他一次次迷迷糊糊地进入睡眠,他想,我是要死了。死了好,死了就清净了;他从梦里猝然惊醒过来,他又想,这样死有点不甘心。他不能死,他死了他的奶奶该怎么办?天啊,他在那一刻为什么完全忘记了他的奶奶啊!那么就走吧,可他又有什么去处呢?考上大学后,老家就算是把他这个人连根剔除了。他已经这样了,还能有什么颜面回去见他的奶奶啊!他考上大学时的时候,他的奶奶是用什么样的目光把他送走的啊!他心酸地省悟到他竟然是考上了大学的,他连老家都不能回了。实际上他还一直在睡,惊醒只是他梦里的一种感觉。

王祈隆恍如生了一场大病,病好之后他变成了一个更沉默寡言的人。他好像躲避瘟疫一样地躲避学校的办公室,关于那个地点还有那个女人。天!那可恶的祸水啊!他在心里哀叹。他拒绝他的所有的脑细胞沾染上那个女人的影子,好像这样他就和那女人没有一点干系了。但是,这样做很徒劳,他越是躲避,她越是顽固地驻扎在他的脑海里。很显然,他想从他的记忆里删除有关他和那个女人的一切是不可能的。他恨她,那是个女人吗?简直是头母猪,比妓女都肮脏!他用尽了天下所有最恶毒的语言去诋毁她,诅咒她。她为什么不死?她要是死了,有关她所给他带来的耻辱将统统不算数了。天这么热,她骑自行车上班,可能会热死在路上。也许她会遇到迎面开来的一辆载重车,发生惨重的车祸。他甚至想要找到一种别人不知道的办法把她给弄死。

王祈隆想,我永远都不会再看她一眼!

但是,王祈隆这样想只不过是一厢情愿罢了。女人像是瘟疫,一旦粘上就别想躲得开,她许彩霞是学校的一分子,王祈隆凭什么把她从这里剔除出去?

许彩霞照常上她的班,和事情发生之前没有任何不一样。王祈隆躲她,她却似乎是有意识地寻着他的踪影。终于有一天他们在食堂里遭遇,当着别人的面,她竟然做得滴水不漏,有说有笑的。她对王祈隆也说了一句笑话,她说,王祈隆,这么热的天关在绣楼里干什么呀？

王祈隆心里和脸上都狠着,像是随时准备杀一个人。他惟恐她突然说出什么露骨的话来,那样他的颜面就失尽了。

王祈隆低着头匆匆地吃了就走。出了门本来想回宿舍,但他的脑袋后面却像长了眼睛一样,知道那女人在后面追了出来,就转身往大门外走去。学校的东面紧靠着围墙的是一条小河,因为距城八里,所以叫八里河。河不大,但是河水清澈,没有被污染过,河底的水草或者偶尔有一条游鱼划过都能看得很清楚。王祈隆心情不好的时候常常一个人出来沿着河走。现在王祈隆顺着河堤一直往南去了,女人在后面远远地跟着。天热得像下火,河堤上连个鬼影儿都没有,王祈隆不知道走了多久,他的脸上已经晒出一层油来。他幸灾乐祸地咒骂后面的女人:晒死你个猪!

两个人就一直这样走,学校已经被他们远远地甩在了后面。王祈隆终于走不动了,他在一丛野生的芦苇跟前停住,他一眼不眨地盯着那女人一步一步地走过来。他几乎没有等那女人站定就把她按住,三下两下就剥光了女人的衣服。这次他不再需要女人调教,他一下子就准确抵达了目的地。

天真热,热得像要下火。

从那个中午开始,王祈隆只要是抓住和许彩霞单独在一起的机会,就没有一次放过她。他像是怀着满腔的仇恨,却又表现出无与伦比的热切。每一次他都是倾其全力,像打一场肉搏战,用他男人的凶狠去征服被他压在身下的女人。他的恨只有用性才能表达出来,他的行动只有爱的外壳,而恨的内核,却坚实地嵌在他心里。

一开始王祈隆还有点儿怕的感觉,有点儿担忧,有点儿惭愧,有点儿不知所措,时间长了,什么都没有了。麻木了。

围墙根的几株向日葵成熟了,大家就采来把它们吃掉了。应该吃掉。

食堂后面的一棵倭瓜秧结了两个硕大的倭瓜。它们在人们的忽视里长大了。其实,它就应该长大。

　　学校里的每一个角落似乎都贴上了他们的痕迹,所有的植物都蓬蓬勃勃地生长。这还不够,他们几乎一天不落地往河坡里去,两个人都晒脱了几层皮,他们好像并不知道热。到一起就热切地做,完了就急匆匆地走,连告别的话都懒得说。一个人站起来穿上衣服先走,另一个就把身体摊开,铺成一个大字,漠然地看着天空,百无聊赖地躺上一阵子,然后再站起来穿上衣服走。不这样干他们还能干些什么呢!

　　这么热的天。这么寂寞的学校。这么旺盛的两条生命。

　　热天终于过去了,学生们都返校了。河面上采集芦苇的人多起来,王祈隆和许彩霞没有地方可以去了。他们身上的力气好像也随着夏天的热气消耗掉了。王祈隆依然跌回到了过去的那种懒散状态,他吃的兴致都没有了。

　　秋天的末尾,有熟人给王祈隆介绍了一个对象,阳城地区图书馆的管理员。两个人在熟人家里见了一面,女孩身子略微有些单薄,一米六五左右的个头,五官还周正,就是笑起来眼神儿有点邪气。可能是因为太年轻了,才刚过了二十。女孩的外形条件有一点点儿符合王祈隆想象中的情人的样子,他面上却表现得有些心猿意马。那女孩子好像对他挺中意,他告诉王祈隆她别的条件不挑,就想找个大学生。

　　王祈隆和女孩见了面,并没有太在意这件事情,倒是女孩常常打电话约他出去。学校的电话设在办公室,有时碰巧许彩霞接电话,她总要盘问上半天才会去喊王祈隆。别的同事和王祈隆打趣,她也跟着起哄,什么时候让吃喜糖啊?问者也许没有什么意思,听的人心里却别扭得不行。要么你是个没心没肺的,要么你就是在朝我甩暗器!

　　王祈隆被女孩约出去。秋天的风吹起来冷飕飕的,刮在男人的脸上都觉得有点疼,他看见女孩穿着单薄的衣服在满地的落叶中等待他,心里就有些感动。两个人有时看电影,有时就到城市里惟一的一座一眼就望到边的破败的公园里逛上一圈,赶上饭点儿就在小馆子里吃点面条什么的。松松垮垮的约会,极衬托了他那落寞的心情。而他的这种神态,已经有了一些城市的吊儿郎当味儿,更吸引了女孩。

到农校刚刚过了不到一年的时间,王祈隆的心情已经与以前大不相同了,他连女孩的手都不肯碰一下。有一天晚上两个人在公园的椅子上坐着说话,女孩忽然说,她的脖子后面有一点痒,自己够不到,要王祈隆帮她抓一抓。女孩说了就伸过一截子白白的脖子来。王祈隆看了看却支了两只手说,还是你自己弄吧,我手太脏。女孩看了看他的手,并不脏,就哭了起来。王祈隆听她啜泣了一会儿才明知故问地说,你怎么了?是我惹你不开心了吗?女孩又笑了,她说,没有。是我自己想起不高兴的事来了。

王祈隆和那女孩总共交往了大概有三四个月的样子,从秋高气爽一直到天寒地冻。

天冷起来,外面没有去处了。有几次她就把他带到图书馆宿舍,她和另一女孩合住的一间小房子里去。有时另一个女孩子在,有时不在。王祈隆倒是希望那个女孩子在,他和那个没有干系的女孩谈起话来反而很放松。那女孩长相一般,只是爱读书,有点儿自己的看法。她和王祈隆接触了两次就感慨地说,黄小凤,你得抓紧点,王祈隆可是个大才子。

黄小凤就是和王祈隆谈朋友的那个女孩的名字。黄小凤听她的同伴这样说,心里很高兴,可多少又有了点不放心,那女孩在的时候她就不带王祈隆来了。

元旦的时候,单位放假。黄小凤的同屋到北京旅游去了,黄小凤就把王祈隆约了来。外面下了大雪,屋子里生了炉子,十分的暖和。可黄小凤却不停地叫冷,她脱了外套,却让王祈隆摸她的手。

你摸摸凉不凉?说着就把手搁在王祈隆的手上。

王祈隆说,冷你干吗还脱了衣服?快穿上吧。

黄小凤就撒娇,我偏不穿。说着头就往他的怀里拱。

王祈隆闻到了她头发上一股淡淡的姜花的清香,发丝柔柔顺顺的。王祈隆有一点微微的陶醉,心里想着,女人头上就应该有这种干净的味道。黄小凤以为他是扯不开脸,就拉了他的手放在自己的腰上。王祈隆下面有了一点感觉,但是他觉得黄小凤的胯软软的,骨感很强,多少单薄了些。这让他想到了许彩霞肥大的屁股,一股懊恼闪出来,一下子就没有了感觉。手从黄小凤的腰上耷拉下来。

黄小凤滚着泪花儿说,我有什么地方不够好吗?

王祈隆歉意地拉了她的手放在手心里,说:真对不起,不是你不够好,是我自己不好。

黄小凤以为王祈隆是为刚才的事情道歉,本来还想把他的手往腰里送。看看王祈隆的表情,又放弃了。王祈隆的嘴里这样说着,可心却跑远了去了。

他想,是得和许彩霞作个了断的时候了。

那几日许彩霞不在阳城,她利用元旦放假和丈夫到上海玩儿去了。

见识得多了,就是能改变人。许彩霞从上海回来兴高采烈,像是变了个人。穿了一条十六片的苏格兰呢裙,配了半腰的靴子,上身是件卡其色的净面毛衣,外面配了咖啡色的毛呢大衣。辫子不见了,换上了一头大波浪。王祈隆见了她,一时间有些恍惚,这个女人离他很近却又十分的遥远。他知道,她这分明是要做样子给他看的。

王祈隆等中午下班人走完之后,把许彩霞堵在了办公室里,他要告诉她他的决定。关了门却又不知道要说些什么了,他闻到了女人身上那股子热香的味道。就像每一次一样,他好像被施了魔法,只要和她在一起,浑身连骨头节都会膨胀起来。许彩霞不等他说话,却急着拿了东西给他看。原来她到上海还给王祈隆带了东西回来,是一条领带,还有一套响铃牌的西装。她立马逼着王祈隆试一试。这让王祈隆缓解了一下。衣服小了一个号,王祈隆人瘦,小一号的穿上还晃荡,身长和袖子却短了一寸。许彩霞拍着手说:正合适。然后就动手脱自己的衣服。

王祈隆别过头去,说:你和你丈夫一起出去,怎么给别的男人买衣服?

许彩霞说:那还不简单,我说是给别人捎的呗!

许彩霞说着话,就把自己赤裸的身体贴在了王祈隆身上。抵抗是毫无用处的,合作才是最好的解决办法。进去之后,王祈隆竟舒适得全身颤抖。妈的,小别胜新婚,将就着用在这里了!他一边弄一边暗想,她那不精明的丈夫可以随便地这样做,倒是得了天大的便宜。想一想,便下死力气使劲。正在高潮处,刚听见钥匙响了一下,就有人突然打开门进来了。进来的人是没有任何一点防备的,几乎是惨叫了一声,立刻又关门飞了出去。王祈隆闭着眼睛一时还没反应过来,像沉浸在棋局里的一个弈者,对观棋者刚才的举措不以为然,依旧投入地运动着。他有点儿奇怪,许彩霞不知道出了什么问题,她第一次表现出了极端的不配合,一张红胖的油脸顷刻间变得蜡白。她一把把他推开。他迅速疲软下来,这才意识到什么地方不对头了。

王祈隆几乎是学着刚才进来人的声音惨叫了一声,然后以从未有过的速度穿好衣服,子弹一样地射了出去。

王祈隆终于想起了开门进屋子的人是学校的司机小王,他下班走后干吗又转回来?现在这些都顾不得想了,他突然变得聪明起来,决定先到校门口的小卖部里买两包烟。他急匆匆地买完烟,却看见门卫室里坐着发呆的正是小王。王祈隆讪笑着把烟递过去,嘎着嗓子说:兄弟,我是一时糊涂,办了尴尬事。

小王尴尬地看着他,好像是自己做错了什么事一样,好一会儿才说:没事,谁都一样。

王祈隆并不明白他说的谁都一样是什么意思,却说:兄弟,我倒是没什么,大不了回家种地。可她要是让人知道了,恐怕就没法活了。好歹替兄弟遮一下,千万千万别说出去。

小王回过神来,接了烟。自己点了一颗,又抽出一颗扔给王祈隆。小王说:哪能呢!就算我什么都没看见。说着扬了扬手里的烟:这烟我收了,我要是不收你会信不过我。

已经又是一年的春天了,王祈隆想一想怎么都理不出个头绪来,他几乎想不起来自己这么长时间是怎么过来的。

地上的小草闻到了一点南风的气息,耐不住寂寞,东一片西一片地探头探脑地张望着这个喧闹的世界。王祈隆和许彩霞的事情也如草籽一样地撒进了每个人的耳朵,好像晚一点就会误了季节。王祈隆并不恼恨司机小王,是自己违着心思欺骗自己罢了,这样的事情放进谁的肚子里,还不憋出个直肠癌来!到了这分儿上,他反而有点不在乎了,只是有些担心许彩霞那边。其实他的担心是多余的,这种事情哪怕是传得全世界都知道,也决不会有人去说与她家里人的。许彩霞刚开始还有点紧张,后来就习惯了。其实她就是这样的人,抹脖子的事情,也要先吃饱睡足了再说;等吃饱睡足了,却又把杀头的事儿给忘了。

这和知青王岩有关,那件事儿后,她睡了一个春天,就变成了这个样子。

这回是王祈隆约了黄小凤,两个人说好了在公园里见面。

公园里的树还没有发芽,腊梅和迎春花却开得黄艳无比了。黄小凤竟然换上了春天的衣服,在剪刀一样的春风里瑟瑟发抖。王祈隆仍旧穿了棉衣,却也不停地擤鼻涕。王祈隆觉得,一定要赶在黄小凤温柔之前把事情解决,否则他就会没力量把这个决定说出来。他是个在女人面前硬不起心肠来的人。于是,他像小学生背课文一样僵硬地说,黄小凤,我们两个的事情还是算了吧!

黄小凤立刻就哭了起来,这次是真的哭。她说,我有什么做得不好的,你说出来,我可以改。你知道,我已经离不开你了!

王祈隆哪里禁得住她这样煽情?马上就抱歉得什么似的。他说,不是你不好,是我不好,是我对不起你。

黄小凤仍是不死心地看着他说,我们没有一点希望了吗?

王祈隆拧了拧自己的大腿,咬着牙根说,没有了!

黄小凤不再哭泣。她说,我们不成,我就一辈子不找了。

王祈隆被她这句话弄笑了,他说,你很快就会忘了我的。

见他态度很坚定,黄小凤也不再固执。停了一会儿她说,你走吧,我要一个人待一会儿。

王祈隆看看她的脸,不像是悲痛欲绝。就说,你不走我是不会走的。

黄小凤指了指公园里的臭水湖笑起来,她说,你以为我会跳湖吗?

黄小凤说完最后一句话,就很壮烈地走了,咯噔咯噔的鞋跟儿把王祈隆的心硌得生疼。他能看得出她是真的伤了心。王祈隆的心里也突然不好受起来,但结束得这样轻而易举,又让他多少轻松了一点。那一刻,他突然想痛痛快快地哭一场,把憋在心里这么久的积郁倒腾出来。他想了一些伤心的事情,鼻腔开始酸起来,但在眼泪出来之前,心情却又平静了。妈的!麻木了。望着面前还没有发芽的一丛灰暗的小杨树,他觉得自己和这群光秃秃的小杨树是一样的心情,被风吹得东倒西歪凄凄惶惶、无助又无奈,却时时鼓胀着力气准备发出芽儿来。

6

春天是真的来了,人们转眼之间就换上了单薄的衣衫。王祈隆一直以为对所发生的事情,学校是会给他个什么说法的。就是给了,他也是无话可说的,自己病了,就不能怪医生的刀子狠。可是王祈隆静心等待了一段时间,事情不但没有发展下去,反倒是逐渐平息了。殊不知,这样的事情,私下里议论得再高涨,真正拿出来处理,却没有一个人会出来作证。你领导又没逮住人家,凭什么处理?农校的校长本身就是个老好人,就是对犯了原则错误的也是得过且过,何况这种捕风捉影的事情呢!

王祈隆稀里糊涂又划过了大半年,人们对他的事情已经不再关心,转而去关心大事了。

确实是有了大事儿让大家面对,阳城地区要撤地建市,一个地区分成两个市。除了保留现在的阳城市又把原来的新源县变成了新源市,两个市各带五个县一个区,也就是把原地区的版图分作了两半。地区分了,人马也要分作两半,每个人都面临着抉择。还能有比这更大的事情吗?别人都有些着急,王祈隆不急。急又有什么用,农校还不知道分给谁呢?总不可能学校也新建一所,这可不是闹着玩儿的。王祈隆真的是没有想到,他的机会来了。

公元一千九百八十五年六月,王祈隆因行政区划调整,去了新源市农业局。这一决定几乎是在瞬间发生的。

组建新源市,现在阳城实权岗位上的人有许多不愿意调动,于是地区就把地直机关和所有事业单位都纳入备调单位。农校是事业单位,而农校校长肖明远与原行署管农业的何副书记关系好。这次调整,何副书记要到新源当市长。领导去一个新地方,总是想带几个心腹过去,他就选了肖明远跟他去当农业局长。肖明远当然是求之不得,立时就点了头。回家去和老婆说了,老婆也非常高兴,夫妻俩就做了几个菜,请农校的几个人喝酒。其实也是有目的的,他们二人合计着也想带三两个骨干过去。本来请的人里并没有王祈隆,可校长去喊别人时刚好碰到他,就把他也喊了来。校长的心思不在王祈隆身上,只顾着和其他的人海喝。王祈隆本身就不会喝酒,而且跟其他人平时也不怎么搀和。但他一脚踏进来,说走也不是,说留也不是,于是就站起来帮校长夫人端端盘子碗什么的。王祈隆前一阵子经常研究做饭,对炒菜熬汤有一点体会。校长夫人一时换不过手来,他就自告奋勇地帮助弄弄菜,几盘下来,立即得到了校长夫人的首肯。这大大提升了王祈隆的自信心,校长夫人弄菜的时候,他也大胆发表自己的见解,真的像很有见地的样子。

　　有王祈隆帮忙,校长夫妇的家宴弄得团结而有秩序,紧张而又活泼,里外都渐入佳境。菜吃得好酒也下得快,校长因为心里高兴喝得最多。大家都恭维校长,说他的拳划得好酒量也大,就像做人一样豪爽。校长已经有了几分醉意,也听不出大家的话里面有将他军的意思,越发地放开了和大家比试。这样几个回合下来,话都说不囫囵了。夫人知道他的量,出来阻拦了几次,大家也都说不能再喝了。他自己却还是一味地逞强,再喝进去,胃就明显地不听使唤了,立时对着桌子开始广播,吐得海阔天空。在座的一下子都散得老远,惟恐避之不及。大家都说,行了,不喝了。说着说着,一个个都借着酒气作鸟兽散。王祈隆没有喝酒,就没有了走的借口,只好硬着头皮帮校长的夫人收拾。心里明明是腻歪得不得了,脸上却表现得很诚恳,而且干得很卖力。其实往深处说,就肖明远对他和许彩霞的处置态度,王祈隆是心存感激的。但他并不想把感激用这种方式表达出来,如果不是校长碰巧遇到他,如果不是大家都喝得东倒西歪,也许王祈隆的历史就得重写。所谓天无绝人之路,用在此时此地的王祈隆身上,是最恰当不过了。这件阴错阳差的事情,可以说是王祈隆在阳城农校两年来最漂亮的一次出手。

校长肖明远和王祈隆谈了要带他到新源去的事情之后,王祈隆立刻约了许彩霞出去。两个人还是顺着河堤往南走。因为天还不是最热,河堤上不断地有人走来走去,只好一直的再往前走,直到人走得稀了,即便是有人也不会认得他们了,两个人这才一前一后地停下来。出事之后两个人还是第一次见面。王祈隆很直接地问道,我们的事情你家里人知道吗?

见他问这事,许彩霞似乎泄了气,懒散地说,知道怎么样?不知道又怎么样?还不是那个样子!

王祈隆说,我不能对不起你。

许彩霞说,这事儿,本来就没有什么对起对不起的。

你丈夫现在怎么样?

挺好的,他说他不管我和谁好,只要和他好就行了。

妈的!王祈隆在心里骂道。能这样说,说明他还不是太傻。

许彩霞又问,你怎么想起来问他了?

王祈隆面子上有点儿尴尬,不知道该怎么接下去。许彩霞就接着说,我丈夫真的挺好的,他怕我离开他,还哭了呢!

王祈隆暗暗地松了一口气,他说,我喊你出来没别的意思。我要到新源去工作了,我不想欠了你,他要是对你不好,我就得把你带走。

许彩霞是个粗粗拉拉的人,她竟然听不出王祈隆话里的勉强,不是"要"带她而是"得"带她的意思,她那一会儿还产生了点为难的情绪。她说,我还是跟他过吧!他对我好,孩子也总还是亲娘好。

话说到这里,王祈隆知道,很可能这就是最后的诀别。他看着这个曾经和自己有过许多次肌肤之亲的女人,竟然有了一点感情。王祈隆看着许彩霞,许彩霞也看他,两个人自然而然地又抱在了一起。因为很长时间都没在一起了,双方都格外热切。王祈隆卸下了心理负担,特别卖力。轻车熟路,大地当歌,情绪是空前的高涨,气氛是绝后的热烈。王祈隆一边着力一边有点醋意地问她,除了我,往后你还会让别的男人这样干吗?

许彩霞不解他的心情,实话实说道,不知道。

王祈隆听了,就更下死力用劲了。

王祈隆以为河堤一别就算是和这个女人彻底断了维系了,谁知道第二天许彩霞却突然变了主意。她公然在学校院子里找到王祈隆。她说,我想好了,还是跟你走!

王祈隆一下子没了主意,自己说出去的话,又不能马上收回来。但是,一下子答应,他又不甘心。他说,你确定吗?希望你再慎重考虑一下。

我还考虑啥呀?昨天晚上我就和他分床了,说好了今天上午去办离婚。下午咱就办结婚!

王祈隆叫苦不迭,心里暗暗骂自己,心眼子软的人,活该吃臭屎呀!

他知道是昨天自己那一失足,铸成了千古恨。

他惟一能改变的只有一点,就是他和许彩霞结婚的日子,必须和她离婚的日子错开。

所有区划调整去新源的人都可以带家属一起走,工作由组织统一安排。王祈隆去找了校长肖明远,把他和许彩霞的事情说了。肖明远是个没有原则的人,他说,其他事情我不管,只要是家属就成。

王祈隆得了这话就放心地走了。王祈隆走后,肖明远的夫人狠狠地在丈夫的胳膊上拧了一把,说:算我没看走眼,这孩子还真是条汉子。现在上哪去找这样肯负责任的男人?

没有结婚仪式,王祈隆把许彩霞带到了新源就算正式娶了她。

到了一个新地方,一切都得从头开始。政府的宿舍楼刚刚动工,王祈隆和大家一样租了一间民房,租赁费由单位报销。吃饭也是单位发餐券,在定点食堂包桌,大家热热闹闹地在一起吃,一切都是那么新鲜和富有活力,好像是进入了一个全新的世界。王祈隆觉得全身都是劲,性格也变得开朗起来。

王祈隆以前和许彩霞在一起,总有一种占便宜的心理,觉得有一次是一次,就格外能调动起来情绪。现在天天可以在一起了,而且什么时候想要都是合理合法的了,他就觉得要不要都无所谓了。王祈隆是个骨子里带点浪漫的人,可他昔日为爱情设计的许多小浪漫在许彩霞这里通通是没有用途了。那时候大家都没有分到房子,临时的家不太认真收拾,就那么乱着。天天下了班就互相串门,打牌抽烟聊大天。王祈隆家里也经常过来人,他有时很想把家弄得好一点。他和人家的想法还不太一样,他和许彩霞的经历不同,惟恐被别人看轻了,就总想着周致一些,常常买来一些零食小吃还有一些花呀朵呀的装点一下浪漫。许彩霞哪里懂得这些?屋子里扫扫擦擦的弄干净就行了。王祈隆买的小东小西的,她嫌碍事,只要看见了就乱七八糟地收到一起,把个屋子堆得像个鼹鼠的仓库。王祈隆弄了几次就没了兴致,也就没了回家的兴致,天天待在办公室里,不舍昼夜地工作。

王祈隆是因为厌倦这个家,才天天待在办公室里。他也实在没地方可去,他不是个喜欢交际的人。但在同志们看来,却不是那么回事儿。人家刚结婚就能舍弃小家,一心扑在工作上,这样的干部素质实在是太高了。尤其是肖明远,他更想着王祈隆是在用自己的努力工作来报答他的厚爱,所以对王祈隆格外器重。各科室还都没有理顺,百废待兴,就让他临时主持办公室的工作。上上下下的一些应酬他处理得很不错,连他自己都不知道还有这样的潜力。有时候忙活得有点头绪,受了领导和同志们的赞扬,回家就兴奋,很想把自己的得意处说给许彩霞听听。许彩霞显然不是个说话的对象,她根本弄不明白王祈隆想要表达的东西。说了两次,王祈隆就不说了,回家就更少了。

有一天许彩霞突然告诉王祈隆说她怀孕了。王祈隆还像过去那样心不在焉地一边听她说话一边看新闻,像是听与自己不相干的事情。直待许彩霞过来把他的手摁在她肚子上,又重复了一遍刚才的话,他猛然间回过神来。他说,什么？什么？

许彩霞说,我怀孕了。

王祈隆不相信似的看着她。许彩霞这一阵子越发地胖了,她那张虚幻的脸突然让王祈隆觉得恶心。他好像现在刚开始想一个问题:难道我这一辈子就真的和这样一个女人绑在一起了吗？

王祈隆说:孩子是谁的？我的还是他的？

许彩霞咧着大嘴乐了,那还用说？肯定是你的！我来新源后才取掉环。

王祈隆想一想也是,过去他们在一起那么多次都没怀孕。可是,他和这个女人就要有孩子了,血缘上从此就有了维系,那还有什么能够改变？

王祈隆头大起来,但面对残酷的现实,他也真正感觉到了束手无策。好像这时他才开始认真地想这个问题,但又意识到别无选择。这个叫许彩霞的女人确实是他的妻子了。

农业局长肖明远正在努力开创工作新局面的时候,夫人却急性阑尾炎发作,需要住院做手术。虽然不是什么大手术,可是治疗上仍然需要一段时间。他们这些区划过来的人,在此地大多是举目无亲,哪有人在医院里陪她？肖明远犯了难。王祈隆看出了这一点,就主动提出让许彩霞去帮忙。许彩霞和外单位的家属对调,被安排到了商管委的工会上班。工会非常清闲,上班好几个月可以说没办过一件正经事,几个人天天对着头喝茶聊大天。工会的主席副主席都这样,许彩霞就更别指望成就什么事业了。她天生

107

是个闲不住的人,闲得时间一长,浑身骨头棒子疼。王祈隆让她请假去照顾肖明远的夫人,正好给她找个事干,她表现得比王祈隆都热心。肖明远晚上没有时间陪护,许彩霞干脆搬到医院里去了,没日没夜地陪着。许彩霞嫌医院里做的饭菜不好,来来回回地从家里做好了带去,鸡鱼肉蛋没有重过样,把个局长夫人感动得不得了。感动归感动,肖明远的夫人毕竟是中专毕业,曾经在学校里当过校医,也算是有点文化的,骨子里还是有点看不起许彩霞,说话明显地带着优越感。许彩霞却不觉得,一天到晚地傻忙活,闲下来一会儿功夫,就像打机关枪似的海聊,恨不得把自己在娘胎里的事情都搜刮出来,但提到王祈隆她就岔开了话题。肖夫人想,一定是王祈隆交代不让说。其实王祈隆并没交代过,是她自己不愿意说,她自己心里并不把这事当做什么光彩事,甚至很羞于提起。说到她原来的女儿的事,许彩霞就嘴硬,她说,自己生的,哪能说舍就舍得下,可舍不下又能咋样?人家现在看都不让看。

许彩霞又说,那一家人疼得很,想想我小时候受的苦,也算是把她生到福窝里了,也没有什么可牵挂的。

嘴是硬着,眼里却是水里吧唧的。肖夫人就又觉得她可怜了。她虽然没有文化,可是对人实诚,说话也不绕弯子,这一点比好多文化人都强。想一想,觉得王祈隆两口子都是靠得住的人。

许彩霞在医院里照顾了肖夫人一个多月。中间王祈隆也经常去,他现在主持办公室工作,掌握财务大权,公私兼顾,从头到尾把生活用品备得足足的。这一方面解除了肖明远的后顾之忧,另外一方面也拉近了两家的距离,肖明远两口子觉得王祈隆确实会办事,把他带过来真是找对了人。

"忽如一夜春风来,千树万树梨花开。"那一段时间王祈隆脑子里老盘桓着这句古诗。只记得小时候抄大字报,形容形势好转或者传达伟大领袖的指示,总是用这句话,却又想不起是谁的诗了。

反正是一个字,那就是,顺!

农业局的局级领导班子健全后，运转了一段时间，各项工作都转入了正常。要配备中层干部，也就是各科室的负责人。肖明远提出让王祈隆当办公室主任。因为是他从阳城带过来的人，人也比较踏实，几个副职都没有表示异议。如果说来新源是事出意外，这么快升任办公室主任，对于王祈隆来说简直就像做了场好梦一样，说实在的在梦里他都不敢这样大胆想过。要说也并不奇怪，来新源的好多人都是沾了区划的光，一夜之间就圆了当官的梦。可是别人是当之无愧，王祈隆可不敢这样想，任命书下来几个星期他还老是诚惶诚恐的，觉得不踏实。他不好和别人说，就一次次地问许彩霞，我现在是办公室主任了？

许彩霞不明白他的心思，还以为他是在她面前卖弄，就说，还不就是个小小的办公室主任嘛！多大的官我没见过啊？

许彩霞只是不会说话，有一点小撒娇的味道，并没有别的什么意思。可这一句话却把王祈隆噎得半天说不出话来，只好背过身去，不再理她。但内心依然禁不住小得意，在心里骂道：不就是个鸡巴副专员？儿媳妇还不是照样被我睡！翻过个儿来一想，自己的媳妇，是被专员的儿子先睡过的啊！就又觉得是人家沾了自己的便宜，心里酸酸的不是个滋味。

当了官的王祈隆很快又得了个大胖小子，不管他心里对许彩霞怎么样，见了自己的骨肉却挡不住透骨的亲。许彩霞生孩子的时候大出血，孩子生下来身体虚。王祈隆抱着儿子睡了两夜，一会儿屙屎一会儿尿的，他这才从内里体会到了父母养大自己的艰辛。他想起来过去许彩霞曾经跟他说过，将来他和夫人养了孩子，她教他们养育的事，禁不住偷偷地笑了笑。现在他的孩子不但要许彩霞养，还要许彩霞亲自生。这真是姻缘天定，世事难料。

王祈隆的爹娘初始还因为儿子找了个二婚，百般地不高兴，一直不肯来。儿媳妇生了孙子，他们才第一次打照面。看见许彩霞长得如此富态，个子高高大大的这么体面，如今又为他们生了个大胖孙子，又觉得儿子不吃亏了。许彩霞是个天生的热心肠，一天下来，把个爹娘喊得亲生的一样。老人高兴得合不拢嘴儿，反过来又教导儿子，说这都是前世修来的福分，一定要对人家好一点。

王祈隆只是从心眼里觉得对不起奶奶，他知道自己的婚姻又一次伤了奶奶的心，可他却不知道，他这回把老人伤得到底有多重。他带着车子回去几次，要把奶奶接了来住。奶奶死活不肯出来。她说，我老了，快入土的人了。说不定今天脱了鞋，明天就穿不着了，哪能去给你们添麻烦？说完就闭着眼睛打瞌睡。他知道奶奶喜欢孩子，现在有了儿子做挡箭牌，他就带着儿子再去接。奶奶脸上仍然是没有一点声色的，她一天到晚地瞌睡，每次孙子还没有把话说完，她就坐在床头睡着了。奶奶老了，老得让王祈隆触目惊心。王祈隆觉得，奶奶主要是心理老，好像鼓着劲儿吹起的一个气球被放了气，眼看着一点一点地瘪了下去。王祈隆真的是一点办法都没有了。

政府宿舍楼盖好后，王祈隆分了个小套，两室一厅。本来王祈隆想着装修一下，弄得像个样子，哪知还没来得及安排，许彩霞就把过去那些坛坛罐罐都搬了进来，东一堆西一堆，连一只破拖把也舍不得扔，家里弄得像个鸡窝，把自己弄得也像个鸡婆。许彩霞因为生儿子，自以为在家里的地位大大稳固。更是婆婆妈妈地死心踏地当了主妇，越发地不讲究了。王祈隆的那一点小浪漫，是无论如何也不能在她这"鸡窝"里孵化出来的，他现在一个月还想不起和她办一次事。他不爱回家，除了许彩霞的因素，孩子哭闹也让他心烦。他当办公室主任有签字权，能常常密切联系几个群众到馆子里撮一顿。因此，他和同事们相处得很不错，对人又实在，很快就有了一些群众威信。

现在的王祈隆说话办事真的很有个领导的样子了。

儿子三岁上了幼儿园。许彩霞养儿子这几年不但没有瘦，反而又胖了十几斤。亏她长得高大，并不显得臃肿，身上的肉也瓷

现在的王祈隆说话办事真的很有个领导的样子了。

实,看起来脸上油光光得没一点皱纹,胖了以后反而显得很年轻。夫妻间的性生活又恢复了一些,在这方面她可能觉得王祈隆是吃了亏,所以只要他需要,她从来没让王祈隆受过委曲。这一点是她刻意迎合王祈隆的出发点和归宿点。王祈隆在外面也不是个花里胡哨的人,就是受了委屈,也不至于像那些素质低的干部一样乱来。他只是有时想起这档子事来,觉得他和许彩霞的婚姻忒窝囊了点,再想一想,都过成这样了,也就罢了。

年轻人节假日带了家属在一起聚一聚,或者单位谁的红白喜事带了家属一起去。逢这种场合王祈隆一律回避。没人看见王祈隆和许彩霞一起走过路,过了这么几年他才知道,他是多么的看不起这样一个女人啊!

王祈隆的办公室主任当得得心应手,因为他是把办公室当做家来对待的,还因为他对肖明远的感恩戴德。他觉得干不好这个办公室主任,就对不起肖明远。肖明远对他的器重燃烧着他,而知识分子"士为知己者死"的情绪又不断地为他提供燃料。而在肖明远那边,起初使用王祈隆,只是因为是自己带过来的人。王祈隆干了一段时间,他就觉得这个办公室主任,非他莫属。这人把上上下下的关系协调得一团和气,省了他不少心。文字功夫也是出人意料地好,开始他写的材料肖明远还要把把关,后来看都不看了,无论是上报还是作讲话稿用,保证不出一丝纰漏。肖明远是个关键时候拿不定主意的人,王祈隆很快成了他的智囊,好多事情实际上是他在背后出点子,面上却一点也不带出来。这小子!肖明远说,就是个做官的材料。表面上看他嘻嘻哈哈随和得不得了,其实是个骨子里有主见的人,保不准将来还是个帅才!

夫人听了,比他还得意,说,还是我慧眼识珠吧!

王祈隆的办公室主任当了三年多一点,正赶上市里根据中央干部工作改革的要求,公开选拔副处级干部。农业局放了一个副局长的职位。肖明远弄清楚了,这个职位是谁考进来谁当。与其让一个陌生人过来，还不如让自己人争一争，就竭力鼓动王祈隆试一试。王祈隆本来并没抱什么期望，大学毕业这么多年，专业知识丢得也差不多了。再者说了，说是公开选招，还不知道下面会怎么交易呢。但出于对肖明远的尊重，他只好报了名。

王祈隆没有结婚的时候一直是个书虫，有一段时间还复习了一些功课，准备考研究生。后来结婚成了家，要说自由支配的时间应该少了，可他在家里和许彩霞一直没有话说，下了班就常常自己抱了本书看，底子是比较牢固的。公选结果出来以后，王祈隆竟然得了个全市第一。他自己像是做梦一样，很轻松地坐到了农业局副局长的位置上。

王祈隆仍然恍惚得如同当初当科长一样。回家本来还想问许彩霞，我现在是局长了吗？想想过去许彩霞给他那一板砖，又闭了嘴。倒是许彩霞憋不住了，问他，你不是当了局长吗？还是自己考的，怎么也不听你说起了？

王祈隆就做出满脸的不在意说，这算什么呀？不过是个副的，你见的官比这可大多了！许彩霞听不出是在损她，吃吃地笑得满脸开花。王祈隆想，这个傻娘儿们，她的快活是最彻底的。人他妈的傻了，比聪明人活得还滋润！

王祈隆当了副局长后，依然是韬光养晦，夹着尾巴做人。尤其是在肖明远跟前，更是谦恭得不得了，生活上刻意关照，局长的公私事务他一概打理得滴水不漏。工作上大胆建议，动脑筋想思路，配合肖明远把个农业局搞得红红火火。要说农业局在他们这个以工业为主的市里，位置并不十分重要。可是事在人为，王祈隆出了不少主意。他对肖明远说，要想有地位，必须有作为。何市长带你过来，还不是让你给他露脸的？

王祈隆给肖明远献完计策，然后就带着一拨人，到偏远的农村搞调查研究去了。回来后立马以肖明远的名义向书记市长写了调查报告,提出"强村富民,底层突破"的新思路,把农业致富作为这个市新的经济增长点。谁知道这个思路刚好赶上中央农业工作会议召开,上上下下都在关注农业。报告很快得到了市委市政府的高度认可,立刻在一个县里搞了试点,连省委书记都亲自到试点视察,而且把这个试点作为他工作的联系点。肖明远是个对自己要求不算太高的人,没有想到会出这么大的风头,心里反而不踏实。在领导那里就反复举荐王祈隆,说,这个年轻人啊,可是个不得了的才子。要能力有能力,要威信有威信,放在农业局可是大材小用了!领导都知道了农业局有个叫王祈隆的年轻干部,是个人才。

王祈隆当副局长不到两年,试点县的县长经济上出了点问题,被停职了。说起来也是一件让市领导痛心的事情:因为一家企业的贪污案件,把他给拽进去了。要说这县长很有前途,年轻,又有能力。但他也是个老实人,如果他不承认,也可能什么事儿没有。检察院只是把他叫过去问问情况,他却把什么都给交代了。最后落实了两万多块钱。上升到法律,五千就够得上量罪判刑了。

事情发生得太突然,让市里措手不及。先别说追查责任了,这个县是省委书记亲自抓的点,工作上出了纰漏,可是干系重大,所以找一个合适的县长才是当务之急。市长和书记几乎同时想到了农业局的王祈隆,他们已经知道了"强村富民,底层突破"的思路其实是他鼓捣出来的。这也符合省里提出来的要把年轻干部放到第一线的要求,岂不是一举两得!书记把这想法向省委汇报了,省委也支持。没超过三天,王祈隆就稀里糊涂到县里当了代县长。

运气来了,拿夜壶都挡不住。王祈隆想起老家的一句土谚。

尽管这个县在他们市是个经济欠发达的县,但王祈隆当县长这件事在全市还是引起了很大的轰动。过去的王祈隆是个不起眼的人物,很少有人会提起他的家庭私事。他当了县长就不一样了,成了公众人物。人们又重新翻出了他和许彩霞的旧闻,挤眉弄眼的闲话飘得满世界都是。闲话传到王祈隆的耳朵里,他自己也感到窝心,但又是说不起嘴的事情,只能自己生闷气,把怨恨都堆积在许彩霞身上。他当了县长以后,有很长一段时间都不回家。他觉得能当上县长完全是自己的能耐,而让许彩霞沾这么大的光,也真是太便宜了她。但想想他对许彩霞的恨远远比对她的关心要多得多,心理又平衡了一些。

7

若说王祈隆突然之间被派到县里当县长全是凭了运气也不尽然,世上万物,凡事皆有因由。让王祈隆出任县长,新任市长田俊涛是说了话的。这王祈隆和市长并没有过太多接触,但二人之间却有着一段鲜为人知的故事。

原新源市农业局副局长王祈隆是作为第一批扶贫工作队的队长被派住到清源县杜李乡小田寨村的。小田寨在豫西当属比较贫穷的村落了,但是小田寨的村民热情好客,他们对待上级下来的干部就像对待自己的亲人。他们乐于向外来人炫示的是村子里出了大官儿,他们会对每一位来此的客人介绍,省农林厅厅长田俊涛是村民田来福的儿子。村支书把王祈隆拉到家里吃了一顿接风宴,二两酒下肚,支书便给王祈隆讲述了一段让人流泪的故事。

一九六〇年的春天,天降大雨,一下就下了两个多月。小田寨村来了一对讨饭的母子,村民田来福两口子好心借了柴房给他们住。那时候正赶上三年自然灾荒,赤地千里,饿殍遍地,田家也一样是没什么可吃的。但是田来福是手艺人,会打铁具,年景好的时候肩了挑子四处游乡,给人打造一些锄头叉把什么的,换来一升半石粮食。来福女人又是个过日子的人,有余粮的时候也不舍得抛洒,悄悄地存起来一些。如今别人家的粮食吃完了,他们虽然不至于断顿,但也没有吃饱过。来福的女人做了稀粥,总是先端一点给那外乡的母子。来福两口子从母子俩的口中断断续续地得知,他们家是安徽界首那边的,男人上个月害浮肿病死了。女人说的时候伤心得泣不成声,孩子却始终是一脸的麻木。他只是饿,而且他知道爹是饿死的。埋葬爹的时候娘哭着哭着就昏了过去,被婶子灌了半碗热汤才活了过来。婶子们说,他娘这也是饿的。十岁的他什么都没有记起,他记住的只是那种饥饿的感觉。

那年春天的雨下起来好像是没头似的,娘是第十天头上出去的,说是去寻一个亲戚。她走时跪下来对来福两口子说,我把孩子先寄养在这儿,真是给你们添麻烦了,难得遇着你们这样的好人,我这辈子恐怕就无法报答了。将来让孩子还你们吧!

来福两口子连忙扶起她来。来福说,大嫂子你就见外了,谁能没个落难的时候?你放心去吧,这孩子就是我们自己的孩子!

娘是哭着走的,娘一走就再没有回来。娘的走什么时候让田俊涛想起来都心疼得流血,他为什么眼看着让他的娘走啊?他若是哭喊着跟他的娘走,结局还会那么凄惨吗?他太自私啊,他是贪恋那间能让他遮风避雨的柴房,贪恋那每顿的一碗稀粥啊!

娘走的第四天,从下游传来消息说,有一个女人的尸体浮了上来。来福听了之后,二话没说就牵了那孩子的手去看。果真是他的娘,尸体泡泛了,像一条白鱼。

来福两口子站在河边眼泪就流了下来,他们喊来村里人把这苦命的异乡嫂子掩埋了。田俊涛却一滴泪都没掉,他的亲娘死他一声都没哭。他的秉性是继承了娘的刚烈,他甚至松了一口气。他从此就不用再看着娘在人家面前低三下四了。

丧事处理完了,来福两口子把田俊涛唤到跟前。来福对这孩子说,男儿膝下有黄金,宁可站着死,也不能跪着生——可那要看对谁的。你娘把你托付给我了,我现在就是你的爹——!他把老伴拉过来,推到田俊涛的前面说,她就是你的娘!你现在对着爹娘,跪下!

田俊涛哭了,娘死得那样惨他都没哭,可面对着田来福这分爱,他哭了。他扑通跪了下来,喊了声爹!娘!

来福两口子也哭了,他们扶起田俊涛,当即唤来家里的三个闺女,说,这就是你们的亲弟弟亲哥,有一口饭,咱们一家人吃,有一口水,咱们一家人喝,真扛不住了,咱们一家就一起饿死!他打发人叫来了田家的族长,宣告他们有了儿子,田俊涛这个名字就是那天族长给取的。田俊涛本是姓陈的,从此他的本姓就再没有人记起了,或者那个过去的他从此就消失了。

田来福两口子真是当亲生儿子一样疼养俊涛的,就是两个姐姐和一个妹妹,都没有一个不把他当亲兄弟待。田俊涛是田家的男孩,依着小田寨的规矩,好吃好穿的都是要尽着男人的,他们家什么都尽着田来福和田俊涛,姐姐和妹妹也从来不闹意见。

田俊涛当年就被爹送到了小学校。他格外地刻苦,脑子也聪明,功课在别的孩子那里像翻山一样难,在他那里却像三伏天里喝凉水一样顺溜。田来福在农闲的时候仍然是肩了铁匠挑子四处游乡,挣几个小钱贴补家用,并没有让孩子们吃过多大苦。田俊涛念到中学的时候,集市已经发达起来,生意越来越不好揽。田来福也老了,做不动了,几块钱的学费都靠卖了粮食交了。三个闺女都先后退了学,他却始终不让儿子停下来。

田俊涛高中毕业的时候,正赶上推荐工农兵上大学的年月。他学习好是全村人公认的,他是全村惟一的高中毕业生。田来福一趟一趟地去找大队支书。他说,我们家俊涛是个苦孩子,我们收养他是行善举。我们小田寨自古都是行善举的,我把他供到高中再无能为力了,村里要是有办法就帮这孩子一把,他不会是个没出息的人。

支书也不是不想行善,只是他觉得田来福有点太那个了,这事儿也要适可而止啊!他在我们小田寨念到高中,怎么说我们也算是对得起他了,这是大家都看在眼里记在心里的。支书也是田姓,论辈分管来福叫叔。他对田来福说,叔,要说是养儿防老哇,你咋这么傻,他翅膀硬了飞走了,老了谁还伺候你们啊?

来福说,咱要没有这个娃,日子不照样过?还有你三个妹妹伺候我。咱小田寨这些年就没出过秀才,没有念大书的娃,你这个支书脸上就有光彩?

支书被说动心了。他说,这个章我可以给你盖,可是我当不了家,你还要去找公社的人说去。全公社这么多人争,难啊!

田来福真的就找到公社去了。他常年在外面跑,多少长了个心眼,去的时候把家里的钱翻出来,咬咬牙买了两瓶好酒两条好烟,找到负责办这件事的人。那人接了东西,自然没再说什么,可当他看了田俊涛的简历后,又不放心了。他说,我们推荐上大学是要根正苗红的,你这孩子是收养的,你知道他的历史背景吗?

来福听不懂什么历史背景,他凭直觉觉得和他的家世又关。他说,他爹是饿死的,他娘也是饿死的。我现在就是他爹!我祖宗几代就在小田寨土里刨食,你去审吧!

办事的同志一听吓坏了,赶紧把他拿来的东西又提了出来:你这老同志可不要再胡乱说话了,这新社会哪里还会有饿死人的事情?切不可再这么胡说,让公社领导听了可是了不得,弄不好就是反党反社会主义!是现行反革命!

田来福受了一通教育,把东西又拎了回来。回到村子里已经半夜了,他没有回自己家里,坐在支书的门口,竟呜呜咽咽地哭起来。

支书披着衣服出来了,说,叔,你到底想干啥啊?

来福说,我就是想让孩子上学。这孩子要是没出息,我也不会这样求你了。让我跟谁跪下磕个头都行,只要能让孩子走,你叔就不要这个老脸了!

叔啊,人家要证明咱们又弄不来。你也尽到自己努力了,我看这事儿就算了吧!

田来福咬了牙说,我要是弄到证明了呢?

叔,你不会办傻事吧?支书吃惊地看着他。

来福二话没说,扭头走了。

如果那时田来福不去找田俊涛的老家,他永远也不会自己找回去的。

田来福没等天亮,也没跟田俊涛说,挑着铁匠挑子就上路了。铁匠挑子就是他的盘缠,他要靠它换口路途中的饭食。他真的要到安徽为儿子寻根,来福女人哭得一死一活的。俊涛虽说是爹娘都死了,可他家里还有叔伯,这一去人家若是把儿子要回去该怎么办?

田来福说,该是人家的,咱怎么样都拦不住,该是我们的儿子,就是骨头沤烂了,他也会喊我爹!

全村人都说田来福是个傻子,傻子都没有傻到他那分上的!

田来福去了安徽界首,他是靠了两条腿走去的。他日夜兼程,来回走了一个星期,把一双新鞋子都给磨穿了。

田来福取到了证明,他原籍的家确实是贫农,他爹是解放后饿死的,他爷爷却是解放前饿死的。而且,人家也没有把儿子要回去的意思。那年月,还是一个穷字,多一口人就多一张吃饭的嘴。

田来福没有回家,直接奔了公社。他到公社的时候,已经完完全全变成了一个土人。当他推开办事员的门,从怀里把证明掏出来,把办事员吓了一跳。他看清来者是田来福后,拉起他就往凳子上让,然后端起脸盆,去外面打了一盆热水。办事员非常感动地说,大叔,先洗洗再说吧!田来福推开脸盆,从怀里掏出汗湿的证明递到他脸前,说,你先看看这个行不行?办事员说,行!行!你刚一走,你们村里的支书就带着一帮社员来了,他们讲了你和你儿田俊涛的情况。你老放心吧,无论如何我们也会帮你这个忙的。如果我们不帮你,那良心就是让狗吃了!

田俊涛被推荐到省城的农学院上大学了。田俊涛走的时候，再一次给爹跪下了。他说，爹，我这一辈子只认自己姓田！

田俊涛进了大学，把全部心思都用到学习上去了。虽然当时学校闹腾得不成样子，但作为一个从农村来的孩子，除了读书他不知道还有什么事情可干。中间爹来看过他一次。爹是趁和大队支书一块到省城买拖拉机时来看的他。爹这次来实际上是沾了他的光，因为他在省城里读书，支书想着让他当个向导，不然农村人到城市里来，就像一条河沟里长大的鱼摸到大海里，横竖都找不着方向。那时尽管他靠一个月十二元的助学金维持生活，还是把爹和支书拉到烩面馆里，热热和和地吃了一顿饱饭。当爹听说他每月有十二块钱的助学金时，吃惊地放下饭碗，一边抹着胡子上的饭汤，一边大惊小怪地说，十二块？乖乖，我们全家一年才花几个子儿啊？听了爹的话，田俊涛直想哭，他以为爹是想跟他要钱。其实他的爹这样说，只不过是想在支书面前得意一下儿子的本事。回去之后，他偷偷哭了一回，跟同学借了二十块钱，准备让爹走的时候捎回去。

田俊涛想，爹活这么大年纪，最远的地方才是去过界首，他哪里知道城里的钱是怎么流出去的？十二块钱，那能叫钱吗？他连一双袜子都没舍得买过。

爹走的时候，又到学校来了一次，这次是他自己来的，估计是想着让俊涛省一回饭钱。父子俩坐在田俊涛的寝室里，相对无言。俊涛说，爹！爹说，涛！然后都没话了。田俊涛想把钱掏出来给爹，但又觉得这个时候拿出来，还没吃饭，好像赶爹走似的。正在犹豫，却见爹从怀里掏出来一个手巾包，里三层外三层的，是一卷一角五角的票子。田俊涛知道爹是给他拿钱的，眼圈马上红了。他说，爹，我还没孝敬二老，怎么会再花家里的钱？

爹把钱放在桌子上说，涛，你也别嫌少，这是你娘和我的一点心意。你在这大地方,花钱的地方多,可别小了自己,让人家看不起!

田俊涛仰脸看着屋顶,禁不住泪水扑哒扑哒滚落下来。

不管怎么样,学校比起家里来确实是舒适的。别说这个城市,田俊涛觉得校园还没熟悉,四年一晃眼就过去了。他品学兼优,在学校里就入了党,再加上根正苗红,省委机关去学校挑人,一下子就挑中了他。先是在省委办公厅写作组里写材料,后来就跟了省委副书记当秘书,再后来就被突击提拔为办公厅副主任了。田俊涛当了大官,回家的时候却更少了。只是过春节的时候回去一趟看看父母,连顿饭也来不及吃就坐上车走了。田来福没去城里找过他,怕给他添麻烦。倒是他的陈姓的亲叔叔却从安徽找了来。这么多年他靠一个外姓人抚养成人,家里人从来没有惦记过他,现在却这么快找了来。田俊涛安排好他的吃住,然后说,今后不要再来找我了。我姓田,不姓陈。

叔叔让他想起来饿死的父亲和投河的母亲。

虽然他没有认下他的亲叔叔,可是后来他却每年回界首一趟,给他的生父上坟。

田俊涛是在他最走红运的时候成的家。娶的是地地道道的城里姑娘。她的父母都是知识分子,就在农学院教书,他的岳父就是他当初的老师。田俊涛把媳妇第一次领回家去,把小田寨的人给惊呆了,哪见过这么漂亮洋气的闺女啊,简直和电影上的人儿一个模样,来看的人比看影戏还热闹。田来福老两口子还有三个姐妹更是把她敬得像神仙一样。却不知怎地,那媳妇却从此没有再回来过。

田俊涛一九七四年二十四岁被突击提拔为办公厅副主任,一九七八年被作为"双突"干部被罢免。他倒是没有过什么恶行,读书期间也没有参与过什么迫害人的活动。在学校是个认真的好学生,在机关是个敬业的好干部。他是因为"政治"原因上的台,也是因为"政治"原因下的台。在那个政治大变迁时期,没有人会为一个人的命运而改变历史的轨迹。

田俊涛成了省委调研室的一名普通干部。他被罢免后,潜下心来复习功课,一九七九年考入北京中国农业大学的研究生班。那一年他二十九岁,他儿子都三岁了。

田俊涛研究生毕业后坚决要求回到了河南。他被作为一般干部分配到省农林厅,两年后因为当时执行的快速选拔知识分子政策,被提拔为处长,第三年提为副厅长,到了第六个年头,他已经当了农林厅厅长。

有人说田俊涛命硬,天生有官运,倒不如说他有毅力,怎么跌倒就怎么爬起来。

田俊涛靠了他的毅力在官场上再一次站了起来,可是在他妻子的心目中却再也站不起来了。他们夫妻之间的关系一开始还算可以,而到他从官场上退下来的时候,已经被弄得面目全非了。最让他伤心的就是他那次带妻子回家,她坚决不在他家的厕所(他们家叫茅厕)里解手,每天让田俊涛带着她到田地里去解决。更让田俊涛受不了的是,她说不能闻到他爹田来福身上那种气味。

什么气味啊?我怎么没闻到?田俊涛问她。

你怎么会闻得到?那都恨不得长在你骨头里了!

那就是说,你连我也忍受不了了?

我说的是那个老头子。你别故意找茬儿!

哪个老头子?那是我爹!你怎么能这么说?

那是你爹?那是你爹吗?

田俊涛气得浑身发抖,恨不得一巴掌把她扇个跟头。想想父母那讨好的笑脸,他是一忍再忍。

如果不是因为有了孩子,也许当初就离了。所有的他都可以忍受,他不能忍受的只有一条,他不能让任何人看不起他的爹娘。

田俊涛后来又单独回来一趟,他流着泪对他的爹和娘说,我要离婚！

爹和娘都惊呆了。半天爹才回过神来，问道，人家不想跟你过了？

田俊涛看着爹娘，眼泪流了出来。说，爹，你不理解，她看不起咱们，骨子里头看不起咱们。

爹说，胡扯！不是人家看不起你，是你自己看不起自己了。你当了官儿，受不了委屈了，是吧？人家黄花闺女嫁给你，给你生了个大胖小子，怎么就说人家看不起你了？

爹说，涛啊，你要过饭，爹为了你给人家下跪过，不都挺过来了吗？比起这些，你那点儿面子，算得了什么呢？

田俊涛无言以对，看着两个沧桑的老人，他的眼泪只能往自己肚里流。他们还能活几年呢？不能再给他们添堵了。

也许田俊涛是麻木了。男人在感情上麻木之后，就会把全部精力放到工作上去。也许他确实是个天生的政治动物，他在政治方面的敏感和成熟，使他在任何岗位上都能露出耀眼的锋芒。局外人绝对不能从他的脸上看出什么家庭的阴影，他像一个钢铁巨人一样叱咤在政治的舞台上。在外面他把一切所能争取的都争取到了，在家里他把一切所能放弃的全都放弃掉了。在外面他是个成功的英雄，在家里他却是个失败的狗熊。

田家的人是不能到家里的，他在位子上的时候，来了就住招待所；不在位子上了，来了就借宿在同学家。爹和娘是越来越老了，走不动了。偶尔小妹妹来一趟，住一天两天的，走时他就偷偷地给她们塞上两三百元钱，说是给爹娘的。他每个月的工资是要交给妻子的，少了她就会闹。而且，当她发现田俊涛对她的态度改变之后，现在什么不顺心的事都要闹，她把闹当成了征服他的工具。她找到了田俊涛的软肋，知道他最怕的是什么。

田俊涛的阵地，已经退缩到仅仅能够容下他自己，那就是，只要不闹，让他怎么样都行。他真的对什么都很麻木了，惟一让他能感觉到的痛苦就是不能报答养他的爹和娘啊!

王祈隆是特意去看望田来福老夫妻的。田来福再也不是当年故事里那个挑着铁匠担子走四方的壮汉了,他老了,脸上布满了皱纹,腰也弯了,背也驼了。但他脸上那种慈祥和饱经风霜的满足,还是把王祈隆深深地打动了。王祈隆被这样一个父亲注视着,感觉到历史在急速地后退,退到了奶奶的臂弯里。

一部人性的历史。

老两口还像当年一样好客,他们一定要王祈隆住到家里来。打第一眼看到王祈隆,他们就觉得他和自己的儿子田俊涛不知道在哪里很相似,眼神还是什么,也许是对待他们的态度,也许是他们和儿子一样,是公家人。王祈隆还认识他们的儿子田俊涛,王祈隆就像是他们的儿子一样回到家来了。

按照工作队的要求,队员是必须住到农户家里的。所以王祈隆就住到田家去了。田家的三个女儿都已经出嫁了,空下来的房子就成了王祈隆的住房兼办公室。王祈隆每天起早帮老人扫院子,然后把水缸压满。他和老汉一起和泥把院墙重新加固,然后刷成白色的。房顶上的瓦,经过几场暴雨有点松动,他就喊来几个人把上边的旧瓦给重新排一遍。

王祈隆就把这里当成了自己的家。老人也把他当成了自己的孩子,每当工作队回市里去几天,田来福就站在村口等他们回来。王祈隆回来总是不忘给老人捎点城里的东西,水果点心什么的。老人就舍不得吃,等几个女儿回来了才舍得拿出来,说是哥给捎的。

院子里的枣子熟了,那枣树有些年头了,树身倾斜得快挨着地面了,树干比小孩儿的腰还粗。王祈隆顺着那倾斜的树身上去择那脆甜的枣子,高高瘦瘦的身子像被风吹得站立不稳似的。来福女人就说,这孩子,怎么和俊涛一样冒失啊!王祈隆往下扔枣子,娘一边拾一边拿衣襟揉眼睛。吃饭的时候,爹常常就会忘记是哪一个了,总是说,吃啊,你小的时候长个呢,一顿饭可以吃三个卷子馍,还要先比比哪个大!娘去给他盛饭,先把碗底的剩饭根儿给吃了,俊涛小的时候她都是这样。王祈隆发现,只要是他头天多吃了几口的东西,第二天保准还会出现在饭桌上。

晚上吃完了饭,几个人就坐在院子里拉呱。偶尔有人进来,说,这么热闹,还以为是你们家俊涛回来了呢!

来福老汉就说,俊涛忙啊!孩子整天忙得饭都吃不好呢!

来人就说,俊涛真该把你们接到省上去享享清福呢!

来福女人就抢了说,接了!接了!俊涛啥时候回来都要接俺俩去,俺可不想去遭罪。乡里住惯了,城里楼那么高,恐怕连个说话的人都没有!

来的人走了,热闹的院子就沉默下来了。说的和听的都有些心照不宣,虚虚的。老人的沉默比叹息更重地压在王祈隆的心头。王祈隆也禁不住想起了自己的奶奶,心里不免一热。

坐到夜意阑珊,凉凉的地气升上来,已经能感受到夜晚的深度了。老汉终于叹了一口气说,家里的房子啊,是该要翻盖一下了。不然孙子回来了,连个能住的地方都没有哇!

王祈隆在小田寨村住了一年,冬季农闲的时候,他和工作队带领青壮劳力把村里的路修了修,把土路整成了砂石路。第二年的春天他走之前,把田来福家的房子给翻盖了。

王祈隆哪里知道,他为他的一个简单的愿望吃尽了苦头。俗话说,与人不睦,劝人盖屋。那盖房子的事儿可不是一句玩话。王祈隆把手头的钱拿出来,托熟人买一些便宜的建房材料,但那仅仅解决了一部分问题,后面还有很多的工作要做。再加上工程期间又赶上下雨,开开停停地拖了近一个月。有时候,他看着田来福两口子眼巴巴地看着他和盖了半截的房子,急得恨不得哭一场。他回家去把许彩霞手里那点钱也给抠了出来,还是缺。最后,他不得不在单位又打条借了五千块钱。

四间亮堂堂的大房子终于盖起来了,封顶的时候,全村的人都来看。

养儿子好啊!

这俊涛我们没看走眼,孝顺孩子。

行善积德,老来有福啊!

别人说什么来福两口子都不回答,只是合不拢嘴地乐。

王祈隆回到市里,有一天奇怪地接到从省城寄来的一张一万元的汇款单,汇款人是一个姓张的,留言栏里什么都没写。

王祈隆没有什么在经济上来往的张姓的亲戚朋友,去邮局查了,确实是寄给他的。他突然知道是谁寄来的了。他取了那钱,过一段时间,却寻了个空闲给田来福老人送了回去。

新源市区划调整为地级市的第三年,市委书记调离。何玉新市长提升为书记,省农林厅厅长田俊涛被省委提议任命为新源市的市长。

原来王祈隆曾经陪了农业局长肖明远去给田厅长汇报过几次工作,应该算是熟悉的。但田俊涛来了之后,王祈隆和他两个人私下里并没有说过一句话,互相连个电话都没打过。在王祈隆那里,他觉得如果主动去找田市长,不知道市长会怎么想,而在田俊涛那里,更是刻意回避农业局这边的人,也包括肖明远。市长也许是怕别人说他的闲话。

肖明远私下里跟王祈隆抱怨说,这厅长一变成市长怎么跟变了个人似的?不但不关照我们农口,大会上还点名批评我们。我们可是全省的先进啊!

王祈隆笑了笑,对他说,如果他不批评你了,农业局还有什么干头?

肖明远想想,也对。就不再一趟一趟地往市长那里跑着汇报工作了。

在王祈隆下去当县长这个问题上,田俊涛是主动说了话的。文清县县长缺位,田俊涛是主要领导中第一个提出要让王祈隆去当县长的。他说,这个年轻人,我在农林厅的时候就有所了解,有能力,有干劲,是个好苗子。

市委书记听了没有反对,他如果持反对态度,王祈隆肯定是去不了的。一时间还真没有合适的人选,何书记听他的老部下肖明远多次说起过这个年轻人,也听王祈隆汇报过几次工作,思路很清晰,年轻人确实不错。而且他又是全市惟一的重点院校毕业的处级干部。

按照市委的安排,市委组织部到农业局去考核王祈隆。这一考核不打紧,方方面面都很优秀。他们怎么都没想到,在农业局这个地方,也会卧虎藏龙。

8

人生中有许多事情是不能提前预想好的。王祈隆确实没有想到会这么快,一切都是突然而至的。可是,面对大的转机他并不显得受宠若惊。他竟然开始相信奶奶的话,冥冥之中是否真的有一双看不见的手在帮他?所有的那些灰暗的记忆都已经成为过去,那只不过是为了让他在进入生活之前感受一点小小的磨难。王祈隆的脸上也并不能看出多少喜悦,他甚至故意弄出一些淡淡的漠然。新的机遇也说不定又是一次新的考验,他还不知道他能不能顺利通过这一关。有一点却是不一样的,如果说此前的几次机遇还让他有点惶惑,现在的变化却让他突然清醒:他要当县长!他从骨子里就是要当县长的!这个念头在他的脑海里一闪出来,就被他牢牢地把握住了。过去他所做的一切,无非是要为成为县长做铺垫罢了,因为那时候目标太遥遥无期,他不敢这样想。他是一个乡下的孩子,又被城市和文化嫁接,成了一株更有生命力的植物。那县长的位置最适合这种植物的生长。上能通天,下能接地,是可以让他实现许多常人实现不了的梦想的。

市委组织部部长亲自送王祈隆到文清县赴任。农业局的局长肖明远也带着一大帮人前去相送。王祈隆为人厚道,当副局长期间说话办事很得同志们的首肯,他人在的时候也不觉得有多么好,要走了都记念起他的好处,要求去送的同志很多。肖明远也乐意这样,一来是他培养的人才,二来也可以显示显示农业局的团结。这毕竟也是一件让人骄傲的事,我们农业局因为出政绩,才出干部嘛!

送的人和接的人见了面。客套话说完,却出现了一点冷场。这边的局长肖明远满脸的欢喜,同志们也都喜气洋洋的。文清县的县委书记胡大庆脸上的喜色却很勉强,让人能明显地感受出来他的情绪。头儿不高兴了,下边的同志自然也不大好表达,表情看上去都很尴尬。有几个副职同王祈隆互相点了点头,笑笑,想表达一下友好,也都很拘束。

按照程序走完了过场,大家都坐在了酒桌上。胡大庆干脆忽略了主题,把大家晾在一边,若无其事地自顾和组织部长谈笑起来。他给部长劝酒,自己也喝得半醉,却看都不看今天的主角王祈隆一眼。他不高兴,并且是对他王祈隆不高兴,王祈隆自然是看得出来。今后就要搭班子处伙计,他这是要干什么呢?是对他有不满意的地方,还是要来一个下马威?王祈隆和他并不熟悉,根本谈不上有什么过节。

胡大庆的情绪组织部长看出来了,别人心里不清楚,他却是明白的。原来这胡大庆自打前任县长在位的时候,就有心把县里的班子调整一下。县长有些不合拍,县里说是党政分开,其实书记是一把手。而县长个性强,不能样样顺着他,两个人思路不一致的时候很多,免不了要发生摩擦。胡大庆是个直性子,工作上武断一些,他当一把手,就容不得有另一种声音出现。他一直私下里找市委领导,想把县长调到市直机关去。他有他的想法,极力推荐文清的常务副县长马东当县长。马东是胡大庆一步步推起来的,带着走了好几个单位。如果他当下手,还不是样样事情自己说了算!

胡大庆想归想,一直没有机会。现在机会终于来了,县长出事了,刚好腾出来位置。尽管他也不想让人家出事,可县长是自己出了事情。胡大庆没有等到案子完全了结,就把市委领导找了个遍。市委的几个主要领导虽然没有明确告诉他什么,却也没有否决他的意见,都说研究研究再说。得了这话,胡大庆心里就有了个八八九九。他自我感觉一向良好,知道事情没多大问题,回来还跟马东透了底儿。他怎么都想不到的是,市里不但没有按照他的意见提拔马东,却连个招呼都没打,把市农业局的一个小副局长给他弄过来了。

再一个让胡大庆生气的是,他王祈隆凭什么这么轻松就可以当上县长?想他胡大庆上师范前就已经在乡里工作了好多年,师范毕业后又奋斗了许多年才混到县长职位上,快退休了才干上书记。他王祈隆连胎毛都没褪尽,忽然成了一县之长,凭的什么啊?可心里别扭归别扭,任命文件下来了,胡大庆自然知道胳膊拧不过大腿,既然是这样,他也不得不认了。本来还想控制住自己的情绪,一见了这一干子人马,看他们那兴高采烈的样子,气就不打一处来,索性就给他娘的来个下马威!

农业局这边的人看到这种局面,心里一个个说不出来的难受。闺女送到婆家,再怎么不称心也不可能领回去了。肖明远带着头,一个劲地拿酒往肚子里灌,让他们知道农业局也不是善茬儿。他和县里那帮人划拳,输了就说,让你让你!赢了就说,别想着我们市直单位的不行,我们也不是吃干饭的,干啥也不比你们差!

胡大庆听了,知道话是对着他说的,就也借了酒意说道,咱兵对兵将对将,我就不相信有锯不倒的树。你们这些机关的大老爷啊,只会纸上谈兵,打不了实战的。

肖明远哈哈一笑说,那我们就分个高低吧!

胡大庆说,跟你来可以,人家用杯子,我们用碗干!

肖明远是见酒醉,一大碗没下来就给弄晕了。胡大庆说,我就说嘛!你泡过的酒缸还嫌太小啊!我们县里的开的就有酒厂,撂倒个千儿八百人,还不是跟玩儿似的!

肖明远听不顺耳,挣扎着还要比画指头,王祈隆上前把他按住了。王祈隆不看肖明远,也不看胡大庆,却看了组织部长说,都喝多了,部长下令吧!今天的酒是不是就到这里了?

组织部长说,对,对,不喝了。

胡大庆说,不行,我今天是主人,我还没说停止,谁都得喝。

肖明远也说,喝!

王祈隆求救似的看着组织部长,让他说话。组织部长说,老胡,今天是接小王上任,也得给人家个面子,喝过头了不好看啊!

王祈隆顺着下来了,说,是啊,是啊,胡书记和大家的心情我都理解,给我接风想热闹一下,我谢谢大家了。可如果大家喝多了,喝得不舒服,不是让我心里过意不去吗?

肖明远说,那就不喝了,不喝了。

胡大庆这边见组织部长说了话,也不再威风。其实他也醉了,五十出头的人了,再怎么能喝也是有限的,只不过还在嘴上逞强罢了。他强撑了一会儿,竟然趴在桌子上睡着了。大家都笑,王祈隆不笑。王祈隆望着胡大庆那个睡相,心里突然有了底气。

胡大庆比王祈隆大十岁还要多,就算是熬他也能熬过他啊!

王祈隆从头到尾,没有把半点内心的情绪带出来,始终是不温不火,不急不躁的样子。就是面对胡大庆蛮横的态度,他连一句逞强的话都没有。却又不卑不亢,不怒而威,最后还是他把局面稳定住了。

王祈隆上任的第一天就给市委组织部长留下了一个好印象。

难怪书记市长都极力推荐,这小子看起来像个能成大事的样子。

　　王祈隆上任后的第一件事就是找胡大庆谈心。胡大庆心里有气,这样的谈话实际上是形式大于内容。按照一般的惯例,也就是王祈隆过去表个态度,简单地说说工作罢了。王祈隆思忖着,如果泛泛地表个态,胡大庆肯定会想着他是在应付他,不但不会使两个人的距离拉近,反而会越走越远。所以必须从感情上让他去掉戒备,才有可能使胡大庆接纳他。

　　他来到胡大庆的办公室。胡大庆正在打电话,王祈隆并不拘束,随便地从报夹上拿了份报纸,站在窗前胡乱地翻着。胡大庆说了好大一会儿,才朝他点点头,示意他坐下。

　　从来不吸烟的王祈隆,从口袋里摸出一包烟来,给胡大庆递过去一根,然后把烟给他点上,这才过来在老板桌对面的沙发上坐下。

　　王祈隆说,胡书记,我还没到县上,人家就跟我说,胡书记不好处啊!开始我心里一直在打鼓,后来我把这个问题想通了。

　　哦。胡大庆把自己埋在烟雾里,看了一眼王祈隆。有点吃惊他这样的开场白。但他毕竟久经沙场,喜怒不形于色。

　　那么,他们都说我怎么不好处哇?

　　人家说,第一,你爱当家,大小事儿都亲自过问;第二,你脾气太直,什么情绪都裱在脸上,很容易发火。

　　哦。是吗?胡大庆又点了一根烟,盯着王祈隆。

　　其实啊,王祈隆起来倒了两杯水,先递给胡大庆。我就是奔着你的这个个性来的,不当家不知柴米贵,不养孩子不挂心啊!不愿当家的人,哪有责任心把一个地方弄好?您是怕人家把事情弄砸了,影响我们县的形象啊!再者说,您脾气直一点,说明心里坦荡,如果我心里也没有什么曲里拐弯的,我们不是更好处吗?

　　胡大庆绷紧的脸,慢慢展开来,他递给王祈隆一支烟。

我呢,也刚好需要在这样的环境里磨练一下,我们的性格有互补性。这恐怕也是市委决策的初衷,希望我们取长补短,把各自的优势发挥出来。其实,我有什么优势?我觉得我最大的优势,就是学习的愿望比较强烈。我一是各方面都没有经验,你要多点拨。二是我知道县里的主要责任都在你肩上压着,工作上你老大哥怎么吩咐,我会尽力给你打好下手。你尽管放心,我虽然没有经历过很复杂的局面,可道理还是懂得的。我决不会因为个人意气用事而影响大局。

王祈隆把话说到这个分上,胡大庆心里的气已经消得差不多了。他的气其实也不是对着王祈隆的,是一种无名火。仔细想想,王祈隆到这里来工作,也不是他自己能决定的。如果俩人真的僵起来,对谁都没好处,特别是对他自己。因为他和原来的县长不和是人所共知的。要是再和王祈隆不和,就真说明他有问题了。

他说,王县长,你说这个话我最赞成,不当家不知柴米贵。谁都不想当这个家,都想抱不哭的孩子。我们作为一方土地,你不知道心里头的压力有多大,我们是在刀尖上跳舞,踏着地雷唱歌啊!稍不留意丢官事小,涉及自己的身家性命事大。古往今来,有多少县太爷落得个好?唱戏的都给我们描上白鼻梁,把我们当成奸臣!如果我是个天天无所事事、什么心都不操的人,如果我是个唯唯诺诺没有主见的人,这个县的门面靠谁撑起来?一个县就像一个国家,如果一个国家连脊梁骨都直不起来,就没法往人家脸前站。我也是为班子、为百姓考虑啊!

尽管脸仍然是板着,话也说得严肃,王祈隆知道,坚冰已经打破了。

王祈隆可不是个表里不一的人,他说到做到,从他到文清的那一天,一直到胡大庆走,无论胡大庆处理问题怎样霸道,他从来没有因为权利之争与他发生过矛盾。开始胡大庆刻意表现自己的霸道,大小事情是自顾说了算,而且从不毁言。后来看看王祈隆什么都不跟他争,心里头暗暗吃惊,觉得这个年轻人心底埋的有东西。胡大庆是个粗人,却也明白"惟其不争,天下莫能与之争"的道理,所以就特别留意王祈隆的作为。王祈隆只把全部身心都投在工作上,从来不过问工作以外的事情。观察一段时间之后,他让王祈隆跟着参与一些决策,再后来他就主动找王祈隆商量了。王祈隆以不变应万变,始终稳扎稳打,从不表露出任何情绪。什么时候都是一句话,只要这样处理对工作有益,对县里经济发展有益,我没有意见。

王祈隆悄悄地改变着胡大庆。同时,也改变着下面同志们的印象。他涵养好,轻易不批评人,话不多,却处处透着主见。胡大庆也是想把工作搞好,但是方法太简单,思路太狭窄。王祈隆就什么也不多说,基本按照胡大庆的谱子,拾遗补阙,天天沉在基层处理大量的事务。下面的同志都不是傻子,这书记县长换得像走马灯似的,胡大庆又能干几年?他们在感情上悄悄地靠近了王祈隆。不过,他们发现,王祈隆是个正派的领导干部,除了工作,他并不靠其他关系疏远或者亲近谁,更不对谁存有私人恩怨。最后连那些被胡大庆"圈"在身边的人,都被触动了。他们说,人和人的素质就是不一样。他们并没有否定胡大庆的意思,他们却从内心里肯定了王祈隆的人品。

王祈隆把自己沉浸在工作里。一个县的事务也确实太多,上面有千条线,下面就这一根针,所有上面的决策,都要穿过这个针眼。上下级之间的这种关系,如果处理不好,就会形成强大的压力,能把一个县压垮。如果利用好了也是很大的资源。原来胡大庆个性太强,得罪了上面不少部门,所以好事没有清远县的,坏事一准儿跑不了。王祈隆看出了这个问题的严重性,他就利用给上级领导汇报的机会,扭转这个被动的局面,给县里跑资金跑项目,很快就把原来胡大庆因为意气用事而得罪的一些局委又争取了过来。项目下来了,钱也跟着下来了。有了好事,胡大庆当然是不会有意见的。文清工作上出了成绩,年底总结可都是一把手的光彩。

除了在上面跑项目,王祈隆就是沉到下面去抓财税收入。对于一个政府来讲,他深知如果不把钱抓在手里,别说解决不合理的问题,就是合理的问题也解决不了。不管你是多么有号召力的领导干部,如果跟着你一年到头拼命干的同志到年底连工资都发不了,他们还会有什么积极性?所以他干脆就在财政局和税务局弄了一间办公室,定期召开这些部门的协调会,把沉淀的税金和预算外的资金收上来,集中财力办大事。然后带着他们到文清仅有的几个企业去听取情况,觉得能够把蛋糕做大的,就把资金和人才往他们那里倾斜。县里的每一个企业,每一个乡镇他都走遍了,帮助下面解决了很多实际问题。干部群众提起王祈隆来,都用两个字来称赞他:务实。

王祈隆到文清任职的第一年,组织部年终下来测评,他的测评票是第一,高于胡大庆。按照考评规定,每个县的领导只定一个优秀。如果根据得票多少,肯定是王祈隆的。但这样一来,就会在客观上造成他和胡大庆的冲突。他主动找到市领导说,书记处在矛盾的焦点上,得罪人肯定会多一些,如果仅凭得票多少使用干部,谁都会当老好人,工作还怎么推进?所以这个优秀,一定要给胡大庆。

优秀最后虽然给了胡大庆,可王祈隆在领导们心里的位次比优秀还要高。

王祈隆到县上做的第二件事情是安抚马东。马东论工作年限,论当领导的资历确实都比他王祈隆老,工作能力也是很棒的。但他是属于从基层靠实干上来的干部,理论水平稍低一些,感性的东西多一些,理性的东西少一些。情绪顺了,会一马当先,工作安排得井井有条;情绪不顺,干脆就撂挑子。王祈隆找马东的时候,他正借口身体不好在家养病,王祈隆给他打了几次电话,他都托病不见。他抵触情绪大,这王祈隆能理解,像他这样的干部,机会不多了。失去这样一个机会,就等于堵住一条大路。所以再怎么着,他的思想上都转不过弯来。

王祈隆主动到他家找他,单刀直入地亮明了自己见他的目的。

王祈隆对他说,马县长,我觉得上一次对你并不关键,这一次才最关键。

马东说,像我们这种人,只会拉车不会看路,有什么关键不关键的?我无所谓了。

不!不是无所谓,是非常有所谓。你想过没有,上次就是我王祈隆不来,还有刘祈隆张祈隆会来。为什么?因为市直各个单位积压了很多人才,而且县里干部的年轻化是上级压下来的死任务。所以我觉得你上次的机遇很小,几乎可以说是没有可能。

马东看了看王祈隆,以为他是在卖关子,不吭声。

现在,机会来了!但我觉得这存在着一个积极性和三个积极性的问题。你想过这个问题没有?如果光靠胡书记为你呼吁,那最多只是一个积极性,而且只是一个个人问题,不具有说服力。如果咱们三个人一起努力,不就是三个积极性了?这就变成我们县里的遗留问题了,市里不可能不考虑的。

我怎么努力?我怎么好跟领导说自己的事情?马东看王祈隆说得有道理,但嘴上还是不愿意承认。

你怎么不能说?你在基层干半辈子了,身体又不好,难道你就不能回市直换换岗位?像你这样在基层一干就是一二十年的干部,我们市里哪有几个啊?

王祈隆和马东谈了,又找了个机会把自己的想法同胡大庆说了。过后他多次去市里见领导,到处说马东是一个老黄牛式的干部,兢兢业业勤勤恳恳,在基层干了大半辈子,从来不会为自己的事情向上伸手。如果这样的干部不安排好,会影响到整个干部队伍的情绪,毕竟这反映着市里的用人导向。

市领导这才想起来原来胡大庆曾经推荐过的马东这个人,现在王祈隆也这样说,说明这个同志确实没有安排好。刚好市土地管理局的局长到龄了,领导层议了之后,就让马东当了市土管局的局长。

临走之前,马东到王祈隆的办公室去了一趟。他什么感激话也没说,给王祈隆拎来一大包中药。他说,祈隆,听说你胃不好,这是我寻到的一个偏方,治胃病特别效验。你可不要因为自己年轻,忽略了身体!

王祈隆紧紧握住马东的手说,你走之前,我有个想法拜托给你。这不是我个人的问题,而是咱全县人民的问题,但这件事只能由你说最合适。咱们文清县的底子你最清楚,说是有一个多亿的财政收入,其实抽了水,连一半都不会有。如果这样的话,我们完全可以申请贫困县,这个工作我已经跟上边说好了。如果我跟胡书记说,他肯定想着我在揭咱县的老底。你是管财政的,你来说更有说服力。文清太穷了,当初市里之所以把它定为试点县,并不是因为别的,恰恰是因为文清穷,试点成功不成功都对全市经济影响不会太大。申请到贫困县可是为老百姓办了一件大好事啊,一年省里的扶贫资金至少是三千万,这对于我们这样一个穷县是多大一笔收入啊!我想请你一定要把这个好事办好。

王祈隆这个想法马东很赞成。文清县的财政状况危如累卵,之所以没有爆发,全部靠银行贷款维持,总有一天会陷入困境。走之前,他跟胡大庆告别的时候,说了一句话,他说,老领导,如果你还想在文清干下去,就必须下死劲儿跑申请贫困县,不然你的日子会很难过。你就把这个任务,交给王祈隆王县长!

一年之后,文清被批准为省级贫困县,第一批扶贫资金很快就到位了。胡大庆心里喜滋滋的,他跟王祈隆说,马东这个人,我可没看走眼啊,要不是他,我的书记当不牢稳,你这县长也很难干啊!

胡大庆开车撞了人。他心血来潮,自己开车去看夏收,把一个在公路上打麦子的农民给撞了。人没有死,坏了一条腿。要说这是起正常的交通事故,而且主要责任在那个农民。政府三令五申不能在公路上打麦子,他是明显地违反了规定。胡大庆有驾照,又是公务,不应该承担多大责任。事情坏就坏在他的个性上,他觉得要是说出去县委书记撞了人,在人面前太丢面子。于是就让他的司机出面把车祸的责任承担了。

后来的事情还是出在那个司机身上,他喝多了酒,就把这事儿抖搂了出去。那家农民不知怎么就知道了,因为钱的问题处理得不满意,就到市里把胡书记给告了。

本来事情不大,反而是胡大庆弄巧成拙。出了车祸并不能追究胡大庆,如今人家告他让人顶罪的事情,若是认真起来,却保不准能坏了他的前程。胡大庆真是叫苦不迭呀!

上面来了调查组。因为涉及到胡大庆,他就回避了。王祈隆自然就站到了前台,他先找到了胡大庆的司机小张。他说,小张,你给我说清楚,这车到底是谁开的?

小张不明白县长的意思,不敢说话。

王祈隆又说,我想是这样,要真是你开车出了事故,我们县里完全有处理权,对胡书记对你基本上都没有什么影响,处理完了你还照样开你的车。可要是最后证实是胡书记开的,你做伪证可就是犯法了,县里可就不好替你说话了。

小张到底跟了几任领导了,哪里会是个不明白的人?他知道王县长这番话的分量。小张说,王县长,我向毛主席保证,人是我撞的就是我撞的!割我的头也不会改口!

王祈隆说,我想也是的。那胡书记是个血性子,怎么会让你去代他受过!

王祈隆同司机交涉完毕,又让秘书买了礼品,亲自去乡里看那个受伤的农民。家里来了县长,而且又从车上卸下那么一大堆花花绿绿的礼品。这让那家人一下子就感动的不行了，话都不知道该怎么样说了，一个劲地在身上擦手。他们哪里见过这么多东西？

王祈隆说，我们的工作没有做好，让老乡受委屈了。我今天是来作检讨的，有什么要求就提出来，只要合理，我们都会尽力解决，政府不就是为群众办事的嘛！

那父亲说，没啥！没啥！现在党的政策好，我们日子过得可好了。

听他这样说，王祈隆觉得面前站的就像他爹，吃不住人家一点好处，心里禁不住一热。他说，我听说你们对车祸的赔偿还有点异议，今天我就是专门来解决这个问题的，有什么要求就尽管说吧！

唉！那还不是我这个不争气的儿子。他把那个站在后面受伤的小伙子拉过来，说，也不知道是啥鬼迷了心窍，自己跑到城里告个什么状。要说这事儿过都过去了，还告个啥告？

儿子却说，我不是告。陪我们的钱是太少了，我残了腿，不能干重活了。说好的媳妇眼看着也快要黄了，前天还让人捎信，彩礼至少还得加两千块。

王祈隆问，赔了你多少？

五千。儿子拿手比画着。

你想要多少？

儿子的脸红了，好像自己很理亏一样。他说，我们也没有想多，这五千基本上医疗费也花得差不多了，至少得把娶媳妇的彩礼钱拿出来吧！

王祈隆说，我现在就答复你，除了那五千，再给你们三千元！今后若是有什么困难，政府也不会看着不管的。

老汉只差没有跪下来磕头了，嘴里颠三倒四地不知道说些什么。儿子毕竟是上过学的，他说，都说新来的这个县长是个好官，耳听是虚眼见为实。就凭你这父母官，我们只要有一点办法，就不会再给政府找麻烦啦！

农民啊,还是老实啊!王祈隆觉得眼窝里潮潮的。

王祈隆把自己口袋里的七百块钱也掏出来搁下了,他说,我看你这房顶也该修了。不能让媳妇过来就淋雨吧!

王祈隆亲自接待了调查组的人,一天三顿饭陪着他们。他说,这完全是误会,工作没有做好,导致了一些矛盾。因为是胡书记的车,那家人还不是为了多要几个钱,就把书记给告进去了?现在对农民的管理,也是大问题啊,一点小事安排不好就来上访,这基层干部可真够难当的。

调查组吃住都安排得舒舒服服的,取了证,并不像农民告状信里写的那样。调查组的人本来就有些顾忌,大家都是熟人,怕因为这事与胡大庆结怨。这下皆大欢喜,反而可以在胡大庆面前卖个人情了。

事情就这样了结了。大家很快就遗忘了,王祈隆却总觉得自己办了亏心事,好像轧断人家腿的是他王祈隆。他又到那个农民家里去了几次,并安排农委帮助他们协调资金上了一些农业种植养殖项目。尽管他这样安排,变相使农民得到了更多的赔偿,可他仍是觉得对不住他们,好像欠了他们更多。什么时候想起这件事情,心里头还是堵得慌。

王祈隆对上对下都说胡大庆是个有能力的好领导,从来不透露自己的委屈。县里调整干部,胡大庆一个人做主,动了县直二十几个单位的班子,事先没有和王祈隆通气。王祈隆什么话都没说,有人替他抱屈,他却说,干部本来就是县委管的,如果政府也去插手干部的事情,那还不乱套了?但是,由于组织部事先也没有得到县委授权,意见很大。常委会和书记办公会只是履行了一个形式,差不多是听了一个通报,副职们觉得心里不平衡。这种事情无论如何也瞒不住,最后还是反映到市委领导那里。市委领导向王祈隆问情况,王祈隆说,哪有那么严重?都是酝酿很久的事情了,在常委会上征求意见不是一样的？只要有利于工作就行。

领导们这样问王祈隆，其实是掌握了一些内情的。王祈隆的回答，让大家对他的人品有了一个更好的认定。

王祈隆对班子的其他同志讲，团结才是最大的大局，相对于这个大局而言，其他的全是小局；小局一定要服从大局，不然的话，一旦暴露了班子的矛盾，既会毁掉我们的干部，更主要的是毁了我们的工作。遭殃的不还是百姓？

市领导见了胡大庆也询问王祈隆的情况。胡大庆说，不错嘛！年轻人热情很高。但毕竟没在基层待过，还需要摔打，光凭干劲是不行的嘛。话传到王祈隆的耳朵里，他只是一笑了之，仍然说，胡大庆是个很有魄力的好领导，跟着他学了不少东西。

市里领导都觉得，作为一个年轻领导，能有这般的涵养，真是气度不凡！

王祈隆当了县长的第三个年头，他的奶奶去世了。老人家的死虽然在他的意料之中，但还是让他痛苦不已。让王祈隆最伤心的一点就是，奶奶在他身上倾注了全部心血，但是，她却连一天孙子的福都没享到。王祈隆从背起铺盖卷儿到大学，后来基本上没跟奶奶在一起待过。参加工作等生活稳定后，他曾几次回来接奶奶到城里去，都被她坚决拒绝了。

王祈隆始终弄不明白，从小她就鼓励他到城里去，为什么她自己这么抵触城市？

王祈隆当了县长后，回家看奶奶的机会就更少了。他安排人给家里翻盖了房子，他主要是给奶奶盖的。她干净了一辈子，应该住上一间像样点的房子。奶奶住了新房，脸上并没有喜色，却是一天比一天老了。爹说，她有时候一连几天都不出屋子。王祈隆的儿子小龙会走了，会说话了。他为了让奶奶高兴就带了他们娘儿俩回去。小家伙咯咯地笑着在老祖宗的床头翻跟斗儿，鸭子一样趔趄着去亲吻她的脸。奶奶只是面无表情地看着,像患了老年痴呆症一样。王小龙小时候长得像他娘舅家的人,黑黑胖胖的,很壮实。奶奶看了一会儿就说,抱出去吧,我老了,别吓着孩子。

奶奶死得没一点前兆,那个中午,已经久不出门的她突然端坐在院子里晒太阳。那个秋日的太阳明丽辉煌,高大硕壮的楸树在灿烂的阳光下黄成一树油彩。奶奶端坐在金黄的楸树下打开她雪丝一样白亮的头发梳理着。阳光透过树叶散散碎碎地笼罩着她的全身。她的鱼白色的斜襟盘扣上衣,黑蓝色的丝绸裤子,黑丝绒面的泡沫底布鞋及至她的皮肤上细腻的褶皱统统被涂上了一层华丽的金色。她亲手种植的凤仙花在那个午后全部绽放。奶奶的脸在花香里露出少有的微笑,那一刻,她更像一个慈眉善目风华绝代的精灵。

她梳好了头发,又要了一盆水洗净了手脸。她对她的儿子说,把祈隆找回来给我料理后事吧,我要走了!

实际上她确实是这样说的,她说的是走而不是死。儿子和媳妇都惊呆了,他们不明白老人为什么突然说出这样的话来?她最近身体一直很好,饭量也比以前大了。为什么突然就要"走"了?奶奶一辈子字字珠玑,儿子自然不敢有半点怠慢。他立刻到镇上给王祈隆打了电话。

王祈隆回到家的时候,奶奶已经躺在灵铺上气若游丝了。他心疼如裂,他还没有想过,和他息息相通的奶奶会这么快离开他。王祈隆不顾娘的不可把眼泪弄在亡人身上的劝阻,他把头抵在奶奶的胸前像个孩子一样嚎啕大哭。他的哭声把奶奶给唤了回来,奶奶突然又睁开了眼睛,她甚至用她葱枝一样的秀手去抚弄孙儿的头发,就像他小时候她帮他修剪头发那样。王祈隆停止了哭泣,以为奶奶又可以活下去了。奶奶挥了挥手,示意其他人出去。等大家都离开后,奶奶开始对他说话,她的声音微弱得只能推开唇边的空气,大部分都不能听清,她断断续续说了足足有半个时辰,她说话的样子让王祈隆觉得她是糊涂了,但她说话的内容不但没有一点糊涂的迹象,她说出的事情把王祈隆重重地震撼了。王祈隆把奶奶的手贴在自己脸上哭着,他想让奶奶知道,他明白了奶奶话里的意思。奶奶抖索了好大一会儿,从怀里摸出一个手巾包。王祈隆接过来看了,见是一只湖绿色的翡翠手镯,小小的,透着晶莹和富贵。王祈隆从来没有见过这件东西,他不知道奶奶这一生是如何珍贵地收藏着它啊!

奶奶呼出最后一口气,把她依然像少女一样的一双洁白细嫩的玉手合扣在胸前,突然就没了声息。王祈隆等了足有五分钟,他用手去试,才知道是断了气。王祈隆的爹在两个时辰后进到屋子里,看到孙子把脸埋在奶奶的头发里,他在深深地吮吸着奶奶的体香。他不再哭,好像依然在陪奶奶说话。

王祈隆给县政府办公室主任打了电话,让他除了跟胡大庆请假外,不得向任何人透露半点儿消息。按照他们这里农村的规矩,人死了要在家待够三天才下葬。他想静静地陪奶奶最后三天。

办公室主任找到胡书记替县长请了假。他按照王祈隆的指示没有再跟任何人说。而胡大庆却亲自给县里各个局委和乡镇打电话,通知各单位各部门都要派一个代表前去参加葬礼。县委和县政府办公室负责组织,县四大班子领导每人也都凑了一百元的份儿钱,有的是派代表、有的是亲自前往参加吊唁。

大王庄从来没有见过这阵势,外面来了上百辆汽车,和数百个干部模样的人,也从来没有见过这么隆重的葬礼。他们浩浩荡荡开进村子来,荡起了一阵又一阵的尘土,花圈从王家院子门口一直摆到了村口。哀乐阵阵,人声鼎沸,王祈隆披麻戴孝地站在村口,和每一个前来吊孝的人握手,样子悲哀而又凝重。

王祈隆告诉爹,凡是前来看奶奶的乡亲一律都要管饭。

整个村子里的人都来了,这王家的孙子是没有被人看走眼啊!

本来是要让奶奶在家里停够三天,王祈隆看这阵势,知道来的人还会增加,所以决定当天就把人殡了,晚上他就赶回县里去。果然不出他所料,他刚刚回到县里,举报信也就跟着寄到市里了。

那举报信写得很详细,去了多少人,收了多少礼,当时有多大的场面,就像一份调查报告一样。

王祈隆回来的第二天就把钱交给了县纪检委存了,然后又找了办公室主任。主任说,我按照你的吩咐,一个人都没往外说。我只是替你找胡书记汇报了,胡书记亲自给各个单位打的电话。主任又补充说,我看这人心也忒歹毒了!这不是故意置人于死地嘛!

王祈隆说,不会,胡书记不是个在背后整人的人。

王祈隆去见了胡大庆。胡大庆没等他开口就说,我知道你是来做什么的。人是我通知的,而且我是故意通知的,可我不是害你。

胡大庆点了一支烟,狠狠抽了一大口接着说,祈隆,你想过没有?我们在外面牛一样地拼着命干到底是为了什么?不说是为了衣锦还乡,最起码要有个面子吧?寻常百姓家办这种事情也是要个热闹的,我们是脸儿朝外面的人,不就是想落个让人家看得起吗?这有什么过错?你想想,如果你家里老人不在了,连个人照面都没有,那你这县长是怎么干的?脸往哪放?我是个孝子,对待爷娘老子的事,就算是犯错误,也要对得起老人。祈隆你放心,这事儿全是我一手安排的,出了问题我给你兜着!

市里来人调查,胡大庆果然把事情给担起来了。胡大庆对他们说,你们是在履行职责,这个我很清楚。我让你们替我算一笔账,我来文清八年了,参加的红白喜事的次数少说也有四五十起吧!哪一起不得凑个一百二百的,这算下来我付出去的有多少?一家人一辈子才有几桩事?为什么我们就不可以礼尚往来?不可以为自己办一件事情?

纪检委的同志说,你这样说合理但不合法,人情是人情,纪律是纪律。我们党的领导干部,就是不能等同于一般的老百姓。不然还要纪检委干什么?

那就处理我好了!这事儿和王祈隆没任何关系。人家家里死了人,总不违犯纪律吧?

纪检委的人面面相觑。只好回去如实汇报了,后来这件事情也就不了了之。

胡大庆觉得,在他走之前总算是还了王祈隆一个人情。那时候正赶上市里面换届,他想竞选市政协副主席。从他的资历和文清县这几年的政绩来说,他应该是最有希望的。

9

黄小凤到县里去找王祈隆的时候,是王祈隆当县委书记后的第四个年头。

那时候,王祈隆已经在文清县干了七年。别人不厌倦他自己都有些厌倦了,而且是对整个官场的厌倦。在中国,你如果做过县长县委书记,就等于你什么样的滋味都尝过了。县里这一级,权力可以说是大得无边,而忍受的煎熬,承担的责任,也是外人所不能知晓的。每天都绞尽脑汁想把事情办好,每天又担心什么地方会出了差错。就像暗夜里在冰上走,不知道危险会来自何方。那种焦虑,是他最不能承受的。王祈隆说到底是个内里具有田园风格的人,什么事情,只要滋味尝到了,就会让他失去兴趣。

王祈隆那天正关在办公室里和县长商量事情,通讯员进来说,有个女同志急着见他。这是王祈隆的日常功课,每天办公室的门口都免不了有人排队找他。他皱了皱眉说,让她在外面等着!

过了一会儿,通讯员又进来报告说,那个女的马上要见他。王祈隆就有点不耐烦了,就说,什么人这么不懂得规矩?

县长就同他开玩笑说,别发火,也许是相好的来了,不然哪会

黄小凤到县里去找王祈隆的时候,是王祈隆当县委书记后的第四个年头。

有这么大的胆子？

县长说笑着退了出去。县长刚出去，一阵香风就飘了进来，伴着香风刮过来一个判断不出年龄的女人。一米六多的个子，略微有点胖。但恰恰是因为胖，越发显得珠圆玉润。女人让王祈隆的眼睛亮了一下，王祈隆心里说，怪不得如此霸道，原来是有本钱的。但是他只看了一眼，立刻又把眼睛落在眼前的文件上，沉着脸道：找我？

女人没有说话先是笑，说，真是贵人眼高，不认识了啊？

王祈隆又打量了她一眼，依然沉着脸说，抱歉！是不记得在什么地方见过了。

我是黄小凤。

那女人说了便拿眼瞥着他的表情。王祈隆愣了一下，马上又镇定了，站起来笑着说，哎呀，怪你怪你！漂亮得让我不敢睁眼，怎么还能认得出来？

黄小凤说，都几十岁的人了，哪里还有漂亮！

这样说的时候，表情却是十分的得意。王祈隆看了她的表情，知道她心里这阵儿想的什么，不好再说下去，心里却着实承认她是比当初要有味道得多。王祈隆说，你怎么会突然来了？

那黄小凤略微带点伤感地说，早听说你在这里，一直不好意思来找你。今天是到平西市办事路过这里，如果等不上你我就走了。

王祈隆想起县长开的玩笑，脸突然红了一下，嘴上说，我哪里会知道是你呀！

两人都到了怀旧的年龄，如今在他乡相遇，气氛因此也有些温馨。开始时王祈隆客气的成分更大一些，两个人聊了各自的工作。这么多年的沧桑和业绩，成了二人长吁短叹的由头。后来话题自然而然转到各自的婚姻和家庭上。王祈隆只淡淡地说，儿子已经十二岁了。黄小凤笑了笑说她早就听人说了。王祈隆脸上的表情就有了点不自在，他不知道黄小凤听说了的是什么。其实黄小凤

146

这样说并没有太多意思,黄小凤又用很随便的语气说,我是结了婚又离了,现在是自由人。

她这样满不在乎地介绍她的婚姻情况,王祈隆反而不好细问了,但突然来了谈话的热情。再往下说,双方心里仿佛都带了感觉,就像一个懵懵懂懂的下午,突然被滋润了一杯上好的清茶,让人受用起来。正在兴头上,黄小凤看看表说要走。王祈隆意犹未尽,坚持留她吃饭。黄小凤的走本来就是虚晃一枪,看他执着,当然是正中下怀,两人无不欢欣鼓舞。

王祈隆到宾馆安排了一个包间,要了菜和酒。喝了几杯,话头好像都在舌头尖上沾着,越说越稠。两人推杯换盏,不消一刻功夫,黄小凤的眼神就斜睨了,更有了点当年的模样。她绯红着两腮说,这么些年我一直就想不明白,当初你为什么就看不上我?

王祈隆不说话,自己又连喝了两满杯酒,然后就把他和许彩霞的事情全部说了。这是他第一次和人说起他和许彩霞的事情,他一直以为他一辈子都难以启齿,现在却很轻松地说了出来,甚至带了点调侃。说完了,他自己竟然真的觉得轻松起来。真可谓人生如梦,人生如戏,十几年的工夫就这么一晃眼就划过去了,其实怎么过还不都是一辈子。

黄小凤听了却泪眼凄迷起来,她说,你当初为什么不把这些说给我呢?

王祈隆有些挑衅地说,我要是给你说了,你能接受吗?

黄小凤突然带点嗲味了,说,我倒不在乎。我还以为是你看不上我,对我打击挺大的。其实我是真的喜欢你,一直到现在。

王祈隆就有点感动,拿眼睛看着她,也不说话,又连着和她碰了两杯。碰完杯王祈隆突然设想,如果当初他和许彩霞没有发生关系,直接和黄小凤认识,他现在的家庭生活会是什么样子?脑子里想着许彩霞那一摊子,看看眼前的黄小凤,简直有天渊之别。这样想着就恍惚起来。两个人都处于一种高度亢奋状态,没吃多少

147

饭,一斤酒却没了。王祈隆觉得有点醉了。黄小凤却依然十分清醒。

吃完饭,王祈隆在宾馆楼上安排一个单间,让黄小凤休息。他把黄小凤送到门口,原本确实是没有打算进去的。黄小凤非得让他再进去坐一会儿,有点撒娇的意思。王祈隆就进去了。

一关上门,两个人就抱在了一起。夏天的衣服单薄,也不知是谁先扯了谁的,反正顷刻之间就脱光了。黄小凤是有点胖,肉也松了,年龄的确是不饶人的。刚才有衣服扎裹着,蛮有形的,现在脱了躺在床上,很紧凑的身子一下子变成了一堆松肉,好像被突然抽去了筋骨。王祈隆有点失望,热情顷刻间跌落下来。许彩霞也胖,虽然皮肤不太好,但是一身结实的肌肉疙瘩,该鼓的鼓该凹的凹,身子并不见衰相。这样一想就分了神,精力老是集中不到一个地方。做出急切的样子要,试了两次都不成,情绪就更灰暗了。想罢手,气氛难免尴尬,再试就越发地紧张。黄小凤并不怪他,也不着急,很耐心地引导他。她那一刻的样子让王祈隆的脑子里又浮现出许彩霞第一次教导他的情景来。现在换了时间、地点、人物,却仍旧是个熟练的娘儿们呀! 这样一想,就更加索然无味了。他勉强让自己在她身上趴了一小会儿,他说,看来是不行了,我喝多了。

两个人匆匆地穿了衣服,谁也不看谁。

王祈隆和许彩霞生活了许多年,虽然他打心里看不上许彩霞,可在外面并没有出过轨,他是有道理紧张的,而且是臆念和结果的差异,他甚至很懊悔自己的轻率。黄小凤尽管是单身,对男人似乎也很饥渴,但他毕竟是和王祈隆第一次这个样,所以既要显得很羞愧,弄出来点追悔莫及的气氛,又确实掩饰不住自己失望的内心。场面就更尴尬了。

又坐了几分钟,王祈隆借故下午有会要走。黄小凤弄出来点幽怨的表情,看了他一眼,然后又把目光盯在自己的脚尖上。他兀自写了电话号码,压在黄小凤的手表下面,告诉黄小凤说休息好了给他打电话,他过来送她。他夹着包走到门口,觉得这样寡情地走了,像逃跑似的,有点不妥,就回转过来想揽一下黄小凤。看见黄小凤已把镜子和眉笔拿在手里,沉浸在自己的眉眼里,他就逃也似的退了出去。

出了宾馆的门,他长长地出了一口气。明晃晃的太阳,射得他几乎要流出泪来。

王祈隆下午确实有会。他坐在主席台上,心里七上八下想着和黄小凤分手的时候怎样应付。整个下午都心神不定的,想一想,事情就这样了,再想一想,总像是丢了什么。更像是小的时候,倾其所有买了一件心爱的东西,欢天喜地的拿回去打开细看,却发现那东西是假的。回头再找卖东西那人,已经不见了踪影。

黄小凤走的时候却没有打过来电话,不知道她是什么时候走的。王祈隆突然决定要回市里去。

许彩霞正在家里看电视,邋邋遢遢得像一朵开败了的百合。她人那样高大,却穿一件破旧的白色泡泡纱睡衣,头发没有梳理胡乱地挽在脑后。儿子上了寄宿中学,现在家是她一个人的家,就更加没有心情收拾了。她看见王祈隆回来,喜出望外,咧开大嘴就乐了,简直像头快活的母狮子。王祈隆看到那张脸突然想掉头就走,可中午的事情梗在心里更不好受,就把目光落在电视上不再看她。许彩霞一点都看不出丈夫的腻烦,只管渴不渴饿不饿地乱问一气。王祈隆烦躁地说,行了!弄水去吧!

许彩霞被他的呵斥娇宠着,欢欢喜喜地去放洗澡水。

王祈隆洗完了澡也不说话,径直上床去躺了。许彩霞浑身都颤抖起来,忙不迭地去洗了洗,跌东倒西地摸到黑暗的卧室。王祈隆在家她不敢开卧室的灯,这已经是多年的老规矩了。等她偎到自己跟前,整个下午困扰在王祈隆心里的忐忑突然间就没有了,取而代之的是一股脑滔天的愤怒,他把自己的女人按在身下。结果出人意料的好,没有出现任何障碍,他把身下的女人折腾得哭爹叫娘的。想一想下午的事情,王祈隆不由得悲从中来,自己好端端的这一辈子,注定要被身下这个如狼似虎的女人,一点一点地吞噬掉……

王祈隆以为他和黄小凤这一档子突如其来的荒唐事就这样过去了,没有什么可遗憾的,只是有点龌龊,想都不愿意去想了。过了一段时间黄小凤却打来电话,好像是喝了酒,语气带点醉酒的放肆。开口就嗔怪,你是不是把我忘了?

王祈隆一下子就听出了是黄小凤,心里有些反感。但他故意装出听不出谁的样子,朗声道,是谁啊?有什么事儿吗?

黄小凤生气地说,我是黄—小—凤!

王祈隆立刻做出道歉的姿态,说:我就说呢,是谁敢这么放肆。他这样说既不软不硬地让黄小凤吃了个没趣,又一下子把距离拉得很开。黄小凤却不理会他这一套,仍然撒娇犯嗲地抱怨,才过了几天,就把人家给忘了?

王祈隆说,不是忘了,是事情太多脑子顾不过来。再说我那天确实是喝多了。

黄小凤听了马上高了声音,哎哟,你先别撇,我可不会黏住你。

王祈隆这下更觉得不舒服,可也不好一下把脸面扯破。就说,你怎么这么说?看你把我当成什么人了?然后又问,你这个时候打电话来,有什么急事吗?

黄小凤说,有事。

什么事,你尽管说。

我们两个的事。

王祈隆想说,我们两个有什么事?嘴巴已经张开突然又咽回去了,他能说他们之间没有事吗?!

过后的一段时间,王祈隆又接过黄小凤的几次电话。有时他正在忙,就应付她两句。那边听出他在忙,也还有分寸。有时逢他不忙，正好心情也闲着的时候，就陪她闲扯几句。这个女人毕竟是见过世面的，说起话来知道怎样掏王祈隆的耳朵眼，尽拣让王祈隆发软的话说。有时候恰好王祈隆也喝了酒，想想自己的家庭生活，这个在他脑子里还有些虚化的女人就寄了他的闲情，两个人会聊出一点点味道来。这样一来二去的，竟然又有了一些模糊的情绪。特别是黄小凤那边，有时真像是动了真情，突然冒出一句："我爱你！"一时让王祈隆语塞，也只好大着舌头还一句："我也爱你。"说完了自己也吓了一跳，守了几十年对谁也没说过的这句话，居然在这儿给出卖了，就像自己精心收藏的一罐银元，突然被告知已经贬值了一样。再想一想，也无所谓了，既然床都跟人家上了，还立个破牌坊干啥？反正这话放着不说，闲了也是闲了。

黄小凤说，你什么时候回阳城来看我好不好？

王祈隆应付说，有时间我会去的。

王祈隆这样答应本来是应付黄小凤的，可后来王祈隆真的去了。他去阳城开会，吃了晚饭看了新闻联播，又按部就班地散了步，就百无聊赖了。好像是突然想起来黄小凤就住在这个城市里的。翻出电话本找出她的号码，用宾馆的电话给她拨了个电话。电话震铃的时候，他还在想着，最好别找着她，这样再说起来也算是来看过她了。哪知道电话刚响了两声，那边黄小凤的声音就传了过来。听到黄小凤温热的声音，他就又找到了点儿俩人在电话上聊天的感觉，说无情又像是有情的样子，于是他就真的去了黄小凤的家里。

两室一厅的小房子，装潢得像宾馆的豪华包间，却比宾馆多了许多小摆设，俗是俗了点，但却充满了生活的气息。比起他和许彩霞的家来，已经是天上地下，王祈隆心里又是一阵的感慨。黄小凤穿了一件两件套的粉红真丝睡衣，借故热又把外面的脱了，只留了条紧裹在身上的吊带短裙。胳膊腿上的肉都像是胖藕一样地白嫩着，眼波里更是涌动着万种风情。王祈隆觉出了下身的躁动，但却故意纵容它继续泛滥。

黄小凤给他拿了男人的睡衣和鞋子,像对待自己的男人似的说,洗洗去吧!

王祈隆轻飘飘地进到浴室里,进去时他还在疑惑,她自己一个人过,怎么会有这么齐备的男人的物件?可是身上的热流一浪高过一浪,很快就把这个问题给淹没了。两个人这回是从容地宽衣解带,因为有前一次的阴影,各自都小心翼翼地捕捉着自己和对方的情绪,竟然少了热切。表面上又都尽量掩饰,做出一副很从容的样子,好像是在对付一份辞职报告或一份购销合同。

有了这次事情,王祈隆和黄小凤的关系发生了质的变化,说起话来就不再有客气,甚至是亲密了些,却又不同于恩爱夫妻的那种亲密。不过那种恩爱夫妻的亲密,王祈隆也从没体验过。让王祈隆不解的是,这个事情并没影响到他对许彩霞的情绪,他回家的次数反倒比过去多了,对许彩霞也比过去好了。儿子要是在家,他就会更好一点,王祈隆在儿子面前从来不为难他的母亲。王祈隆还给了许彩霞一些钱,让她也去买些衣服。这样的事情是从来没有过的,许彩霞感动得都有点不知所措了。人家原配的夫妻都闹离婚,对她这样的王祈隆却没有嫌弃过。许彩霞从心眼里认定王祈隆是个有良心靠得住的好男人。

王祈隆又顺便或者专门去过黄小凤那里几次。彼此熟悉了就更从容。有一次,王祈隆看到黄小凤的肚子有妊娠纹,就问,你的孩子呢?

黄小凤说,在我妈那里养着。

黄小凤也到王祈隆的县里来过几次。过去两个人没这种关系,王祈隆还能大大方方陪她吃饭。现在来了王祈隆就把她安排在宾馆里,偷偷摸摸地见上一面。不见面在电话里说得热切,见了面反而没什么可说了。到一起就直奔主题,不觉得亲也不觉得厌烦。完了事两人有很长一段时间的空白,各自想着心事,然后才会有一搭没一搭地说话。有一次王祈隆问她,你离婚后,除了我还有没有别的男人?

黄小凤说,男人最爱纠缠的问题。你呢?

王祈隆如实说,没有。

黄小凤说,我要说有,你是不是很失望?

王祈隆笑了一下。其实王祈隆问这句话,只是想找个话头,不管黄小凤怎么回答,他都像是谈论一个和自己没有任何干系的女人一样,脸上没有特别的表情,心里更是没有什么感觉。只是黄小凤这样回答,让王祈隆觉得她很老到。

两个人的关系保持了两年多,像拉锯战,呈分久必合,合久必分的胶着状态。没有热切,但是也没有断的理由。如果不是发生了意外也有可能一辈子就这样保持着。

谁都不会料到,事故会出在许彩霞的身上。

新源新近成立了一个科技开发区,副地厅级规格。县里几个挂了号的正县级干部虽然都急着升迁,可对科技开发区这个位置又都看不上。有职没权,明升暗降啊!王祈隆倒是很想去,他在权利的风口浪尖上经过了长时间的摔打,已经失去了兴趣。而且他骨子里流淌的那种田园化的情绪,一个时期以来一直占着上风。采菊东篱下,悠然见南山。知识分子的那种情绪化的心绪,让他渴望有更多的时间去关照自己的内心。其实以他的能力和人品而言,他还正处在非常强劲的上升期,他每年为群众办的几件实事,比如在全县推广养殖业,使三分之二的农民脱贫;力排众议修建的一座软硬件过硬的高级中学,把流失的生源和一些外地的优秀教师吸引过来,使全县的升学率提高三十个百分点等等,已经引起了省市的高度重视。可是他现在就是巴望着退下来,一言九鼎的职权,既让他感到位高权重的快感,又让他虚脱。另外,他骨头里仿佛又有种克服不了的懒散气,让他非常容易满足,他认为自己这一辈子这样也就行了。以他现有的地位在他们老王家的族谱上已经可以重重地书写一笔了,而且更重要的是,他觉得已经对得起奶奶的教诲了。他当了七年县官,为老百姓干了数十件好事,总算是实现了自己的人生价值。特别是建学校、修公路这样功载千秋的大事,一个平凡的人一辈子能办一件就非常难得了。王祈隆有时还会冒出一种奇怪的思想,他的官职越大,许彩霞就越发得了便宜,这个女人能承受起那么大的造化吗?

这样想的时候,他又觉得自己确实是个农民了,不免一笑。

王祈隆晚上赶到市委书记的家里去,想把自己的想法说一说。这个时间去,是他们这些一把手的特权,其他人是享受不到的。市委书记应酬还没回来,书记的夫人正在跟什么人煲电话粥。区划时的书记市长都提拔了,这书记是在这个市一步一步提拔起来的。书记夫人原来是在下面企业里当一般干部,随着丈夫的得道已经升迁为某局的副局长。她喜欢别人的夸奖,喜欢听到诸如里里外外一把手这样的话语。王祈隆这几年已经学会了到什么山唱什么歌的路数了,客套完毕,就开始发糖衣炮弹,把个夫人轰得欢天喜地的,还故意做出抱怨的样子说,我这一辈子为了你们书记把自己都奉献了,如果我早几年上来,还能待在这破岗位上?

王祈隆说,两个人从政,总得有一个人做出牺牲,要不就把孩子和家给荒废了。

夫人说,说的也是,天天忙里忙外,你们书记也不关心我。香港马上就要回归了,我连香港都还没去过。

王祈隆听明白了,知道今天的马屁,是要付出经济代价的,但又不能绕过去,只好续了话头说,那还不容易!要是走得开,给你办个去新马泰的旅游护照,在香港也停几天,出去轻松轻松。

夫人的脸上马上露出喜色,说,哎呀,怪不得你们书记回来总是夸你会办事儿!这可太好了!我们女儿也正放暑假,正发愁没地方玩儿呢。

王祈隆说,这几日我就落实。

夫人看王祈隆应得实诚,觉得也该关心关心人家,又说,你爱人呢,何不一起去?

王祈隆本来想说,她一个粗人,哪能配去这些地方,还不把人家的环境都给污染了?可是再一想,许彩霞倒是个伺候人的好材料,让她跟着出去做个行者,倒是非常合适。就又改了口说,我回去和她商量一下,要是能去就让她去伺候你们。

许彩霞是沾了市委书记夫人的光,有了一次出国旅游的机会。走的时候王祈隆塞给她两万块钱,再三告诫她要多长个心眼,逢到花钱的地方有眼色一点。

许彩霞陪了书记的夫人和女儿跑得晕头转向的,人家个个玩得兴高采烈的,她并没有那分闲情逸致,就是树啊山啊水啊的和家里差不多,却平白花了那么多的钱。跑跑吃吃睡睡,怪累人的。因为是跟着旅游团,并没有太多需要花钱的地方,几天过去,许彩霞就只是晚上给那母女俩结结国际长话费。书记夫人是每到一个地方先给书记打电话,千叮咛万嘱咐的,不知道有几多恩爱,其实是不放心丈夫自己一个人在家。书记的女儿也正谈朋友,同样是一有空闲就没完没了地打,一天下来电话费就要一千多元。许彩霞惊得咂舌头,幸亏是王祈隆提前有交代让她不要乱说乱问,她真不知道她们在电话里都会说什么。她和王祈隆一般不打电话,有时候有事在电话上说,也从来没说足过三句话,就像哨兵盘问一样。

她们那天是去看了泰国的皇宫。听宫里的解说员讲整个宫殿都是金子镀的,那得多少金子啊!许彩霞这才算开了眼界,激动得不行。晚上那母女俩跟家里人打电话,也让她突然有了打一次电话的冲动,除了要急于述说,另外还有一点点虚荣的意思。她总不能出来这些天一个电话都不往家里打,就是做样子给她们看也要打一次。

许彩霞装模作样地拨通了家里的号码。这可是国外,往家里打电话还是有点紧张的,她重复了几次才把国内代码和区号拨全。家里要是没有人就算了,她想。电话却一下子就通了,和打市内电话没什么不一样,这让她松了一口气。电话响到第三声她就听到了王祈隆的声音,该怎么同他说呢?她说:"喂!"王祈隆那边也说:"喂!"她又喂了两声,王祈隆那边仍然是喂喂地回应。她再说:"喂!"声音提高了一倍。那边却说,谁啊?怎么不说话?仍然是喂喂了几声,就挂断了电话。许彩霞这边有些不知所措,书记的女儿说,国际长途有时就这个样子,你再重拨一次可能就好了。许彩霞不好意思就此罢手,只好硬着头皮重拨了一次,结果和上次一样,两个人在电话两端相互喂了一气,仍然是许彩霞这边能听到王祈隆的声音,王祈隆那边却显然听不到这边的声音。王祈隆喂了几声,又问了,怎么不说话?许彩霞以为他又要挂断。他那边却兀自说了一番让许彩霞莫名其妙的话来。他先是叹了一口气,然后说,黄小凤,你不说话我也知道是你。我不想和你怄气,其实我们在哪里见面还不是一样。这家是我老婆的家,我把你带回来对她不公平。你要是还生气,那就算了!

王祈隆说完就挂了。许彩霞就是个傻子也听出来是怎么一回事了,她放下电话就傻了。要说她傻她竟然还知道掩饰,一句话没说,坐了一会儿,就到洗手间去了。张大嘴不出声哭出两眼泪来,再仔细想想王祈隆的话,并没有打算要和她离婚的意思,而且好像是偏向着自己的。许彩霞从心里更加肯定了王祈隆,终归是个靠得住的人。这样一想,心就安定下来许多。

余下的几日许彩霞仍然是没事一样地陪了她们玩,反而因为有这事顶在心里,想明白了许多道理。人活着还不就是吃吃玩玩,不能委屈了自己!突然想开了,再游山逛水就觉得有意思了,到底不冤枉出来一趟,交给旅行社几千块钱。特别是回到香港,跟着书记的夫人和女儿一起买衣服,看那女儿买一件希奇古怪的小背心就要花去她一千多元,心里疼得不得了。自己咬咬牙也花几百元买了两件,后来那女儿又指点她买了一身"宝姿"的套装,也一千多元。人靠衣装,穿上试试还真有点县委书记夫人的味道了。许彩霞想,回去以后如果王祈隆不跟他提这方面的事,她就装作什么都不知道。

许彩霞回去后果然没有再提那电话里的事情。王祈隆自己心里却犯着嘀咕,原来第二天那黄小凤打来电话,她头天晚上有事,根本没打电话。自己说的话给谁听去了呢?

许彩霞尽管要求自己闭口不提,心里还是忍不住做文章。她让亲戚帮助打听市里哪个部门有个叫黄小凤的,打听了一圈都说没有。她的一个在阳城工作的表弟却说,阳城的粮食局有个叫黄小凤的,是个人精,在阳城很有名气。就算是重名也不会连姓都一样吧?许彩霞拿不准是不是一个人,不敢前去找人家。仍然让表弟接着打听,说那女的离了婚,一个人过。大家都说她和市里的某一个领导相好,并且和那人私生了一个女孩,在她妈那里养着。许彩霞不死心,停了两天,憋得脑袋都疼了,突然想出了一个办法,她要给那女人写一封信。许彩霞尽管只有初中毕业,字却写得不错,这是她下死力气练庞中华字帖的成果。许彩霞工工整整地写了这样一段话:

黄小凤小姐:

女人也要讲信义,你要和人家好,就好好养活人家的孩子,不要再和我们家老王拉扯。要是真和我们家老王分不开,就干脆和人家断了。做人要有良心!

许彩霞写完了并不署名,如果不是和王祈隆有瓜葛的,即使看了,也会一头雾水。

那黄小凤接了此信,反复琢磨了几遍,还以为王祈隆这边什么都暴露了,就拿了信来找他。王祈隆看了笔迹,竟然真的是许彩霞写的,想不出她还有这样的心计。这段时间她表面上什么都没带出来,对他反而更殷勤了些。现在仔细想来,是少了她经常咧着大嘴傻呵呵的笑声,其实那种不带一点忧虑的笑声是让人听了心里踏实的。

王祈隆怔了一会儿,故意愁着脸对黄小凤说,看来这事要闹大了。

黄小凤说:那怎么办?要不我们就分开吧,省得日后闹出什么事情来对你影响不好!

她这样说其实是怕事情败露,自己两头都落空。王祈隆认真看了她一会儿,知道她说的是真心话,而且同十几年前的那次分手比较,这次她是真的不带一点伤心的。就问,那信里写的男人是真的吗?

黄小凤说:是。

孩子也是真的?

是。

王祈隆心里突然像开了一扇窗,而且有风吹过来。

两人喝了一阵子茶,聊了一些别的事情。互相连一点欲望都没了,就散了。

事情就这样结束了。王祈隆偶尔想起那个叫黄小凤的女人,竟然会疑惑自己同她有过那样一段经历。而且他还常常把这个黄小凤和十几年前的那个黄小凤,当成是两个女人。事情一多,两个女人的面目他一个都想不起来了。

10

王祈隆是个精神生活还算比较富足的人。这么多年来他最好的朋友就是书和音乐了。王祈隆上大学的时候就因为没有朋友拼命看书,图书馆里的书差不多给他翻了个遍。工作理顺以后他还是爱看书,看到有什么好书就忍不住要买下来。当了县委书记后,每次出差但凡有机会他仍然是喜欢逛书店,在书店里一泡就是几个小时。他看书很杂,从加西亚·马尔克斯到里尔克、福柯、爱伦堡,等等,都在他的脑海里盘桓过。中国的当代作家里他比较喜欢刘震云余华刘小枫等一些人。小说类的,诗歌类的,哲学类的,杂文评论类的,他无一不涉猎。哪怕只是有一句话能打动他,他就会把这本书买下来。倒不是因为他买书可以报销,而是他对书有着特别的偏好。他存了许多书,他机关的住室实际上是个书库。王祈隆不是个太稀罕钱财的人,他经常拒贿。但是,谁要是送他两套好书,他从不拒绝。这几乎成了一个公开的秘密,有求于他的人都想办法给他买一些比较热门的书,现在的书价是挺贵的。买过书的人却很快发现,王书记只记书不记人,那些送过书的人,往往没办成什么事,送书人的热情就淡了。但也有一些人因为书和他成了很好的朋友,那时他们就会发现,其实王祈隆自己就是一座书库。他读的书不但多,而且精。王祈隆还非常喜欢音乐,一些中外的古典名曲,常常被他玩弄于股掌之间,令那些搞专业的瞠目结舌。

在车子上跑着的时候,王祈隆从来不玩古典,他那时只听民歌,因为古典必须是在一个可以哭可以笑的地方欣赏。其实他觉得,在艺术上只有口味,而根本没有所谓的品位。大俗就是大雅啊。原来在大学的时候,他迷过一阵邓丽君。而现在,民歌他只听蔡琴和宋祖英。这两个唱民歌的人,代表了城市和乡村两极。蔡琴代表了咖啡馆,哥特式建筑,落满黄叶的深秋的街头。宋祖英代表了湘西的竹楼,村社的烟火,让丰收压迫着的枝头。尤其是对宋祖英,听了一段时间就有些痴迷了。他知道这是他长期待在农村的结果。农村容纳不了蔡琴,蔡琴也只遗落在城市的夜空里。他把宋祖英笑得很甜的艺术照安装在电脑的显示屏上,一打开电脑就能看到她在对着他笑,听到《今天是个好日子》那首让人心情渐渐地好起来的背景歌曲,他一天的心情就会真的好起来。

王祈隆在县里工作时,有一个房地产商听说他喜欢宋祖英这件事,曾经暗暗地记在心里。过去地产商曾经花了很长的时间想了很多办法去接近王祈隆,都没有成功。后来王祈隆主动视察了他的施工工地,看了以后,就要求县里把许多工程交给了他,还亲自给他协调贷款。他是看好了这个地产商的工程质量和发展潜力,他的公司现在已经发展成为全省建筑行业的明星企业。王祈隆要回市里工作了,这个人出于对他的感激,准备花大价钱把宋祖英请过来,让她亲自给王祈隆唱上一曲。去协调这个事的人打回电话说,请宋祖英要开价八十万。他二话没说,就让人连夜带了一皮箱现金去了北京。不知是哪方面的原因,那人并没把宋祖英请过来。后来这件事情传开了,一时间舆论纷纷的。王祈隆听说了却一点不反感,甚至和房地产商一样遗憾。只是想不出如果那宋祖英真的来了,面对面会是什么样子。

王祈隆走的时候,那个没能为他请到宋祖英的房地产商哭了,许多老百姓都哭了。王祈隆也哭了,王祈隆知道他们哭过之后很快就会把他忘记。可他觉得自己永远都忘不掉,并不是因为自己是一个能让老百姓哭的干部,而是他呕心沥血的这七八年,仿佛把自己有用的东西都淘尽了。他像个曾经沧海的老人那样,现在可以静静地坐在海岸边,去看云卷云舒了。

当了科技开发区的党委书记一年后,王祈隆曾经带人去了一趟深圳。说是去考察特区的先进经验,实际上也是借故出去闲散几天。工作岗位转换以后,他的思想也转换了。过去他在县里时结识了一个在深圳工作的姓袁的老乡。俩人在一起聊过几次,还非常投机,因此建立了很好的私人关系。王祈隆看见老袁,就好像看到了一座活力四射的城市。老袁几乎就是这个沿海城市的缩影,一天到晚忙忙碌碌的不知疲倦,好像总是充满着享受不尽的快乐似的。其实老袁的家庭并不幸福,他老婆是广东当地的人,当初他在这里当兵时找下的,也是为了自己落脚着想。女人没文化又不好看,仗着结婚时家里陪嫁了一些财产,天天扯着鸡一样的嗓子对老袁颐指气使。老袁现在自己生意做大了,离婚总觉得不忍心,得过人家的恩惠,又一起生了两个孩子。不离婚心里分明又不爽快,干脆就不回家,反正他在外面怎么样女人也管不了。看见他,王祈隆就常常在心里感慨,不管是哪方面的原因,在生活里落下遗憾的并不是只有他自己。但人家活得就是这么潇洒!想想自己,好像总是在阴影里走不出来。人生真如老袁说的那样,如果自己不跟自己找快乐,那世界上哪还有快乐?

晚上吃饭的时候,两个人都喝了许多酒,王祈隆大概有七八两的样子。嘴上撑着不服输,却真有了几分醉意。

可能是鱼翅燕窝吃多了的缘故,晚饭后王祈隆有点兴奋,再三邀老袁到宾馆里聊天。老袁却借故喝多了死活不肯,要他早点休息。在房间门口道了再见,王祈隆觉得浑身燥得慌,关了门就扯衣服,想冲个凉,回过头来却惊出一身汗来。床前坐了一个妙龄的女孩,大概有二十岁左右的样子,穿戴入时,一头长发柔柔地披着,模样儿也是十分的清秀。王祈隆那时已经解开了上衣扣子,皮带也扯开了一半,狼狈得手足无措。他说,对不起,是我走错门了吧?

那女孩子倒是没有半点的慌张,面带微笑说,没错,是袁老板安排我来的。

王祈隆仍然心有余悸地问,哪个袁老板?名浩公司的吗?

女孩说,是啊,是他打电话让我来的啊。

王祈隆好像一点都不明白,他说,你怎么和袁老板认识?你是干什么工作的?

女孩笑了,女孩说,怎么认识的你就不要问了,袁老板这人挺好的,平时对我有不少关照。我现在的工作就是专门为你服务。

王祈隆的脸一下子紫涨起来,自己这样问倒像是真的在装糊涂。连忙整了整衣服,正襟危坐在姑娘对面。女孩呖了呖鲜嫩的红唇,露出一口整齐雪白的牙齿。她说,过去你从来没有和女人做过吗?

王祈隆答:是。

那怪不得呢,像个君子。

王祈隆的脸又是一阵热,他说,小姐,袁老板的好意我领了,但是这样很不好,你还是走吧。

女孩仍旧是坐着不动,她微笑着说,怎么个不好呢?是怕老婆发现还是怕落下坏名声?

王祈隆耐着性子说,都不是,只是自己觉得不好。

女孩说,有了一次,习惯了就好了。

王祈隆站起来说,我说的是真话,你还是快点儿走吧!

说着就去开门。女孩见他是认真的,也正了色。她说,老板,你这样的正人君子我真的还是第一次碰到,我能不能请求你让我在这里多坐一会儿?

王祈隆一时没有了词,人家坐一会儿又不会有什么妨碍,不允似乎就没有道理了。王祈隆说,你要愿意你就坐吧,就再坐一会儿走也行。这后面的补充好像是怕人家赖着不走。

王祈隆不说话,女孩也不知道说什么,空气有一点僵硬。王祈隆的身子也有一点不活泛,他好像费了很大劲才找到了一个寻常的话题,他说,姑娘,听口音你不是南方人。

女孩说,我和袁老板是一个省的,听您的口音我们好像也是老乡。

王祈隆不敢再贸然打问,越是家乡的人越是不想让人家知道底细,这一点他还是懂的。但是,看这女孩清清秀秀的样子,并不像是那种不自重的,就又忍不住试探着说,你是不是家里遇到有什么难事?

他的意思是,没有难事为什么出来干这个。女孩听了脸色骤然寒了一寒,却很快缓了过来,不带表情地说,没有,是我自己愿意出来做的。

王祈隆说,那你爹娘知道你这样吗?

女孩说了,知道又怎么样?不知道又怎么样?有钱总比没钱好!

王祈隆确实是有点怜悯她,就说,你要是愿意到我们那儿去,我可以帮助你换个工作。

女孩看了看王祈隆,眼圈儿微微的红了。她说,先生一看您面相,就知道是个好人,我谢您了。

王祈隆说,那你是愿意回去?

女孩摇摇头。我不想回去,这里还是比家里挣钱多些。

她这样说了,王祈隆就没法再往下说。女孩大概是误会王祈隆生气了,又说,我上高中的时候成绩还不错,做梦都想读大学,毕业了也找个机关的工作干干,只是我的命不好。

女孩说到这里突然情绪又活跃起来,先生,您信不信命?人真的是有命的。

王祈隆说,我信。不过,你长得挺好的,我没有看出命相不好呀!

女孩说,我的命就是不好,从小我妈让人家给我算卦,人家都说我长大要吃百家的井水。我妈吓得什么似的,我却不明白,看我妈脸都是白的。

王祈隆也不是太明白,就问,吃什么百家的井水?

女孩的脸红了一红,然后叹了口气说,现在不是应验了吗?

王祈隆一想,是这个意思,不好往下说,话题又断了。

这样过了一会儿,女孩见王祈隆看表,知道是催自己。就说,我是看你人好,才不想走。我要是这个时间出去,对不起袁老板,他是付了钱的。

王祈隆说,没关系,我回头会跟他解释,钱的事你不要太放在心上。

163

女孩又红了眼圈说,老板您不知道,我们做这行的是自己做不了自己的主的,我们的头儿就在下边守着。我要是这么早出去,他不会轻易放过我。再摊上下一个还不知道是什么样的。

王祈隆看她那样子,从心里可怜起来,看来这种钱也不是好挣的。就说,你要是愿意在这儿就在这儿吧,反正我们自己心里清楚。

两个人就看电视,有一搭没一搭地插上一句话。王祈隆从只言片语里观察这女孩,她没有说谎,她中学的功课是真的不错。他们看的是中央三套,正在播放歌手大奖赛的实况,那些被各省层层选拔出来的歌手回答不出来的问题,她都能回答出来,并且时不时地会骂上一句笨蛋,那一刻,有十二分天真的模样。王祈隆偷偷地打量她,女孩确实长得很周正,心里更加替她惋惜。人确实是有命的,像她这样的,要是生在他们这些干部家庭,以她个人的姿质说不定已经发展到国外去了。

王祈隆说,按道理我不该问你的姓名,可是我想知道你叫什么?

女孩迟疑了一下。王祈隆连忙又说,你要是不愿意说就算了。

女孩说,我叫戴小桃,这不是我的本名,我本是姓木子李的……

王祈隆打断她说,那就不要说本名了。

又看了一会儿电视,王祈隆有点疲乏了。他起身去了趟洗手间,干脆把自己关在里面洗了洗,然后重新穿戴整齐出来。那叫戴小桃的女孩说,我把灯关了,你要是累就睡,我尽量不打搅你。

王祈隆说,不,我还能坚持会儿。

戴小桃继续看了一小会儿电视,自己好像也坐不住了。王祈隆以为她要走了,她却小心翼翼地请求,我可不可以也用您的洗澡间洗一洗?

王祈隆苦着脸勉强挂了一点颜色说,你要是觉得方便你就去吧！

戴小桃真的关了门去洗了，洗完出来却没有像王祈隆一样穿好衣服。她只裹了一件到膝盖处的短睡衣，和尚领的，没有扣子，腰里用布带子轻轻拦了一下。头发湿漉漉的像悬着一挂黑色的绸缎，脸儿被热气熏得好似三月盛开的桃花，粉粉嫩嫩。王祈隆一下子呆了，戴小桃没有等他说话，直接过去依偎到了他的怀里。王祈隆没有推开她，他被她身上那股子香甜呛得心慌气短的。靠在怀里的尽管是个风尘女子，可并没有多少风尘气，毕竟还是个鲜嫩的女孩儿家，身上的皮肤细白得透亮，一对小乳房鸽子一样活泼地从睡衣里探出头来。王祈隆深深地吸了一大口气，想说什么，却被戴小桃用手堵了嘴巴。她又往他的怀里靠紧了点，她说：你放心，出了这个门，我们谁都不认识谁了。

王祈隆几乎是被她的这句话打倒了，他不由自主地用胳膊箍了一下怀里热乎乎的身子。但是他立刻清醒了过来，使劲把她推开，并且转过脸去不再望她。他说，我没有什么不放心的，是我自己不行。请你赶快穿好衣服出去。他觉得自己是用了平生的力气说这句话的，但发出的声音却软得像一团棉花。

戴小桃的脸变得青白了，她的嘴唇也在颤抖。她真是第一次碰见这样的男人，他知道这个人不是嫌弃她脏，他是一个真正的好人。一个女人死心塌地地爱上一个男人，其实就是凭一句话，一件事情，甚至是一个眼神。

王祈隆不回头，他还以为她又要耍什么花招，他警告说，你要是不走我就走！

结果他听到了一阵啜泣声，转过头去，戴小桃已经穿戴好，连脖子袖口处的衣扣都扣了。她起来往外走，又回过头来对着他鞠了个躬。

王祈隆只觉得一阵没来由的心疼，突然又唤住了她。他说，我给你留个地址，你要是遇到难处就回去找我，我一定会帮你。

王祈隆说完,飞快地在床头柜上把自己的单位姓名和电话写了。戴小桃接了,先不说话,又鞠了一躬,然后才红着眼圈颤抖着说,那些要了我的人,最怕的就是我知道他们的地址。我不到万般无奈是不会去麻烦您的。说完就真的拉开门走了。

戴小桃一走,王祈隆立刻后悔得七荤八素的。一会儿后悔不该把地址给她,一会儿又后悔不该赶她走。

他就这样折腾了自己一夜。

王祈隆那次去了深圳后就再没有去过,哪怕出国回来,他都绕道走。他恍惚觉得那里留下了他什么伤心事,想想又没有。他只是常常想起那个叫戴小桃的女孩。他奇怪这个完全可以说和他没有一点关系的女孩,怎么会在他心里留下那么深的印记。有几次戴小桃竟然出现在他的梦里,他们在一些十分逼仄的地方做爱,他使劲地要她,直到她发出一阵阵下流的尖叫。

王祈隆恨他的妻子许彩霞,他过了四十岁以后才发现是这样的恨许彩霞。

了解王祈隆的人都评价王祈隆是个好人。平和,满足现状,对生活没有过高的欲望。王祈隆确实也是这样安慰自己的,他感叹日子过得快,一恍眼的功夫他都已经四十岁了。

王祈隆过了四十岁生日那个秋天的一个下午,午饭后独自坐在办公室里犯迷糊。秋阳透过宽大的玻璃窗照射进来,弄得他的眼睛酸酸的。王祈隆一边犯迷糊一边沉浸在生活对他的宽容里。他现在常常一个人这样坐在某个地方晒晒太阳,想一些不着边际的旧事,有时甚至是回到童年,那虽然是酸楚的无依无助的贫瘠岁月,那个让他爱让他困惑却是疼他如命的奶奶,回忆常常让他甜蜜得快活起来,有时又空虚得不着边际。就在王祈隆犯着迷糊时,从外面推门进来一个二十多岁的年轻女孩。她推门进来没有说话,因而没有惊了王祈隆的思想。王祈隆仍旧半睡半醒迷迷糊糊地看着远方,窗外是一条穿城而过的河流。树林在河的这边泛着青翠的绿色,在河的对面却是朦胧的苍黄。一架飞机从天际无声地划过,身后拖着一条白色的尾巴。他自顾沉浸在静谧里,心无旁骛。

女孩静静地打量着他。这是一个很朴实的男人,从外表上看甚至有点落寞,她并不明白她的孪生妹妹为何却把他形容得像一尊神。

王祈隆继续迷糊着,进来的女孩继续打量着他。

不知道时间过去多久,王祈隆终于清醒过来。他吃了一惊,眼前立着的是那个在梦中无数次出现过的名叫戴小桃的女孩,他疑心自己仍然是在迷糊。女孩却笑了,她扶了扶架在鼻梁上那副秀气的金边眼镜说,王先生您好,我是戴小桃的姐姐,我叫李青苹。是我妹妹让我来见你。

她说话时的语气很从容,显然她并不知道王祈隆和她的妹妹戴小桃之间到底是什么关系。王祈隆回过神来再仔细看,这女孩果然不是戴小桃,体形比戴小桃稍微大了一号,而且戴了一副度数不小的金属架眼镜,镜片后面的一双大眼睛闪着机敏聪慧的光彩。王祈隆听了她的介绍,好像也忽略了自己和那戴小桃的关系。他有些急迫地说,戴小桃让你来找我,她自己现在什么地方?

听他这样问,李青苹脸上的笑容迅速散了。她说,她在我们老家,已经把自己嫁了。

王祈隆停了一小会儿才又问,嫁的那人家还好吗?

李青苹说,是个农民,也还过得去。

王祈隆看着她不说话。女孩沉默了一会儿接着说,我妹妹当初是为了供我读书才去深圳打工,自己落下一身病。她回来后也有人给她介绍了几个条件比较好的,是她自己觉得身体不好怕对不起人家,都没有应允。后来她自己看上了这家农民,就把自己嫁了,连嫁妆都没有要。

王祈隆停了老大一会儿,叹了一口气说,小桃这女孩子倒是真的有主张,只是委屈了她自己。

王祈隆同李青苹只顾着谈戴小桃,却忽略了李青苹前来找他的目的。等了老半天才想起来问她,你来找我,有什么事吗?

李青苹这才说,我家在山里,父母都的农民,家里非常困难。要不是我妹妹,我上大学连想都不敢想的。我妹妹其实学习不比我差,中学毕业她没有参加高考,自己做主到深圳打工。我当时不理解,还骂她不争气。要说了我还比她大上几十分钟,我就没有想过,我们俩那时要是都考上了,又能上得起吗?她去深圳后,我被录取到了西北工业大学,一直是她供养我。现在我已经毕业一年了,学校不负责分配。自己去联系。一般单位用不上,专业性强的单位又没有对口的,还得靠我妹妹那点钱养活我,有知识的还不如没知识的!

王祈隆听她讲到这里,知道了她的来意。他轻微地叹了口气,依旧看着远方。这几年学校毕业的学生是越来越不好分,来找他帮忙的当然少不了,他不爱管事,能推的都推了。前不久家里的一个老舅还因为表弟的事情来寻他,闹得挺不愉快的。不是他不愿意管,而是现在的事情确实不好管,哪个关口都得卡一卡,往往办一个人的事,不知道要欠多少人的情。

李青苹见他不说话,就说,你要是有难处就算了,我妹说了不让我为难你。

王祈隆说,不难,既然是小桃让你来的,不管多难,我也会帮你。你要愿意,就留在我这里吧!

李青苹立刻就答应了。

王祈隆对外说是他的一个远房表妹,他亲自去帮李青苹办的各种手续。由于他在市里的为人和影响,并没有费太大的周折。但开发区各部室的编制都是固定的,不好一下子调整,李青苹就暂时留在了办公室,也没有什么具体的事务。

王祈隆平时不爱回家,单位里给他准备的有宿舍,吃饭就在职工食堂吃。他和李青苹常常吃饭的时候在食堂碰面,碰见了就点头打个招呼,淡淡的,也不多说话。李青苹下班时间有时也会去王祈隆的办公室或者宿舍里坐一会儿,去了并没有多少话可说,有时就只坐一会儿就走。走了就留下一股子淡淡的馨香,女孩子身上独有的那种味道。有时也说话,随便说一些不着边际的事情。王祈隆办公室有一台电脑,经常闲着。李青苹也不客气,过去就摆弄那台电脑。后来她就把王祈隆也吸引到电脑前面来了。教他上网下载音乐,看新闻,后来还帮他进聊天室聊天。王祈隆很快就上了瘾,并给自己起了个网名,叫行者。

有时李青苹不在,王祈隆也单独和人聊。有一次对方是个女的,网名叫张曼玉。她介绍自己是一个刚分配了工作的大学毕业生,并且说自己刚踏入社会,希望交几个对自己的人生有所帮助的朋友。她说得很诚恳,王祈隆就有了一点感动。王祈隆是个很容易被感动的人,所以人家问他是干什么的时候,他就实话实说了自己的工作和年龄。张曼玉突然来了一句:爷爷,您这把年纪了还上网啊?

王祈隆觉得这话说的真黑色幽默,马上回敬道:爷爷还能折腾几天啊!要不抓住本世纪末最后几年的工夫潇洒走一回,让人家怎么夸我老当益壮啊!

张曼玉:老木不朽,尚可雕也。

王祈隆:也常常是聪明一时,糊涂一世啊!

张曼玉:哈哈,看来你还犯过惊天地,泣鬼神的错误?

王祈隆:我从头到尾就是个错误。

张曼玉:你错得最精彩的是什么事情?举例说明。

王祈隆:结婚。

张曼玉:这话俗了。再举。

王祈隆还是打上:结婚!!!!!!!!!

王祈隆这几句话说的都是心里话。张曼玉却只以为这个人实在是幽默,也放开了和他侃。她说:你非常可爱,再聊下去我怕会爱上你。你的生活里是不是缺乏第三者?

王祈隆:奇货可居。

张曼玉赤裸裸地回了:这话可以续成,直到遇见我。

王祈隆:孙女,再怎么着,爷爷还不会乱伦吧?

张曼玉:爷爷,现在已经到后同居时代了,你点一下头,今儿晚上就可以洞房花烛!

王祈隆本来只是老夫聊发少年狂,纯粹想开开心,却不留意被逼到了墙角。他不想再继续贫下去了,说,爷爷已经大喘气了,放爷爷一条生路吧!撇下张曼玉,撤退下来。

李青苹第二天来了,莫名其妙地告诉王祈隆说,网上的身份大部分都是假的,再三关照他千万不要上当。王祈隆觉得这姑娘实在是纯洁,我都四十多岁的人了,我要是不主动让别人上当,还有能让我上得了的当?但是他再看李青苹,突然起了疑心,她怎么知道自己上网和人聊天?他一个人再上网时又碰到过两次张曼玉,就不再和她答话。对方试了几次,也不再找他。

或许是自己多心了,但他还是不想跟李青苹做这种游戏。

时间长了,他和李青苹的话题就开始蔓延。有一次他问李青苹,你知道你妹妹当初在深圳是做什么工作的吗?

李青苹点点头说,知道,并且说,如果是我,我也会那样做。

说了就看王祈隆,反而把王祈隆看得局促起来。王祈隆想,这李青苹该怎样想像他和戴小桃的关系呢?开始还想着找个机会解释一下,后来想想也就算了。随她的便吧,她愿意怎么想就怎么想去!王祈隆问了这话之后,李青苹再去的时候,他忽然觉得自己和她好像近了一层。但她去得也不太勤,也许是怕人说王祈隆的闲话。李青苹非常懂事,很知道克制自己。她不去的时候,王祈隆就觉得那一天过得挺遗憾,仍然坐在窗前犯迷糊,可是心里却焦躁得像丢了东西似的。

王祈隆吃了晚饭爱出去散步,机关的院子西边傍着河堤有一条通向乡间的小路。王祈隆总是顺着那条小路走到田野里去。秋天的平原没有什么可看的,可那收割完的庄稼地却到处散发出成熟的香甜,像妇人身上的气息。田野到处都是褐黄色的,就连那神韵都像是一个丰乳肥臀的女人,王祈隆总是深深地呼吸那种气息。他闭上眼睛站在那里,宛如被一个妇人拥裹在怀。睁开眼睛,脚底下是一蓬蓬褪尽青色的秋草,仍然不甘寂寞地摇曳着最后的姿色。远处不断的有一两棵黄了叶子的树,有时是杨树,有时是柳树。一样的杏黄,一样的漂亮、飘逸,也像是妇人身上的装点。偶尔,有一两只鸟儿在头顶啁啾着划过。王祈隆看一会儿就醉了,在心里轻吟着唐诗宋词的句子,仿佛自己也走在了远古里。

李青苹好像也爱散步。李青苹出来散步的时候在小路上碰到过王祈隆一次,后来他们就经常在小路上碰见了。往往王祈隆出来的时候,一眼就看到了李青苹挺拔的身姿在远处立了等他。

两个人走到一起,有时说话,有时不说话。不说话的时候就那样无声无息地走,各想各的心事。有时候李青苹会突然变得活泼起来,给他讲一些上大学时的趣事,王祈隆就会回忆起自己读书时的时光。都是一样从那些相似经历中过来的,说起来就感到亲切,两个人的距离就又拉近了许多,年龄的差距好像也消失了。李青苹说话时的表情,还有她微笑时的样子都像极了她的孪生妹妹,有时候她一边说一边笑,王祈隆就会变得很痴迷,傻傻地看她。李青苹发现了就会绯红了脸,她只以为王祈隆是在看她。李青苹还说一些她小时候的事情,姐妹俩长得像,老师们分不清。妹妹叫红桃,老师常常对着青苹喊红桃,对着红桃喊青苹,她们也不分辩。有一次发预防药片,甜甜的像糖一样,老师给青苹发了两次,她不声张,把两片都吃了;红桃没有发,就一片都没有吃。就连爸妈都会搞错,青苹割猪草弄丢了草筐,妈妈却追着红桃要打。红桃小时候就厚道,替姐姐挨了打都不分辩。

王祈隆来情绪时也会跟李青苹说一些儿时的事情,他的奶奶,他当初大学毕业时的情形,他那时的孤独和寂寞,见到每一个人都诚惶诚恐的心态,还很激动地讲起他的老领导肖明远。肖明远现在已经退休了,身体不好,他经常去看他。王祈隆什么都说了,甚至说到了朋友给他介绍的对象有一个叫黄小凤的,可他从来没有说起过关于许彩霞的事情。他不说他的夫人,李青苹也不问,好像她是理解他的。王祈隆很愉快,他一辈子都没有这样和一个女人娓娓道来地说过话。他觉得上天安排这样一对姐妹与他相识,是在补偿他。

过去是妹妹告诉她这个男人好,现在是李青苹自己觉得这个男人好了。不知道什么地方好,反正就是好。其实王祈隆就像是一个被搁置起来的电脑软件,如果通过某个程序把他激活,他好像总能派生出许多东西。说到诗词,他出口成吟。说到绘画,他甚至对许多作品都如数家珍。说到音乐,更是他的拿手戏。他几乎什么都懂,什么都知道,面上却从来不显山不露水。她还奇怪,他做了这么多年的官,却不带一点官派,更像是一个邻家的大哥。

王祈隆是个正派的男人,李青苹也是个没有邪念的女人,他们的交往是非常纯洁的,但是并不妨碍他们相互喜欢。两个人在一起聊天,一起上网,一起快乐地散着步,这样的日子过得十分惬意。有时两个人走在小路上的时候,李青苹还会像头麋鹿一样不安分地跳跃着,让王祈隆既赏心又悦目。王祈隆微笑,她也微笑。有时走在没人的田埂上,她会很自然地挽住他的臂膀,有时还把头放在他的肩上靠一会儿。王祈隆被这样一个妙龄的女郎挽着,就不由自主地挺直了胸膛,仿佛他又回复到年轻的时光,又重新走在了十几年前的路上。而身边的伙伴就是他那时心仪着的姑娘,他们幸福地交谈着。

王祈隆有时想,如果当初他是和李青苹相识结婚,他现在的生活该会是什么样子?如果生活可以这样继续下去,他是不是就得

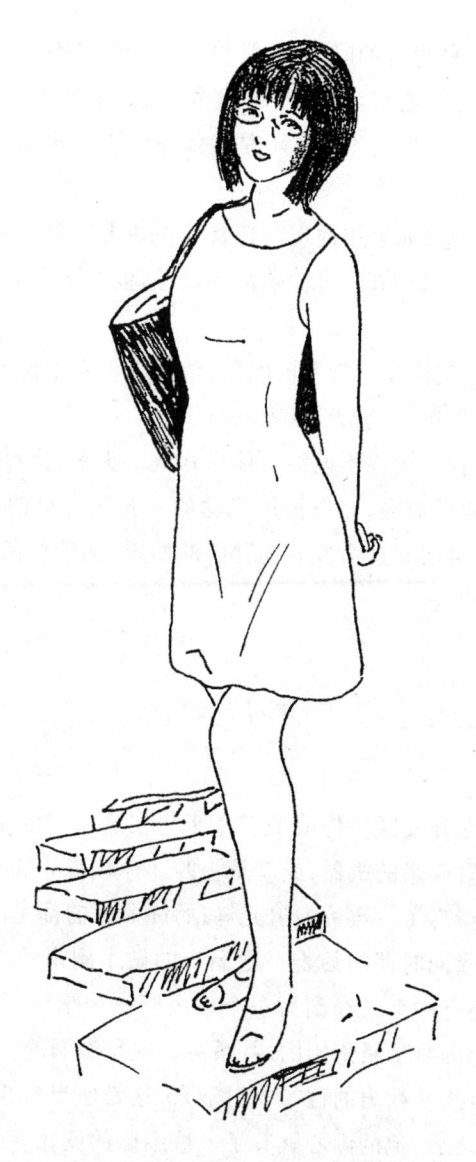

往往王祈隆出来的时候,一眼就看到了李青苹挺拔的身姿在远处立了等他。

到了幸福？这样想着的时候，他觉得自己心里咯噔一下，一种隐秘的情绪，被他勾了起来。就像一个将军，听到了号角声。他最近一直在想这个问题，他的生活是不是就像摊煎饼一样，就这样平铺直叙下去？

王祈隆又想，如果用他现在拥有的一切去换回他的青春，然后重新回到那种无奈无助，凄惶生涩的日子，他有没有勇气再走一回呢？

他把目光定格在李青苹的嘴巴上，如果李青苹说的一句话，能被三除尽，他就有勇气；否则，就没有。

但是，李青苹始终不说话。他只好低下头来，看着田野在他的脚下慢慢地向后退去，好像被风吹动的一张张发黄的书页。那时刻他好希望，自己和这个挽着他臂膀的姑娘，就是夹在书页里被做成标本的书签啊！

11

王祈隆在开发区一待就是三年半。在这段时间里，他完全像是一架被闲置起来的机器，或者是一匹卸掉鞍鞯的战马，他甚至已经被很多人遗忘了。政治的追光灯，始终照耀的都是前台。

与王祈隆同时期的县委书记们有的做了副市长，有的做了市委副书记，还有一个已经到另一个市去当市委书记了。在这三年半里，王祈隆的日子是悠闲的，甚至可以说是滋润的。王祈隆才四十出头的年纪，从权力的位子上退下来，这是他当初的设想。休整这一段时间之后，他的内心就有了一些细微的变化。

这种变化是养出来的，闲适不光养人的身体，也养人的思想。这点点滴滴，都生长在他的内心深处，外人是看不出来的，被他含而不露的假象给蒙蔽了。他是个正值壮年的男人，他从小受到的不是一般人的教养。他的奶奶从他知晓人事的时候就反复地告诉他,王祈隆从出世就注定不是个平凡的人物。他在随后的生活中已经验证了奶奶的预言。他不是个迷信的人,但也不是个彻底的唯物主义者。他相信在物质的背后,还有精神的本原存在,至于那是一种什么东西,又是说不明道不白的。

后来,人们议论起王祈隆那几年的经历,都是拿历史上那些大人物的隐居或者谪贬作为参照,说,王祈隆这个人,肯定谙熟为官之道在于以退为进,读了不少《厚黑学》之类的书。其实这都是外界的揣测罢了,王祈隆从来不读那些书,包括所谓的《领导科学》,他甚至看都不会看上一眼。有人说王祈隆的聪明才是真正的大聪明,轻松地就打了一个迂回战术,而别人为了完成那么一个阶梯的攀升,无不拼得遍体鳞伤。荣耀是成功者的战利品,但他们的暗伤却常年不能愈合,英雄泪都是洒在自己的床头的。所谓官场就是战场啊,在哪一个朝代,哪一种体制之下,终不会是坦途。王祈隆却几乎是不动声色地完成了同一级别的晋升。开发区同样是副地级的规格,他在这个岗位上三年的时间如果从政治的角度讲,完全没有虚度。他同样是在这样一个级别上走完了副职到正职所必须的过渡时间,而且又极大地降低了机会成本。

开发区在一个城市里,的确不是一个举足轻重的机构,但又是一个相对独立的小王国。那几年,正赶上中央大力倡导对外开放,吸引外资成了一个重大的课题。开发区的主要工作便是与外商谈判,或者举办对外招商的项目发布会,这就有更多的机会使王祈隆走出去,让他知道了外面的世界有多大。那个时候他才感觉到,一个县长对于他来说实在是小得可怜。他想到了奶奶眼神里的那种无奈和绝望。他的小富既安的满足是对奶奶毁灭性的打击,也是对奶奶那么多年教育和熏陶的背叛,那恰恰就是农民意识的集中表现。奶奶的城市不是一个一眼就能望到边的县城,也不是一个被稀稀拉拉的村庄包围着的中小城市。奶奶的城市永远在远方啊！那个远方,王祈隆在奶奶去后曾经走到过,也许他后来所去的远方是连奶奶都不能想象的远,但却是奶奶想让他去的。奶奶述说过的那些故事里的场面他完全都经见过了,奶奶故事里没有述说过的他也一一经见过了。奶奶是死得早了几年,奶奶要是能多活几年,她也许是可以少了许多失意的。王祈隆觉得他现在终于能感知奶奶的心境了。

刚刚从书记的位置上退下来时的"曾经沧海难为水"的感觉,在历史急流的冲刷下,慢慢地淡出了,取而代之的是越来越强烈地滋生出来的政治激情。他在基层领导岗位上历练过了,又在国际环境里经受了熏陶,王祈隆被千锤百炼的金身,终于可以重新披挂上阵了。当他以一个全新的角色再次走上政治前台的时候,已经基本上修炼成一个标准的绅士。他的确像是一个城里人了。

王祈隆提前半年多把李青苹派到深圳的办事处去了,等到他的机会来临的时候,人们已经差不多把那个姑娘给彻底忘记了。李青苹是他青春末尾的一个梦境,他早晚要从这个梦里醒过来,那里不是他的滞留之地。王祈隆自忖是和那女孩儿没有不清楚的地方,他因而也不想因为她而产生任何后遗症。他提前几个月就安排了这件事,他并不能预测到后来的事情,这更让人们认定他是不存私心杂念的。

只是可怜了那姑娘,已经是近三十岁的年龄了,却始终不谈婚嫁;此后又过了几年,仍然听说是未嫁。她算得上漂亮,在深圳那个地方,应该是有机会的。寻思起来,王祈隆也并不曾有半点对不起她的地方。但这似乎又是王祈隆心底的一个病灶。

历史在往前走,人也得往前走。

机遇几乎是突然而至的。这一年正逢地市级领导班子换届,省委组织部根据中央的精神,明确提出要充实一批第一学历本科以上、懂专业、年龄在四十五岁左右的干部,到地市的主要领导岗位上任职。省委组织部长田俊涛在全省组工会议上又特别强调,一定要优先考虑那些有基层工作经验的年轻后备干部。

这些条件几乎是为王祈隆量身定做的,也许就是这份文件,才又一次清醒地唤起了他的政治热情。当时的干部情况很复杂,要么是有基层工作经验,但是没学历;要么是有学历,但没有基层工作经验。王祈隆想,现在看来,他当初选择回到基层还是歪打正着,如果留在大学里教书,现在无非还是一个皓首穷经的书呆子罢了。

王祈隆以绝对优势击败了两个对手。

王祈隆没有想到,在他到开发区工作这几年里,政治气候已经发生了很大的变化,随着民主化程度的加快,在干部的使用上,也越来越复杂化。既要看民意推荐,还要看考核情况,透明度越高,竞争也越激烈。

阳城市长空缺,按照当时省委制订的条件,有三个人具有竞争力。一个是王祈隆,一个是乐州市委书记李东方,再一个就是阳城抓组织工作的市委副书记高蓝青。

高蓝青虽然年龄已经四十七岁,但省委文件上规定的是四十五岁"左右",应该说他的年龄也不是个大问题,可以适当放宽。对于高蓝青来说,这也是一次重要的机遇,甚至可以说是最后一次机遇了,所以他调动了一切力量,听说从省里一直活动到北京。若论了资历,能力,基层经验,他哪一点都是很不错的,尤其是他当经贸委主任期间,对企业改革推进力度比较大,曾经创造了"阳城经验",被省委省政府向全省推广,在省里来讲应该是挂了号的。

高蓝青的推荐和考核情况都不错。最后在省委常委会研究公示的时候,田俊涛提出,年龄虽然不一定要卡得非常死,但是我们这次换届的大原则是要求第一学历是本科生。省委组织部干部处长是作为考核组长列席会议的,他说,高蓝青第一学历是阳城师范,本科是函授取得,修的是党政管理,专业性不够强,这个大家异议比较多。

对特别优秀的,学历也可以适当放宽嘛!要讲学历,但不能惟学历。一个主要领导插话说。

是的,这个我们在讨论的时候,也充分考虑到了。只是,田俊涛喝了一口水,沉吟了一下说,考核中间有同志反映,他自己把要当市长的话都提前说出去了,说是他托了中央的人,已经跟省里主要领导都打过招呼了。

田俊涛说完,主要领导们都面面相觑,做出一副困惑的表情,好像是说,给谁打了招呼?

田俊涛又说,组织部对这个问题很重视,我们的意见是,考虑到使用干部的严肃性,先搁置一下,等有机会再说。这样不至于在干部队伍中造成不好的影响,也不至于影响省委的形象。

常委们谁也不再说什么,都不想承担"打过招呼"的后果。

乐州虽然是个副地级市,但市委书记李东方已经干了五年,政绩也不错。不说经济增长,单是看城市面貌的变化,已经非常有说服力。全国园林城市全省才两个,小乐州就是其中之一。李东方想,如果省委就是按照凭政绩用干部的原则,无论如何也该考虑到他了。李东方盯的也是阳城市长这个位子。李东方年轻,比王祈隆还小两岁,又是大学本科毕业,专业是经济管理。据说李东方与省委组织部长田俊涛的私交还是不错的,他们两个前年还一起出过国。李东方逢年过节都到田部长家里走动,说话办事极是随便。

考核还没有开始,李东方那里却出了点事,有人写信反映他有作风问题。李东方自己坐不住了,跑去见田俊涛部长。部长笑着问他,事情是真的假的?

李东方如实说,真的。

部长说,既然吃了这碗饭,你还不谨慎些?

李东方说,时间长了,年轻时的事,有感情了,不好断啊!

部长说,也是,都是感情动物。

李东方说,我不想让你为难。但如果有机会,我还是希望你能拦给我拦一下。

部长说,请你相信组织,也相信我吧!

省委研究干部的时候,组织部是把李东方作为天金集团的党委书记兼董事长汇报上来的。天金集团是省里的一个以医药生产为主的国有企业,十年里换了十三任领导,从丹麦引进的维生素C生产线,花了十四个多亿,一片药都没生产出来。干部职工常常到省政府上访,企业眼看着要垮掉。这个企业是省委省政府的一块心病,组织部把李东方提出来,常委们一致觉得这个人选得好。

田俊涛在跟李东方谈话的时候开玩笑地说,省委可是期望你的药厂能生产出来"东方不败"啊!

王祈隆走马上任了。他自己都没有想到,事隔二十年,他会再来阳城,而且做了这个城市的父母官。

报到的当天晚上,他开着车围着城市兜了一圈儿。物是人非,过去的点点滴滴又涌上心头,让他禁不住长吁短叹。借着酒意,他跟陪着他的政府秘书长说,我第一次到阳城是上大学的时候在这里中转火车,整整在火车站外面的广场上坐了一夜,举目无亲啊!第二次来阳城,是大学毕业来报到,为了找一个便宜的宾馆,在街上走了三个多小时。

秘书长说,天将降大任于斯人嘛!

还有堵在喉咙口的东西,王祈隆没说,他也不能说。那些浪漫和忧伤,是他和这个城市最早的交手,那时候他被这个城市压迫着,生存在狭小的空间里,有时候甚至连抬头的地方都没有。一切都过去了,但是,一切都过不去。

说实在的,王祈隆还是有一些担忧的。黄小凤已经嫁了,可能自觉不是什么光彩的事情,倒是从来没有找过他。而那许彩霞的前公公,在区划不久就调到省政协工作,全家都搬到了省城。王祈隆上任一段时间后,退了休的农业局人事科长老张却找了来,要王祈隆帮他解决孙子的工作。王祈隆二话没说就打电话交办了。老张再来见王市长,王祈隆就问他,见我这市长是不是比见咱们局长还容易啊?

老张就笑了说,二十年前我就看出来了,您必定是有大出息的!

王祈隆大笑道,原来你埋的还有伏笔。怪不得我在你那里候旨,你不让我随便站起来呢!

老张想了想那个两手拘谨地合在膝盖上,看见谁进来就诚惶诚恐地站起来的大学生王祈隆,和这个谈笑风生然而官气逼人的王祈隆,才悟到"三十年河东,三十年河西"这句话所具有的暗处的力量。

王祈隆定了一个规矩,凡是跟他在一起工作过的同志来找,一律不准挡驾。他不带秘书和任何工作人员,专门去了农校一次。农校的领导们接了通知市长要来看学校,激动得都有些诚惶诚恐了,从建校算起这几十年来,没有一个市长来看过农校。全体教职员工提前忙活了整整一天,王祈隆过去只看了半个小时。旧地重温,酸甜苦辣的感受在脸上一点都没有反映出来。那些老房子有一部分还在,前面两排却是拆了,改建了一座小楼。虽然新建筑不少但看上去却大不如从前,至少是没有了过去的那种勃勃的生机。树少了,草也少了,空地上都荒落着。校长说,生源是一年不如一年了,财政拨款越来越少,基本靠学校自己筹措资金运转。招收的学生基本上全部是农村的孩子,按国家规定的标准收费都已经很困难了。

王祈隆说,资金我可以先给协调一部分,但不是长远之计。我们农校就是面对农村的,要在"农"字上下功夫,实在不行就把不适应的专业改了,不改,农校是没有出路的。政府工作下一步要专门研究农业问题,可以把农校的问题一并解决了。但你们也要两条腿走路,光靠政府可不行。

王祈隆市长的话,一下子让农校的员工看到了希望,大家七嘴八舌地给市长提建议。

学校里的一些老人,退的退了,走的走了,基本上都是新人了。小彭调回了老家去;小李还在,现在是农校的教务科长。

看见王祈隆来,小李站在众人的身后,说话也不是,不说话也不是。王祈隆过去拉了他的手说,小李,我们可是共过患难的老战友了,知道我回来,你怎么不去找我?说着就把名片掏出来交给小李。走的时候,他已经拉开了车门,又折了回来,跟小李把名片要过来,把住室的电话号码写上后才交给他。小李本来心里是打着鼓的,现在却在众人面前平白得了这么大的殊荣,激动得都说不出话来了。市长走了老半天他才说,实际上王祈隆当年在学校里的时候,就是一个心地平和又宽容的人。说完了又兀自感叹,德行好的人,还是有好结果啊!

农校后来在王祈隆市长的关心下,调整了专业,并且并入了阳城大学,生源和经费都宽松了许多。学校领导知道小李和市长是老关系,刻意地举荐他,小李后来也升了副处级。

同原来王祈隆刚刚出任县长时不一样的是,他现在的环境是比较宽松的。市委书记宋文举已经五十七岁了,再怎么干也是一届。宋文举最高的期望就是他在任期内不出问题,换届时能平安着陆,到省人大或者省政协提个副职,他的人生也就圆满了。王祈隆凡事皆去征求他的意见,从里到外都透着谦虚和诚恳。王祈隆是真心的,他的真心一旦经过了宋文举那双老透视仪的检验,立马就出了结果。宋文举每次都大度地告诉他,你就尽管放心大胆地干吧,年轻人要的就是魄力,我当老大哥的在后面给你出个主意,出了问题有我一份呢!王祈隆当然明白,有了成绩才有他的一份呢。宋文举一直听说王祈隆和省委组织部的田部长不是一般的关系,可王祈隆从来都没有过任何表露,这更说明这小子的城府极深,越加不可小觑。宋文举干了那么多年,哪里会不知道,如果没有根基,这样的位置何曾轮得上他!更主要的是他为自己的后路考虑,按照惯例,市长是要接书记的班,他不想在自己走后让人翻他的旧账,他明白王祈隆在阳城是要干几年的,他何苦毁掉自己盘桓了多年的根据地。而且,他们两个团结得越好,他走得越稳当。何况王祈隆又是这样的诚恳和谦虚,什么事情不都还是他说了算呢!所以他在工作上就特别放手。

　　王祈隆上任后,阳城正面临着极大的危机。他召开政府常务会议,大致听了一下工作,就到基层搞调研去了,这一下去就是两个月。在这两个月里,他没再听过任何一次工作汇报,也没召开过任何类型的大会,更不出台什么新举措。他翻了一下原来的政府会议文件和领导讲话,光工作指导思想,就可以写一本书,工作思路更是新奇的不得了。但关键问题是,没人抓落实。两个月后,他总结了阳城面临的危机,就是四个字:天灾人祸。

　　跟宋书记交换了意见之后,他召开干部大会,破解了这四个字。

　　所谓天灾,他说,就是我们面临的自然环境和社会环境的挑战。阳城缺水,又加上连续三年干旱,农民的收入急剧减少,城市市民的吃水问题都没有保证,很多市民半夜起来接水吃,这哪里像个城市啊!我们的企业,都是计划经济时代留下来的,在新的形势面前固步自封,生产难以为继,工人的工资都发不下来,很多老工人给我写信说,王市长啊,我们什么都不要求,就想吃饱饭!这个要求不高哇。我看了脸红,心里更难受。

　　所谓人祸,就是我们陈旧的观念在扼杀我们。我们和周围的城市面临的机遇是一样的,政策也是一样的,为什么人家发展上去了,我们却一步一步往后退?我们总是想着,我们是老城市,曾经是都城,我们的资格比人家老,我们应该比人家发展好。老大思想在作祟，谁都看不起，等于是把周围可以利用的资源都抛弃了。我下去调研，听说这样一件事，我们的一个老企业，已经濒临倒闭了。后来宋书记牵线，引过来一家民营企业兼并。当时企业炸了锅，有些老工人痛哭流涕，说，我们这是丧权辱国啊！号召工人起来砸毁设备，抵制兼并，结果把人家给赶走了。这些老工人的心情我理解，这些企业都是他们一砖一瓦垒起来的，心理承受不了被一家民营企业兼并，可现在企业生产都在国际间分工合作了，我们在不同所有制间的合作都搞不好，企业还会有什么希望？不是看着它等死吗？

这次干部大会，等于是王祈隆的就职演说。虽然没有豪言壮语，但句句字字都抓住了人心，也抓住了问题的本质。王祈隆想，虽然改变一个地方的面貌，不是靠一次两次大会能够解决问题的，但总要有个开始。而且一旦开始，就不能刹车。

王祈隆认为，要想触动群众的思想，必须先从解决热点和难点问题入手，让群众看到新政府的新作为。眼下又快到夏季了，群众最关心的就是生活用水。这个城市历史上就缺水，只是过去人口发展比较慢，吃水问题不那么突出。随着城区面积的增加，人口急剧膨胀，吃水问题成了燃眉之急。高峰的时候，要靠几十辆洒水车昼夜不停地从几十公里外往这里运水。

但是，改造城市的供水系统也不是一句话。这个城市的供水系统还是五十年代末建的，那个时候王祈隆还没出生。如果动这个工程，势必要涉及到整个城市的改造。过去的几任政府，论证了之后，也就是在这个问题上打住车的。

王祈隆跟市委建议，必须在旧城改造上下大功夫，这样一方面可以整合资源，达到优势互补，另外一方面还可以按照把城市当做商品经营的路子，政府不但不欠账，甚至还可以收回一部分投资。比如，可以把拆迁了的土地拍卖，吸引外资来改造城市，还可以对城市的线路管网实行有偿使用,使政府的资源达到最优化配置。原来的旧街道极狭窄,但是很多古建筑是国家重点保护文物,不能动。王祈隆就建议把这些街道修整改成步行街,繁荣三产。可以拆迁的地方,先拍卖再拆迁,这样就可以利用社会资金办政府的事情。有的需要修缮的古迹,既可以向上跑专项资金,还可以拍卖广告使用权,用远期的收益解决资金不足。

　　市委常委会听了王祈隆的一整套方案,非常满意。这是他两个月来沉下基层的结果。宋书记在最后总结的时候动情地说,观念也是生产力啊! 王祈隆市长谈这些问题,没有一个是新问题,过去我们议到这些问题,都是说困难,说来说去就是一大堆困难缠绕在那里,谁都不愿意去解决。现在我们看到了解决问题的办法了,实践证明,只要我们开动脑筋,办法总比困难多!

　　王祈隆雷厉风行说干就干,他把指挥部就设在市城建委。城建委主任孟凡虎是个拿得起放得下的人物,他和王祈隆很有些投缘,他也是在县里干过几年县长的。王祈隆想法大致说一下,老孟马上就能领会,而且能创造性地发挥,活干出来有时候比王祈隆想到的还要好,并且,还能省下很多投资。

　　孟凡虎经常带了人去别的城市参观,回来给王祈隆出了不少好主意。老孟除了带回主意,偶尔也带一些雅致的东西回来。有时是一把宜兴小紫砂壶,有时候是一件江南人收藏的古董字画。王祈隆不喜欢把上下级的关系庸俗化,有人送他钱物或者生活用品,他都想办法退了回去,退了几次就有人骂他不近人情。可是他确实是不想让他的工作中介入更多的私人交情,这些事情让他很有一些苦恼。实际上他不是生活在真空里,有时他到上面走动,也需要送一些小东西联络一下感情,所以古董字画之类的这些比较有文化品位的东西,他还是择人择物收下了一些。而且他知道,老孟这个人不是为了笼络他,仅仅是觉得两个人比较合得来。这也是他表达感情的一种方式,他若是退了,他和老孟之间的默契就会失去的。老孟兴冲冲地拿回来给他,他也就大咧咧地接了,只当是件小玩意,然后再回送老孟一些其他的。老孟也接了,反而觉得王祈隆对他是很信任的。王祈隆建立了许多像孟凡虎这样的关系,这是他在这个城市立足的基础,也是他在县里多年总结出来的官场经验。贪官不能做,清官也不是好做的啊!

孟凡虎虽然同上级领导的关系搞得很不错,但班子内部却有一些矛盾。他说话办事果断,但也武断,常常就把别的副职的权限给忽略了。

在工程的关键时期,有人举报孟凡虎在修整地下管道的账目上有问题,有十万元钱是做的假账。举报人用的是假名,王祈隆竭力说服宋文举不查,怕影响正在节骨眼上的工程。宋文举当时很犹豫,从内心里讲,他是不愿意让查的。一来孟凡虎同市里许多老领导的关系都不错,许多人都过来说情,查了不利于工作。二来他知道孟凡虎和王祈隆的关系不错,怕影响班子的团结。但市委副书记高蓝青却力主要查,说查一个案件,并不是要收拾我们的干部,有时候等于给我们的干部洗洗身子。如果不查的话,市委怎么去说服举报的群众?

要说高蓝青过去和孟凡虎关系也不错,他现在有点看不上孟凡虎跟新市长的亲密关系。地下管道是这次王祈隆送水工程的重点项目,里面说不定真会有大问题。高蓝青这样提出来,虽然大家心里都明白项庄舞剑意在沛公,但由于理由很充分,宋文举和王祈隆都没有什么可说的,只好委托高蓝青牵头查。

纪检委把孟凡虎给"双规"了。工程说是不能停,事实上也进行不下去了。今天把这个喊去问情况,明天又把账目提去了,闹得人心惶惶。孟凡虎一口咬定,对账目的事情他一概不知,他不可能连每一笔账目都看。会计人员也说没有问题。查了一个多月,账面上根本看不出什么问题。纪检委的同志接到授意,要往下面延伸,到城建委现场办公,发动下面的同志提供情况。调查来调查去,大家反倒谈出了孟主任许多工程上的节俭之处。有个老财务人员说,过去市里维修一条道路就得个三两百万。现在改造地下管道,这么大的工程还没有过去花费大。各项费用在孟主任心里好像都有本账,支出卡得很死,可能是得罪了一些人。还有些同志说得更难听,我们的送水工程是民心工程、德政工程,很多市民都自发地往工地上送茶送水,大家都盼望着早一天用上水。你们天天在这里查来查去,不是在鸡蛋里头挑骨头吗?

调查组的人两面受气,但又不好罢手,就翻来覆去地查,在一些细枝末节上做文章。最后,查出了老孟在省会请吃一次饭,竟然花了一万多元。就这一条就可以给他纪律处分,以此为鉴,刹一刹当下的吃喝风。事情端到了常委会上,高蓝青副书记提出来,像城建委这些权力部门,滥花国家的钱财,触目惊心。就这一顿饭,可以救济多少个失学的孩子?按我们市农民平均收入算,相当于五个农民一年的收入!我们在座的都是农民的孩子,如果我们不刹住这个歪风,怎么对得起我们的祖先?他说得慷慨激昂,义愤填膺。

高书记发言之后,大家都不好表态。宋文举就把球踢给了王祈隆。他回头问王祈隆,你看这件事儿怎么处理?

王祈隆说,如果要是纯粹的公款吃喝,我看还是要严肃处理。但是,就这个问题而言,还是要先弄清楚钱花在什么地方。既不要放过一个坏人,也不能冤枉一个好人。

他扭头看了一下常务副市长,问道,老陈,我们四大班子一年的吃喝招待费是多少?

陈副市长说,去年是二百三十万,今年要突破这个数,不会低于三百万。

王祈隆说,那么,你算算,相当于多少个农民的平均收入?

陈副市长答道,相当于一千多个农民的收入吧。

那么,我们四大班子领导总共有多少人?平均每人要花多少钱?

陈副市长看看高蓝青,又看看他和宋文举,苦笑着摇摇头。

王祈隆说,就我所知,老孟花的这笔钱,是我们请分管城建的省长和省建设厅的同志吃饭花的,当时我还跟宋书记通电话请他去,结果他有其他事情没去成。就这一顿饭,为我们市争取了八千万的自来水管网的改造资金,这一笔资金,加上我们自筹的,完全可以使我们全市人民彻底解决吃水问题。这个账谁替老百姓算过?老百姓没水吃没人管,有人负责给老百姓解决用水问题了,还要求这个人是个完人,大家想想这是什么道理?如果要处理干部,就应该先处理宋书记和我,老孟同志不过是具体办事的同志,和他有什么关系?

见王祈隆找到了台阶,宋文举也顺着说,祈隆同志说的这个问题,我看非常重要。我们天天大会小会讲,要"跑步进厅,跑步进京",争取上面的资金和项目。凡是跑资金和项目花的钱,不但不查,还有重奖。可一落实到具体问题上,就寸步难行了,这说明我们的思想观念还是有问题啊!孟凡虎同志的作为,是为我们其他干部做了一个好榜样!

孟凡虎出来了,仍然当他的城建委主任。他跟王祈隆说,王市长,你记错了,我们那次请人家省长和建设厅长吃饭,是建设厅埋的单,我们俩都喝醉了。

王祈隆说,是啊是啊!我就是喝醉了嘛,什么都记不住了。不然我会那样说?

"王副市长"是王祈隆的司机,王祈隆不要秘书,只要一个司机跟着。司机整天夹了市长的公文包,穿得人五人六的像个干部似的,经常出入一些重要场所,被人戏称为"王副市长"。"王副市长"常常借着市长的名义,在下属的一些单位办点个人的私事。有人看不下去,反映到王祈隆这里,建议王祈隆换了他。王祈隆说,人哪有没毛病的？给领导当司机没有个黑天白日的，一个人干两人的活儿，挺不容易的。如果连这点毛病就换他，谁还敢给我开车？"王副市长"知道了王祈隆的话，从此却自觉收敛了许多，说话办事也渐渐有板眼起来。有人开他玩笑，他就说，跟着好领导，哪能不学好啊！

"王副市长"过去也跟宋文举开过一段时间车，有时他就会在王祈隆面前说一些旧事。比如，宋文举和省里某副书记关系很亲密，他们有时到省里去，就是为了拉那书记出去消遣。他拉他们听过戏，洗过桑拿，两个书记都带着大墨镜什么的。

第一次王祈隆听了，只是笑笑，什么都没说。后来他又说，王祈隆笑道：王副市长，人家宋书记待你不薄啊！这事儿让他夫人知道了，还不得把他整趴下？到时候你可是得吃不完兜着走。

小王听出市长是在批评他，忙说，我没有其他意思，只是觉得你是个信得过的领导，才敢在你面前胡说。其他人，包括我老婆，用老虎钳也撬不开我的嘴！

从此之后，小王再也没有出去胡说过。王祈隆却不提防他，只管在他面前该怎么着怎么着，显得对他格外放心。

有一次在省里开了会，小王非要拉王祈隆去一趟嵩山少林寺。王祈隆说，去那里干吗？小王神秘地笑了笑说，就听我一次建议吧！到了之后小王说，这里有个和尚会相面，听说很多大人物都是他给看过的。

王祈隆也笑了问，那些大人物是看过之后才变大的，还是变大以后才过来看的？

小王说，那谁知道？咱既来之，则安之吧！看了再说。

王祈隆说，那你看过没有？

小王说，我不看，再看不还是个司机！

王祈隆说，也说不定呢！这次还是你先看看吧！

和尚先给小王看了，说，你可是个干部，而且往后会官运亨通。

小王忙说,不准。不准。

王祈隆笑着说,也说不定呢!

和尚又给王祈隆看,他说,先生你的根基可不在此地啊,可你一辈子却很难出这个圈。你心太良善,人不够狠,做官也不会有太大的出路!

王祈隆很虔敬地问和尚:师傅,还能不能有变?

和尚说,很难。

再往细里问,就什么都不说了。

王祈隆给那和尚很重的一份礼。出了门,小王就骂道,疯和尚,简直是胡扯八道!王祈隆打趣道,人家干这一份工作也不容易,坐那儿看半天,看着人家的脸说话,还免不了常挨你这样的骂。

小王说,王市长,今天算我失职,我请你洗头你敢不敢去?

王祈隆说,嗨!不就是洗头嘛!

小王说,不是怕你不去嘛!

王祈隆笑了笑说,去就去呗!不过,要是传出去,你是主犯,我可是胁从啊!

小王说,这算什么?你没有听人说过吗?民族英雄戚继光还曾给当时正在实行改革的权相张居正偷偷送过人情呢。你知道送的什么吗?

不知道。

春药。

王祈隆忍不住笑起来,说,你小子平时不注意学习,对权术倒是挺有研究的啊!

12

王祈隆当上市长以后,许彩霞理所当然地成了市长夫人。当了市长夫人的许彩霞懂得包装自己了,她好像是突然之间开了窍。丈夫经常不在家,儿子住学校,她闲着也是闲着,就得想办法给自己找一些事情做。开始是悄悄的,还怕丈夫责备她老来俏。她这才是自作多情了,凭她怎么摆弄,王祈隆根本就没有什么反应,她就越发恣肆起来。其实,那王祈隆也未必是看不见,看见了只当是看不见。这样一个女人,你还能指望她怎么样?她能把自己弄得整齐一些,也算是老天开眼了。

许彩霞开始只是去洗头发,让小姐们给她敲敲头捏捏背,后来这些靠这挣钱的女孩儿就劝她做美容。那些小姐们了解了她的身份以后,知道她们遇到了一条大鱼,她们不动声色地在许彩霞周围摆兵布阵,几个回合下来,就让她束手就擒了。她们让许彩霞知道,某某的太太如此光鲜,某某的太太好像突然焕发了青春,无一不是她们的杰作。这让许彩霞豁然中开,她觉得自己还不老,而且原本也不比谁谁差,如果论身份就更没人可比了。活了几十年许彩霞才明白,其实生活就像她第一次跨进专员家看到的那样,尽管有好多的门,可她根本没去打开。

一旦进入这个门槛,许彩霞才知道里面是如此的美妙。她发现自己的脸竟然真的给她们洗白了,洗嫩乎了。这让许彩霞走火入魔般地迷上了美容,并且现身说法,到处称赞做护理的绝妙。就像一个原本不懂得宗教的人,突然信了教,反倒是比那些老资格的信徒更虔诚。许彩霞定时定点去做,而且在化妆品上也渐渐入了门道。开始是人家介绍给她,后来是她自己看到什么贵的,新的,总忍不住买了试一试。慢慢的,她居然也熟悉了几个有名的牌子,像兰蔻,资生堂,CD,仙妮蕾德什么的,她过去听都没听过的品名,现在都在她的坤包里活跃着,不断地碰击出一些让人年轻的声音来。

许彩霞自我感觉渐渐好起来,见到的人都夸奖她。她自己也觉得变年轻了。

美容有了成效,就有人指点她去美体。去了之后,她才知道所谓美体就是洗澡。不过洗澡也是有那么多的名堂的。先是洗木桶浴,硕大的一只木桶,里面放满了热水,水里放了玫瑰花瓣和鲸油,把个身子泡得软乎乎滑溜溜的,自己摸着都舒服。泡了出来再去蒸桑拿,再怎么疲惫的身子,进到桑拿房里蒸一蒸,出一身透汗,出来就变得倍儿精神。

脸上身上的皮肤都弄妥帖了,就去整头发。谁知道弄头发的学问更大,就整一次头发,价钱从二十元可以一直延伸到两千元。听说梦巴黎请了一个法国的师傅,做一次头发竟要四千八百元!许彩霞合计之后,还是舍不得,就请同事牵线,找一个手艺好价格低的理发师傅做了。许彩霞头发厚,留了很多年的辫子,后来辫子剪短了,也烫一烫,随便地拢在脑后,从未想过还有什么花样。师傅在电脑上拉出一些模特,让许彩霞看了半天。许彩霞看看都说好。那师傅就替她做了颜色,把前面的刘海整一整,后面盘起一个别致的髻子。干干净净的,一下子就成了一个有几分风度的尊贵夫人了。

其实,有什么样的风度,这些外在的修整还不是最主要的,重要的是许彩霞从内里把自己给武装了。

她许彩霞现在不再是一个没有文化的家庭妇女,她也不再是一个被王祈隆顺手拣来的傻老婆(王祈隆都没有舍弃她,谁人还敢提起那段历史?),她甚至不再是一个普通的机关工作人员。她在机关里的确是没有职务的,但王祈隆的职务就是她的职务,就是那些局长科长什么的,哪一个还都不得对她敬三分让三分啊!而且非常有意思的是,她不但不是普通的许彩霞,而且还是个隐姓埋名的王彩霞了。几乎没人知道她叫什么名字了,谁都知道她是王祈隆市长的老婆!对于这个城市的许多人来说,他们知道她是市长的老婆,这就足够了。

许彩霞到什么地方去,要做什么事情,自然不用再亮自己的身份。她一露面,立刻就会有人热情百倍地为她服务。实际上她哪能记住这些人是谁?就是记住了,对她是热情还是怠慢,又能如何!其实这些道理她明白,那些甘心为她服务的人的心里也同样明白,没有人逼迫他们这样做。他们往往瞧不起别人装孙子,但轮到他们自己的时候,那一副孙子相立马就现出来了。为了补偿自己,也许许彩霞一转身,他们就会跳着脚在后面骂市长和夫人的爹娘老子。可骂归骂,完了仍然是忍不住要对人家殷勤的。

许彩霞的身份感是被那些大小人物一点点地捧出来的,是被热水一点点泡出来的,是被理发师傅一剪子一剪子地铰出来的。是这个让她自始至终都不十分明了的社会造就了她。

许彩霞活到四十多岁上才知道了什么是尊严,也明白了权力是如此的让她受用。她明白的也许是太晚了一点,但是一旦明白了,她就会走到另一个极端,就会刻意地使用它。就像一个从最下层的工人一步步爬升到工头的人,让他管理起工人来,反倒比一直做工头的人更加毒辣。

许彩霞不会笑了,开始只是对外人,后来是熟人,再后来连自己娘家人也算进去了。王祈隆那里她自然是不敢的,儿子是一种特殊的情况。但是同自己的父母说话,她也是常常皱着眉头。爹和娘太无知,见过的世面太少,毕竟是农民啊!若不是因为她这个闺女,他们一辈子能听说市长几次?现在他们的闺女可是常常(她自己得承认是常常而不是天天)和市长睡觉过日子了。许支书当了几十年的村干部,也算是见过场面的了,年轻时可从来是说一不二的人物,他并没曾想过老年要享闺女的福。可福气来了,他是不会拒绝的。恨不得满世界的人都为了他的闺女羡慕他,奉承他。闺女成了他的荣耀,对闺女的话他自然是百倍地恭顺。许彩霞回娘家一回,吃饭都是要坐上首的。任谁说话,都要看着她的脸色,就这样还是时不时地会遭到呵斥。她爱她的父母,也关心她的家人,但她不允许他们冒犯她。她现在已经学会用城里人的眼光来看家里人。她对农村的那道门槛，已经渐渐地立了起来，也渐渐地高了起来。

弟弟许老虎的儿子许小虎长到十七岁，满共才和爷爷一起去过姑姑家里没几次。而且每一次去，都没有得到过姑姑的好脸色，从头到尾都是责备。不好好学习了，不下力气了，好吃懒做了。许家就这么一颗种子，什么毛病还不都是大人惯下来的。姑姑这样的话，要是在家里，甭说爹和妈，就是爷奶奶说出来，他听不顺了也是要翻脸的。可在姑姑这里他不敢，说什么都得听着。甚至姑姑的呵斥，他们听着都是关怀，如果有一次她没发几句牢骚，他们一家人就失落得什么似的，觉得姑姑不再关心他们了。他们有想头，想让姑姑在城里给许小虎安排个工作。其实这个事情，许彩霞比他们还着急，这几乎成了她的一块心病。可是，只能是怪这个孩子自己太不争气，初中都没毕业，甚至连小学的底子都没有夯实。她能让他出来干什么工作？脏活重活许彩霞不忍心让他干，那些轻松的有脸面的工作，连大学毕业的都摊不上，哪里轮得上他这样不学无术的？再说了，让他干，他哪里能干得了？况且她也并不敢跟王祈隆提起侄子的事情。硬说是不管，弟弟和爹娘面前说不过去，要管吧，又无从下手。所以这成了一个死结，提起来就让她心烦。每回见了，只有向他们发火，用不争气这支矛去攻他们的盾，让他们自己不好意思直截了当地提出来，拖一天算一天。

事情也合着是该不痛快，王祈隆整整半个月都没有回家了。在回不回家的事情上，王祈隆是绝对自由的，许彩霞从来屁都不敢放一个。许彩霞不敢说，可又不能不让自己心情不好。过去没有地位的时候，她从来没有心情不好过，要有也是很快就会过去。而现在有了地位和尊严之后，她却常常心情不好了。要说许彩霞现在有了身份，有了尊严，有了好的消闲享乐，她不需要为生活的任何一个方面担忧，更不用说去奔波劳顿。一切都是有人安排好的，这费心为她安排的当然不会是王祈隆,王祈隆甚至不曾打过一个招呼。许彩霞什么心都不操,她没想到的都会有人替她想到,她尽可以坐享其成。许彩霞的生活是安逸的,优越的。可恰恰是这种安逸和优越,培养出了她前所未有的虚空,她常常觉得面前什么都是空的。是这种虚空的抓不住的感觉使她有了不好的心情。

侄子许小虎来的那一日,正赶上许彩霞犯"心情"。

那天许彩霞正想午睡,在床上酝酿了半天情绪,好不容易有了点儿睡意,就听到了劈劈啪啪的敲门声。这毫无礼貌的敲门声让她十分愤怒。这个敲门的人,不是无知,就是大胆。哪有这样肆无忌惮的!待她打开门来,看到的却是侄子许小虎,她不由得怒从心起,劈面就来了一句,你来干什么?

许小虎虽然学习上同他爹当年一样,不上路,处事上可比他爹的脑袋瓜子要活络得多。许小虎说,我想你了姑姑,爷爷奶奶也挂牵你,他们让我来看看。

许彩霞在心里算了一下,她整天只顾着忙些修身洗面的事情,已经有好几个月没有回过娘家了。过去儿子小的时候,只要抽出一点时间,挤公共汽车她都要回乡下住几天。好像过一段时间不闻闻家里的柴火味儿,她就会窒息一样。现在她有足够的时间,有人给她派车,她回家去的时候却是越来越少了。有时候回一趟家简直像是探视病号,把带来的东西往家里一放,饭都不吃就赶着走了。想一想刚才对侄子那态度,她心里不免有点愧疚。

许彩霞对侄子虽然仍板着脸,可态度好了一点。让他进屋,拿了点心吃食给他,又开了饮料让他放开喝。这许小虎说话大大气气的,神态活脱当年的许支书。奶奶说这是隔辈传,不随爹随爷。许彩霞看着他大吃二喝,心里也是热热的。毕竟侄子是骨血,哪有当姑姑的不亲的道理。可从她嘴里说出来的关心的话,却又变成了严肃的训诫。

你弟比你还小两岁,都知道用功念书,你看看你像不像个二流子!

　　我表弟过的什么日子?我过的什么日子?能比吗?许小虎这句话是在心里叹着的,他那会儿正在看表弟那张挂在墙上的大照片,穿迷彩服,骑着大摩托车,戴了头盔和墨镜。许小虎来时还拣了姑姑给他带回去的表弟的夹克衫穿了,把自己打扮得以为很有城市派头。看看满墙挂的表弟的那些照片,他觉得自己土得就像个鳖。

　　你都十七了,我和你这般大的时候都快成家了。回去再不要胡闹,有时间多看点书,学点本事。

　　知道了,姑。

　　要孝敬你爹妈,还有你爷奶奶。他们整天家里地里的忙,还得伺候你,容易吗?

　　知道了,姑。

　　知道了吃饱就回去,省得一个人出来他们不放心。

　　他们放心,我出来是爷爷奶奶送我的。

　　放心也不行。我这一天到晚忙的,哪里有时间照顾你?

　　我不要人照顾。我自己能照顾自己。

　　小孩子家怎么就这么不听话?你爹当年可不是你这样的!

　　我爹?他每次提起城里人来都要骂八辈儿。许小虎的这句话又是在心里说的,嘴里可没敢。许彩霞见他没有接这茬儿,还以为侄子已经顺从了。

　　我忙,你姑父更忙,他待会下班回来还要休息。家里可没人陪你。她从包里掏出来二百块钱,都是崭新的票子,拍在许小虎面前。看都没看侄子,说,你吃饱了就回去吧。

　　许小虎哽住了,一嘴火腿肠塞在嘴里,咽也不是,吐也不是。他的脸涨红起来,他的脖子伸了几伸,但又低下头去,到底什么都没说。许小虎那一会儿非常想英雄一回,他不要那钱。或者他接了那钱摔在地上,大声对他姑姑说,他再也不登她的门了!

许小虎什么都没有说,他用指头夹了钱,随意地塞在上衣口袋里。二百块呢,而且都是崭新的票子。还没等他站起来,姑姑已经把门拉开了。

许小虎出了姑姑家的门,自然是不会回家去的。村里哪个人不知道,他的姑父是阳城最大的官儿。他第一次单独出来走姑姑家,本来是有两个打算,如果可能,尽量让姑夫给安排个工作。如果工作暂时安排不了,怎么说也要风风光光地在城里耍一耍。完了再怎么着也要让姑姑把他和爷爷一样,用轿子车送回去。这话他来之前,已经在村子里放出去风了。现在他在姑姑家待了不到半个时辰,就被姑姑赶出来了。这可是他的亲姑姑!他还不如他爹,回去连骂人的理由都没有了。

许小虎花了二十块钱进录像厅看了整整一个下午的黄色录像,看得想入非非。出来天已黑透了,找了一家干净的馆子,点了四个菜,一瓶白酒。他有钱,除了姑姑给的二百,他口袋里还有爹和爷爷给的,加在一起差不多有五百多块,够他花上两天的。吃饱喝足,许小虎本来是准备找一家条件好的宾馆住下,好好睡一觉。想一想,觉得不划算。跑那么远的路到城里来,大好的夜晚,怎么能平白给睡过去?

许小虎出了饭馆就叫了辆出租,他大咧咧地躺在后座上不说话,单等人家来问。

先生到什么地方?

许小虎偷偷笑了。想,妈的,有钱就成了先生。

给先生我找一家洗脚城,要大的,气派的。他学着电视上老大的口吻说。

那就是"洋子"了。

我不管什么子,只要让先生我爽一回,那就成。

许小虎到了地方才知道,"洋子"不是女人的名字,是店名。他

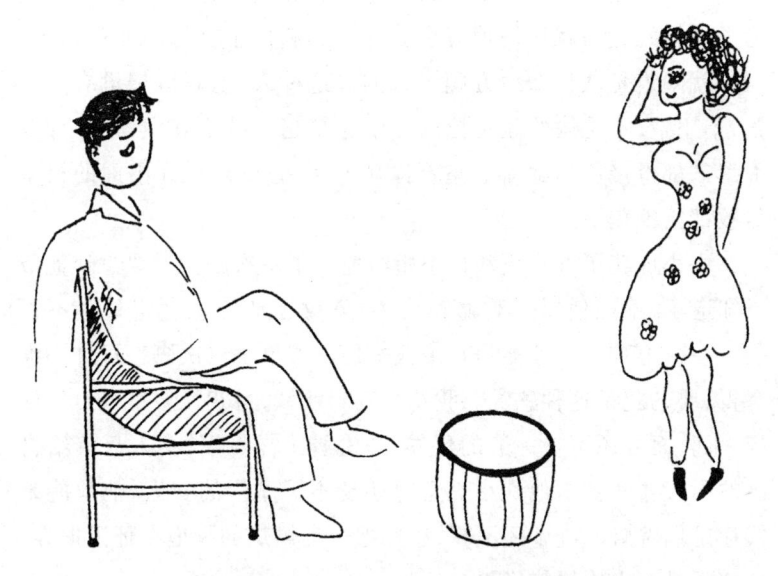

许小虎偷偷笑了。他有钱,他就成了先生。

进到店里,煞有介事地看了一圈,然后威风八面地说,我来了半天,怎么不见人伺候?

女老板连忙从里面走了出来,问:

先生要洗脚吗?

是啊!给找个小姐侍候本先生。对了!他点着老板说,一定要长得好的!

女老板差一点被许小虎的口臭和酒臭熏得背过气去,若不是为了挣钱她立马就得把他轰出去。凭那满口土得掉渣儿的口音,一听就知道是从什么地方爬出来的。这种人,就算口袋里有几个钱,不用猜,不是偷的就是抢的。生意是越来越不好做,连这种乡下瘪三都得接待!她嘴上笑着称呼先生,心里却把许小虎的祖宗尽数都给糟蹋了。

许小虎花了五十块钱让小姐给他洗了一次脚。这要是让他爷爷知道了,不把他骂个狗血喷头才怪,就连他爹也肯定是舍不得的。一亩地种一年才能挣几个钱?还不够他洗一次脚!可许小虎舍得,要的就是这种感觉。我花了五十块钱,可我让城里人给侍候了一回,而且还不是一般的侍候,是洗脚。在乡下,女人只有给自己的男人才洗脚。他许小虎暂时还娶不了城里的女人,他却能拿钱让她们洗脚。洗了还不算,还要把个臭烘烘的脚抱在怀里捏弄,这感觉是五十块钱能换得来的吗?

给许小虎洗脚的,是个长得很不错的女孩。做这份工作比做别的行当能多挣一点,其实也多不到什么地方去,干一个月多上一百二百的就不得了了。为着这一百二百的,就有人争着干,这些小姐们也是个顶个被老板从人堆里挑选出来的。

许小虎既然花了五十块钱,就得享受到五十块钱的服务。他对这小姐自然是没有半点客气。一会儿轻了,一会儿重了,一会儿又嫌人家弄得不是地方。你们城里人不是干净吗?你们城里人不是看不起我乡下大爷吗?老子有钱,老子就是要让你们侍候!你生气去吧!

　　其实这女孩儿哪里是城里人,只不过进城时间长一点,表面上脱了乡气。她其实是个地地道道的穷乡僻壤的孩子。她摸到城里来,能找到这个工作,已经吃尽了苦头,洒了多少眼泪和汗水才立住了脚。等她们熟悉了城市,她们才知道在这个城市里要想生活下去得靠什么。所以,她们进到城里什么都不学,专门学习城里人的漂亮,她们得把自己包装得像城里人一样漂亮,让人闻不到土味儿,才有可能挣到钱。难怪许小虎们会认不得她们了。其实,她们也是羞于被许小虎们认祖归宗的。她们的眼睛像长着刀子一样,一眼就能看到人的骨子里去。如果你是城里人,她们就会把你伺候得像亲爹一样;如果你是个乡下人,非愣要充城里人,她们就会变着法儿折腾你。她看许小虎那再怎么打扮都掩饰不住的鳖样,就知道他没几个臭子儿,还愣在这里充大爷。她早把握住了不同类型的客人。越是有钱的,越和气,而且不露富;越是没钱的,越是咋咋呼呼的,好像口袋里的钱撑得要往外蹦一样。吃亏的常常就是这号人。让姑奶奶我侍候你,你还不配!

　　许小虎说轻了,小姐就往死里捏,还问他,这样行吗?许小虎说,嗯,还行。其实他疼得钻心,但又没法说出来。说重了,她干脆就不用劲,只当给他挠痒痒。许小虎并没有进过洗脚城,他那一点东西全是从电视和录像里学来的,哪里是这个小姐的对手?而且他到这里来,本身就不是享受这个的。周旋了不大功夫,他就开始跟人家调情了。

　　小姐,待会儿下了班陪爷们出去玩玩怎么样?

　　本姑娘只会洗脚,不会陪人玩儿。

　　许小虎拍拍胸脯说,我请你吃饭。

　　我自己挣钱,从来都不吃白饭。

　　操!都干了这个了,还装什么正经啊?

　　什么叫都干这个了?什么叫装什么正经啊?我们这有营业执

照,还有公安局的许可证,是凭力气吃饭,不是下三烂的地儿。

小姐不软不硬的几句话,把许小虎噎得半天说不出话来。他想了想,觉得这样败下阵来,挺窝囊的,就转个话题说,你认识不认识这个市的市长。

不认识。

真不认识?市长啊?

市长我就得认识?我认识他干吗?他又不给我发工资!

我可认识他啊!他得意地说。

哦。我看你是他的秘书吧?

许小虎没听出来小姐是在挖苦他,接过小姐的话头说,操!秘书算老几啊?他的秘书得给我开车门!

小姐瞪了他一眼没有说话,她懒得和他说,看他那醉醺醺的样子就懒得多费口舌。许小虎看她不说话,以为是被他吓唬住了,更加放肆了,他把脚蹬在小姐的胸上。怎么样?陪我过夜,不会委屈你吧?

小姐把他的脚拨拉开,看都没看他一眼就出去了。许小虎等了一会儿,迟迟不见回来,刚想发脾气,发现外面进来两个粗壮的汉子,他还不傻,突然意识到惹了祸。来人并不和他搭话,一人拧住一条胳膊,像拖一条狗似的把他拉到门口,一下子就搡了出去。鞋子是跟在后面飞到脑袋上的。

许小虎的酒全吓醒了,他抓起鞋子就跑。跑了几步,看看并没有人追。再仔细看那店门口,小姐和刚才那两个人,立在门口看着他跑,一个个都笑弯了腰。

他以为人家会打他。他哪里知道像他这样的小玩闹,打都不值得打。

许小虎傻了。

许小虎到旅社住下后,用凉水冲了个澡。清醒过来的他,不但没有冷静下来,反而觉得憋得热血在周身奔涌,他想大喊大叫。他今天吃亏是吃大了,要比挨顿打大多了。在他姑父当家的城市,在她姑姑说一不二的城市,他竟然会遭如此大辱,是他做梦也不会想到的。站在窗前,看着脚下这座灯火辉煌而又冷漠的城市,许小虎流下了屈辱的泪水。

吃了亏的许小虎睡了一觉就把昨天的事全给忘了。也许他没有忘,他比他爹那一辈人更沉得住气。

早上起来,许小虎来到楼下的餐厅吃早餐。看到服务小姐那低三下四的样子,再想想昨天晚上受到的屈辱,他刻意让自己尊贵起来。一会儿要人家上茶,一会儿让人家替他拿筷子。他就大咧咧地坐在那里让人家侍候着,专拣肉多的吃,素菜豆腐看都不看一眼。吃饱喝足了就到商店里逛了一圈,给爷买了个挠痒笆子,给奶奶买了一个用石头做的敲骨槌。还想买点什么,突然想到还没有去洗澡呢。从小到大,听到的都是他爹向人家炫耀在阳城洗澡的事情。这就使他觉得,不洗一回澡就好像没有进城一样。

许小虎掏了二十块钱买张票,进了一家豪华洗浴中心。

因为是上午,里面满共没有几个人。池子里刚放的水还汪汪的绿着。许小虎把自己完全浸在水里,惬意地呼出一口长气。他想起他爹最爱说的那句话,他妈的,都说城里人爱泡澡堂子,龟孙子才不爱泡!

这吃饱喝足,懒洋洋地蜷在水里泡一泡,是他妈的舒坦!

许小虎做出很老练的样子,眯上眼睛养了一会儿。到底是沉不下心,偷偷睁开眼睛去打量别的人。这一看心里就又坦然了不少,人进到这里面通通都得扒了皮,一个池子里泡着,天大的本事也休想分出个高低贵贱了。不止是舒坦,还有踏实。

这家是个桑拿浴池,弄个大水池子其实只是照顾一些年纪大的顾客,他们喜欢泡在里面养神儿。原来他想着洗澡无非就是泡一泡,搓搓泥就出来了。但他看到有很多人并没有跳到池子里,而

201

是裹着一条毛巾到一个门时刻关着的小木头房子里去,然后又浑身汗淋淋地出来了。许小虎不好意思打听这城里的澡到底该怎么洗,他就用眼睛看着别人。别人怎么样做他就怎么样做,他泡了一会儿,就出来钻到那个房里去了。进去之后,他才知道为什么人家会出那么多的汗,简直就像他们家炕烟的烟炕。他想,爹那会儿想必是没有这个东西,怎么从没有听他说起过。一会儿工夫,就热得透不过气来了。再看别的人,一个个依然神闲气定的样子。他妈的,看来干这事儿也得慢慢练习,往后还真得多来几次。蒸完了就跟着人家出去冲水。有水的龙头都有人占着,别的还有许多空着的都不出水。他仍旧是不问,站在那里等。等人家洗完了,他赶紧过去,却是一滴水也出不来。他看到又有一个出来的,往空着的龙头下面一立,闭上眼睛,口里咕哝着什么,立刻就有水从上面流下来,并没有看见他动什么开关。咦!操他妈!这倒怪了。他们不动手,口里却咕哝着,一定是有什么口令的。许小虎猜不透是什么样的口令。也不好问,等人家都冲完走了,横了心往一个空管子下一立,闭上眼睛。刚念了一声老天保佑,让水来吧!水哗地一下就下来了。真他妈的灵!许小虎试着往外挪了一步,水立刻又没了,他低头看了一下脚底下,发现脚下面有个圆铁板开关,不仔细看还真看不出来。这城里人还真有他妈的两下子,就是能耐!

  泡了,蒸了,冲了。再看看人家,躺在一张皮革床上让人搓。搓泥的那个人看来也是乡下来的,二十来岁的样子,极认真地搓弄躺着的那条汉子,从脸部开始,浑身上下连脚指头缝里都搓干净了,然后又劈劈啪啪地为他打了背。许小虎看着过瘾,想想自己掏二十块钱,也不能白来一趟,就大模二样地躺下,也要人搓。人家搓的人用手比画着,五块!

  开口想骂,我他妈进来已经买了二十块的票。想一想,还是忍了。五块就五块,不能丢人现眼。当年他爹泡了一回池子,回去炫耀多少年,要是再像他这样蒸一蒸,让人搓一搓,还不知道会牛成什么样子呢！

　　洗完了，弄干净了，往外面的床上一躺，动都不想动了。看见有人趴着让人舒舒服服地按摩，终于是不敢喊了。再怎么少说，让人拿捏一下恐怕又得十块钱。

　　正想睡去，突然看见有三个人裹了毛巾翻扑克牌，一下子又来了精神。在他们东许村，他打牌可是高手，脑袋瓜转得快，能算出别人手里的牌，老是赢家。许小虎也学着他们，裹了毛巾凑过去看，那几个人也不烦。原来是玩"斗地主"，输一次五块。

　　这是许小虎的拿手好戏，就忍不住隔三差五地给人家指点。有一个就让他说，老弟，玩会儿吧？

　　许小虎犹豫了一下，毕竟这是一个人生地不熟的地儿，况且一次五块钱也让他看着眼晕。

　　哎呀，输了不就是五毛钱嘛！那人将他的军。

　　到底是他妈的城里人，那瓷瓷实实的五块钱，愣说成是五毛钱。

　　许小虎看他们的水平也不怎么的，心一横，真的就大大咧咧地坐下了，上手就连赢了两盘。乐了。他妈的这来钱还挺容易的！

　　再来就没有那么顺了，偶尔也赢上一盘，没多大功夫，五六十块钱就出去了。

　　许小虎犹豫了一下，毕竟是六十块钱啊！想想昨天晚上扔的那五十块倒霉钱，觉得这个城里到处都是陷阱。那俩人看出了他的心思，说，老弟啊，玩不起就算了吧！这可不能愣充大款。这话许小虎可不愿意听，他看了那俩人一眼，不屑地说，这样来不过瘾，要干我们一回就下一块！在这事儿上，他开窍快，顺着就把十块说成了一块。俩人互相看了一下，乐了。一块就一块，陪你玩儿痛快！开始许小虎手气还真不错，果然翻过来了，不大一会儿功夫，连续收回来三十块。

　　再往下，可就没他的戏了。他的运气再也不来了，呼啦一下，

203

差不多二百块钱就没有了。越是这样,他就越急着捞回来;越是急,越是输得惨。他的眼睛越来越红,脸色越来越白,直到输得再也掏不出十块钱来,他才傻眼儿了。可怎么回家去,车票钱都没有了!

其实赌场上的人还是很仁义的,如果他开口向他们要个车票钱,那两个人是会给他的。但是他拉不下那脸儿,大话也说出去了,越是这个时候,越要挺住,不能让人看不起。有一刻他差一点没有把他的姑姑姑父拉出来赌上,他是要让他们知道他在阳城可不是个让人瞧不起的主。现在让他回头向他们开口讨钱,像个乡下瘪三似的,他才不干呢。

许小虎出了浴池的门,把口袋里最后两块钱买了烧饼吃了,他这一天还是早上吃点东西,肚子早就饿了。一口气吃了四个烧饼夹老咸菜。吃完了才开始犯愁,这天都快黑了,他把回去的钱给弄没了,让他到哪里去?

许小虎踟躇了半天,只好往姑姑家走去。其实,为他在这座城市里潇洒壮胆子的不是他口袋里的钱,而是他的姑姑。

许小虎把姑姑家楼前的草地都给踩烂了,他像一头困兽,窜来窜去无谓地消耗着自己的精神和体力。那时已经是晚上九点多钟,姑姑家是亮着灯的,有人。可许小虎不敢上去。有人从楼里进来或者出去,都匆匆忙忙的好像有急事追着似的,没有人看他。偶尔有一个人朝他瞟上一眼,立刻就警惕起来,甚至站下看了他一会儿,然后匆匆进去了,好像对他产生了怀疑。许小虎低头看了一下,想到可能是手里拿着为爷爷奶奶买的那把梳子,让人家起疑了。他苦笑了一下,心想,我他妈是不是像个撬门的小偷啊?

他觉得他不能再等了,不论姑姑会怎么样,他必须得上去了。

许小虎的心剧烈地跳着,他还从来没有这么蹑手蹑脚地走过路,深怕惊动了谁。姑姑家住三楼,他觉得明明还没有走上几个台阶,却一下子就到了。鼓了勇气要敲门,里面却不知道在干什么,咕咚响了一下。许小虎以为有人要出来,拔腿就往楼下跑。边跑边扭头往上看着,刚走到一楼的楼梯,猛地撞在一个人身上。那人伸手去抓许小虎,并张大了嘴巴要喊。许小虎想都没有想,抡起手里的敲骨槌打了过去。

那个人倒在地上嘴巴还是张开着的,那声音却始终没有发出来。许小虎看看地上的人,还有从脑袋上慢慢流出的血,他突然之间清醒起来。他就那样站了足足有半分钟。

我敲人脑袋干什么?我又不是抢包的!

抢包的这个念头一出现,他自己都吓了一跳。直到这时他才看到这个人手里是提着一个小手包的。他意识到只有这个包,能把他从目前的困境中解脱出来,就立刻伸手去抓那包。那人的手却死死地抓住包不放,他是硬把那手给掰开的。幸亏是掰开了,如果掰不开,他也许会找个东西去砸,不惜把那只手敲断。那一刻他完全是疯掉了!

许小虎没有在城里停留,他不敢去车站,直接往城外奔去。电影录像看得多了,他可是知道那些公安的厉害,他们往往出不了一顿饭的功夫,就能把犯罪分子给抓住,五花大绑地塞上警车。他不能在城里等着被他们抓,他得跑,跑到城外他们也许就没有办法了。许小虎万幸,他就那样惊恐万状地奔跑,手里还死死地抓着一个显然不属于他的小包。他没有碰上巡警,他甚至没有碰上警惕性高的城市居民。对于一桩突如其来的罪案而言,这个不设防的城市显得是这样宽容。

许小虎是在农民的麦秸垛里过的夜。他不知跑了多久才看到这些麦秸垛,他到了那里就像是到了自己的家。他把头拱在麦秸垛里哇哇地大哭起来,他觉得他是受尽了委屈。他死命地用鼻子去嗅那新鲜的麦秸,把脸贴在那麦秸上,那一刻他就把麦秸垛当成了他的爹娘。那清香的气味儿像是他娘的体香,也像是他爷爷奶奶他爹身上经年不散的土腥味儿。他哭够了,在它们怀里稳稳地睡了一觉。

醒来天光已经大亮,麦秸垛被初升的太阳镀得金黄。刚种了秋,小苗儿才露了个嫩绿的头,田野里是一片的寂静。刚睁开眼睛的那一瞬间,许小虎还以为自己是在梦境里,看到了手腕上挂着的那个包,才让他警醒过来。他四下里看了看,直到觉得安全了,才抖索着手把包打开。里面只是一堆文件纸,和一包烟,一个打火机。他又想哭,却在那文件纸里发现一个牛皮纸的信封来。信封里面是整齐的一沓人民币。摒着呼吸数了,一共有八百多块,这才看清楚了信封上写着工资、煤气、医疗费,独生子女费之类的东西。许小虎看不明白,他因而也不能明白,这信封里装的是一个人一月的工资。

许小虎把包埋在麦秸垛里,把钱分开装了,弄干净身上的草,到大路上拦了一辆往他们县里去的客车。在县城换了一次车,回到家天已经擦黑。许小虎突然沮丧地想起来一件事情,他把给爷爷买的挠痒筢,还有给奶奶买的敲骨槌,给忘到麦秸垛里了。

许小虎回家就躺下了,一连昏睡了三天。他发烧,说胡话。他不停地说,不是我!不是我!把大家吓得一惊一乍的。爷爷说是受了惊。奶奶说,肯定是把魂儿丢到城里了。城里人都住在水泥盒子里,挨不着地气儿,不丢魂儿就怪了!奶奶坚定地迈着细碎的小步来到村口,朝着他回来时的方向悠扬地叫了起来:

虎儿,回家!

虎儿,回家来吧!

虎儿,回家来啊!

这头睡虎终于被他的奶奶唤醒了。他醒来的第一件事就是要给姑姑打一个电话。许小虎骑着车子跑到乡上,那时刻他觉得自己再也不是一个被人看不起的孩子,他已经是个顶天立地敢作敢当的男子汉了。

许彩霞那天由于心情不好,没头没脑地把侄子给撵走了,侄子走后她立刻就后悔了。孩子大老远地来了,且不说心疼自己家的骨肉,就是为了怕孩子回去学话她都后悔得不得了。丈夫王祈隆一直没有回家来,其实第二天晚上就是那许小虎回去,她也不会再怎么责备他了。许彩霞心里正不踏实,侄子却打来电话。接到电话,她心里热乎乎的,这孩子还真懂事,反倒来安慰她了。

姑啊,我回来几天了,家里都好,你放心就是了。

小虎啊,可别生姑的气,我这也是为你好。这城里可真是不安全。

怎么了姑?出什么事了吗?

还说呢,就在我们楼道里,前几天就有一个人被抢劫犯敲了脑袋。

听到"抢劫犯"这个字眼,许小虎觉得异常刺耳,停顿了一会儿才问:

那人死了吗?

还好命大,没死。现在还在医院里住着。你可再不要出来跑了。

我知道了姑。我没事不会到你那里去了。

许小虎真的没再到城里去,在家里稳稳地住了两个多月。那钱除了给了爷爷一百,他动都没有动一下。牌也不打了,像个乖孩子一样,扎扎实实地帮家里干了两个月的农活。家里人还挺纳闷,怎么去了一趟阳城回来就学好了?

进入腊月,爷爷的哮喘病犯了,让小虎再到姑姑家去一趟买些药。许小虎去了,根本没有到姑姑家里去。奔了药店买了药,直接去馆子吃了东西,就又去了那家浴池。仍然有几个人在里面玩牌,面孔像是认识的又像是不认识的。管他呢!爷爷再也不会发憷了!许小虎很老练地进去洗了蒸了,让人给搓了按了,裹了毛巾凑到打牌的跟前,说,借光,谁给让个地儿让我也输一把!

207

他很谦虚,说的是输一把,而不是赢一把。

许小虎一口气把口袋里的钱输得只剩一张车票钱。然后穿了衣服,拿了给爷爷买的药回家去了。一个星期后许小虎又去了阳城,去时他腰里多了一样东西,一把做工很精致的小钢锤。

阳城那一阵子大乱,一个腊月没过去,就有七个人被人敲了脑袋。最多的抢走八千多元,最少的才二十多元。到处都在流传说城里流窜过来一个敲人脑袋的犯罪团伙。公安机关立即展开侦察,经证实是同一犯罪团伙干的,作案工具作案手段都是一样的,把人击昏,然后只抢钱不抢物。这伙犯罪分子作案手段非常狡猾,作案这么多起在现场没有留下任何证据,疑是一个组织严密、有犯罪前科的智能犯罪团伙所为。一时间,阳城市民人心惶惶,天黑一点都不敢出门了,好像随时随地都有可能被人敲了脑袋。整个城市流言四起,人人自危。各个居民区都贴了安民告示,要求大家提高警惕,晚上更要加强防范。许彩霞再出去美容洗发,包都不敢背了,只拿一点钱装在口袋里。市长王祈隆专门在公安局现场办公,大发了一通脾气。市里一年拨出治安经费几百万,上千人的警力,连这么个简单的案子都破不了,怎么向全市人民交代?马上就要过春节了,公安局长必须立下军令状,破不了案就引咎辞职。想尽千方百计也一定要让全市人民过上一个安定、祥和的节日!

市长在公安局现场办公的情况,通过新闻媒体向市民进行了宣传。这同时也引起了更多的人对这件事情的关注。公安局把压力变为动力,组织几百名干警实行破案会战。离春节还有一个多礼拜,案子终于破了。案子虽然破了,但破案过程让公安机关失尽了脸面,是一个机关干部发现的罪犯。当那个罪犯要向他袭来的时候,他大声叫喊起来。数名群众赶来合力把罪犯给制服了。其实,说制服有点儿夸张,当时罪犯压根儿就没反抗,束手就擒。有传言说,那个险些被敲了脑袋的人是个厉害角色,身怀武功绝技,一个人能顶几十个公安。实际情况是,这个人只不过是某机关的普通干部,是个只会写字手无缚鸡之力的秀才。他自己说,他当时都快给吓蒙了,那罪犯要敲他什么地方,他动都不会动一下。但是,他到现在都不明白,那罪犯把锤子都举起来了,却不知道为什么迟迟没有敲下来。后来他就喊了起来,后来那罪犯糊里糊涂就被抓住了。

敲人脑袋的案犯许小虎对自己犯下的数件罪状供认不讳。这么一桩大案要案原来就是这样一个憨态可掬,目光诚实,不懂任何作案技巧的黄口小儿干的!这简直让刑警们哭笑不得。

许小虎的爷爷许老支书一得了此消息,一头就倒在地上不省人事了。许家遭此横祸,因为有着许彩霞夫妇的背景,传言像长了翅膀一样在全市范围内翻飞。许彩霞刚刚经营出来的充满小资情调的生活秩序被打乱了,她再也不出门了,整天待在家里给王祈隆打电话,哭着求丈夫给打个招呼,留下他们许家这么一根苗。

那时王祈隆已经好久没回家了。自从这个案件侦破之后他一直没回去。他掐断老婆的电话,立刻就跟公检法三长通了电话,要求从重、从严、从快处理,节前就把案子给结了!

许彩霞知道这消息后哭得要死,把个王祈隆在心里骂了个祖宗八代。再怎么样我也是你的老婆,再怎么说我许彩霞也是为你们王家生了儿子的。到了关键时候,你却不顾我们许家人的死活了。可骂归骂,仔细想想许小虎干的事情,也确实让她和王祈隆说不起嘴,不免又愤恨起自己的侄子来,恨了侄子也开始恼恨家里人。从小到大,都是一家人给惯出来的。农村人见识短,尤其是自己的父亲,简直是对他言听计从。他说要什么东西,父亲想尽千方百计也要让他达到目的。他说不想上学了,父亲就说,我看上学也没啥用,我认不了几个字,不是照样当了一辈子的支书?活生生地把孩子给耽误了。

骂归骂,气归气,许彩霞还是没有忘记分别给政法机关的几个领导打了电话。在电话里她痛哭失声,颠三倒四地陈述了许小虎犯罪的偶然性,让他们从轻发落。我们家老王啊,她在电话里说,也是气昏了头,可能跟你们说了气话狠话,其实他也是很疼爱这个孩子的。你们看着办吧!

许小虎最后没有被判死刑,不是因为其他,而是他的年龄救了自己一命。因为他还不到十八岁,还不够死刑的年龄,最后被判了无期徒刑。

许彩霞过了年去看侄子,拿去了许多好吃好喝的。接待室里见了侄子身着囚服,剃了光头的样子,回想着往日的乖巧模样,禁不住哭得泣不成声。侄子看着姑姑的样子,始终不动声色,好像姑姑的哭泣和他没有任何关系。这让许彩霞哭得更凶了,她觉得侄子是在心里恨着她。

有时候我们吵你骂你,要你好好学习是为了你好啊!她哭着数落道,你到底是不听话不学好,最后走了这条绝路。你成了个废人啊——!

我怎么就是废人了?我他妈不是敲了八个城里人的脑袋吗?

这是那天许小虎说的惟一的一句话,说了就再也不开口了。

整个会见过程是在许彩霞的哭声中进行的。许彩霞哭完了,也数落完了就走了。想着许小虎没有判死刑,还有活动的机会,她心里稍许有了点安慰。所以她的哭泣,一半是心疼孩子,一半也是为解开了这一段时间的积郁而发泄。那许小虎在姑姑的哭声里,把她带来的东西大吃大嚼了一通。他在心里说,你知足吧姑!我那天要不是走了眼,看着那个人像是我姑父,怕姑姑你当寡妇,手一软才给他们抓住了。要不然,哼!我也太他妈的笨蛋,我怎么就不想想,我姑父是市长,市长怎么可能不坐车子?怎么可能一个人走夜路?

我他妈的就是个笨蛋!

13

阳城的市长王祈隆现在是在飞机上,王祈隆坐在郑州飞往北京的客机头等舱里。郑州是下着微雨的,等飞机破了云层,阳光就变得夺目了。小姐们正在分送水果和点心,等她们从前面送到后面,北京也就到了。王祈隆不想闭上眼睛休息,他思考问题的时候总是大睁着眼睛,就像现在。王祈隆是市长,管理着几百万人,可阳城市长在北京,却只是个小不点的官儿。很多像王祈隆一样,甚至比王祈隆还大的官儿到北京来,走出机场之前自己先小了一号,纡尊降贵,面无表情地消失在匆匆的人流里。

王祈隆已经许多次来过这个城市。这个城市就像一个老人,一个让人景仰却不讨人喜欢的老人。他又是一个巨人,他已经被朝朝代代的帝王和生生世世的臣民滋养得太久,养成了那么大的威风,他沉稳地蹲在北方的天空下,一成不变地向世人展示着他的不怒之威。

北京的建筑也体现着这种沙文主义,那种形式上的尊贵,强调着它的与众不同。宽大而厚实的基座,方方正正的脸孔,不由分说架上去的倾斜的屋顶,使它更像一个已经过了知天命之年的官吏,川流不息的车流和人流,在他的视野里,像被风卷着的沙粒,仓皇地奔逃。他显然有点不耐烦了,他像大多数北京人那样,拉下了脸子,尤其是对外地人。

王祈隆坐飞机到北京可不是寻梦的,他只不过是要去见一个人,一个有点儿神秘的老人。

阳城工业城引进了一条葡萄糖酸锌饮料生产线,小批量投放市场后,很得消费者们的喜爱。行家们分析,如果在此基础上稍加改进,广告上再加大宣传力度,可能会由此建立起一个新的饮料品牌。有高人给厂家指点,此事若想做成,必须得请一个人出山。这个人是饮料行业的镇山之王,决定着一个饮料企业的兴亡。汇报到市长王祈隆这里,他禁不住深吸了一口气,难度未免太大了些!

　　他们要请的是北京的一个老食品化工专家,是饮料行业明星品牌"康力宝"的创建人。一个"康力宝",给企业带来的是十几个亿的年利润。他们说,经他的手稍微调整过的配方,不知道救活了多少个企业。王祈隆在心里算了一笔账,如果这个品牌做成了,每年给阳城市带来的将是数亿元的税利,等于是在经济上重建了一个阳城,一定得想办法促成。但是,专家已经是八十多岁的老人了,听说曾经患过脑溢血,康复之后就称病在家,已经罢手十年了。用什么方法能把老人请得出来呢?

　　厂方的智囊多种方法都已经试过了,没用。用高薪吗?简直是笑话,这样一个老人手里有的是钱。一个人如果连钱都不喜欢了,那确实是让现代人很棘手的一件事情。托北京的朋友做工作,老人一律回绝。派去的人就在他家的附近租了房子,天天等候着老人。老人很少出门,有一次看着他出来了,几个人过去,还没和老人说上两句话,被随后赶来的秘书和司机厉声制止住了。几个人跟在他们身后试图想说上几句话,女秘书立刻发火了,她警告说要去报警,告他们骚扰!

　　听完汇报之后,王祈隆突然决定要亲自进京一趟。一来是给老人赔情道歉,真的是不应该这么做,不该打扰这样一个老人的安宁。二来他也想见见老人,至少要见一见老人的秘书,也算是努最后一把力了。毕竟这是一个事关全市发展的大项目。

　　所有的人都反对他亲自去,让市长跑这种事情,真是有点小题大做。

　　王祈隆却坚持要走一趟,一旦决定,谁也阻止不了他见这个神秘的老人的强烈愿望。他喜欢老人,他是奶奶养大的,他从小就觉得自己特别依恋老人,他因此也特别有老人缘。即使不能求得技术,最起码能让他增长些见识,一个老人就是一部历史,更何况是一个这样的老人!

王祈隆固执地要来北京,也许还有着另外一个潜在的目的,那个目的是懵懂的,但又异常活跃,在王祈隆的心里生动地膨胀着。这个京城的老人和奶奶是同一个时代的人,那个时代的人已经越来越少了。但是,在那个时代的人身上,好像总有一些让人琢磨不透的东西。那些东西不是用代沟可以轻易地解释了的,就像一个结痂的陈年伤疤,容不得也经不起被后来人打量。那么,他到底是想从老人的身上捡拾到一点什么东西呢?

王祈隆去之前,让住北京办事处的人托了海淀区公安局的同志,让他们安排人带着进去,不然恐怕连门也进不去。那八十老翁住在香山脚下的一套独立别墅里。

当天就赶到了那套别墅,按了半天门铃,并没有人接。他们回到市内住下。待第二天再去,却见别墅开了大门,有一个年轻人在收拾草坪。过去问了,才知道他是花工。

王祈隆说,老人不在家吗?

花工还没答话,就见从里面出来一个年轻亮丽的女子,压着嗓子问,你们找他有什么事儿吗?

派出所的同志认识她,连忙打圆场说,安妮,这是河南阳城的市长王祈隆,特地来拜访王老先生。

王祈隆看了看她,知道是做得了主的人,就微笑着说,我是阳城市的市长王祈隆,今天特意来向老人道歉。我听说我们下面的企业打扰你们了,所以是专程赶来道歉的。

安妮皱了眉头却又噘了嘴说,有这必要吗?我是他的秘书,有什么就跟我说吧!

王祈隆吓了一跳,他以为老人八十多岁了,秘书起码也要有五十岁。这个叫安妮的女孩,最多三十岁的年纪,皮肤是浅棕色的,嘴唇被淡粉的唇彩涂得晶莹,瞪了杏眼居高临下地看着他。她个头儿不高,可也不算低,身量儿不胖,可也不能算瘦。头发是剪了童花式齐齐地披着,虽然是在家里,一身的服饰却全是名牌的休闲,一眼看上去不出彩,细细看了却是什么地方都是精致的。她大约也很惊讶,以为从边远的地方来的小城市长,肯定会是个绑着领带,夹着公文包,西装革履俗不可耐的土包子。

其实安妮会怎么看他,王祈隆完全是凭自己的想像臆断的。优越的环境中长大的安妮是不会从衣着上和什么人比高低的,她倒不是不屑和谁比,而是她心里压根儿就没有这个概念。

王祈隆也是一身休闲的品牌,看上去是闲散的。似乎不经意间,从头到脚把自己装裹得有声有色,包括鞋子都是丹麦的ECCO。王祈隆身上倒是有种大气,有人说他官气逼人,其实那是他骨子里的东西,哪怕他是谦卑的,你仍然能感觉到他的威严。他身上的那种气度并不似北京的一些土生的大爷,只是外表上的通透,骨子里却是拖泥带水的,又想趋炎附势,又极放不下那分臭架子。这些人自小在北京混着,连百里以外的长城在他们眼睛里都是土气的。他们是呼吸着皇城根纯正的城市气息长大,自然也有他们通透的道理。但他们的通透是世故的,无端地自大的,而不是被养出来的。王祈隆也通透,王祈隆却是把这个社会上的各种滋味都尝尽了的通透,王祈隆的通透里尽管也有沧桑,有伤春悲秋,有怜天悯人,可比起那些人,宽容和大气的成分就大得多了。

那个名叫安妮的女子一边把他们往屋子里引,一边说,八十多的老人了,你们是想要人命啊?

到了门口又突然停住脚,带点嗔怪地对王祈隆说,你们是不是以为拿钱就可以买到你们想要的一切啊?

还没等王祈隆答话,却又说,你们河南这几年出产的民工可真够多的!你这个当市长的,怎么也该想办法先在当地给他们找个吃饭的去处!她指了指那个花工,他就是你们河南来的!

口气虽然是犀利的,声音却是软软脆脆的。像是一个话剧演员,只是为了表演效果,才刻意让自己夸张起来。

面对她的不客气,王祈隆只是微笑,在这个时候,他知道谁沉得住气,谁就越占据主动。知道既然让往屋里去,就会有戏,既然这么责备他,就说明并不真的烦。等她责备完了,瞪着一双大眼睛看着王祈隆。王祈隆还是只微笑不说话。

安妮说,你们这些河南人啊！真拿你们没办法。

王祈隆这才说,我虽然是专门来这里给老人道歉的,可只见见你就行了。请你代我向老先生致个歉。再者,为了表达敬意,我给他老人家带点土特产来,也不知道他喜不喜欢。

王祈隆说罢,示意他的秘书拿上两个纸包来。是那种半透明的白绵纸,这种纸本身就有一种细腻的高贵品相,用它代替包装,看上去是完全脱了俗的。王祈隆说,这是我们河南南阳的独山玉,请工匠特意给老人加工的两个小玩意儿,请你转给他。

小秘书把纸包打开,然后和派出所的同志退了出去。一个纸包里是精雕细琢的一棵白菜,白菜上还趴着一只蚂蚱,晶莹剔透,巧夺天工；另一个是玉石的九龙照壁,竟然有黄、墨、青、褚四种颜色,一看就知道是玉中极品。

一时间,竟然静得没有一点声音。

王祈隆说,这是河南的民间艺术,很不成敬意,如果能博得老人的高兴,也算了了我们的心愿了！我们这就告辞了！

安妮看着那两件作品,眼睛都舍不得离开了。她犹豫了几秒钟才说,东西你是一定要拿走的。不过,真想不到河南还有这么好的东西。

王祈隆大气地笑了,河南可不单单是民工多,好东西可还多着呢！

王祈隆说话算数,看样子一点都不准备多占用人家的时间,他说,我们来了就算了了心愿。这就告辞。说完也真的站起来就往外走。

安妮等他走到门口,才下了决心似的又把他唤住了。她说,既然这样了,我还是让你和爷爷见一见吧!不过也只能是见一见,别的要求可别提,他老人家的行动通通是由我来决定的!

待走到楼梯口,又回过头来带了几分孩子气地冲王祈隆问道,听见没有?

原来是孙女儿,怪不得这么霸道。王祈隆想,他这一着算是押对了。可面上并不显得有多少激动。他说,那我就让人在王府饭店定个台?

省了吧!我爷爷可啃不动王府的大餐了。他啊,最多能在家里陪你喝杯茶。

她一边说,一边不经意地做了个鬼脸儿,露出一个爱撒娇的小女孩的本相来,让王祈隆的心里像卸去了千斤重担似的。

王祈隆胜利了,王祈隆的内心里,那一刻是充满自信的。他在这个城市里,在这些个城市的人面前,心理一点也不自卑。尤其是在安妮面前,他觉得自己的内质和她是完全相同的。

就是在安妮上楼招呼爷爷的那一刻,王祈隆看到了安妮的脚,他的目光竟然一下子被那样一双脚紧紧拴住了。银色的高跟皮拖鞋,极其轻巧地托着一双没有穿袜子的光洁如玉的秀脚。那脚只能是属于城市的,没有受到过任何一点损害的脚啊!王祈隆过后每一次想起那一刹那的场景,始终都会有一种震撼。安妮生得很美,可她全身的美加在一起都抵不过那一双脚。

安妮从楼上下来的时候,发现王祈隆的脸色是惨白的。

你不舒服吗?

是的,我的胃有点疼,可能是路上受了寒气。

安妮给他倒了热水,安妮没有看出来,王祈隆看她的时候目光突然变得很闪烁。

一直到老人下来,王祈隆才渐渐地好起来。

老人姓王,叫王思和。他可没有孙女安妮说得那般惨相,老人

安妮没有看出来,王祈隆看她的时候目光突然变得很闪烁。

还结实着呢。八十多岁的年纪,看上去顶多也就六七十岁的样子,平和得像大学里的辅导老师。下了楼就嚷,可让我解放了!可让我解放了!

老人看见王祈隆,就指着他说,你从河南来啊?河南信阳毛尖,可是茶中上品!

哎呀,刚好我包里还有。如果您老喜欢喝茶,我们可是有缘分!王祈隆赶紧把包里的茶拿了出来。

老人当时就让孙女取了玻璃杯子,泡上两杯,看着茶叶青青地泛上来,他连连说,极好!极好!我们南方人啊,白天皮包水,晚上水包皮。要不是你这市长,他看了一眼孙女,她哪里会让我喝到这么好的茶啊!

咦!想赖账啊,我哪次给你买的龙井不是极品?

爷爷好像和王祈隆只看了一眼就是投了缘的,竟然没有一点陌生感。两个人虽然都是高高大大的,皮肤却都是细腻白净的。王祈隆也随了安妮称呼他爷爷,说,爷爷是南方人,能在北方养这么好,可是不容易啊!

我自幼是在上海读书,工作后就一直在北京了。这一来几十年,可不就成了北方人了。

王祈隆听了,心里更是涌起一种毫无缘由的亲切。

爷爷看王祈隆的眼睛是明亮明亮的,他说,年轻好啊,我在你身上好似看到了我年轻时的模样。爷爷又说,你倒不像是个北方孩子呢!

王祈隆笑了说,是土生土长的北方人,不过在南方上过几年大学。

安妮给他们倒水,安妮说,他倒不像个市长是真的。

王祈隆笑了,王祈隆说,我自己也感觉不像,怎么装都装不像。你倒说说,市长应该是个什么样子?

一脸忧国忧民的假正经,变色龙的面孔,统一定制的蠢头蠢脑。

王祈隆挠挠头说,看来我真是不达标了。

爷爷说,这个丫头,没规没矩的!从小可是这样被我惯坏了。

王祈隆试探着说,爷爷在上海读书,像你这般年纪,应该经历过淞沪会战吧!

怎么会没有经历?我是南京人,南京大屠杀我失去了所有的亲人,所以才到北京来。老人放下茶杯,若有所思地说。

王祈隆的心里又是一阵翻江倒海地涌动。

老人突然站起来。王祈隆看出他的激动来。他站在落地窗前,静默了一会儿,低低地吟道:前三国,后六朝,草生宫阙何萧萧!英雄来时务割据,几度血战流寒潮啊!南京是六朝古都,我们过去总是说六朝烟水,这一个烟,一个水,把南京的华贵和忧伤都说尽了啊!

然后,他又回过头来说道,洛阳可是九朝古都,洛阳牡丹不知道几时又能开?王祈隆没有接话,只是拿眼睛看着他走来走去。

他又接着感叹道,英雄一去豪华尽啊!

王祈隆这才止住微笑,接口道,是啊,潮打空城寂寞回。

安妮冲王祈隆使了个眼色并拦住他们说,你们烦不烦啊?本来这天儿就阴得让人难受,你们却在这故纸堆里悲天悯人,让人多扫兴啊!来,罚市长用河南话讲个笑话,省得爷爷一说起他那些发霉的祖宗就没完没了。

爷爷叹了口气说,只要一说起南京,我好像就站在秦淮河边吹风。

王祈隆立刻就理会了安妮的意思,老人若再提起什么旧事保不准会伤心起来。他理了一下自己的情绪,真的就用河南话说了一个段子。王祈隆说,八十年代初,我们阳城有个公社干部,儿子在老山前线,公社请他给农民做报告。他说,同志们啊,你们可得鼓足干劲把生产搞上去。你们啊,得向战斗在老山前线的战士们学习。那些老山的战士们啊,战斗积极性真是他娘的高涨。上级要求八点钟开战,战士们等不及,六点钟就开始打呀!上级让十二点停战,下午一点半还停不下来。炮筒子打劈了,就用腰带捆一捆,继续打!

王祈隆把祖孙二人逗得哈哈大笑。尤其是老人,乐得简直就像是个老小孩。

安妮说,怪了,你们俩倒像极了一对活宝。我和这老顽固到一起,却总是开战,她用河南话学着说,没有炮筒子,胜似炮筒子。

坐了一会儿就到了吃饭的时间,王祈隆看了看表,坚决要走。老人还在兴头上,坚决不让走。他几乎是带点央求地说,人不留人天留人,你看,这外面下着雨,让你走了显得我们首都人民这么不好客。说罢又看着安妮说,朋友来了有好酒吧,掌柜的?

王祈隆也拿眼睛看安妮,安妮只好说,难得爷爷这么高兴,王市长你就将就一些吧,我爷爷留人吃饭可是千载难逢呢。说着就吩咐褓姆在家里弄了几个小菜,并且真的从柜子里拿了一瓶轩尼诗干邑出来。

安妮看爷爷乐得那样,简直就是个老小孩儿,格外开恩,破例让他多喝了两杯。爷爷是有些醉意了,爷爷说,王祈隆,我是该有一个像你这般大的孙子的。

王祈隆连忙开口叫了一声爷爷,并说,合着我就该有你这么个爷爷,我从出生就没见过我爷爷,照片都没见过。

吃过饭,照例是喝茶。这次喝的是老人的龙井,确实是上品,汤色绿中泛黄,入口意味绵长,唇齿留香。

喝过茶,王祈隆内心流连着,也不敢久留,告辞出来。是安妮送的他。出了门安妮嗔着说,看不出,你倒真的很像是我的哥哥。

王祈隆看着她,说不出话来。她却忽闪着那双狡黠的大圆眼睛说,可惜我妈妈就生了我一个。说完就笑,仿佛是熟识了多年。

已经是秋天,天终是有了些凉意。两个人撑了一把伞走在狭窄的巷子里,风是浓浓淡淡地吹,把一星半点的雨丝抚过来又弄过去。王祈隆像发着寒热一样轻微地抖起来,他的手和脚那一刻都是沁凉的。他的脑子里惊诧地环绕着一个完全和事件无关的问题,他的生活里将会发生什么重大的变故吗?

冬天来了,王思和不小心害了一场流感,差一点没有把老命给搭进去。王祈隆自打那次见过面,心里总是牵挂着的。碰巧打了一个电话过去,安妮在那边哭得一死一活的,那一刻好像她和爷爷真的是孤苦伶仃没有人管顾似的。王祈隆最受不了这个,眼睛竟然也是热热的,心里自然更是不必说了。

其实安妮当时只是想哭,哭是一个单身女孩的小特权,时不时地就要拿出来行使一下。哭过了,也就算完了,根本是不计对象和后果的。她哪里知道,一个女孩的哭,对于一个男人来讲,几乎就是求救的呐喊。安妮更没有想到,王祈隆会专程飞过来。几个小时后,王祈隆从天而降,出现在安妮和爷爷的面前。傻丫头这次才是真的哭了,她是那么自然地扑过去欢呼着拥抱了他。

王祈隆虽然在脸面上什么都没表现出来,但心里却被那极情绪化的一拥弄得电闪雷鸣。

王祈隆这次去北京没有告诉任何人。他去了三天,三天里日夜守护在老人的病床前。老人一会儿清醒一会儿糊涂。在他清醒的时候,王祈隆本来想着问他一些心里已经憋了很久的问题,但看到老人虚弱的样子,又忍住了。毕竟是年龄不饶人了。

王思和一辈子没有结婚,什么原因没人知道。儿子是他在解放后收养的烈士的遗孤,儿子和媳妇都是学医的。媳妇是上海人,媳妇的舅舅在美国,刚刚开放,就移民去了美国。儿子去了一阵子,却又回来了,说是不想把老人自己撇在中国。儿子不去,媳妇又不愿意回来,时间长了只好离了婚。安妮的爸爸再婚后仍然定居在上海,又在那里和新夫人生了一个女孩。老人怕安妮受委屈,一直不让安妮和他们住。安妮的妈妈现在独自生活在美国,倒不知为何一直没有再婚。她每次回来看安妮,都试图把她带走。安妮坚决不同意,她是离不开相依为命的爷爷。

安妮在电话里对王祈隆说,我就是爷爷的眼珠子,是爷爷的掌中宝,是爷爷的开心果。我爷爷啊,是强迫我做了他的关门弟子的。我是他带的最后一个博士生。

安妮开始只是没事给王祈隆打电话闲侃,后来就真的把王祈隆当她的哥哥了。爷爷有个小病小痛的,打个喷嚏咳嗽一声她都要给王祈隆汇报。

北京那边真是有了什么事情,王祈隆就打电话过去,安排人给帮助解决。本来老人是有车子的,公车私车都有。但王祈隆还是让驻京办事处专门给他固定了一辆丰田面包车,只要王老先生有什么事,等不到安妮张罗,事情已经迅速给安置妥当了。

安妮始终不明白,一个小小的市长王祈隆,就在河南坐着不动,怎么能调动北京的人帮她解决那么多的问题?她不知道,这个扔在北京城里几乎看不见的人物,他的能量是哪里来的?按照平常的惯例,如果不是亲眼所见,一个小地方的市长是很让北京人有些不屑一顾的。但是王祈隆这个市长,却是让安妮不敢小视。让安妮不敢小视的不是王祈隆的权和钱的问题,实际上那点小权力、和大方的花钱,仅仅是一部分,甚至是一小部分。更重要的是王祈隆身上的那股子气,大气或者是男人气,这是安妮身边的那些京城爷们身上所缺少的,或者说是不一样的。

王祈隆只是在节假日打过去一个电话,关心一下老人的身体和健康。安妮是瞅个空儿就打过来,她总是对这个新结识的哥哥有说不完的话题。她把爷爷陈谷子烂芝麻的事情通通学给王祈隆听,却从来不说自己的事情。这个在爷爷精心呵护下,没有受过一点委屈成长起来的安妮,在王祈隆的眼里就像一杯纯净水,晶莹剔透,没有遭受过任何一点时世的污染。

说安妮是在爷爷的城堡中长大的,一点都不夸张。因为有这样一个爷爷,安妮从小到大没有为任何事情忧过心。安妮不知道这个世界上还有让人为难的事情,安妮更不知道这个世界上还会有让人过不去的事情。她幼儿园的小伙伴羡慕她的玩具,她就把崭新的玩具送给她们;她中学的女同学欣赏她的新衣服,她就把衣服脱了给人家穿;在大学里,她隐隐约约知道了什么是贫穷。她大学同宿舍的女生因为缺钱用而偷偷哭泣,她把身上所有的钱拿出来送给她。她只是不明白,为什么要哭,为什么不可以让家里再寄来一点?安妮长到十几岁,听人讲一些关于贫穷人家的故事,她都以为是旧故事书里的事情,以为贫穷就是没有巧克力,贫穷就是靠政府的救济金生活。这个安妮啊,她在爷爷不眨眼睛的注视里成长起来,她是那么漂亮,那么甜美,那么不含一点世故。她是爷爷的世界里最温暖也是最揪心的事情。

从安妮上中学起,爷爷就把她盯得紧紧的。爷爷不愿看到她和任何男孩子说句话,那个时期的爷爷,脸上总是布满了忧患。

安妮上的是北京大学的化学系。安妮读大一的时候结识了她的学兄田粮。田粮是从哈尔滨考到北京来的,小伙子人长得帅气,而且在安妮心里也是顶有才气的。田粮上中学的时候曾获得过全国化学奥林匹克大赛的第二名,田粮现在是他们化学系的学生会主席。那时的安妮美丽高贵得像一片天上的云,追求她的好小伙恨不得有一个加强连,那些硕士博士们还有那些年轻的助教都加入到了追逐的行列里。安妮好像全然不在意,安妮确实还没有思量过日后嫁人的问题。安妮喜欢和田粮在一起,也仅只是喜欢。田粮有三个妹妹,田粮很知道如何让这些妹妹们开心。安妮却是一个哥哥都没有的,安妮就赖着让田粮当她的哥哥。她在家里欺负老爷爷,在学校就欺负田粮。

田粮读大四的时候,带了大二的安妮去远足。他们跟着一伙人去了郊县,大家都带了帐篷去。白天走路,夜里就支开帐篷,躺在半山坡上看星星。安妮和田粮躺在一个帐篷里,话说了没几句,就携手走进了伊甸园,男女之间的事情很自然地就发生了。事后安妮想想整个过程,简直就像是在做一次化学实验。没有什么热切和不热切的,从头到尾都很理智,很程序化。有没有爱情谁也说不清楚,反正没有什么海誓山盟,做了就做了,做完了就睡进梦里去。第二日醒来,好像是什么事情都没有发生,不觉得亲也不觉得疏离,和以往竟是没有任何两样的。

这和安妮听来的其他同学的性经验,也是没有任何两样的。也许正是她们的经验,引导了她和他呢!现代人对感情看得这么淡,安妮在父母身上已经体会到了;而且在学校里也是这样,谁因为爱情的事情伤心落泪,大家都会嘲笑说,都什么年代了,还这么会煽情?但不知怎么的,每次和田粮做完之后,安妮都特别沮丧,有时好几天情绪都过不来。她就任自己低落着,而田粮也像能猜透她的心思似的,那几天就不找她,甚至连个便条都没有。安妮的沮丧,就变成了委屈。

田粮大学毕业考取了澳大利亚墨尔本大学的奖学金。走的时候,安妮把爷爷送给她的一个明代御用的砚台送给了他。田粮走了好一段时间,安妮却在琉璃厂一家古董店里见到了那方砚台。他们家的东西,安妮是一眼就认出来了。老板说是他们三万块钱收的,安妮拿了四万五又给赎了回来。这么好的一件宝贝,怎么随便就给换了钱呢?

这件事儿让安妮伤心了半天,后来想了想,也不过如此而已。

但安妮却是从此变得世故起来,这件事情,她竟然始终没有在田粮那里提起过。安妮想,说现在大家变得容易沟通了,其实说的不过是互相都不在乎了,互相都能忍耐了而已。

田粮在澳洲读了硕士,又读了两年博士。在那里生活习惯了,就不想回来了,他一直鼓动安妮去。安妮拒绝了,安妮舍不得爷爷。安妮说,如果我能离开爷爷,我早就去美国找我妈妈了。田粮后来是娶了一个英国姑娘,安妮寄了贺礼过去。这次可不再是文物古董,干脆是一张汇款单。

两个人到现在都一直有来往,田粮每次回来他们仍然在一起腻着。平时经常是发个电子邮件,偶尔也通电话。田粮说,他的英国妻子一点都不在意他有个中国情人。安妮想,其实是她自己一点都不在乎田粮随便娶了哪个国家的女人做老婆。

安妮到了二十七八岁仍然不思婚嫁,反倒又是爷爷先着急了。爷爷每次提醒她,安妮都噘了嘴说,人家还没有玩够,哪个要嫁人嘛!爷爷瞎着急,可也只有叹气的分。安妮却是真的不着急,整天价尽顾着疯玩。安妮的男女朋友有一大堆,男朋友里也有非常契合的,在一起很亲热也很随便,但亲热完随便完了,依然和过去并没有什么两样,仍旧只是做朋友。安妮不着急把自己嫁掉,也确实没有让她觉得值得嫁掉的人。

爷爷说,鬼丫头,你到底要找个什么样的?

安妮就逗他说,当然是你这样的啦!要潇洒漂亮,要大气,要有风度,要博学,要知道疼我,一样都不能少,不然就不嫁!

爷爷也逗她说,小心,你看上的人家,人家可看不上你。

安妮故意很夸张地喊道:不会吧爷爷?他要是看不上我,我就使劲追使劲追,我就不相信还有能逃得脱你弟子手心的人!

你看你看,这么大的姑娘,都不知道羞。还胆敢妄称是我的弟子!

安妮那时做了爷爷的助手,接触到了很多人。轻工业部一个年轻的司长竟然为安妮害了相思病。那司长面相还算英俊,是在美国读完博士又工作几年才应聘回国的,原来娶过一个美国妞,一说回国,俩人就离了。他因为条件太挑剔,一直高不成低不就。待见了安妮,连魂魄都散了。这司长虽然读了万卷书,行了万里路,并且经历过一次婚姻,可在女人的事情上他竟然还是个呆子。见了安妮,他一句话都不会说,只一个劲地在王老先生身上下功夫,不是借口与王老先生下围棋,就是过来探讨民族饮料工业的发展方向。反正常有理由陪老先生喝茶聊天,什么都不提。安妮也过来陪过两次,逢那时,司长就绅士起来,挺胸收腹,两条腿并在一起,呈四十五度角倾斜着,头都不敢朝她扭一下。安妮觉得好笑,爷爷后来也看出来是怎么回事了,就起劲劝安妮。安妮说,我也不是你们民族工业的标本,你还想让这个呆子研究我?爷爷再说,她干脆面都不跟他见了。拖了一段时间,司长可能自己觉得没有意思,事情也就不了了之。过后时间不长,司长就另娶了一个刚毕业的大学生,再来见王老先生,就把民族饮料工业撇在一边,言必称希腊了。其实真正放开谈他熟悉的东西,倒也真有很多东西可谈。安妮在座也不拘谨了,放开了谈。谈投机了,觉得他其实是非常不错的一个人。安妮就取笑他说,如果当初你肯这般可爱,我们俩说不准就好了呢!一下子就把司长说成了个大红脸,推推眼镜框说,公主面前,不敢造次啊!

爷爷就骂她,没有规矩。人家都结婚了你又来开这样的玩笑。

安妮说,喜欢就是要直接说出来嘛!这和结不结婚有什么关系?

开始对王思和去河南最反对的是安妮,后来安妮几乎是央求着爷爷去了。她甚至都等不及让天气再暖和一点,就逼着爷爷成行。

爷爷说,河南有什么迷魂阵,又勾住了你的魂魂?

安妮就翻着旅游图说,我们要去看龙门石窟,要去看白马寺少林寺相国寺,要去看殷墟遗址。爷爷,勾魂的地方可太多了!

我看不是那么简单吧?如果没有祈隆,恐怕八抬大轿都请不动你!

安妮就瞪着眼说,是王祈隆又怎么样?难道你不喜欢他?

王思和是来年的四月底让安妮陪了来的河南。那个时候,正值洛阳的牡丹花开,满街富贵。王祈隆放下手头的工作,专门陪了老人四处去看。河南是人类文化的发源地,每到一个地方,都能看到历史的遗迹。老人静静地沉浸在历史里,很少发表自己的意见。

　　晚上到宾馆住下,王祈隆问他,老先生对河南的评价如何?

　　老人说,不敢。不敢。而后又说,历史如巨厦,我辈如蝼蚁啊!

　　王祈隆又笑了问,对现在的河南,总有个印象吧?

　　河南好!河南博大方正,居天下之中,得中原者得天下。他正是以他巨大的包容才承载了数朝故都的重负啊!河南人也是很有风骨的,居天下之中而不骄,得中原之利而不横,有皇城子民的风范嘛!你看那些旧皇城,王气虽然被雨打风吹尽,可民众也不见得气短三分。有古风、有大节啊!

　　安妮插嘴道,没想到阳城会是这么漂亮清洁的一座城。

　　阳城确实漂亮,一条河自西向东从城市的中心横穿而过,河两岸的宽阔地带,全部修整得绿树芳草,姹紫嫣红。小路蜿蜒着,三三两两的行人悠然自得,很有南国风光。安妮遗憾地说,这么一条河,要是能搬到北京去才真够棒的!

　　王思和不知道是触动了哪一种心境,说,一个没有河流的城市,就犹如是一个邋遢的老鳏夫!世界上有名的城市,基本上都是逐水而居的。

　　安妮抢白他道,又是想起了你的南京!

　　听到他们这样称赞阳城,王祈隆非常高兴,说要专门给他们建一栋别墅,在天气适宜的季节就把爷爷接过来住一段。

　　"欧莱奥"牌饮料是五月份投入批量生产的,在人民大会堂召开新闻发布会的时候,王思和和安妮都参加了。因为他们祖孙俩的参加,经销商来了一千多家,当场签订的合同就达到了当年的生产量。如果按照这个发展速度,明年至少可以给市里增加财政收入五千多万。这样一来,王祈隆这个市长的日子就会轻松得多了。

王思和说他老了,跑起来不方便,就委托安妮做了企业的技术总监。老人是真的喜欢上了王祈隆,不管在什么场合,他都说是因为王祈隆才出山的。而且他坚决不收企业的技术转让费。

王祈隆知道,王思和和安妮的到来,完全是因为被他的诚意所打动,所以在内心里与他们也特别的亲。他说到做到,真的就给王老先生在工业园的附近修建了别墅,各种设施备齐了,不亚于五星级饭店的水平。老先生倒还一次没有住过,却是便宜了安妮,她一个人常常来此,有时候一住就是一个礼拜。

相互之间的那种亲近感,更强烈地反映在安妮身上。尤其是在另外一个城市相见,那种亲近感就有了一种心照不宣的意味。安妮现在见了王祈隆,会欢天喜地的把自己当做小孩子似的撒娇,有时候却又兀自弄出一些幽怨来,让王祈隆不知道是什么地方得罪了她。

安妮每次来了,就命令王祈隆过来陪她。她以为王祈隆就像电影里那些花花公子一样,除了浪漫,每天可以什么事情都不做。开始王祈隆还能做到,后来企业的规模越做越大,安妮常常来,他就应付不了了。就是有时候有时间,他也会推脱说没时间过来陪她。王祈隆若说有事情陪不了她,她就耍脾气,先是狂风,然后就是暴雨。而王祈隆放下工作真的赶去了,她又像是没事人一样,陷在沙发里听音乐,或者抱着电脑上网聊天,把王祈隆撂在一边。她是任性的,她只是需要王祈隆在她身边。也许王祈隆可以不是王祈隆,王祈隆却必须是她喜欢的,一个能够陪伴她呵护她的玩伴。

让王祈隆最不适宜的倒不是这些,王祈隆过来陪她任性完,一直陪到吃完饭还不能走。王祈隆认为该结束的时候,其实才是事情的开始。安妮的生活就是在饭后才开始的,餐桌收拾干净了,一个专门放了各种洋酒的小推车就推了上来。要么是威士忌,要么是马爹利,一杯接一杯地喝下去,又喝下去,好像让王祈隆陪她的目的就是喝酒一样。她喝酒的时候,几乎没有什么话,就是低着眼睛看着酒杯,沉醉在迷离的灯光下那琥珀色的光晕里。等她抬起眼睛来的时候,眸子已经被酒精燃得水亮。王祈隆能把握住自己,到了差不多的时候再怎么都不喝了。而她却是故意放纵自己泛滥得不行,自己把自己先灌醉了。喝醉了她就会一个劲地笑,笑得让王祈隆不知所措的时候,突然就会哭泣起来。

王祈隆看见她哭,虽然明知道她不是伤心,但还是禁不住自己心里揪着一样的疼。于是就下意识地伸了手去,像安慰小孩子一样,在她的头上轻抚一下。想着是在抚慰安妮,哪知道最需要安慰的竟是自己,自己整个身体全然都软了下去。他活这么大,只是被女人爱抚,还从没有这样爱抚过女人。

那一刻,安妮就没有一点理智了,噘了嘴儿等待着,一股渴望被采撷的成熟女子的气息,从头到脚地发散开来,就像一个温柔的梦乡,在呼唤着王祈隆。王祈隆当然知道她要什么,他等待了一万年,才等来了他想要的女人。他从第一次见面就没有放下过,日思夜想的女人啊!他想把她抱在怀里,亲吻她,爱抚她,要了她的全部。就在那要人命的关键时刻,王祈隆已经站起来,要弯下腰去掬起她了。他的激情却是突然之间凝固了。他看到了她的那双脚,没有穿袜子的,让他恍惚而又惊叹的脚,他的力气顷刻之间一点一点地丧失尽了。他觉得自己软得像是一团棉花,棉花还有分量,那么他就是空气里飘浮的云了,竟然是没有一丁点儿倚靠的。用了全力屏住胸腔里的那口气,等呼吸稍微均匀了,就没事人一样地走出去。

他说,安妮,你醉了。早点儿休息吧!

王祈隆走了。安妮就真的大哭起来。她开始并不清楚埋在身体内部左冲右突着的是一种什么样的情感。等王祈隆走了出去,她才明白起来。走的是王祈隆,阳城市的市长,但那一刻他仅仅是一个男人。

但是,他毕竟先是王祈隆,然后才是一个男人。也许,是王祈隆在女人面前的骄傲,把她内心潜藏着的情和爱一点一点给勾引出来了。也许,完全是和爱没有一丁点关系的事情。

但她哭了,很伤心。她想要的东西一定能得到。她长这么大还真的没有得不到的东西!谁让她是安妮呢!

14

王祈隆觉得,在一个孩子的成长过程中,好像永远没有发生过什么大事。但那些细枝末节的事情,却又好像头皮屑一样,总是伴随着你。他的儿子王小龙他虽然没怎么管过,但是许彩霞见了他唠叨来唠叨去的,就只有儿子这一件事情。儿子让他爱却又让他头疼。

上初中的时候,王小龙在学校里有两个死党,他的这两个死党的爸爸都是政府机关里的头儿。朋友的爸爸因为是王小龙爸爸的下属,王小龙的这两个朋友也就像是他的下属了。王小龙和他们在一起,总是他说要干什么就干什么,这让他觉得很没有意思。于是,他有时候就去找个体户的儿子刘前在一起玩儿。

许彩霞很喜欢他和那些头儿的孩子玩,觉得他们既牢靠又安全,而不喜欢个体户的儿子。许彩霞既不敢批评儿子,又不会做和风细雨式的思想政治工作。就反复跟儿子说,我们可不能给你爸爸丢人,交朋友是要谨慎的,你可不能和那些不三不四的孩子玩儿。

王小龙听妈妈说话头都不抬,最多哼上一声。

许彩霞不放心,又把这件事情唠叨给了王祈隆。王祈隆一向不拿她的话当回事,却为这事和王小龙很认真地谈了一次。王祈隆说,你跟谁玩儿,应该由你自己来选择。但刘前的家庭背景很复杂,你可要慎重!

他的儿子王小龙很慎重地处理了这件事儿。后来王小龙和那两个头儿的孩子不怎么在一起玩儿了,而和个体户的儿子刘前却成了很好的朋友。

初二的时候,学校分了快慢班,王小龙那阵子尽顾着和朋友玩儿了,学习上有些吃力,就跟老师提出来要上中班。他当时的实际成绩也只能上中班,按照他最近几次的摸底考试,是早就该刷到中班去了。只是因为他是市长的儿子,就没人提这个茬儿,王小龙也觉得待在快班没面子。可是这等事儿,他的老师怎么也做不了主,老师只好跟校长说了。校长也做不了主,校长立刻汇报给教委主任。校长和教委主任俩人又专门去给王祈隆作了详细的汇报。王祈隆说,我知道这孩子的脾气,他是个机会主义者,从小就避重就轻,自己惯自己;他的成绩一直都是压出来的。

王祈隆觉得还是有必要亲自跟儿子谈一次。他丝毫不容置疑地说,孩子,你放弃了快班就等于放弃了进重点高中;放弃了进重点高中就等于放弃了进重点大学,我们可是只能前进不能后退啊!

我会努力的。但是,你让我自己选择一次好吗?

不行!有很多事情你要长大了才会懂,为了爸爸,你必须做个听话的孩子。

王小龙没再说什么,只是恨恨地想,为什么我就不能为了我自己?为了做一个市长的儿子,你知道我付出了多大的努力和牺牲吗?

读初三的时候,王小龙突然迷上了电脑,喜欢打一种叫"黑暗之城"的游戏。他聪明,很多孩子玩了很长时间还打不到一百分,他却很快就能打到二百多分。王小龙那一阵子情绪亢奋,他告诉妈妈是住在学校里,告诉学校是住在家里,却整夜泡在网吧里玩通宵。这件事儿的败露还是他的同谋,那个个体户的孩子刘前。因为泡网吧要花钱,所以就天天打电话告诉家里让送钱。后来他爹就多了个心眼,让人在学校门口盯梢,结果发现了两个人的秘密。

这下那个"天翼网吧"可遭了殃,第二天就被几个人砸了,损失了三台机器,玻璃门也被砸得粉碎。

事情到底还是传到了王祈隆这里。这种事儿往往是瞒不住的。对儿子王小龙,王祈隆没有打也没有骂他,甚至连一句责怪的话都没有。王祈隆说,你喜欢电脑是好事,我也很喜欢电脑。电脑能帮助开发智力,这也是我们今后社会的发展方向。但你不能沉迷在里边,你有自己要做的事,就像我一个市长有自己的职责一样。如果你需要,我可以送给你一台放在家里。不过,这要等你考上重点高中。

王小龙想,什么事情也都是有代价的。他想起来刚刚上初中的时候,他喜欢玩朋友的滑板,他想要一块。爸爸就是这样说的,可以,只要你期末考试能进前五。后来考完了,他是前三。爸爸给他买了一块最好的滑板。他任那滑板放在家里,始终都没有碰一下。因为那时候已经没人玩滑板了。

王祈隆又特意打电话找到那个个体老板,让他和他一起去给人家道歉,然后共同赔偿人家的损失。个体户一听,觉得这事儿如果要这么办的话,就太窝囊了。说,不行,王市长,这事儿你甭管了,我把它摆平。况且是他们他妈的坑害咱们的孩子。王祈隆说,你说的不对,不是人家拉着孩子们去的,是孩子们自己去的。怎么能怪到人家头上?你要不去的话,我就自己去了,也代表你。话说到这分上,个体老板说,我真服了你了。

老板的儿子刘前对王小龙说,你爸爸真行!对你那么客气,我爸差点把我给打死。我爸说我把你给带坏了,他要吃不了兜着走的。

王小龙心里很别扭,本来算不了什么大事儿,爸爸却插进来搅和成这个样子。其实他心里觉得挺对不起爸爸的,不管怎么说是他害得爸爸去给人家赔情道歉的。王小龙戒了电脑,和刘前也不怎么玩儿了,那一段时间,他把全部精力都放在学习上了。

王小龙果然不负众望,中招考试,他考了全校第三名、全市第五名的好成绩。学校也高兴,并不是因为全校考了好成绩,而是王祈隆市长的儿子考了好成绩。他们在电视上反复播放,弄得全市人民都知道市长家里有个神童。谁见了王祈隆第一句话准是这事儿,真是将门出虎子啊!

王祈隆暗自也很高兴,兑现了给儿子的承诺,亲自跑电脑市场给王小龙买了一台电脑,联想系列,最先进的配置。王小龙现在待在家里就可以尽兴地玩儿了,可他怎么都提不起来劲儿,每次打开电脑的时候,就想起那个滑板的事来,总觉得有一种上当受骗的感觉。

暑假里,王小龙过了十六岁生日。

离生日还有三天,家里的电话就响个不停。大部分都是他的同学打来的,商量着怎么给他过生日。儿子有这么好的人缘,许彩霞高兴。王祈隆每次回来,她就语无伦次地说给他听,其实这傻娘儿们是不敢直说,儿子提这么大的劲,她是想让王祈隆能重视起来。本来王祈隆也是想着给儿子好好地过个生日的。在生日的前一个礼拜,儿子就提醒他,有意无意地说起下周自己过生日,王祈隆哪会不知道儿子对这事儿看得有多重?而且十六岁应该是对自己的行为负责的年龄了。他甚至想在生日那天给他举行个成人仪式,跟儿子认真地谈谈,告诉他该怎么样做人。

听了许彩霞的话,他却改变了主意。

儿子生日那天,许彩霞天不亮就起来忙活了。先去集市买了鸡鱼肉菜,回来马不停蹄,细细地擀了儿子爱吃的面条。又跑去买了一个大蛋糕。等一切都准备停当了,她才给王祈隆打了电话。哪知,王祈隆却在电话里说,忙,不回了!许彩霞拿着电话,一会儿看看儿子,一会儿看看电话,一时间不知道该怎么说了。那边王祈隆不耐烦,早把电话挂了,她还呆愣愣地把话筒举在手里。王小龙就在旁边守着,王小龙看妈妈的表情就明白了几分,他不等妈妈解释就没好气地说,算了!你别张罗了行不行?

王祈隆过了好几天才回家。儿子看他回来,躲到自己房间里去了,王祈隆知道他是在抵触,没说什么。等吃饭的时候,他对王小龙说,儿子,我们喝点啤酒吧!

儿子坐着没动。王祈隆过去拿了两罐青岛啤酒,倒满两个杯子。

王祈隆说,你生日爸爸没能赶回来,我向你道歉。但是,爸爸想告诉你,我活了四十多年,还没有真正过一次生日!

他把杯子给儿子端过去,说,来!咱俩共同碰一杯,就算是互相弥补一下生日吧!

说完,一饮而尽。

王小龙没有动,王小龙嘟囔着说,不要老拿我和你们比,你们是什么年代?我是什么年代?我们班每一个同学都是把过生日看得很重的。

王祈隆说,我知道。可你不是普通人家的孩子。

我不是普通人家的孩子?王小龙见过那些普通人家的孩子是怎么过生日的。要么是有大帮的同学祝贺,要么是一家人欢天喜地的坐在饭店里,吹蜡烛,唱生日歌。全家人都把孩子的生日当成过节日似的。

王小龙拿起那杯酒,也学着爸爸的样子一饮而尽。他这次是狠狠地说,为什么我们家就不能普通一点?

王小龙终于惹了大祸。他在学校和同学打架,把人家的脑袋都给打破了。

王小龙在学校食堂吃午餐的时候,被一个女同学泼了一头菜汤。他那一阵儿情绪正不好,就随口骂了人家一句:眼睛长到裤裆里去了?

那个女同学就夸张地哭起来,毕竟这是市长的儿子骂她啊!

毕竟这是市长的儿子这样骂了她啊！那个女同学边哭边偷偷地看自己刚交的男朋友,这等于是给他下了开战的命令。那个男孩正苦于无处表忠心,推开饭碗站起来,二话不说,照准王小龙的肚子就来了一个上勾拳。说,你不要仗着你老子是市长,就耍太子脾气,乱欺负人！我代表劳苦大众,非剎剎你的衙内威风不可！

王小龙一大早被人泼了一头菜汤,又挨了一个老拳。明明是他吃了亏,却反被人骂了是仗势欺人。想想这市长的儿子当着真没意思,里外都不是人,真是让人憋气。他想都没想,拿起盛菜的勺子就朝人家脑袋拍了过去。

全市很快就传遍了,都知道市长的儿子在学校打了人。

王祈隆给人家孩子看了病,付了住院费,一遍一遍地向人家的家长道歉。他一个多月都没有回家。把这事儿撂给许彩霞,这岂不等于让牧师去当屠夫？她横竖都不知道该怎么样下手,只会一个劲地哭着对儿子说,你不能跟你表哥一样啊！

她这样说,等于说两个孩子都是敲了人家的脑袋,等于说两个人犯的都是同一种错误。

本来王小龙还憋着一肚子委屈,听了妈妈这话,更是气不打一处来。怎么可以把我和许小虎放在一起比？王小龙在学校里从来不歧视那些农村来的孩子,可他从来就看不起自己的表哥许小虎。他许小虎才真正把自己当成市长的什么人了,整个一不学无术的文盲,每次到家里来,都是一副十足的奴才相。只要一出了他们家的门,就把自己当大爷,瞧那牛哄哄的劲儿,好像他就是这城市的市长第二。开口闭口都是他的市长姑父,惟恐人家不知道,真让人恶心！王小龙在外面,最怕的就是人家提起他的市长老子。

许小虎常常羡慕他的那些东西,王小龙明明是扔掉不要的,也坚决不给他。哪怕他前脚出门,后脚他就扔到垃圾箱里。

王小龙说,求你别哭了！我比许小虎还无赖,行了吧？

许彩霞立马转换了哭泣的主题,说,你别横我。小虎什么时候成了无赖了？他这样了,你还骂他无赖！小虎是不如你,他没有个当市长的爹啊！你什么都有,可你知道珍惜吗？

王小龙大声说,我不想要当市长的爹,谁让你们把我生在这个家里？

许彩霞哭得更厉害了,拉了长音对他绝望地喊,你这个没有良心的孩子啊！

王小龙实在不想搭理她了,他怎么会有这么一个妈。许彩霞的哭,倒是让他莫名其妙地消了不少气,可能是刚才叫喊了一阵子,也可能是提到了许小虎让他出了气。王小龙坐在电脑前,很快像游戏一样奔腾了。他一边喝着可口可乐,一边把耳机插在耳朵里。

许彩霞哭了很久很久,她从春哭到了夏,从花开哭到了花落。她终于把丈夫王祈隆哭了回来。

王祈隆还没进王小龙的房间,就看见门口贴着的蓬头垢面的F4的大幅照片。他知道儿子贴这玩意儿不是为了自己看,而是贴给他看的。

一向万能的王祈隆,面对自己的儿子,只能是深深地叹息了。那叹息被从胸腔里挤出来,没有一点声音,也没有了初始的震撼和尖锐。他妥协了,决定平下心气,好好地和王小龙谈一谈。他觉得对儿子的妥协,就是对生活的又一次妥协。

他艰难地选择着词句,说,小龙,其实我也很理解你,你所犯的错误,我们小的时候都犯过。

王小龙仍然把眼睛盯在电脑上,耳朵里还插着耳机。

王祈隆说,把耳机取下来,看着我,别人说话的时候,要学会尊重。

王小龙把耳机取下来,他真想还他一句,妈妈跟你说话的时候,你的尊重哪里去了？

王祈隆停了好一会儿,仍然重了语气说,小龙,你必须明白,你不能永远待在这里,这里不是你应该生活的地方。

王小龙这才开了口。他敌对地说,你想好了我该去哪里?我为什么就不能在这里生活?

王祈隆缓了口气说,你还小,长大了你就知道为什么了。只有到你明白的时候,你才知道你想要的是什么。

王小龙打量着他严肃的父亲,冷冷地想着,你自己知道吗?你和妈妈知道你们到底想要什么吗?许小虎可也是为了得到他想要的一切。他突然有些理解了许小虎的反抗,至少他还不是只任人宰割的羊。

王祈隆还想再说什么,嘴巴已经张开,王小龙却说,不管我怎么样做,你都不要干涉,我到最后给你拿回来让你满意的成绩。行了吧?

王祈隆攒了一肚子的话全部给憋回去了。想一想,这也是惟一的办法了。

王小龙那个期末果然考了个优等成绩。

作为一个市长的儿子,王小龙觉得最憋闷的,就是家里太缺少平常的快乐。其实在内心里,他爱自己的父母,尤其是他的单调而又愚笨的、让他可怜的妈妈。但一到他们面前,只要话一出口,马上就串了味儿。生在这个众人瞩目的家庭,让所有的人羡慕。可他从小就没有感受到过幸福,感知到的全是来自社会的压力,就像生活在一张无边无际的网里,再加上爸爸妈妈的极度不和谐,他觉得幸福这个词在他们家完全是一件奢侈品。爸爸给了他荣耀,给了他最好的生活和学习的条件,他以为这些东西对一个孩子已经足够了。那种无形的看不见摸不着的东西,却把他压抑得几乎喘不过气来。爸爸太严谨,严谨到让人觉得虚伪。而妈妈又太懦弱,懦弱到让人可恨。他甚至把爸爸妈妈的不合拍,全部归结到妈妈的不觉悟头上。这样的家"幸福也会令人窒息",他在笔记里写道,"我现在才知道,娜拉的出走,是一件多让人愉快的事情。"

假期里,王小龙要和同学一起骑自行车远行。这是一次蓄谋已久精心策划的事情。他们准备去看黄河,然后沿黄河东进,直到入海口。黄河距阳城都快二百公里的路程了,全部行程算下来,有一千公里的路程。这么热的天!

王小龙知道他妈不敢放他出去,就故意认真地对妈妈说,妈,只有你能帮我了,我们要出去参加社会活动,我想等我回来再告诉我爸。

许彩霞不懂什么社会活动,但她知道,她不能让儿子有任何闪失。她说,去看黄河?你们开什么玩笑啊?

王小龙说,哪有功夫跟你玩笑?边说边开始往他的登山包里塞东西。他塞了两件衣服,然后塞了他的随身听和电池。许彩霞这才知道是真的了。许彩霞站到门口,问道,你们怎么去?都是谁去?

王小龙耐着性子说,我们骑自行车去,一大帮同学呢!

许彩霞一听就急了,说,骑自行车去?你从生下来,连公交车都没坐过。怎么能让你骑自行车出远门?我不会让你走的,你爸也不会同意。如果你爸爸答应了,就让他安排车子跟着你。

王小龙说,妈,什么都要我爸爸答应,我不是您生的儿子吗?我都快十七岁了,你就不能为自己儿子做一次主?你要找车子跟着我,除非是我爸这个市长当腻歪了!

许彩霞说,我都四十多岁了,也没敢跟你姥姥姥爷犟过一次啊。

王小龙说,你是你,我是我。过去是过去,现在是现在。为什么我必须要和你们一样?

许彩霞紧紧地倚着门说,我是说不过你,你爸爸不批准,你休想出去这个门!

王小龙看看表,他的同学已经在约好的地方等着了。王小龙气愤得脸都红了,王小龙说,妈,要说起来你也是个市长的老婆,白活了啊！都什么年代了？你真是个没有文化的！

许彩霞说,我生了你,你有文化就行了。

妈妈,算我求你了好不好？

你说什么都不行,你这样走了,我怎么向你爸爸交代？

王小龙说,我这么大了,能出什么事情？我爸爸多长时间也不回来一次。妈妈你就做一回主吧！

许彩霞心里犹豫着,但她无论如何是不敢做这个主。她忘了小的时候,自己也曾坐人家的自行车,偷偷去县城的事。她说,小龙,妈妈也求你了！妈妈真的做不了主！

电话铃声大作。王小龙知道是喊他的,但两人都不去接。

王小龙说,你让走我得走,不让走我也得走。这事儿跟你没关系,是我自己偷着走的。你什么也不知道。行了吧！

王小龙说着就要去拉妈妈。许彩霞回手拉住了他的包。她说,我死都不会让你走的！

王小龙气愤到了极点,他使劲掰开她的手,说,那你就去死吧！王小龙正在气头上,说了,自己就先愣住了。许彩霞愣了一会儿才反应过来,许彩霞说,我整天给你做了吃做了喝,你爸爸都没说过要我死的话啊！许彩霞哭着,朝儿子脸上使劲地打了一巴掌。

王小龙捂住脸,强行拉开了门。许彩霞没再阻拦他,在儿子迈出门口的一刹那,她的哭声猛然间响了起来,震得整个楼道都是嗡嗡的回声,好像整座楼都在哭。那哭声里的对儿子的气恨已经转化为对自己的伤心。

王祈隆是在路上接到的许彩霞的电话。许彩霞边哭边絮叨,说了半天才算说清楚。王祈隆本来想折回家去看看,想一想,孩子已经出去了,他和许彩霞也没什么好说的。再者说,就是他在家,对儿子这样的要求,也不太好拒绝。自己像儿子这个年龄,已经独自上路,开始独立的生活了。

既然走了,就让他去吧！王祈隆挂了电话。

王小龙他们一伙人是在第三天在走到将近二百公里处,被一个同学的家长开了卡车接回来的。那个时候,距离第一目标只有不到四十公里了,可这帮雄心勃勃的旅行者,彻底知道了远方到底有多远。他们东倒西歪地倒在路边,几个人已经累趴下了,嘴巴还在不停地互相埋怨。

　　他们要送王小龙回家。王小龙仍然在负气,不肯回去。同学的父亲只好给王祈隆打了电话。王祈隆亲自开了车去接儿子。

　　父子俩相见的那一刹那,竟然像两个陌生人。傍晚的阳光打在儿子长满绒毛的脸上,从逆光里看上去,像个金光闪闪的天使。王祈隆看着儿子,真不知道是高兴还是辛酸。低沉的音乐的节拍从他塞在耳朵里的耳机里泄出来。一丝略微有些尴尬的苦笑从唇角浮起,也许看起来更像嘲讽。复杂的情绪在父亲的心底盘根错节。

　　原来王祈隆以为,只有许彩霞是无能的。面对儿子,他觉得自己也同样无能。他不是一个集体,也不是一个简单的人,他就是你自己身上的一部分。如果自己身上的一部分不听使唤了,比如手或脚,能有什么好办法呢? 一个母亲,面对自己的儿子还能够哭泣。他是父亲,不能哭。他惟一的办法,就是把自己的忧心遮盖起来,然后,装得还像是个父亲。

15

　　安妮现在在阳城的身份,是"欧莱奥"企业集团的技术总监。由于王老先生坚决不要技术转让费,作为报偿,企业就给安妮发了高薪。安妮现在可以用了这身份,在阳城一住就是十天半个月的。她对工作确实是负责任的,这一点是继承爷爷的光荣传统。在她的严格监督下,产品质量不敢有任何一点疏忽。

"欧莱奥"没有沿袭过去高档饮料一直使用的易拉罐包装,他们采纳安妮的建议,改用更人性化的设计,使用了一种高级透明玻璃瓶,造型设计精巧漂亮。每一种口味是一种颜色,色泽柔和的粉黄淡绿浅紫,透过瓶体直接映射到人的味觉系统,整个设计体现了时代特色和自然倾向。从不喝饮料的人看了都忍不住想喝一口,品尝一下。

　　郑州的一个超市同厂方签订了长期合同。有一次,那里的一个顾客从一个瓶子里发现了一点絮状沉淀物,不仔细看还真的难以发现。安妮立刻要求企业把当天生产的那批货全部收回来销毁,并在报纸上登消息,重奖那个发现问题的顾客。要说在饮料里偶尔发现一点这样的沉淀物,应该不是多大的质量问题,安妮这样小题大做,而且把那么大一批货物销毁,看着很让人心疼。销毁的都是钱啊! 有一部分厂领导舍不得,想拉回来给职工当福利发。安妮气得大发脾气,她说,要想看着企业早一天垮台,你们就这么干!

　　结果货物被全部收回并当众销毁。这个举措不但没影响企业的形象,反而使"欧莱奥"名声大振,促进了销售。

　　大家对安妮心服口服。

　　王祈隆听说了这件事情,觉得这小妮子是真有两下子。听大家传说得沸沸扬扬神乎其神的,心里竟然有了说不出的骄傲感,好像她真的是自己家里的一个亲人。

　　北京来的安妮可不光是市长王祈隆的宝贝,她给阳城带来了巨大的经济利益,她是全阳城市人民的亲人。阳城见到过安妮的人都评价说,那是一个阳光一样漂亮可爱的女人呢!

　　安妮和阳城熟悉得很快,这好像就是她自己的城市。她走了许多地方,认识了许多人。她不是个能安安静静地待着的人,她让王祈隆给她安排车子,让人带着她四处去看。

　　在郊区的农业园区里,安妮认识了毛小红。

毛小红是个六岁的小女孩,她已经能够在菜棚帮助她的父亲干活了。毛小红的上唇是开裂的,从开裂的地方一直可以看到喉咙里去。毛小红是兔唇,生下来就是。她的亲生爹娘生下来就把她丢到路边上了,一个菜农收养了毛小红。收养毛小红的菜农是个侏儒,他的老婆还有他们生的一个儿子全是侏儒。所有的人都说毛小红是个可怜的孩子,但看到毛小红却都要吓得跑开。安妮没有跑开,安妮很仔细地看了毛小红的五官,她说,这是一个秀气的女孩子呢!

最先打动安妮的却不是毛小红,而是她的侏儒父母。两个残疾人,生活本来就够得上艰辛,却又收养了两个残疾弃儿,除了毛小红,还有一个瘸腿儿子。

安妮被深深地震动了,在这个残疾人的家里,她体验到了什么是贫穷。她听了这家人的故事后,当时就激动地给王祈隆打电话。她在电话里责怪王祈隆说,如果在美国,照顾不好这样的家庭,你这个市长是要辞职的!

王祈隆告诉他,就是在他的直接干预下,才把他们几口人安排在农业园区,干一些轻体力活。像他们这样的情况,在农村还有很多。

安妮说,她要收养毛小红,要帮助他们全家。

王祈隆说,你的心情我理解,你要帮助他们可以,但你千万不要贸然提收养的事。搞不好会伤害到她的残疾爹娘,这是一个很复杂的问题。

在美国,安妮固执地说,捐一千万美金不算什么;收养一个残疾人,就会得到很多人的尊重!

安妮最终没能收养毛小红。毛小红的父母坚决拒绝了,小红是他们的孩子里面身体条件最好的一个,他们从一点点大喂养到六岁,怎么舍得送人?安妮决定赞助这个家庭,她说服了毛小红的侏儒爸爸,给毛小红在阳城最好的小学校里报了名。现在是春天,等到夏天过完的时候,毛小红就会是一个小学生了。

安妮闲暇的时候,就会牵了毛小红的手。把她带去商店里买儿童书,去童装店买漂亮的衣裙和鞋子,去麦当劳吃麦乐鸡和炸薯条。她让毛小红抬起头来,勇敢地面对所有的人。毛小红和她的安妮阿姨一样,变成了一个快乐的、无拘无束的孩子。这是一个蛮懂得漂亮的善良的小姑娘呢!

安妮把毛小红带到了北京最好的整形医院,在那里,医生告诉她们,要等她过了十二岁,才可以给她做唇部修复手术。

毛小红立时就哭了,她说,阿姨,我不怕疼!你让他们现在就给我做吧!

安妮说,小宝贝,你还太小,做了以后效果不好。等六年之后,你躺在医院里睡上一觉,醒来就会变成一个漂亮丫头了。

那六年之后,我去哪里找你呢?

安妮蹲下来,把小红揽在怀里,说,我哪儿也不会去的,就在这里等你长到十二岁!

安妮是化学博士,是北京来的专家。那些工人们说,安妮可不像个专家。专家是些脸上带着高不可攀和不近情理的人,安妮更像是一个亲善大使呢。

安妮常常在阳城住下不走,这样,就让王祈隆觉得不安了。安妮在,他就会整日地惶惑着,总觉得好像什么事情没有安置妥当。安妮常常会不停地找他,安妮有时也会安静上几天,安妮的安静反而更让他寝食不安。这就是王祈隆自己的事情了,怪不得安妮的。

安妮显然是看出了王祈隆的不安,那个时候她就会偷偷地笑起来。

安妮是市里请的专家,也是经常要出席一些场面的。安妮从小就跟着爷爷,练就了一些酒量,而且在场面上从来不像地方女干部那样扭捏。她一杯一杯地和别的领导碰,碰到王祈隆喝的时候却常常要赖,把酒往他的杯子里倒,或者干脆要交换,喝他杯子里

243

的残酒。王祈隆那时总会是一脸的正经,他甚至怕别人看出他的狼狈来,故意板着脸,一副公事公办的样子。安妮就有些不高兴。王祈隆以为他这样做大家就会看不出什么了,其实越是这样,大家越是觉得不得劲。

那天碰巧宋文举是和安妮坐在一起的,他已经醉得差不多了。他在与她的交谈中,半开玩笑小声地对漂亮的女博士透露,王祈隆可是个柳下惠,除了他老婆,他是从来不粘女人的。

安妮的脸一下子红了,她与王祈隆的闹笑里,好玩的成分是非常大的。现在宋文举这样说,是把她的任性看做是对王市长的追求了。区区一个王市长也是可以让她追求的吗?市长的头衔还没有她的祈隆哥哥的分量重呢!可面对宋文举,安妮一点都不介意他这样说,她也用玩笑的口气,半醒半醉地说,书记大哥,我总不至于还不如王市长家的大嫂吧?

安妮这样说倒是把宋文举吓了一大跳,他没有想到安妮真像是动了真格的。他说,安妮,你这玩笑可开大了。

见他比王祈隆还正经,更加激起了安妮的恶作剧心理。她说,宋大哥,我长这么大,还真没有碰到过真正的共产党员呢!

宋文举说,安妮,喝酒喝酒!

安妮说,喝酒!王市长,喝酒!安妮朝着对面的王祈隆举了举杯子,她的眼睛里却汪了满满一窝子挑衅。

王祈隆象征性地也向安妮举了一下杯,然后又故意去和其他人聊。安妮径直走到他身边坐下,虽然压低了声音,但还是让别人听见了。她说,祈隆哥哥,你除了尊夫人,就真的不肯和别的女人亲密接触吗?

王祈隆都气死了,他心惊肉跳,可又不好发作。他明知道这小妮子是故意的,场面上却拿她一点办法没有。但他还是能镇定住自己。他说,安妮,大家都是认真的人,你可不要老是开这样的玩笑。

安妮说,我说什么话可从来都没有不认真过啊!

大家都笑,大家也都当成了玩笑。可安妮那一刻却是放纵的,安妮心里认真地想,她是要把王祈隆征服了。从他一向对她的那分呵护,她就不信他就会是个柳下惠,她至少要证明一次,他王祈隆是爱她的。

安妮对王祈隆的征服欲望是被她自己的任性,在某种程度上也是被大家对王祈隆的评说刺激起来的。

她好像是对宋文举又像是对她自己说,不就是个王祈隆吗?

待单独见了面,王祈隆就苦笑着说,你不能这样整我,我好歹是一个老共产党员啊!你总得让我保住晚节吧?或者说,你怎么忍心把爷爷一个人丢在北京?回去吧!

安妮嬉笑着说,我就看不惯你们这些官员的虚伪。

王祈隆说,看不惯就离远一点,你还是回北京吧,安全。

安妮一脸的坏笑,是你安全还是我安全?

王祈隆摇摇头苦笑着说,你呀!

我怎么了,我没有觉得有什么不安全呀!

你呀!王祈隆被她这样一将,就不知道怎么说话了。

王祈隆最怕的就是安妮老是盘问他的家庭,他不想谈这个话题。他越是不想说,安妮想知道的欲望就越是迫切。她不知道在他的身后,是一个什么样的家庭,让他这么坚定,又这么坚强。心里竟生出一些隐隐的嫉妒,这种嫉妒的情绪以往对她这样的女孩是何等的可笑。她的市长哥哥的心里,究竟藏着一个什么样的谜呢?

安妮是疯了,安妮悄悄地打听了王祈隆家的住址,她竟然打了车,在吃晚饭的时候去了他的家里。

安妮很轻易地敲开了门。女主人穿了比人更为宽大的睡衣裤,一边开门,一边喝着一大碗面糊糊。突然又觉得不对头,放了碗用手拢自己的头发，有点尴尬又有点恼怒地冲安妮说，老王不在家！安妮只顾着打量这个女人和这个家，好像没有听到她的话一样，径直往里走。市长的太太和他的家与她想象的真有天壤之别。房子太普通了一点，而且家里的摆设既俗气又不舒适。那放了饭碗，端起市长夫人架子的女人更是让她大失所望。她来之前是想好了的，如果是一个很优秀的女人，她真想和她较量一下。看见了许彩霞，她的心里竟然生出了一些怜悯。她怎么可以伤害这样一个女人呢？

安妮的打量让许彩霞警觉起来，她惊讶地看着来客。再一次告诉她，王祈隆不在家。她没有想到，天使一样的安妮会在那张凌乱的沙发上坐下来。

安妮笑了说，我是北京来的，我找王市长没有什么急事。我可以坐一坐吗？

许彩霞迟疑着给客人到了水，就把目光放在电视剧上，表情是带点居高临下的，心里却是忐忑着。这种场合她经历得多了，大多数人到她家来，都是又求于他们的。不过，她听到安妮说是从北京来的，就忍不住一下子激动起来。

许彩霞说，北京我去过，北京可好了，就是人太多。

许彩霞又说，我还去过香港呢！

安妮不知道该如何应对她的话，就顺着她说，你去的地方还挺多呢！

许彩霞说，哎呀，香港可比我们国内繁华多了，楼高啊，车子一辆接着一辆，东西应有尽有！我们晚上到香港的太平山去看夜景，飞机就在头顶上，那个多啊。山下面那个灯啊，比星星可是稠多了！

许彩霞终于发现客人有些不对了，客人的脸上挂着笑，眼睛里流出来的光却不对劲。许彩霞不懂得悲悯这个词，可她现在回他们东许村的时候，常常会很熟练地使用起这种目光。许彩霞突然间忆起了她到香港时发生的一切,现在面对这么一个年轻貌美的神秘女人,她竟然还在诉说香港的事情!许彩霞惭愧到了极点。

面对安妮,许彩霞下意识里感觉到了她遇到一个强大的敌人。但是,她在不知不觉中又拖起一条长长的尾巴。她本能地改变了话题,竟是夸奖起他们家老王是如何对自己好了。老王知道疼我啊,让我去买衣服,让我去做美容啊。你说,我这整天在一个地方待着,买了衣服也没有处穿的。老王好啊,这么多年都没有在外面找女人。老王娶我的时候,是他主动提出的呢!老王很喜欢我们的儿子,我们的儿子都十七岁了呢。我们的儿子将来一定会有出息的,我们老王……

安妮始终微笑着有礼貌地听着。

面对这么一个突然而至的对手,许彩霞的精神防线看来是彻底垮掉了。她语无伦次地说着,她的嘴巴已经完全不受大脑的控制,她的脸上的笑比哭都难看,她的嘴角泛出了一朵朵白色的泡沫。

安妮几乎是从王祈隆的家里逃出来的,她出了门,立刻深深呼吸了一大口外面的空气。再不出来,她真怕自己会憋死。就是憋不死,许彩霞的唾沫星子也得把她淹死。

她的祈隆哥哥心里藏着的竟然是这般的一个可怜的人物,她难过得都想吐了。她突然想到,能选择并坚守这样一个妻子,这样一个家,很说明一个人的品位了。

其实,王祈隆身上并没有什么值得让她特别喜欢的。她想。

安妮心里平静了几日,她不再想她的祈隆哥哥,甚至她在称呼她哥哥的时候,心中冒出那么一个嫂夫人来,突然就会很沮丧,觉得别扭得要命。好像王祈隆的夫人就是王祈隆的同谋,她的品位把王祈隆的品位也拉下来了。

安妮想是这样想,过一段时间,再见了王祈隆,见他却仍然是一副洒脱相,对她也仍然是关爱有加,处处透着呵护。却又让人感觉木木的,怎么都走不到近前。安妮心中那股子失落就一下子全回来了。

仍然是一次次地试探,一次次地厚了脸皮撩拨,仍然是一回回地失望,一回回地得不到半点回应。

终于是禁不住诱惑和失落这双重的精神压力,打一个电话过去,使着横把什么都说了。她说,王祈隆我不是你妹妹,我爱你,我想得到你!

王祈隆似乎是喝了酒,喝了酒的王祈隆突然糊涂起来。他大着舌头说,你是谁?

安妮气疯了,安妮对着话筒大叫:我、是、安、妮!

王祈隆说,安妮。安妮。

安妮被他的两声呼唤弄得柔顺起来,温柔地说,是啊,我是安妮。你爱安妮,对吧?

王祈隆停了足有半分钟才说,是啊安妮,我很喜欢你。

安妮知道他没醉,安妮又大叫起来,我不要你喜欢我,我要你爱我!

安妮以为她把王祈隆逼到角落里去了,想不回答都不行。王祈隆那边却把电话挂断了。再打过去,是关了机的。安妮摔了两样东西,不解恨,又把王祈隆在心里嘴里骂了几遍,恨恨地想,王祈隆,你以为你是谁?

安妮发泄完了,突然觉得很扫兴。安妮想,王祈隆,你总归是个敢想不敢做的男人,你这样的男人,有什么值得我爱的地方呢?

安妮睡了一夜,醒来似乎是理智了。安妮想,我必须立刻给王祈隆打个电话过去。她是要告诉他她并不爱他,她只是一时耍孩子气,她是闹着玩的。

电话打通了,王祈隆当然是非常清醒的。王祈隆显然是把前一天的事情通通都忘记了,王祈隆说,安妮,该回北京去陪陪爷爷了吧?

安妮酝酿好的情绪一下子全坏掉了,她说,王祈隆,你就不像个男人!

干吗又生气,谁又惹你了啊?好好的,别整天把自己弄得像个受气包一样,给别人看了,还以为我们阳城市的人民没有落实好知识分子政策。

你装什么装?谁惹的我你还不最清楚?

安妮,你该长大了。别老这么少年不知愁滋味啊!

放了电话,安妮又傻了。这个该死的魔鬼啊!

只好在心里一遍又一遍地骂,王祈隆我恨你!王祈隆我恨你!

安妮再怎么骂,王祈隆都是听不到的,王祈隆是在逃避她,接下来会一连几天不给她面见。安妮先是气愤,你王祈隆这样算什么,你根本就不配我爱。她憋了一肚子气固执着,离了你王祈隆我并不缺少什么,凭什么我就非得喜欢你不可。这样过了两天,再咬了牙熬上两天,王祈隆那边仍然是无声无息。安妮发现自己什么都干不进去了,一天到晚盯着电话,委屈得眼泪都出来了。终于是主动打一个电话过去,本来是要说说委屈的,一开口说出的话却全不是那么回事。王祈隆你太没有大丈夫气了!王祈隆男人就没有你这样的!

王祈隆说,安妮我正忙着,我又什么地方不对了吗?

安妮一下子把电话摔得老远。我怎么就这么没出息呀,我!你王祈隆是没有错,可难道你的虚伪不是最大的错吗?

安妮开始收拾东西,她似乎下了决心要回北京去。可装了一半她又开始往外掏,她把花花绿绿的衣服扔得满屋子都是,她一边扔一边掉眼泪。我安妮怎么可以是这个样子的,你王祈隆算什么,我不能就这样走。

安妮独个儿哭了半晌,她为自己伤心。她觉得她恨透了王祈隆,可她却又盼着王祈隆会突然从外面走进来。这狠心肠的无情无义的人,哪怕你打个电话也行啊!

我恨你王祈隆,我恨你!

安妮终于再打一个电话过去,一拨通就开始哭泣。安妮说,哥哥,你不该这么对我啊!安妮这句话是平了心气说的,里面含了满满的委屈和无奈。王祈隆说,安妮,我知道我不是个好男人,但是我是想做得更好。

他是想说,我对你没有什么不好的啊!可是他语气里却是不自觉地带出了许多的抱歉。也许他开始是想用语言抵挡住安妮的侵略,他想让自己的态度强硬一些,话涌到胸口,他自己先过不去了。

安妮也不能明白,面对这么一个硬得起心肠的王祈隆,她想要得到的,究竟是什么?有几分倾慕成分,更多的却是成熟女人对男人欲望的渴求,但是,爱情的含量在她这里到底有多少?她想不明白,她甚至想都不愿意去想。她只是因为情感的触角遭到了拒绝,这种拒绝反而激起了她的斗志。她所要的,也许仅仅是占领,是一种攻城掠地的征服。

她是安妮,是自幼被人宠坏了的,她要得到她所想要的!

安妮在这样一种不清醒的混沌的战斗中,突然有了一种奉献感,一种母性的,从未施展过的温柔。她想给予他自己所有的一切,包括爱情。安妮说,我只想见你,我保证不让你为难。

王祈隆去了安妮那里,他再借故不去,自己心里都难过得不行了。

安妮是说话算数的,他们一整个晚上都是安静地聊。她给他泡茶弄水,带着点哀怨而又渴望的表情服侍他,她在爷爷面前都不曾这样委屈过自己。她的姿态,真的算是低落到尘埃里去了。她这样做,她安妮这样做,还不能换来一个人对她的一点爱吗?

人的心理是太复杂,安妮这样做了,王祈隆的心里反倒是有了一些失落。他一向怕她的不掩饰的大胆,然而他却不明白,他心的深处,渴望着的也正是那样一种火热。

安妮说,你爱那个女人吗?

王祈隆知道她指的是许彩霞,而且他一下子就明白了,安妮是看不起许彩霞的,安妮甚至不想把他和许彩霞放在一起。有一个人这么看,让王祈隆有了一种从没有过的复杂的感觉,既有痛快淋漓的恶狠狠的快乐感,又有一种说不出来的懊丧和委屈。他说,不爱!

你爱过别的女人吗?

他说,不!

安妮忍了一个晚上的泪水一下子涌了出来,她扑过去拥住王祈隆,她说,你可以爱我,可以让我爱,你为什么不爱我?不要我?为什么?

王祈隆心疼欲裂,但是,在这样的疼痛中,他的心底却奇怪地涌起了一种从没有过的成就感。他差一点克制不住自己,真的想使劲地抱住怀中的这个梦想,这样一个女人,也许能够补偿他的。也许吧。

天太热了,这是一个热疯了的夏天。王祈隆在开足了空调的房间里出了一身透汗。还是不行啊。

王祈隆推开了他怀里的女人,王祈隆喝醉了一样摇晃着立起来。他说,安妮,时间太晚了,让我走。

安妮再一次扑过去环住他。安妮说,我求你留下来,陪我。

王祈隆推开了她,王祈隆说,不!

王祈隆你是个胆小鬼,你看着我的眼睛,你爱我,你是爱我的,你不想承认都不行!

王祈隆你是不想离婚,你是害怕你的政治地位受到影响,你是怕我给你惹下祸端,你是个无情无义的人!

王祈隆,为着那样一个女人,为着这样一个市长的头衔,你甘愿自己被葬送,你不觉得你太卑微了!你是个伪君子!

祈隆哥哥,我求你了,我答应你,我什么都答应你,只要我们俩相爱,你让我怎么做都行。我不要名分,不要你为我承担任何责任,我只要你要我,要我!

安妮一口气说了这么多,这些话她想都没有想过,现在却一下子淌了出来,说得太快,她几乎被自己弄得背过气去。

王祈隆的脸也和她的一样,顷刻间变得煞白。但是,王祈隆说,不!

安妮也说,不?

王祈隆坚强的声音,没有再发出来。他看着安妮,几乎是一种哀求的表情。

王祈隆说,让我走吧!声音是那么的微弱,他自己听起来都是飘忽的,像是隔了房子,另一个人的耳语。

安妮用她薄透的蝉翼一样的丝绸上衣的袖子蹭去脸上的泪,孩子一样地得意起来。安妮说,我把门反锁住了,你走不了的。我不让你走,你就要在这里陪着我。

安妮去洗澡了。安妮洗完澡,直接裹了毛巾回到里面的房间。她探出头来,说,王祈隆,你活该受罪,你压根就不是个男人!然后把门重重地关上了。

王祈隆虚脱地陷在沙发里,然后又陷在自己的梦里。在梦里,他终于还是出去了,他自己都不知道是怎么出去的,他走到深夜的河边,河水像他的眼珠一样漆黑发亮。王祈隆跪在河岸上,王祈隆说,老天!

泪水涌了出来,怎么擦也擦不干。

他的奶奶站在旁边,陌生地看着他。没一个人帮他。眼泪挡住了他全部的视线。

王祈隆说,老天,告诉我,我该怎么办?

王祈隆醒了,他是被自己淌出的口水弄醒的。过了四十岁,他的睡姿就露出了衰相,他常常被自己的口水弄醒。天已经亮了,他不知道自己是什么时候仰在安妮的沙发上睡着了。他醒来了,安妮跪在他的跟前,那么近距离地看着他。天,我睡得多么丑陋啊!他发现安妮的目光是那样的陌生,那样的冷。她像是在观察着一个不熟悉的动物一样,王祈隆的脊梁冒出一股冷气。他搞清楚了,他并不是被自己的口水弄醒的,他是被那种陌生的、寒冷的目光冻醒的。是那种寒光照射在他的皮肤上,冷凝出的水。

他一下子就醒了,手忙脚乱地拉扯着自己的衣服。安妮的眼睛里又重新反射出了他所熟悉的那种火热的任性的光芒。也许一直都是这样一种光芒,他那种感觉,只不过是自己太过于敏感。

安妮给他弄了早餐。牛奶,夹了黄油和凉火腿的面包。他的口和胃一直都不喜欢这种东西,不大适应。但是,他把什么都吃掉了。脑子喜欢,并且下了命令。

安妮一刀一刀地切一块火腿。不知道是什么时候她开始哭的,安妮在不停地哭。王祈隆是把她的心给彻底弄伤了,就像她刀下火腿的刀口一样宽一样深,一旦切开,就永远也不会愈合了。

这个夏天是热,许多人都睡不着,年轻人深夜里还成群结队地在河边在大街上游荡,有的人干脆就在草地上躺下了。等到第二天早晨,清洁工人就会在草地上拣拾到诸多暧昧的遗弃物。这个夜晚,是一个热而寂寞的夏天的夜晚。

王祈隆夜里两点钟接到安妮打来的电话,她在那端哭得一塌糊涂,也醉得一塌糊涂。

听得出来是一个公共场所,有嘈杂的音乐声和嘈杂的人声。

她在那嘈杂里呻吟道,我爱你!我要你爱我,你不爱我我会死!

王祈隆说,安妮,你要冷静,告诉我你在哪里?

安妮的声音在嘈杂声里消失了。

是用固定电话打来的。王祈隆按照那个号码打过去,对方告诉他是"真爱酒吧"。

王祈隆去了,王祈隆自己开车去了那个偏僻的小酒吧。王祈隆没下车,他让服务员把安妮给送出来的。服务员是两个小伙子,很让人反感的、两个城市里流里流气的小伙子。王祈隆看见他们很恶心,他不想让他们碰这个干净的女人,这个女人是他的。可是,他不敢下车,他不能让更多的人看到他,也许会有人认出他的。

　　看到安妮醉成那个样子,王祈隆的眼泪突然就出来了。如果市长这个身份是他身上的衣服,是他的一顶帽子,是他脚上的鞋子,他会毫不犹豫地把它们全部脱下来,统统从车窗里甩出去。他不要了!他想,他什么都不要了!

　　安妮没有说错,他王祈隆是个懦夫,他没有这样做的勇气。他如果把这些东西统统丢掉,就等于什么都没有了,甚至连他王祈隆都没有了。王祈隆的眼泪更加汹涌地从胸腔里流出来。

　　王祈隆是抱着安妮把她送到小楼里去的。

　　王祈隆把安妮放在床上,安妮是醉透了的,她满身的酒气熏得他差点吐出来。她的衣服像绳子一样地缠绕在身上,把她的身体分割成了一块一块的。王祈隆开始解她的衣服,一个醉透了的女人,只能任由他摆布了。

　　等王祈隆把那个"碎块"拼接在一起,事情起了本质的变化。那简直不是一个人体,那是一个仙子!奶油色的皮肤像缎子一样光滑,浑身的线条像音乐一样流畅,鼓突突的小乳房,富有弹性的曲线啊!王祈隆看呆了。王祈隆注视着这个胴体,一股热流在他体内奔突,男人的本能冲破了他的躯壳,他的浑身都是颤抖的。

　　我的。这可以是我的啊!

　　天啊,他看到了什么?是那双让他梦寐以求的脚啊!

　　王祈隆把她修长的腿和那双脚紧紧地抱在怀里。当他要把火热滚烫的嘴唇贴上去的时候,他发现安妮是睁着眼睛的。

　　王祈隆像被劈脸打了一个耳光,浑身像触电一样的麻。他的心几乎提到了嗓子眼上。他看着安妮,准备跟她解释什么。但安妮又闭上了眼睛。

他出了一身汗,看了好一会儿才发现,安妮并没有醒。

他明白这个让他日思夜想近在咫尺的女人在醉梦里召唤着他,他可以要了她的一切,他可以不必承付任何责任。王祈隆大汗淋漓,王祈隆却什么都没有做。他蹑手蹑脚地在安妮旁边坐了下来,身心竟是异常的平静。

王祈隆在安妮身边坐了一夜,他舍不得离开。他把这个女人刻到心里去了。

天亮了,安妮还没有醒来。王祈隆冲了一杯咖啡自己喝了,又冲了一杯给安妮放在床头的茶几上。他检查了自己身上的每一个地方,然后这才像一个市长那样,气宇轩昂地离开了这座让他从此刻骨铭心的小楼。

依然是一个闷热的天气。

16

王祈隆将近有一个月没有回他和许彩霞共同拥有的那个窝了。他不回,想都不愿想。他觉得,他不想了,那么一个像一块心病的地方就仿佛不存在了。他每回去一次,都似乎是下了巨大的决心,他告诉自己只是为了回去看看儿子。儿子长成个大孩子了,很出色,性格越来越像他,儿子是他的安慰。有了以儿子作为回家的借口,再回去好像就理直气壮了,至少不再让他自己觉得别扭。

儿子已经读到高三,其实已经是他背着铺盖卷儿独自出门的年龄了。他越来越觉得他是该好好地多陪他一些了。

王祈隆是礼拜六的半夜里回去的,那是所有的物件都已经睡熟了的时刻。他用钥匙开了门。他从来不敲门,好像这样他就更像是这个家庭的主人。他也不开灯,在黑暗中把衣服脱尽,就那么赤裸着。不洗澡,也不穿睡衣,他完全是带着一种恶毒的毁灭感,走向那个睡熟了的女人。

这个丑陋的,愚笨的,却是茁壮无比的女人,几乎就是她毁灭了他生活中所有美好的一切。

一到了她这里他就恶狠狠的。有多久了,他觉得他的性能力就是靠着这种作恶的冲动支撑着的,就像吗啡对于一个吸毒者。

人有时候是天使,有时候就是魔鬼;对待天使的时候就要像天使,对待魔鬼的时候,就要像个魔鬼。

没等她醒,他就把她摁在身下,把体内所有的凶狠都发泄出去。他用这样的方式,又找到了做男人的感觉。只有在那一刻,他是彻底放任的。出了这个门,他就得换一副面孔,一副谦和的,优雅的,同时又是让他累得近乎虚脱的另一副面孔。

爱和恨,就像一枚硬币的两面。

他闭了眼睛,身下的女人就不存在了。有的只是他的肢体器官的某种感觉。快乐吗?痛苦吗?一切都不可思议地华丽起来,他是在进行一种自由的飞翔,没有了意识,没有了思维,事物完全是抽象的。他看到了他的过去,他的将来,他的儿时的健朗的奶奶,他的未曾预见过的一种全新的生活局面。王祈隆兴奋起来了,他在这个女人的身体之上再一次迷失。

许彩霞笑了。在沉沉的梦中的笑,从一个梦直接去了另一个梦。许彩霞是回到她十几岁的时光里去了,她最近常常回到那样一段时光中去。她穿了色彩绚丽的花衣服,她走在田野上。田野里开放的油菜花,被风吹得一波一波的,把天和地染得黄艳艳的,把人的心荡得也一起一落的。她看到了那个人,那个叫王岩的城里知青。已经多长时间了?她都忆不起她的生命里有过这么一个叫王岩的人了。王岩向着她走过来,王岩拉住了她的手。她不用

王祈隆每回家一次,都似乎是下了巨大的决心。

把她的手藏在身后了,她的手是干净的,她想起来,她现在是常常到美容厅去保养她的手了。她是为了要给一个人看的呀!那时,她曾经为自己长了一双粗糙的手都要羞愧死了。王岩抱起了她,她那么的胖大,她不明白王岩为什么轻轻就把她托了起来。她又闻到了他遗留在她被窝里的气味,那种城里人的特殊的气味。他们走向油菜花地,走向被花朵映黄的远天里去了。她脱口而出,我爱你!我都爱你爱了很久了!她被自己的表白吓了一跳,她不知道,她原来是懂得爱情的啊!她原来也可以这样说的:我爱你!

王祈隆把许彩霞伸过来的胳膊粗暴地推开了。是王祈隆从梦中醒来了,他精疲力竭,背过身去沉沉地睡了。在这个女人身上发泄够了,闻着她浑浊的身体气息,他终于安睡了。已经有很长一段时间,他都没有睡过这么香甜的觉了。

王祈隆是被熬玉米糁的香甜气息弄醒的,他从床上爬起来,身上的骨头隐隐地疼,但是他觉得轻松多了。儿子已经起来了,在阳台上踢里踏拉地扭屁股。王祈隆穿上许彩霞为他放在床头的宽大的裤头背心。他去洗脸,许彩霞站在门厅里满足地看着他,许彩霞喜欢他这个样子,她会忘记了他是个市长,心里有了一种踏实感。

洗漱完,烧饼,老咸菜,熬得黏稠的玉米糁子粥已经放在餐桌上。王祈隆的脸上没有任何表情,他的胃却忍不住快活得颤抖起来。他想起安妮给他弄的冰冷的早餐来,就那么拿着刀,计算着距离,把握着姿势,一刀一刀地切下来。他确实不喜欢,那些东西像城市一样冰冷,是完全属于城市的。而这些冒着香气,熬得黏糊糊的分不出来眉眼的东西,才是真正的生活。

王小龙不吃那些东西,王小龙吃的是蛋糕和牛奶。他一边吃东西,一边跟着随身听摇头,他打睁开眼睛就把耳机插到耳朵里去了。也许,他在夜里睡着的时候根本就没有把那东西从头上取下来。

王小龙和他的市长爸爸不是很亲,可他也不怵。王小龙不太在意别人对他的态度,他的两只亮汪汪的眼睛里永远都有着一股子故意弄出来的懒散劲儿。这似乎是城市孩子的一种固有的标识。王祈隆是不曾有过的,所以,王小龙的这种姿态让王祈隆有了一些隐约的骄傲感。儿子可不是装腔作势,他是标准的城市生城市长的孩子。而且不是生长在普通的市民家庭,他是市长的儿子。他给他提供的是一流的生活条件,让他接受到的是一流的教育。看着儿子一天天长大,王祈隆有了这种强烈的自豪感。他不为自己是市长,他为王小龙是市长的儿子而暗自自豪。

儿子吃完了早点,见爸爸仍然不走,就说自己要出去溜冰。王祈隆说,我和你一起去怎么样?

王小龙看了他一眼,带点夸张地说,你也要去冰场?太老了吧!

儿子的口气是拒绝的,但是王祈隆看到他的眼睛亮了一下。儿子长这么大,他还是第一次主动要求陪他出去。

王祈隆换了运动装,父子两个步行朝河堤的方向走去。那里新建了一个旱冰场。

冰鞋装在漂亮的鹅黄色袋子里被王小龙背在身上,很醒目,也很时尚。强烈的阳光把他的头发映照得金黄,几乎是不觉间,小家伙已经和他一样高的个儿了。王祈隆不知道该和他说些什么,他们之间的交流是太少了。他最近一直有一个愿望,想与他谈谈他和他母亲的事。儿子长大了,也许有些问题要给他说清楚,相信他能体谅他的父亲的。可是话到嘴边,他突然又不知道该怎么开口才是了。王祈隆悔恨当初命运把这样一个女人推过来压在他身上。可这个女人,毕竟是儿子的妈妈。

或许是他们来得太早了点,冰场里还没有几个人。一个穿白裙子的漂亮女孩在远处立着等人,看他们过来,笑着向儿子挥手。儿子撇下他,换了鞋子滑了过去。他滑行的姿势很熟练,很优美,甚至有点儿卖弄,毕竟有个漂亮的女孩等在前面。他们说话很随便,甚至有点儿忘乎所以,完全忘记了还有个父亲,还有个市长在后面。王祈隆怔怔地看着,心里说不清楚是什么滋味。他试图想弄清楚一点什么。可是他很快就放弃了。王祈隆想起自己的童年,他觉得他对儿子是宽忍的。为什么他不能脱掉鞋子,像那些普通的孩子一样,踏在水里弄得满身泥泞?为什么他不能大声喊叫,或者在家里唱歌?为什么他必须坐有坐姿,站有站相?

儿子这次是朝他滑过来,儿子说,爸,挺累的,你还是先回去吧。

那个女孩是谁?你的同学吗?

爸,我可以不说吗?

为什么?

我已经成人了。我要有自己的生活。

你自己的生活?他看看那个女孩,又看看儿子。他感觉到儿子是要故意弄出来一点对立情绪。如果是那样,虽然心里不好受,他觉得还是应该忍耐一些。

是的。儿子毫不妥协地朝他点点头。

王祈隆没说话,他不知道该怎么说。也许他们这一代人就是这个样子,正像儿子跟他说的,如果对年轻人的事情你理解不了,那你一定是老了。

他轻轻地叹出了一口气,谁没年轻过呢!

他不想破坏自己难得的好心情。王祈隆在那个礼拜天连对许彩霞都是温和的,许彩霞是他儿子的母亲,她确实为儿子做出了很多牺牲。王祈隆更想对他的儿子温和一点。

下午三点钟,王祈隆拨通了安妮的手机。不知道出于什么目的,他故意告诉她他是在家里过的周末。安妮果然显得很失望,安妮说话的语气都是悻悻的。安妮说,随便你了。

然后,她好像觉得不解气,又追了一句,谁有个那样的老婆,还舍得放弃回家过周末呀!

王祈隆说,安妮,我要过去看看你。

干什么?补偿我吗?

安妮说完,就把电话挂了。

从那天晚上之后,他们已经有十多天没有联系了。王祈隆每天都在关注着安妮有没有走。每一次都是这样,安妮的安静反而让王祈隆有点儿失魂落魄。

屋子的门窗都是大开着的,王祈隆进去先把客厅的立式空调打开,把敞着的门和窗一一关上。在阳城,无论他和安妮出现在什么地方,他都有一种不自觉的主人的感觉。到了北京或者换一个地方,这种感觉就找不到了。王祈隆去的时候,安妮正在和一个人通电话。王祈隆进来,她就改用了英语与对方说。安妮以为她换了英语,王祈隆就听不明白了。其实王祈隆的英语底子很好,虽然时间长了忘得差不多了,但还是能听懂一些。就是听不懂他也能看出,不是一般的关系。安妮的语气是撒着娇的,这让王祈隆觉得心里很不舒服。那种感觉是没有原由的,却又是本能的和固执的。

哈,原来他们换了英语,是专门来对付我的!王祈隆的心底竟然泛上一股子莫名的酸楚来,想想刚才说的不让安妮吃醋的话,觉得可怜的其实是自己。他过去打开电视,看着新闻,不再听她煲电话粥。

安妮终于讲完了,她回过头来看着王祈隆,她眼睛里有一种陌生的东西,让他心里更不舒服。

他想起了那个夜晚,心里说不清楚是侥幸还是失落。但他从安妮的脸上,什么都看不出来。安妮不说话,从里屋把装满酒的推车拉出来,拣了一瓶干邑打开。然后,她用两只漂亮的杯子把金黄色的像蜂蜜一样的液体倾下去,像是专门要听那种声音似的。王祈隆也不说话,接过去一口就干了。安妮没有,她只是握在手里温着,看着他不说话。

哈!表情是怜悯还是宽容?他可以整箱整箱地送她这种酒,

同时还得接受她的这种宽容——这个时候的他,已经没有兴趣再表演什么品酒的技巧了。她曾经暗暗吃惊王祈隆对各种洋酒的稔熟。但王祈隆却从来不卖弄这些。

当酒精开始发挥作用的时候,他已经重新镇定了下来。那个时候,他对安妮的心,不再是一个男人对一个女人纯粹的情欲,而似乎是一种不甚明了的情绪对抗另一种情绪的战斗了。

王祈隆是突然之间明白这个事实的,他和安妮之间从头到尾都是在进行着一场较量。他也许暂时还是胜利的一方,但稍不留神他就会输得一败涂地。而且,他似乎明白了,他昨天回家去见许彩霞,实际上就是为了给今天的这场战斗做好储备。王祈隆心里有了底气,他微笑了。王祈隆用惯常的那种轻松的口气说,安妮,没话说了?

安妮说,你想听什么?说我爱你吗?

安妮说完突然把目光低了下去,低到屋子外面的泥地里去了。她说,是的,我爱你。我爱上你了王祈隆,哥哥。

安妮的话让王祈隆有了一些羞愧,他那种自豪感一下子就消失了。内心的热浪翻涌上来,他丝毫都没有犹豫地走过去,他托起她那娇媚的柔嫩的肢体,他愿意为之付出生命的女人啊!他要跪在她的跟前,用滚烫的唇吻遍她身体的每一条曲线。他要告诉她,他有多么爱她!

王祈隆只是想了想,王祈隆却没有真的这样做。王祈隆在看着安妮的时候看见了一个晃动的人影儿,是他的奶奶。他的奶奶藏在安妮的背后欢天喜地的看着他。他从来没有见到过这么快乐的奶奶,他动都不敢动一下,他惟恐稍有不慎,就会把奶奶的快乐弄不见了。奶奶的脸慢慢地变得冰冷,他听到她说,隆儿,我帮不了你了!他忍不住打了一个冷战。他用他那双要托起安妮的手,托起了安妮重新为他斟满的酒杯。他再一次喝下去。王祈隆说,安妮,我不是你的祈隆哥哥吗?安妮,就让我做了你的哥哥吧!

262

安妮说,我的祈隆哥哥,我尊贵的王市长大人,你来看我就是为了告诉我这些吗?我这几天已经差不多把你给忘记了呢!

王祈隆说,安妮,别说赌气话,我知道我让你伤心了。

安妮瞪圆了她的杏眼说,你来是为了继续伤我的心吗?

安妮,我是想看着你好!

我会好起来的,我会很快找一个人爱我。王市长,你以为我会是个没人爱的女人吗?

不!安妮,我不要你这样子!我喜欢那个单纯的安妮。王祈隆几乎是喊起来,他的端了酒杯的手,还有喝了酒的声音都是颤抖的。

安妮在他的面前坐下来,眼泪慢慢地涌上眼睑,又极快地顺着脸颊滑落下去。她怎么有那么多的眼泪呢?眼泪是城市女孩子的佩饰,有时候还是撒娇的一种方式呢!那时候王祈隆喝下去的酒已经在发挥作用了,但他还是不停地喝,他觉得喝的不是酒,而是一大块一大块的蜜汁。这可是河南的农产品啊。王祈隆在安妮的身后又看到了晃动的人影儿。这次不是奶奶了,而且不是一个人。他看到了郑州姑娘刘圆圆,看到了武汉女孩冯佳,看到了在校园里表演爱情的李彤和宋大伟,他甚至看到了有点儿恶毒的丑女生马秀秀。她们是一群,她们躲在安妮的背后诡谲地冲着他做鬼脸。先是用洋气的普通话嘲弄他,后来就改了英语了。哈!她们总是有办法的。

安妮说,我现在什么都不要了,我只要你告诉我,你是爱我的。我什么都不要了,只要你让我知道你的真心,我永远都不再祈求你什么了。

安妮说,现在,你就告诉我,你爱我!

王祈隆张了张嘴,王祈隆抓过拿在安妮手中的酒瓶。他下意识地把那迅速空掉的玻璃瓶在眼前晃动着,分明是一块大而璀璨的水晶了。王祈隆接连喝了两杯农产品,他突然有些糊涂起来,他真的搞不清楚玻璃与水晶的关系了。安妮又在流眼泪了,她匍匐在他的眼前,她期待着。王祈隆想抬起手抚摸她的脸,告诉她,他的确是爱她的。

王祈隆什么都没有做到,王祈隆喝醉了,王祈隆醉得不省人事,王祈隆完全可以给安妮一个答复的,可他喝醉了。也许那个时候,他惟一能够放纵的,就是醉。

安妮没有力气把他弄到床上去,安妮就让他仰躺在沙发上,这一次是轮到她看着一个人喝得不省人事了。这个时候的王祈隆是失尽了风采和气质的王祈隆,他完全顾忌不到自己是个市长了。安妮坐在他的身边,这是一张让她何等恐惧的脸啊!皮肤已经开始松弛,张开了的嘴露出参差不齐的牙齿,去了眼镜的眼皮下面是一团青白的赘肉。安妮想逃出去,安妮想逃离这个地方,永远不再见到他。可是安妮站在那里,眼泪却又出来了。她爱他,他无论是怎么样的,她都一样要爱他。她必须爱他,就像她必须抱住毛小红一样。她就是要试试自己到底能撑多久,而且是能撑多久就撑多久。

王祈隆醒来已经是深夜了。安妮正在院子里打电话,听得出来她是在跟爷爷说话。她告诉爷爷她想他。王祈隆心里有点愧疚,他已经很久没有跟爷爷通过电话了。王祈隆要走,安妮没有挽留他。

王祈隆独自走在城市的夜里,星空寂寞而高远,一丝一丝的云像是被绣上去的。他忘记自己已经多久没看到过星空了。好像从匆匆忙忙地去赶上大学的火车开始,他就没有这样看过星空了。小的时候,奶奶扯着他,站在星空下,他和奶奶都抬起头来望着星空,整个天空都映在他的眸子里,闪闪的,惹人爱怜。现在,星空离他是那么遥远,已经不能映到他的眸子里去了,他的眼睛已经浑浊得像一潭死水。而且,他的满腹心事正拥挤在心头,像一堆破碎的水晶,那么耀眼,那么尖锐。

许彩霞是第二天上午打通王祈隆的电话的,她在电话那端像杀猪一样地嚎啕大哭。她说,王祈隆啊,你是个混蛋,小龙要是找不到了我就跟你拼命!

许彩霞在王祈隆跟前还没有撒过泼,她这一骂,王祈隆就不知道该如何对付了。平心而论,许彩霞在乡下应该算是个要面子的人,她不会骂,王祈隆也不会打。倘若许彩霞是个会骂的,王祈隆同样也是个不会打的。实际上,从本质上说,王祈隆并不懂得如何对付一个女人。

许彩霞才一开口骂人,王祈隆就预感到是出了大事。他昨天晚上住在办公室。早上刚刚上班,安妮打电话来,说她病了,她在天快亮时发起烧来。王祈隆又折回去看安妮。还没待上几分钟,那边许彩霞的电话就打了过来。

安妮看出来王祈隆接的不是个寻常的电话,她说,有事情你就去处理吧!

安妮的语气和表情都是很无奈的,她现在对自己的整个生活好像都是很无奈的。她的无奈让王祈隆更无奈,这让他想起了他曾经看过的一篇小说《河的第三条岸》,好像他现在就站在这条岸上了。

出了门,王祈隆的心被揪得紧紧的。车子是他自己开来的,他抖着手把车开上了大路,在路边停了一下,长出了一口气。只有这个时候,他才能整理一下自己的情绪。他发现自己心里既有生离死别的悲壮,还有躲过一劫的轻松。他甚至想到,不知道今后还会不会再来。

王祈隆回到家。家里已经有几个人在等着了,都压低了嗓子说话。只有许彩霞一人在哭。也许因为她哭得太理直气壮,所以才没有人过去劝她。

王祈隆真担心许彩霞会撕开脸再给他来个下不了台。见他回来,许彩霞只是陡然提高了哭的音量,然而,并没有质问他什么,还是给足了他面子的。王祈隆在那一时心里存了感激,觉得有这样一个老婆,也不是没有一点长处的。

刚松了一口气,许彩霞却突然骂了一声,狐狸精啊!几乎是一个炸雷,王祈隆陡然下来一脸的汗,以为他和安妮的事情,许彩霞已经知道什么了。尽管他和安妮并没有什么事,可真要是从老婆这里说出去,就是浑身长满嘴也说不清楚了。王祈隆的脑子蒙了好一会儿,才发现许彩霞是拿了一张纸骂给他看的。他第一次在许彩霞面前感到了心虚,接过来,才知道是儿子留下的一封信。

办公室过来的那几个人递过毛巾和茶水来,站到外面走廊上去了。就剩他们两个在客厅里。王祈隆擦了汗,坐下来看儿子写给他的信。

爸爸:

当你读到这封信的时候,我可能已经是在火车上了。昨天是您耽搁了我们的行程,若不然,我们现在也许已经到达了我们要去的地方。

也许您已经猜到了,没有错,我是和那个女孩一起走的。她叫萧潇,是我的同级同学,我们两个相爱已经有一段时间了。别说我还小,我什么都懂得了,我知道在男女之间,没有什么比爱情更重要的。

爸爸,也许你不知道我是怀着什么样的心情离开这个城市的。我的心情,恐怕是爸爸您从来不去揣摩的那一种,但是,这是一个孩子最正常的心情。我长这么大,您也许觉得给了我普通孩子所没有的一切东西,可事实上您很少照顾过我,虽然我仍然深信你是爱我的,但是我在你这里得到的父爱,只是一个抽象的概念,最多是具体在物质里。我所得到的物质上的优厚的条件,也许是别的孩子无法想到的。可在这样一种爱的环境里,我感到窒息。你所关心的,就是让我最大限度地吃好,穿好,然后学习好。妈妈是你雇佣的一个忠实的看守,她忠心地执行着你的旨意,把我照顾得无微不至。其实,就是没有你的强调,妈妈也会这样的。妈妈把我看成她生活的全部,也是她生命的全部,惟恐我有任何闪失。我对于她,是一针强心剂,我救不了她,但是我能让她活得更积极些。我有这样一个妈妈,我感激她,同情她,但是,我像是一个每天二十四小时被监护起来的病人,我学习成绩上升一点她欣喜若狂,下降一点她就大惊小怪地找你汇报,我上个厕所她都是恨不得在门口等着。我生下来,生活得确实比很多孩子都幸福,几乎是要什么就有什么。但这幸福的代价,却是更大的。我要听话,要学习好,要学会在众人面前装点我官爸爸的门面。我觉得我不是我自己了,我只是我们这个市长家庭的点缀。

我知道,所有的爱都是需要回报的。你每一次都告诉我,父母的爱是无私的,是不需要报答的。我觉得这就是大人们的虚伪之处,你们让我好好学习,将来出人头地,既是为我好,更是为你们自己好。实际上你们想得更多的,还是你们脸面上的荣光。这不是你们所要的回报吗?

爸爸,你想过没有,在生活的压力面前,你们都沉重得整天没有一点笑容,却把对未来生活的渴望,压在一个孩子身上,就像赌博一样。难道你们做父母的这样做就公平无私吗?

爸爸,我还想为我妈妈再讲几句话,也许你们还以为我什么都不懂。从我记事起,你就很少回家。小时候你总是告诉我你忙,我长大了,我看了许多书,看过许多电影电视,我见过那些一年还见不了几面的夫妻,他们和你们并不是一样的。是的,你们不吵架,更没有打过架,可我从来没有见过,你用平视的目光看过我妈妈一眼。爸爸,也许你觉得以你的条件,找了妈妈做老婆你是委屈的,也许你和我妈妈根本就不应该走到一起,可是,我不知道,你们为什么走到了一起?难道这里面全是我妈妈一个人的错吗?我妈妈的悲剧就是她不懂得觉悟,你在精神上给她这样不公的待遇,她还这么死心塌地地守着你,而且,她好像还如同占了王祈隆市长的天大的便宜一样,稍微给一点好脸色,就恨不得赶着感恩戴德了。而你,恐怕也是这样问心无愧地做了她的救世主的。我的可怜的妈妈,她如果当初没有遇见你,她嫁了一个普通的市民,甚至可以是一个农民,她也会得到真正的爱的!

我生长在这样一个所有的人都为之羡慕的家庭里,爸爸,我时刻都想喊,我走的欲望决不是突如其来的。

如果你们认为我不争气,我是离家出走,那就是吧!我只是想走出去透一口气,我想看看,在没有你们的时候,天空是什么样的天空,风是什么味道的风。我只想有几天自己的时间,让我想一想我自己,当然还有你们。也许,当我们找不到出路,找不到生活来源的时候,我们会回去的。我现在还不知道这样做值不值得,但我永远都不会后悔。

儿子:王小龙

注:我爱这个叫萧潇的女孩,千万别把我的走牵怒到她的身上。谁都不可以责备她的,我既然爱了她,就不会让她受任何委屈!

王祈隆看完了,腔子里是忍都忍不住的热浪。儿子是长大了,大得让王祈隆有一点惊慌。

许彩霞一直哭,哭得王祈隆心烦,实在忍不住就呵斥她。许彩霞说,我想不哭都不行,我是管不住自己。她就是这样的一个傻女人,高兴了就咧开大嘴笑,不高兴了就会哭,她哪里懂得愁眉苦脸地深沉。看着许彩霞的哭,想到安妮的哭,这他妈的哭和哭是多么的不同啊!王祈隆的脸上始终是没有表情的,心里却一直是翻江倒海,是一浪高过一浪的风暴。他毕竟是当了多年的领导干部,关键的时候还是能沉得住气的。

王祈隆让办公室的人员先回去,并告诉他们不要声张。

王祈隆关了手机,一直就待在家里。他就好像被抽了筋似的,无论如何也打不起精神了。

许彩霞从认识王祈隆开始,他们俩从来没这样过。让丈夫守在她身边,反而有了说不出的不习惯,她忍不住找话跟他说。对那些颠三倒四的话语,王祈隆要么是哼一声,要么就是抢白或者呵斥她。她只好又坐在一旁哭,她的哭就是高声或者低声的嚎,而不是像别的女人那样扑嗒扑嗒地掉眼泪。

儿子的出走,倒是让王祈隆实实在在地感受到了这个家,似乎也拉近了他和许彩霞的关系。因为儿子出走毕竟不是一件好事,这件事情,除了和许彩霞说,他不能跟任何人说。那一刻,他们为着儿子的心是息息相通的,他甚至有些可怜起许彩霞来。儿子几乎是她的惟一。

这个女人也许真的是无辜的。他的恶,大概是在逃避一个男人应尽的责任吧!

不过,即使儿子让他认识到这一点,他也不愿承认这一点,更不愿承担这一点。

他呵斥许彩霞,其实是在用另外一种方式安慰她,并不是更厌恶她了。他是从心里感觉到了她的存在,而过去她几乎就是不存在的。许彩霞哪里会明白这个?过去王祈隆不理他,她能接受,因为她从认识王祈隆,他就是个不怎么和她说话的人。但是现在丢了儿子,又遭到他的这般呵斥,她觉得自己一点活路都没有了。

许彩霞哭了两天,突然不哭了。把自己仔仔细细洗了,换上干净的衣服。王祈隆老半天没听到她的声音,觉得有些奇怪。过了这么多年,他还是知道她的。她若是一天到晚忙忙碌碌的,就说明一切都正常;她若是安静下来,那必然会有什么事情发生。他忽然间就心慌起来,沉着气跑到卧室里去看,只见床头柜上放着一个空了的安眠药瓶,人已经喊不醒了。立刻给人民医院的院长打了电话,一时又急又气,恨不能杀一个人!接连发生的事件,几乎把他逼到了绝路上。他放下电话,站在落地窗前,心乱如麻,好像大难临头一样的悲哀,但是又出奇地镇定。

一切都会过去的!他安慰自己。

到了第三天,终于是从王小龙的同学那里得到了线索。工作人员不惜动用了警力,根据他们打给同学的电话号码,当天就在武汉的一家旅馆里找到了两个人。工作人员把电话打给王祈隆,让他在电话里跟儿子说几句。王祈隆有一腔子的话要说,可是猛然间又不知道该说些什么。

儿子在电话里像没事儿人一样。儿子说,爸!

王祈隆说,儿子,快回来吧!

儿子说,我妈呢?她没事儿吧?

眼泪涌上了王祈隆的眼帘。王祈隆说,没事儿,你快回来吧!

那时候,许彩霞已经没什么危险了。王祈隆以从来没有过的耐心,守在医院里。他看着一脸茫然的许彩霞,想着匆匆而过的日子,竟然泛上来一阵酸楚的沧桑感。他想起了许多过往的事情,想得更多的,是那些坐在窗前打盹的慵懒的日子,想起来那个总和他一起的,像书签一样被夹在田野里的姑娘。

安妮一个电话都没再打过来。王祈隆想,安妮该回北京了吧!

17

关于宋文举要被提拔的说法,是一夜之间传出来的,说是要提拔到省人大当副主任。当时正是省里换届,涉及到调整省里的四大班子。但是,有关宋文举的传言,这风也确实是从下面刮起来的,就连宋文举本人都公开辟谣了。他在全市的干部大会上讲,不要乱说话,没有影儿的事嘛!至于我走与不走,组织上是会考虑的,这样说过来说过去,就影响了组织的决策,对我们市的形象影响也不好哇!

但是,省委却很快派人来地市考察了。虽然只说是考察下面的班子,大家的心还都是乱了起来。干部使用的民主化进程加快的直接后果,就是调动了大家进步的积极性。一把手想提拔,二把手想当一把手,副的想当正的。有没有可能性、成不成是另外一回事,但是想法却是人人都有的。

如果宋文举真的走了,王祈隆接书记应该是没有什么问题的。一来按照惯例,考虑到一个地方工作的连续性和稳定性,组织上一般会这样安排;二来王祈隆在阳城的威信很高,不管是从班子里讲,还是下面的干部群众,对他都是众口一词;三来作为宋文举来说,也想让王祈隆接这个书记,毕竟他了解王祈隆的为人,让他接书记,绝对可以免除后顾之忧。

可是现如今的事情,有时也很难说,任命文件下不来,帽子不戴在头上,谁都不敢打保票。王祈隆不急,王祈隆至少是表面上不急。但是其他的同志都有想法,大家都是心慌慌的。宋文举一动,王祈隆跟着就动,下面的同志几乎都有动的机会。可就在这节骨眼上,有人却写匿名信把王祈隆给告了。

王祈隆没有见到匿名信。信是写给宋文举及其他市委领导的。宋文举看了信就笑了,内容非常简单,亦很简短。反映王祈隆与北京来的女专家有不正当的关系,希望组织上给予严肃批评帮助。既没有写明有什么具体事实,又没有署名。宋文举看了,就把它丢在一边了。现在的当务之急是应付好省委的考察,这个时候多一事还是不如少一事的好。他本来想,过几天找个机会让王祈隆看看,卖个人情就算完了。宋文举随手把信放在办公桌上,过几天却找不见了。按道理讲书记的办公室,一般人是进不来的,秘书和通讯员进得来,不过不经过允许,他们是不敢随便处理信件的。可丢就丢了,又不是什么重要的东西,宋文举并没有怎么介意,随处找了找,找不见也就拉倒了。

几天后,省里的四大班子领导却接到了一大批反映阳城市市长王祈隆和北京女专家有不正当关系的举报材料。内容可是比宋文举收到的那封匿名信要丰富得多,措辞也非常犀利,而且,还署了"阳城市部分老干部"的名。信中反映了盖小别墅的事,说王祈隆以为专家修建别墅之名,实际上是行和情妇造安乐窝之实,并附了小别墅的照片。信中说,王祈隆嫌弃自己的结发妻子,长期不回自己的家居住,与女专家在别墅里公然姘居。王祈隆的妻子被逼无奈,曾经服毒自杀,后经抢救脱险。虽然没出人命,但是在群众中间造成了极坏的影响。儿子不满他的道德操守,愤然出走。阳城市的干部群众议论纷纷。

这封信最恶毒的地方是末尾,这样写道:"王祈隆能有今天,既是他投机钻营、欺上瞒下的结果,更是我们省委管组织的某同志,对他长期包庇、放任纵容的效应。试想,如果我们用如此市长,怎样能够端正党风政风?如何能使阳城的干部群众口服心服?"

一箭双雕,矛头直指田俊涛,既打击了王祈隆,又在这个问题上封杀了田俊涛。

这封打印的文字材料还没有等到反馈,王祈隆就看到了。王祈隆是阳城第一个看到那封举报信的人。田俊涛半夜打电话把王祈隆召了过去。田俊涛在这次调整中,是省委副书记的人选。但在这个问题上,他是绝对不能说话了。田俊涛说,事情到了这个地步,能挽救王祈隆的,只有你自己了。

王祈隆听了并不显得惊慌,只是苦笑着说,我的人品和处事的风格你是知道的。我不想解释什么了。

王祈隆说,至于我的去留,听天由命吧!

省委的考察组照常是考察市里的班子情况,只是在进行干部座谈时增加了一项内容,侧面了解一下市长王祈隆的生活作风情况。绝大部分干部说王祈隆是个很正派的领导,而且,工作能力很棒,任市长这几年,市里的财政收入翻了两番多,市容市貌发生了翻天覆地的变化。也有极个别人说,听传说王市长和那北京的女专家关系比较密切,但是谁也没有抓住过什么把柄。

考察组把考察延伸到了企业。企业家们对王祈隆大力加强企业改革的力度,使众多的企业起死回生,众口一词。尤其是在欧莱奥企业集团,董事长讲,如果没有王祈隆市长,就没有欧莱奥这个企业的今天,更没有阳城的今天,因为每个公务员的工资,花一块钱,就有六毛钱是从欧莱奥的税收中来的。那个女专家,是王祈隆市长三顾茅庐才请回来的。她是阳城的财神。

王祈隆知道,这个时候能不能沉得住气,才是对一个领导干部最起码的考验。

从外表上看,王祈隆的情绪是没有任何变化的。他几乎很少和考察组的同志接触,如果不找他,他还是整天沉在基层,下班就回家。他现在搬回家里住了,自从儿子王小龙从武汉找回来后,他就搬回家里住了。

许彩霞这一阵子却明显地消瘦了,脸颊上的皮垮垮地松下来,本来厚厚的嘴唇现在也撑不住了,嘴角儿过去是向上的,现在却是一个劲儿地往下掉,让人看了心惊。许多过去不认识许彩霞的人,乍一看到她,吓了一跳。说,市长怎么找了这么一个老太婆!

许彩霞做起活来也还会像过去一样,手忙脚乱地快活。王小龙回家来了,王祈隆也回来了,她就来了干活的精神,一天到晚生着法子摆弄吃的。包饺子,蒸菜馍,烙小油饼,擀面条,反正是绞尽脑汁变换花样。擀面条是许彩霞的绝活儿,在河南农村,纳鞋底和擀面条是一个姑娘的基本功,有了这两项基本功垫底儿,才能保证自己的"外面人"吃好穿好,体面地走到外面去。许彩霞早上把面和好醒着,等中午面团软下来,再加了面粉使劲盘一盘,把一团死面生生又给揉活了。她有力气,把面团揉得瓷瓷实实的,然后细细地用擀面杖一点一点地推开,碾成极大的一张,并不十分薄,却透着亮。折叠了,切成韭菜叶儿宽,轻了手脚把最上面一层轻轻撮起来,一抖搂腕子,一挂面便像瀑布一样泻在面板上了。煤气灶上用微火煨着一瓦罐老母鸡汤。等王祈隆回来了,先把面煮熟,用凉水过了,盛在细瓷碗里,加一撮子嫩蒜苗儿,把滚滚热的鸡汤泼上去。这样的面,王祈隆年轻时一口气可以吃三碗。儿子王小龙平时不爱吃妈妈做的那些乡下饭,缺少创意,粗糙得让人看了都没劲。可王小龙爱吃妈妈做的这种面。许彩霞就给他专门撇鸡汤上面的油,再另加一勺辣子,面和菜都油汪汪地透着鲜亮。王小龙回来之后,比过去更能吃了,可以吃上两大碗。他好像是在用这种方法安慰母亲。而对王祈隆,王小龙比出走之前还要淡漠,几乎不怎么跟他说话了。

　　不做活的时候,那许彩霞就常常坐了发呆,整个人突然就没有了生气。坚持做了几年的美容突然间便中断了,自己都没心情看自己了,哪还顾得了别人?她过去身体倍儿棒吃嘛嘛香,什么东西都嚼得津津有味的。吃高兴了就吧嗒嘴,弄得王祈隆常常不耐烦。过去睡觉也快,头还没挨着枕头,呼噜先打起来,哪怕大水淹了床腿,也得先睡了再说。现在,王祈隆好久听不到老婆那香甜的咀嚼声了,晚上关了灯也不睡,翻来覆去跟床过不去。王祈隆就用嘴嘘她,总算压抑着不动了,却听得闭了气大口吞咽唾沫的声音,能听得到咚的一声,好像一块石头落到了井里。窗子外面偶尔扑啦一声响,一只鸟翅挂了树梢划过去,两口子听了都是惊心动魄的。

　　儿子回来,许彩霞从医院出院后那几天,王祈隆用了车子把岳母给请了来,让她照顾些日子。王祈隆也是替许彩霞设想的,他不理她,怕她没有地方说话,憋闷坏了再弄出个其他毛病来。把她娘给接来,让她诉诉委屈。不管怎么说,事情总算过去了,也许她娘是能宽宽女儿的心的。

　　许彩霞的娘是个没有出过门的农村妇女,她在她家里的地位,就相当于许彩霞在自己家里的地位。她人很善良,也很通情达理,就是有一条,迷信。啥日子都记不住,就初一十五记得清楚,常常早上起来就出门,和村里的老太婆们跑大老远去烧香拜佛。家里哪怕丢了一只鸡,她也要跑去占上一卦,如果人家告诉她还能找到,那她不吃不喝也要去找,最后都不是为了找鸡,而是为了证实人家算卦的灵验了。为着她烧香磕头、到处求神算卦的事情,许老支书不知道同她生了多少气。但是没用,其他她都可以顺着他,就这一条,是无论如何都不能改变的。许支书现在老了,也懒得管事了,特别是因为孙子的事,差点要了命。好了以后就什么人都不爱搭理了,惟一能提起他兴趣的事情,就是酒瓶子。早上从床上坐起来二话不说,先往床底下摸酒壶,喝醉了就絮叨,颠来倒去的能连续絮聒一整天。

过去穷是穷,可过去人的思想都好啊!庄户人下地干活哪有锁门的,就是城里也没有恁多贼!

过去的干部都是好干部啊,不贪不占,一天到晚领着群众搞生产!

现如今的日子,凭咋都不是个味道。乡下人吧,不好好种地,一个个偏要跑到城里去打工,城里的屎尿都是香的吗?

城里有个什么好?天都是像孩子的屁股,脏烘烘的,哪有咱乡下的蓝!

他也不分个对象,逮住谁就和谁说,弄得人人见了他都像是老鼠见了猫,个个躲着。但只要碰上,就无论如何都是逃不了的,况且也不敢逃。毕竟这是许老支书啊!毕竟这是许彩霞他爹啊!

许老支书养了那么有福气的住在城里的闺女,都这样讲城里的不好,让人觉得他确实是糊涂了。

许彩霞的娘接了外孙的电话,说要接她去住,一时间有些恍惚,不知道这是犯了啥冲,不明不夜的让她到城里去。她先不忙着收拾东西,匆匆跑到许彩霞她二姨的村里,去求半仙给占一卦。

许彩霞的娘去的时候,那半仙正躺在泥屋子里的一张破沙发上养神。这个半仙是个怪人,平时疯疯癫癫的不像个正常人,如果没人求他,他嘴里一天到晚叽里咕噜的不知道说的是什么。如果有人找他,他开口说的全是命相事,一句废话都没有。他一辈子没有洗过澡,脸都不洗,身上的泥灰厚厚的,像穿了一身盔甲,鳄鱼皮一样,蚊子都叮不透。家中除了吃饭的两只粗碗和一口破锅,几乎是空无一物。此人算卦极灵,谁家的猪和羊丢失了,他也不说话,几个手指头来回一掐,随手指个方向,十有八九都能找到。谁家的孩子要考学了找他看,考上考不上他基本上是一说一个准儿。农村人信他,城里也常有人开了车来找他,他躺的那张旧沙发就是一个城里人给弄来的。许彩霞的娘是带了几十个煮熟的鸡蛋去的。半仙不要钱,吃的东西也只要熟的。半仙替她占完,闭着眼睛,半天都不说话。许彩霞的娘再三哀求,才说了,凶多吉少!

这样说了等于什么都说了,也等于什么都没说。老妇人呆呆地看着他等了半天,沙着嗓子再求他,急得眼泪都下来了。神仙万万指点啊,一定得给指条路。

半仙叹了口气说,生死由命,富贵在天啊!

凭怎么求,再也不肯开口了。

许彩霞的娘从二姨村里回来,又用一天时间去人祖庙进了一次香。他们那里距人祖庙只百把里地,那一带方圆数百里的百姓,家里有了事,都是先去磕头许愿,然后才去找政府,他们相信政府的事情也是神仙在暗中掌管着。许老妇人天不亮就起程了,赶到庙里,还没几个人。找个地方洗了手脸,才恭恭敬敬地捐了钱,然后来到人祖爷像前把三根香燃上,双手合十,静静地等着一点一点地燃烧,又请庙里的住持给观了香相。香相其实就是香燃烧时的状态,听说神的意思,都反映在这状态上了。住持过来看了,说是香相不错,所求事体应是有惊无险。住持这句话让老太太卸了一担子心事,也卸了不少口袋里的钱给功德箱。她又跪在人祖像前,虔诚地许了愿,如果闺女一家子平安,她要带了闺女来还愿,给人祖重塑金身。

娘到了闺女家,就把这些事情统统给说了。若是在过去,许彩霞是不屑听她说这些的。要说许彩霞糊涂,其实她才最明白,不管谁说什么,左耳朵进,右耳朵出,从来心里不存货。她不喜好算卦,也从不让人给看相。也不是全然不信,人家说得好了自己不信,说得不好心里腻歪。她娘有时拿了她的生辰八字让人去测,回来说给她听,她就没好气地责怪娘。责怪归责怪,娘该看还是看,只是娘看了,没有什么大事,也不说给她听。这次娘觉得事大,实在忍不住,忐忑着给她全说了。

这次许彩霞没再责怪娘,还没听完,心里已经是慌得不行了。家里现在发生的事情,已经超过了她的承载能力,使她觉得有一种暗处的力量,一只看不见的手,正在拼命揉搓这个家,要把它捏碎。儿子虽然回来了,比不回来还让她心慌,好像他回来父母就欠了他什么似的。过去还能问问他,现在还没等你说话,他就恨不得一句话把人撂多远,真不知道往后会怎么样!更让她心里不停地敲着小鼓点的还是丈夫王祈隆,过去不理她是不理她,回到家来看着踏踏实实的。现在虽然人在家里,心却没在家,常常大睁着眼望着天花板出神,一待就是老半天。家里窝着这样两个男人,许彩霞心里好像长了草一样,要多难受有多难受。又没地方说,明里看着减身上的膘,暗里闷在心里,直坠得肝疼。许彩霞外表上粗枝大叶,心里可并不傻,好多事情她都还是能看个明白的,她的聪明之处就是装傻,得过且过,常常把不太清楚的事情或者不需要清楚的事情糊涂过去。她这样做是很高明的,可是她不这样做又能怎么样呢?

王祈隆在开发区那会儿,就有人风传他和一个女大学生比较密切,也有说那女孩是王祈隆的远房表妹。许彩霞暗中打听清楚了,他们王家根本没有那门亲戚。但是有人说到她的面上,她不否认也不承认,只打个含糊语过去。王祈隆常常不回家,许彩霞也恨过那没有看见过的女孩,可她到底是没敢声张。人家是个大姑娘,坏了名声缠住他们老王该怎么办？许彩霞确实是个明白人，她安慰自己，姑娘终归是要嫁人的，嫁了人就会没有事了。她的直觉是对的，老王一直到阳城，和那姑娘到底没有什么结果。

可是许彩霞自从那天见了那个北京女人，一下子就觉得不一样了。在此之前，她并没有听人家说起过王祈隆和那女人的事情，她只是凭直觉，觉得那女的不是个善茬儿，就是现在和老王没什么瓜葛，以后一定是会有的。并且，许彩霞还观察到了王祈隆的变化，过去虽然是对她不耐烦，但还有一种宽厚在里面。现在对她却是厌恶，要么看都不看她一眼，要么看她一眼也是恶狠狠的，说话更是难听。偶尔有一回床上的事，他要的并不是她。女人再怎么傻，对那种事的感觉是清楚的，许彩霞这次是真的忧心起来。

娘一说了占卦的事情，许彩霞心里就更清醒了几分。她的家这次真的是面临着破碎的考验吗？王祈隆要真的是撕破了脸，跟那女人去了北京过日子，可不是没有可能的。天高路远，比不得家乡的这些女人，她们总还是要顾个乡里乡亲的面子的。那北京女人怕什么啊？王祈隆跟她去了北京，也是不怕人笑话的。北京那么大，从城东跑城西，累得人腰眼子痛，大家谁都不认识谁啊！如果王祈隆走了，王小龙也不会待在家里，这一家人，说散也就散了。

许彩霞想了几日，不能眼看着一个好端端的家就这么败了。打个电话回去，把弟弟许老虎招了来。打虎还靠亲兄弟，这个时候才知道娘家人有多亲了。许彩霞好吃好喝地招待了弟弟，就吩咐许老虎替她干了那件事情——写封信给市委书记。在这个事情上，虽然她想得非常简单，但也是动了不少脑筋的。她甚至知道书记和王祈隆的关系还不错，即使收了这封信还不至于捅出去；她只是想提醒提醒领导上知道这个事情，把王祈隆给批评了，让他收敛收敛就行了。王祈隆很可能只是一时糊涂，男人嘛，在女人的事情上有多少不是一时糊涂的？过去那个坎儿，都会回心转意的。男人都是爱尝个鲜，可天仙似的女人还能新鲜多长时间？过去了，什么就都忘记了。

许彩霞之所以执意要这么做,主要是怕王祈隆一旦做了,就转不过来了。他和她许彩霞不就是一个活生生的例子？王祈隆重感情,粘惹上人家,就会对人家负责。

后来的事情,许彩霞一直到死都是不知道了。她那信落到了谁的手里,谁又利用了那信添枝加叶,大做文章,惹得满城风雨。许彩霞哪里能够明白,官与官之间看上去相处得兄弟一样,还会有那么多的弯弯肠子啊！

领导们开会的时候,司机们就爱凑在一起扎堆热闹。有时候侃大山,有时候就找个地方打牌。斗地主或者是推拖拉机,也不下大注,三块五块的,最后是哪个赢了钱,哪个请客吃饭。

在四大班子里面,宋文举和王祈隆是最大的；司机里面宋文举的司机小周和王祈隆的司机小王就是最大的。小周和小王在司机班里,说话显然比较权威一些。小王这几年一直跟着王祈隆,是学了不少精细的。遇到事情沉得住气,不轻易表态,这样就能让人摸不着头脑。越是让人摸不着头脑的人,就越是让人尊重。当然,人品好还是第一位的,凡事多为别人设想,心里就会公平一些。市长自己就是这样做的,市长也经常教导小王这样做。小王跟着王祈隆不但学会了做人,还学会了做事。王祈隆也很关心他,他没有学历,王祈隆就让他报名上了函大。他说,你年纪轻轻的,总不能开一辈子车吧？小王每个月去上课的时候,王祈隆就自己开车,一点都不嫌烦。小王现在再夹了市长的包,说话办事都很像个样子了。

小刘在司机中间的地位仅次于小周和小王,小刘是跟着高蓝青开车的。小刘因为花钱比较大方,所以很有人缘。小刘这几年跟着高副书记开车,因为很会处理事情,没有少捞好处。他老婆是做服装生意的,原来在批发市场有两间门面,生意不是太好。后来高书记帮忙给他老婆在市里的繁华地段找了个好位置,开了一处服装专卖店,生意很快红火起来。小刘也很会来事,他知道在适当的时候把高蓝青的老婆和女儿打发得很舒服,两家人弄得像是一家人。高蓝青的老婆很信任小刘,高蓝青本人理所当然地也就信任了小刘。小刘也很沉稳,高蓝青和老婆交办的事情,往往能处理得滴水不漏。

那天市里是开常委会研究干部。小王说,一半会儿肯定说不完!

小刘说,走吧,去我家里推几圈。小刘的家就在机关旁边的那栋家属楼里。

小周说,去你那里也行,你小子上次赢我们那么多钱怎么也得请哥几个搓一顿。

小刘说,嗨!那几个子儿也值得提?今天输赢都是我请客,把老板们送回家,我请大家去喝粉条(鱼翅)汤!

七八个人就去了小刘家里,开了局。只有四个人打,不上手的就站在旁边看,是为了跟着混那顿饭的。

小周小王是主要人物,当然是要入局的,还有两个德高望重的也被小刘拉到位子上。小刘只在旁边服务着。

过去小王喜欢打牌,有时候上了瘾整夜不回家。自从跟了王祈隆之后,他逐渐改了这个习惯。王祈隆从来不玩这些,看都不会看。真是上有所好,下必甚焉。今儿小王主要是不好意思总让主人在旁边看,小王现在是个很知道替别人设想的人了,小王打了几圈就借口上厕所,硬拉了小刘让他打。

小王上完厕所,不好立即往跟前凑,就到书房找本书来看。小刘虽然不怎么看书,可家里的书房却是一流的。书架上摆了满满的世界名著,和各种各样的为官之道的专著。小王就随便拿了来看,他在翻到一本《胡雪岩做人的八字箴言》这本书的时候,看到了有一叠子材料,他正准备把这本书合上,突然看到上面写有王祈隆的名字。于是就展开来看,只见上面写着:"关于王祈隆男女作风问题的情况反映"。

小王只看了第一句,就不敢细看了。最上面的那份是手写的,下面的几张是打印的。小王回头看看大家正玩得热闹,就以极快的速度团了一张放进了口袋里。

小王把那本书放好,换了一本,仍然坐在书房里看书。直到他们结束了来喊他,他还装着沉浸在书里面的样子,说,老刘啊,你这本书不错,我先拿去看了。

大伙一起过去,常委会还没散。小王一直坐在车子上等王祈隆散了会。小王这回才算是真正见识了什么是处变不惊。王祈隆看了看那份打印材料,问,哪来的?待小王说了来路,他眉头都没皱一下,笑了笑说,你把它给处理了吧!这件事情你自己知道就行了。

小王当然不知道,那份材料王祈隆是提前看过的。

王祈隆下午下班回到家,看见一个穿卡其色棉布长裙的女孩坐在客厅里看电视。还没有打招呼,许彩霞就站起来把他堵到了门口,像做了亏心事似的,讪讪地过来跟他解释。她对王祈隆说,闺女是先前她和赵家生的那个。许彩霞也不拿眼睛看那女孩,好像她是一只包袱一样,只是红着脸子看着王祈隆。王祈隆一下就明白是怎么回事了,想了想,她小的时候他是曾经见过的。再去看那孩子,虽不是很秀气,但看上去有股子大大方方的城里孩子的可爱劲儿,和小的时候黑黑胖胖的模样已经判若两人了。女孩大大方方地站起来喊他叔叔,好像王祈隆和妈妈当年的事情,她一点都不知道。

倒是许彩霞自觉尴尬得不得了。来阳城后,她曾经悄悄地打听过女儿的下落,并托熟人捎信想去看看孩子,被人家拒绝了。赵家的儿子早已重新结婚生子,但她的行为带给那家人的耻辱,他们是不会忘的。现在是女儿自己找上门来了,她是百感交集。疼也不是,不疼也不是,更不能像对待侄子许小虎那样,教训一顿,给上两个钱让走人。闺女已经长成大人了,这么多年都没有见过面,让她心里酸一阵甜一阵的,又想笑又想哭。到底是十指连心,她想不表示出母爱来都不可能。

许彩霞不但为闺女为难,更让她为难的还有王祈隆。他这些日子偏巧就在家里吃饭,人家王祈隆当初是小伙子娶的她。她不但是二婚还是生过孩子的,她这些年狠了心,不和孩子来往也不提孩子的事儿,就是想把这个事情消磨下去。现在闺女贸然来了,许彩霞确实摸不透王祈隆的态度,也不知道在王祈隆和女儿之间,她应该如何对待。

王祈隆却没有更多地想他自己,让他头疼的是,该如何对自己的儿子王小龙解释这件事情。他有一个这样的姐姐,但父母却从来没跟他提起过。王祈隆想,幸亏儿子不在家,儿子要是在家,他和许彩霞连商量的余地都没有!王小龙现在住在学校里,像是潜心读书的样子,成绩也并没有下降。出去跑了几天,经了事,好像是明白了一些。他答应爸爸,他和那女孩萧潇的事情,也暂且放一放,一切等考了大学再说。

王小龙不在家,王祈隆就放松了许多。他换了拖鞋,从卫生间里洗了出来,就坐在姑娘的旁边,像平时对待王小龙一样,很像一个父亲的样子。王祈隆的亲切,让许彩霞悬着的一颗心着了地,忙活着做饭去了。

没有许彩霞在旁边,王祈隆和姑娘很快就拉近了距离。王祈隆没有问她父母,只是问到她的爷爷。姑娘说,爷爷回到省城不久就去世了。

哦。王祈隆说,那你呢?该工作了吧?

姑娘说,她学习不太好,高中毕业没再继续考学。姑姑们找了爷爷当年的朋友给安排了工作,就在省城郊区的新华书店里当营业员。

王祈隆说,当营业员可是很累啊!

姑娘说,可不,一天要站八个小时的柜台,不但累,又乏味得要命。不过自己没有学问倒也不怕累。姑娘说,她现在面临着失业,因为新华书店也实行承包经营,她被减下来了。

王祈隆听明白了,她其实是有事情要求他的。

王祈隆说,到这里就跟在家一样,有什么事情,你尽管说吧!

姑娘说,我是瞒了家里人来的,如果可能想请您给安排个工作。

王祈隆还没开口,许彩霞却从里面出来抢着说道,你们检察院要招干部,咱们闺女是想去当干部的。

王祈隆说,参加考试了吗?

参加了,考得不太好。

王祈隆说,我明天帮你问问情况。不要着急,就是这次不行,往后也会有机会的。反正我会尽一切努力,想办法解决你的工作问题。

姑娘得了王祈隆的话,显得快活起来。但事情说完了,一时又找不到话题,就坐在那里东看看西看看,不像是个有心事的孩子。坐了一会儿,就站起来说要走。王祈隆坚持要把她留下来吃晚饭。

许彩霞心里激动得不行,但面上又尽量装出很平淡的样子。她是怕王祈隆心里别扭。看着两个人在客厅里聊,手下不自觉地添了活力,恨不得把十八般武艺都拿出来。娘对女儿的亲情,都在手心里揉搓着啊!

赵家这姑娘,虽然对妈妈当年那些事情知道得不是那么具体,但对妈妈从她很小的年龄就抛弃了她,跟着一个男人跑了,这在她幼小的心灵里是划上了深深的伤痕的。而且她妈那时是把一家人的脸都给丢尽了,过了许多年,提起来仍然是要骂她。现在为了自己的前途跑来找人家,心里那个滋味,别提有多别扭了。见了许彩霞,虽然看她面上对自己亲热的不得了,但一时还是转不过弯儿来。倒是看着王祈隆,对她很关切的样子,让她心里渐渐地去掉了芥蒂。

许彩霞兀自激动得不行,忙着在厨房弄些好吃的。她却不知道,女儿是看了王祈隆的面子才肯留下来的。王祈隆则是尽量放下架子,极力像一个父亲那样对待孩子的,始终是温和亲切地与她说一些孩子感兴趣的话题。天气变化啊,流行音乐啊,比萨和麦当劳啊,西红柿是美容食品啊。等等。许彩霞在厨房里听了,感动得眼泪都快流出来了。小姑娘一边恨着妈妈的旧事,一边却打心眼里佩服她的能耐。她实在想不通,她这样的一个女人,是靠了什么把一个如此优秀而又英俊的男人抓到手里的。

　　姑娘走的时候,王祈隆一直送到楼下,然后安排许彩霞把她送到车站。直到看着母女俩消失在夜幕里,他才转身朝另一个方向走去。他已经很长时间没在这个城市散过步了。

18

　　在干部考核这个关键时刻,王祈隆突然要去武汉参加他们华中大学的同学聚会。他是在车子上接到同学打来的电话,他犹豫了一下,然后突然决定,要去。这免不了又引出一些新的闲言碎语:恐怕是借着聚会的名义去干别的事情,省里京里都少不得去一趟的。王祈隆制止了办公室主任的劝阻,他对这些事情一概置之不理。人人都有一个头脑,你能阻止了别人去想?人人都长了一张嘴,你能阻碍了别人去说?况且,如果这个时候打退堂鼓,不是刚好印证了他们的谣言!

　　这是他毕业二十多年后参加的第一次聚会。毕业后,由于工作安排上的不顺利,他基本上断绝了和所有同学的联系。后来事业逐渐明朗起来,才有同学陆陆续续地和他联系上。但学校组织的校庆之类的活动,他全都借口工作走不开给推辞了。他不愿意走回过去,并不是因为他和他的那些同学没有太深的感情,而是有很多东西都让他哽得慌；或者已经淡忘了,不愿意再翻动它。这次在武汉聚会,只是他们一个班参加,几乎所有的同学都跟他通了电话。他们说,王祈隆,我们都念叨着你,你是不是把我们都给忘了？王祈隆想了想,如果再不去,就会显得自己太小家子气了。

他们这次聚会是武汉一个做生意的同学发起组织的,据说这个叫安天顺的同学,手里资产在九位数以上,明里暗里娶了三房老婆,生了四个孩子。也不知道是大家开玩笑涮他,还是确有其事。说到他的脸上,他一概不否认,只嘻嘻哈哈地跟大家逗乐。他开始好像是做房地产的,后来又介入了 IT 和其他产业。具体是做什么的王祈隆不清楚,可能有很多同学都和王祈隆一样不清楚。反正大家来了,反正他有钱就是了。

这安天顺王祈隆已经不大记起他当时的模样了,他家是湖北罗田县的,生得小而黑。就是在他们班里,也是很不起眼的一个。那时他在学校里拼命地追女孩子,当然是无一得逞,而按现在的行情,肯定会有许多女孩子追他了。王祈隆想,这也可能是这次聚会的副标题。现在他依然很瘦小,却显得很有精神。追逐美女和追逐金钱一样让人精神焕发,看着安天顺精神抖擞的样子,王祈隆真是自叹不如。

谁能想得出来,七月十七日是安天顺的生日。安天顺召集同学聚会,其实也是给自己过了个别出心裁的生日。王祈隆在大家举杯祝贺的时候,多少心里有点不舒服。但又说不出来别扭在哪里。他就是直接告诉你自己过生日,难道你还能不来？这些有了钱的人,他们都想不出怎么折腾是个好了。

现在在同学中间,王祈隆也算是个明星人物。并不是他这个市长的位置有多么位高权重,而是这市长是由他王祈隆做了,大家觉得很稀奇。王祈隆是带点悲天悯人的心情,看待他这些都想使出浑身解数炫耀自己光辉业绩的同学们的。但他还是在大家的恭维里,找到了当年屈辱的一点影子。每个人与他碰酒的时候几乎都会说,当时真没想到啊!

王祈隆在他们眼里,当时是什么样子?现在又应该是什么样子呢?

让大家没有想到的另一个人,就是陕西的小伙潘明军了。他现在的身份是陕西某市的市委书记,听说马上就要升副省长了。潘明军没有休妻,他的老婆一直还是那个贵州的丑姑娘马秀秀。马秀秀现在是市工会的主席,老了胖了,反而脱了原先那种小里小气的穷酸相。夫妻俩一起来参加聚会,却好像是当着大家的面故意在表演爱情,一有空就拉了手,硌得让人牙酸,这就又露出了井底之蛙的底色。大家在后面看了不吱声,各自在心里撇了嘴。当着面却又逗他们,来啊,亲个嘴啊!

王祈隆真的有些后悔加入这个聚会。大学同学的聚会,其实是大家的乌托邦,无论眼前是何等的荣耀,谁能找回当年没有得到或者曾经失去的东西?收获和损毁永远都是对等的。

大家在一起,仍然像过去一样胡说八道。抛头露面的,还是过去那些面孔。王祈隆还是沉闷的王祈隆,他始终都很少吭声。这让大家觉得王祈隆变了,但是又没变。同学到了一起,就是吃饭,喝酒,聊天。放开了,喝醉了。话语也超越了边界,身份地位一下子就不存在了。晚上男男女女都围坐在宾馆房间里,抽烟,打牌,贴纸条,翻跟头。新闻旧闻像启封的烈酒,弥漫在闪烁的眼波间。有人提起了冯佳。冯佳这次没有来,女生们就拼命说起冯佳。有人说到了新闻系的李彤,大家就七嘴八舌说李彤。马秀秀和潘明军单独回房间聚会去了,又有人说起了他们。

说的人和听的人仿佛都是有些心不在焉,王祈隆却是一句句听到心里去了。

知道李彤和宋大伟的事情吗?

听说过,不是离了吗?

还不是李彤把宋大伟给甩了!

也不能那么说,当初那么单纯的女孩,在学校和宋大伟好成那个样子。开始听说是和他们公司的总经理好,后来不知道怎么又让董事长给弄到香港总部去了。李彤倒是压根没有提离婚的事,听说是宋大伟那个要强的妈妈强迫儿子离的。

又有一个插进来说,你们还不知道,宋大伟去香港找那老头子谈判,差一点没有吃了官司!

怎么说呀?

那老板提出要他们离婚,给宋大伟二百万港币。宋大伟竟然答应了。

这倒符合宋大伟的性格,看着像个男人,其实连妇人之见都没有。那后来呢?

后来李彤倒是没有说什么,她爸爸妈妈也不准备说什么。是李彤的哥哥觉得吃了亏,就反把宋大伟给告了,说宋大伟为了钱把妻子给卖了。她那哥哥纯粹是敲诈。宋大伟的妈妈气得要吐血,当面把支票甩在李彤哥哥脸上,才撤了诉状的。听说宋大伟很长一个时期都没有心情做事,并且过了这么多年,一直都没有再找老婆。

是啊,男人遇到这事儿,可是兜头一棒,凭谁也吃不消。

李彤让那香港的董事长娶了当小老婆,可是生活得依然滋润。前一阵子有的同学说在那边见过她。说李彤还是那个纯情的样子,还主动跟同学们提起宋大伟大学时候的趣事儿,说起来一板一眼的。说李彤还是那么漂亮啊,倒真是个没心没肺的,脸上连一根皱纹都没有呢!

在同学里面,王祈隆最想了解的是女同学冯佳。他这次来最想见到的也是冯佳,可偏巧她不在武汉,有同学说她是故意躲着不见大家。这让王祈隆不免有些失望。

这时偏巧王艳华说起了冯佳,在武汉工作的同学就她和冯佳最近乎。

冯佳毕业就被分配到武昌的一个科研所。有了工作,有了一份固定的工资,她和她的那个钢铁工人的差别就渐渐露出水面喽。你想啊,她读了大学,工作后又天天在知识分子堆里泡着,物质和精神生活都是小资情调的了。回到家去,看着未婚夫阿强那粗鲁邋遢的样子,心里就难免有些不是滋味儿了。

看着就不是那么回事儿,硬往一块儿凑能行吗?

是啊。后来还不是为这个把人家给甩了!

甩得好!也算是给咱们学校的男生,出了一口恶气!绰号燕子李三的男生李刚,看着王祈隆说。

也怪她后来嫁的那个张志刚。他研究生毕业,冯佳去时他在所里已经寂寞了一年,经人介绍相了几次亲,都是高不成低不就。冯佳来了之后,也不问人家是不是有对象,只管一个劲儿下了死力气追。

听说那小子还有些文采,天天给冯佳写情书。冯佳开始很反感,也没怎么在意。过了一段时间是听之任之。再过了一段时间,就有些甜丝丝的小浪漫了。爱情这个东西嘛,就怕形成氛围,一个人往往不是被另一个人俘虏的,而是被这个人的氛围俘虏的。一个单位待着,天天低头不见抬头见。那些话要说起来本是俗不可耐的,可写在带了各种颜色和图案的信笺上,就觉得是另外一番感受了。

有男生插进来说,这样就架不住了,到底是女人。

去一边去,捣什么乱!还不全是你们这些臭男人给害的。

也挺可怜的,那冯佳提出来分手,钢铁工人被冯佳一棍子打到了酒缸里,喝得半个月都起不了床。

他们说那小子从来不吃亏的,在冯佳身上可是吃了大亏。有道儿上的朋友要出来摆平这件事,反而被他制止了。他虽然没有文化,可他有脸面,很有义气的一个人。冯佳跟他提出来分手后,就搬到科研所去住了,再也没有回家。那阿强喊了几个兄弟,把她的东西完好无损地送了过去。

他倒像是个性情中人,倒是我们这些知识分子,整天感情感情地喊,其实相互之间,哪里还有一点感情的影子?

错!看人家潘明军潘大人两口子,感情得像出土文物似的!

这事儿后来不知怎么被《楚天都市报》捅了出来,还引起了一阵讨论。有的说,冯佳太没良心,是女陈世美;有的说,像这样没有爱情的婚姻,本来就是该被抛弃的。但不管怎么样,那钢铁工人阿强是死了心,先找了一个合适的姑娘娶了。老婆很快就给他生了个大胖小子。后来与人合伙开出租汽车公司,发了大财。

男人遇到这事儿,要么被一棍子打死,要么会一鸣惊人。冯佳过得怎么样?

就别提有多窝囊了,倒是顺顺当当地嫁给了张志刚,过了一段有情有义的日子。那张志刚表面上有些花哨,但骨子里是踏实的,也格外珍惜追到了手的冯佳。他是个小家庭里长大的孩子,是一门心思要和结了婚的老婆过日子的那种人。甜蜜的小日子过了两年,俩人没采取什么节育措施,问题就出在冯佳一直没有怀孕。

那到底是谁的事呀?

冯佳当然知道自己的毛病在哪里,还不是那个时候和阿强打胎打得次数多了!还没有毕业,医生就曾经警告过她,如果再打,孩子就有可能怀不上了。她自己酿下的苦酒,只能自己独吞。面子上又不能说破,天天抓来大包小包的中药,眼看着把一个细白的肚皮都喝成乌紫的了。

看你说的,好像你看到了似的。也真够悬乎的。

悬乎的还在后头呢,张志刚开始常常在外面喝酒,然后整夜不回家,夫妻生活也越来越少。只到有一天,人们在单位的储藏室里,现场抓住了他和那个打扫卫生的清洁女工正做在一处。可怜的冯佳,几乎是跪着恳求一脸麻木的张志刚的,要他改了。张志刚却说,人家怀了他的孩子,要改也得先把孩子生下来。冯佳扯开脸面,给了那女人一笔钱,让人家做了流产。单位领导旗帜鲜明地站在冯佳一边,把那女工给辞退了。

冯佳那么心高气傲的一个人,就总是点儿背!

后来呢?

后来事情虽然摆平了,可张志刚的心却没平息。张志刚俩哥哥生了两个女孩,这让他的父母耿耿于怀。其他两人的指标都用完了,所有的希望都寄托在张志刚这里。哪知道冯佳却是个不下蛋的鸡,女孩都生不出来一个。任凭冯佳用了千般万般的方法笼络张志刚的心,都没有任何用处。张志刚活像是变了个人,对他们这个家再怎样都积极不起来了。日子混沌着又过了一年,冯佳的肚皮尽管日益的乌紫,但仍然没有怀孕的迹象。情是一点都没了,俩人到一块只有一个目的,那就是生孩子。冯佳总是安慰他说,也不能太着急,我们还都年轻嘛!张志刚可不管这些,每次当人不当人都不给冯佳留一点面子,说,还年轻个屁啊,我都快三十岁了,总不能没有后吧!

那还能过下去啊?

王艳华的性格一点都没有改变,甚至比过去更喜好炫示。借着谈冯佳她又当起了主角,大家的目光都聚集在她身上,她就越加地手舞足蹈了。她打着手势夸张地说,哎呀!他们过不下去?我更过不下去了。俩人只把我当成了人民调解委员会,屁大个事儿,都颠儿颠儿的过来找我说。尤其是冯佳,那阵子吃不下饭,瘦得像个鬼一样,先前珠圆玉润的模样是一点都没有了。这才没有过了几年,她的情形却是完全改变了,过去是人家争着要娶她,现在是她嫁了人却没人要了。那一阵啊,谁见了她都说,整个人看上去都青紫得像被一团晦气笼罩着。

后来听说冯佳在路上又碰到了阿强,俩人还演了一出第二次握手呢!

都是传的,具体内幕没人说得清楚。阿强那时可是当老板坐大奔的人了。

你们说怪不怪,当年我们看阿强那委琐样,当了老板衣着粗俗是粗俗了点,可委琐相却是一点都没有了。

你见过?

怎么会没见过,若不是我亲眼所见还真不相信呢!那次我撞见他们在一起吃饭,后来冯佳才承认,他们现在经常在宾馆饭店里约会。

真是大荒其唐!

冯佳自己都忍不住觉得实在是荒唐可笑。曾经是她下了狠心离开人家,现在又偷偷出来和人家相好。明明是明媒正娶的夫人,却是自己作践着要做二奶。长江岸边,风流总是被雨打风吹去啊!

两个人干脆再合了伙不就是了。

咱们冯佳不是个内心狠毒的女人,她总不能让人家为了她,把妻子休了再重新娶她一回。话又说回来,她就是想这样做,还不知道人家阿强会不会同意呢!

对王祈隆和冯佳一起吃饭的那次嘲弄,马秀秀可能根本就没有留在心上,王祈隆却记了几十年。那是王祈隆大学四年里所能记住为数不多的事件之一。王祈隆看不起马秀秀,也看不起潘明军。而他们现在的情形,却分明是同学里面最让大家羡慕的一对儿了。

大家在一起耍着的时候,喝得醉醺醺的潘明军早早被马秀秀拖到房间单独亲热去了。受了同学们情绪的感染,他们俩竟也滋生了许多久别重逢的火热劲了。

这老潘是又醉了一回,同学的议论他显然听不见。马秀秀的耳朵却是透着亮堂的。一切都在她的脑子里明明白白地醒着。

马秀秀心甘情愿地跟着潘明军回到黄土高坡上的一个小县城里。还没报到,一时三刻就力逼着人家娶了她,仿佛他们的这场婚姻,是一块三伏天里的冰棍,多搁置一会儿立马就会化掉似的。

七月里,俩人按照当地的风俗,举行了结婚仪式。吹吹打打的陕北小调,把马秀秀的心忽悠得找不着北。

马秀秀没有看错人,那潘明军对付农村工作像是对付女人一样,有股子不由分说的武狠劲儿。俩人都被分到了农业系统,正赶上扶贫,于是就结伴下了乡。到毕业的第三年头上,潘明军已经混到了副乡长的位置。一九八五年,中央强调各级领导班子年轻化知识化专业化,从上到下,各级党委都在从档案里扒拉着有学历的年轻干部配入领导班子。潘明军干得不错,又是重点大学毕业。潘明军由副乡长直接被任命为市政府办公室副主任,实打实的副处级干部。这边还没去报到,那边任命又变了,又被直接任命为县长。

那时候的干部,就像被气儿吹着似的。市计委一个中年知识分子,一个月竟然被提拔了三次。

丈夫升了官,而且越来越像个当官的样子了。对老婆说话都是说得少哼得多了。马秀秀在外面把个官太太架子搭得十足,回到家里立马把自己从架子上卸下来,处处赔着笑脸,睡觉都恨不得睁了一只眼睛,时刻提防着有人把她的位置给颠覆了。马秀秀是有自知之明的,虽然没有人当着她的面说什么,可马秀秀想都想得出,大家在背后会怎么嘲笑她,县长的老婆是如何的拿不出台面。

潘明军当了县长的第一年,马秀秀给他生了个丫头。潘明军面上不见得烦,心里终归是不受用。再回头想一想自己的婚姻,觉得简直是一场玩笑。趴在床头上说那一句话,等于给自己戴了一辈子的紧箍咒。刚娶的时候还觉得凑合,陕北穷,讨个婆姨不容易,何况是个女大学生。乡里乡亲的也都没啥说的。时间长了,尤其是自己当了县长之后,早早晚晚地守在一起,那样子真是越看越不耐看。特别是再比较了周围那些个年轻干部的婆姨,娶的个个都是如花似玉,就更觉得自己的婆姨拿不出手。身材没身材,脸蛋没脸蛋，简直是他妈的一头母驴！

潘明军可不是没想过休妻，要不是有政治前程这个卒子别着马腿，他早就杀过楚河汉界，一路欢歌了！

那马秀秀却是聪明到了极点。潘明军再怎么不耐烦，马秀秀只是一味地顺着他，一味地装傻。这是马秀秀最大的本领。她装了傻，凡事又不与潘明军顶牛，这就让潘明军没了休她的借口。她在家孝顺老人，就是潘明军不回去，她也隔三差五地回他家去，给老人送点吃的穿的用的，临了又塞给他们几个零花钱。给婆婆洗了头再给公公洗脚。把两个老人贿赂得乐颠颠的，见了谁都说，儿子孝顺就是不如媳妇孝顺啊。

潘明军最大的错，就是始终抓不住她的错儿，想发作都无从发起。

马秀秀生孩子时子宫大出血，身体虚弱，就让她的娘家妹子来照应着。妹子名唤清清，虽然和秀秀实属一母同胞，可生得与姐姐有天渊之别。清清高中没毕业就嫁了一个县城的修理工，儿子都三岁了。看上去站是个站相坐有个坐样，大大方方的，没有一点小地方女人的扭捏。虽然是南方女人，可不高不低的身量，一条黑粗的大辫子一直拖到屁股下面，像极了陕西户县年画上那些肥白的婆姨。潘明军看过就呆了，想到上帝真他妈的公平，生得极差的马秀秀书却念得最好。马清清虽然没有上大学的命，生得却是这般的好。潘明军对马秀秀说，马清清、马秀秀，你妹子把清秀都占完了，你就只落了一个字，马！

马秀秀听了不但不生气，反而笑了。捂着嘴不敢用劲，肩膀和胸脯都震得一耸一耸的，说，还是你这伯乐眼准嘛！

马秀秀躺在床上不能行动，家里的一切全凭妹子照顾了。马清清也没有忌讳，把个姐夫哥照顾得比自家老公都周到。

贵州女人会做饭，也会伺候人。马秀秀小时候只顾着上学了，烧锅捣灶都是妹子的事。尽管她把潘明军伺候得也不错，但可比不了这马清清了。一日三餐稀是稀的,稠是稠的。晚上洗脚水都端在跟前。潘明军洗脚,她就站在旁边等着,洗完就立刻递了毛巾过去,只差不能把手伸过去亲自为他搓洗一番了。

月子女人事多,小孩子一会儿哭一会儿闹,又要屙又要尿,把潘明军惹得心烦。马秀秀就让他搬到另一间房里去,让妹妹陪了自己睡。

潘明军那一阵子明显比往常回家多了。有时候回来,就坐在客厅里。马清清见他回来,就赶紧过去倒茶。马清清过去了,潘明军就找她说话。马清清也不忌讳,什么事都停下来不做,陪着姐夫说话儿。一来二去的就放任了,姐夫大着胆子说上几句放肆话。马清清不生气,开始还担心马秀秀恼,看看却是全然不在意的样子。有时候潘明军说,我这老腰椎颈椎病,过去回来都是你姐给我按,现在你姐动不了,你就帮我捶两下吧!

清清还没答应,马秀秀就在屋子里喊道,还不快去,看你哥天天累的!

有一天,潘明军很晚才喝了酒回来,进家就要茶。马秀秀说,清清,去给你哥按按吧,醒酒。我头疼,吃了安定先睡了。马清清先把姐姐服侍睡了,才进了姐夫的房间,早就等得不耐烦了的潘明军,一把就把那软身子拉到怀里了。口里喊着妹子,却把人家的身子里外摸了个遍。清清口里小声喊着害怕姐姐听见,却紧紧地和姐夫搅在一起,他要脱,她就半推半就任他去脱。清清搂着姐夫,清清主动迎合他,清清是动了情的。潘明军搂了清清,才知道这女人和女人不一样就是不一样,他以极大的政治热情,完成了干群之间的融合。

俩人尽了兴,都大汗淋漓的。起来要穿衣服,才发现马秀秀就在门口站着。俩人七魂吓跑了六魂。尤其是潘明军,吓得腿都是哆嗦的,弄了半天才把俩裤子腿的位置找对了,一点县长的气魄都不见了。

马秀秀也不理他,径直走过去,拉起自己的妹妹,一巴掌扇在脸上。

马秀秀让潘明军写下保证书,保证永不再犯此类对不起妻女的事情。否则,今天的后果将由他自己负责。马秀秀又强迫着自己的亲妹子写证言。马清清一句话也不说,只是咬着嘴唇一个劲地摇头,把眼睛哭得像个烂桃,怎么都不承认是强奸。

马清清当天就走了,跟谁也没打招呼,她自己收拾收拾东西就走了。

潘明军至此,在马秀秀面前彻底换了态度。马秀秀也不计前嫌,对丈夫一如既往地好,对婆婆家里的人也是一如既往地好。

谁都不知道王祈隆是什么时候出去的,他的整个身体都被酒液泡透了,大脑已经完全集中不到一个地方。可是,他却异常干脆地出了门,拦了一辆车,直接去了汉川饭店。

下了车,沐浴在长江岸边潮乎乎的热风里,王祈隆突然激动起来。二十年前的红色门童竟然还立在那里等他。红色的门童在黑得明亮辉煌的夜色里,以标准的姿势拉开了玻璃门。站在他面前,王祈隆却没有马上进去。他就站在那里打量着他,二十年前他看他的目光很重,脚步很轻;现在他看他的目光非常之轻,脚步却很重。他在心里说,我王祈隆来了,我王祈隆又来了!

王祈隆直到把门童的笑容看得冻结在脸上,才大步走了进去。他本来想直奔洗手间而去,他想到在尿完之后,一定要命令服务生帮他打开水龙头,然后再仔仔细细地洗手,不紧不慢地吹干。这么些年,他早已把这些程序练习得十分娴熟。他已经不反感服务生的观赏。相反,如果哪一天没有人盯着,他一下子就会失去兴趣,做得草率起来。

但是,他的目光却被大堂正中的一张桌子吸引住了。那上边摆着大堂经理的牌子,座位上坐着一个笑容标准、姿势僵硬的领班。王祈隆径直朝他走了过去,他盯着他,眼睛一眨也不眨。

先生,那个领班说,你需要什么帮助吗?

是的。王祈隆在他对面坐下来。

对不起,先生。这个位子是不能坐的。领班说。

谁说的?

领班依然微笑着,拨了一个电话。随即,从总台里面出来一个漂亮的女孩。胸牌上写着"经理"。女经理也是微笑着过来的。这是一个标准的城市姑娘,她的长发飘逸,美丽的脸上每一个毛孔都是微笑着的。她说,先生,您需要帮助吗?

王祈隆说,是的!我已经说过了。

您想得到我们的哪一项服务?

消费!王祈隆想都没想就说了。消费,他说的是消费。

好,我们有客房餐饮,有休闲娱乐,有桑拿理疗,先生您选择什么样的消费?

我就需要你!

王祈隆的目光是赤裸的放肆的,甚至是挑衅的,他相信女经理会被他的恶毒压迫得透不过气来。但女经理依然在微笑,她招了一下手,一个身着粉红色旗袍的女孩扭着腰肢款款走来。女经理说,这位先生看来是喝多了,带他去桑拿部醒醒酒吧!

说完,转身走了。领班也走了,就剩下那个粉红色的女孩,微笑着看着他。

王祈隆看了看那个粉红色的女孩,本来还想对她再说点儿什么。那个女孩正用求援似的目光看着他。他心里忽悠了一下,怎么突然就想起了戴小桃,就把没说出来的话又咽了回去。他乖乖地站起来,跟着她走了。

除了说话,王祈隆是醉得没有一点力气了,可他不需要使什么力气。粉红色的女孩把他送到了桑拿部。两个身体强壮的服务生,立马就把他架到里面去了。他们像剥羊皮一样迅速地脱完了他身上所有的衣服,他们又像拎着一头剥了皮的羊一样把他拎进了洗浴间。他们很小心,他们可没有敢趁他醉了就折磨他,只消看一眼他身上的皮肉,摸一摸他那双显然不经常走路的软滑的脚,他们立马就能判断得出,这个人是干什么的。

王祈隆被人服侍着洗了搓了,便被送到一个香气迷人的房间里去了。灯光暗暗的,低低的乐声百转千回。已经有一位妙龄的女孩在里面等他了。王祈隆刚被扶着躺在一张铺着雪白床单的小床上,那女孩儿的手立刻就在他的头上肩膀上动作起来。王祈隆突然坐了起来,摆了摆手说,停住!

女孩说,先生要的不是这个吗?

不是。

先生要什么?

去给我把你们大堂的女经理找来。

先生,是我什么地方做得不对吗?

不是你的不对。这和你没有关系,你只管去给我把你们的女经理找来!

女孩看看王祈隆,委屈地走了出去。

王祈隆等待着,女孩很快就回来了。女孩说,先生,我们经理来了。

王祈隆惊异地发现来的不是女经理,而是饭店的经理。王祈隆只在腰间套了一条桑拿间的廉价短裤,但他觉得自己比经理那身笔挺的西装更威风。

先生是要求什么特殊的服务吗?

是的,我要你们的大堂经理来。王祈隆盯着他的眼睛,强硬地说。

我们这里有专业的员工为您服务。大堂经理的职责就是在大堂。

你们不是信守顾客是上帝吗?现在我就是上帝!王祈隆把他

的裤子拿过来,掏出来一个黑色的钱夹,拍在他的面前。

经理的脸色变得很难看,他太知道该怎样对付这些人了。把他们关在一个房间里睡一觉,别管他当时怎么折腾,第二天醒来,他会赶着给你道歉的。经理却在王祈隆掏钱的动作上,看出了一点翻身农奴把歌唱的味道。经理眼睛里的恭顺迅疾变成了鄙睨。这种神情立刻被王祈隆捕捉到了。好,终于来了!小子,说话呀,我王祈隆就是等着你说话的,我都等了二十年了!

王祈隆充满挑衅地目视着经理,王祈隆没有想到,这经理是真的有涵养。经理说,您有多少钱先生?

王祈隆把钱夹打开,掏出厚厚一叠人民币,又掏出厚厚一沓美元,扔在床上。经理把那些钱拣起来,一张一张仔细地理好,又在手里掂了几掂,好像要掂出它们的分量。经理说,先生,您的钱可真够多的!

王祈隆动都没动,一直盯着他。

对不起,耽误先生您宝贵的时间了。我马上把经理给你喊进来。

经理和女孩都走了。王祈隆长出了一口气,他妈的真的就是有钱能使鬼推磨啊!

王祈隆被胜利的满足感冲刷得昏昏欲睡,他的眼皮一点都不听使唤了。他终于看到身着制服的大堂经理果真走了来。他伸出手去,想把她拉向自己。

王祈隆是半夜被自己的尿憋醒的。他看到自己躺在一个陌生的地方。一个不认识的女孩,正拿着他的手机同什么人窃窃私语。王祈隆厉声喝道,你是什么人?怎么在我的房间里?

女孩笑起来。先生,这里是汉川饭店的按摩间,不是你的房间。

女孩身上的经理制服提醒了他。大堂经理?他模模糊糊地记起了什么。天啊!我都干了些什么?

王祈隆匆忙地穿好了自己的衣服,他这才发现,这个女孩并不是昨晚那个大堂经理,她没有那头秀发,她脸上的神情？不,她只不过是穿了大堂经理的衣服而已。而且,他一眼就看出来,眼前的女孩也根本不是城市女孩。她是被酒店掉了包的假货,可他的钱却都是真的。王祈隆恨不得自己比那些钱消失得更快一些,他没再看一眼那个女孩子,他依然像二十年前一样,鼓胀着尿液飞一般地冲了出去。他没有看到大厅的经理座位上是不是还有人坐在那里,但他看到了门童暧昧的笑。他收起自己的目光,匆匆地走了出去。想想自己憋了二十年的这一泡尿,到底没有撒出来,心里不知是悲哀还是沮丧。这狗日的城市！他在钻进出租车之前狠狠地骂出一句:婊子养的！

　　没等聚会结束,王祈隆就找了个借口,说是市里换届要考察干部,提前走了。实际他并没有离开武汉。他想找一个地方,自己静静地待一天。
　　王祈隆独自去了一个已经有点落伍的酒店住下来。他让出租车绕着市区转了一大圈,那都是他过去步行走过的地方。直到夜色朦胧,才转入江汉大道。望着城市明明灭灭的万家灯火,想着那些遥远的人和事,不禁思绪万千。千千万万个窗口里,有着千千万万个大不相同的生活场景。但人与人,隔了很远的距离,就觉得很近;而离得很近的时候,却又觉得十分的遥远了。这就像一幅油画,不管在远处看多么色彩斑斓,走近了看,无非是些色块的堆积。

19

　　其实王祈隆安排赵家姑娘的工作与否,许彩霞并不是多看重。她看重的是王祈隆的态度,因为王祈隆对孩子的态度,也就是对她许彩霞的态度。如果他把孩子放在眼里,就等于把她许彩霞放在眼里了。王祈隆对待孩子这么亲,这是她无论如何也想不到的,那几天心里像开了滚锅一样,一阵阵地往外冒热气。她夜里睡不着觉,后悔着不该让许老虎替她写那封信。就是娘家人,也不可以让他们知道太多事情。弟弟知道了王祈隆和别的女人好,会不会看不起王祈隆?会不会连他的姐姐也一并看做是没有能耐的?许彩霞想着想着就会冒出一脊梁的凉汗来。幸亏那封信并没有给丈夫带来什么不好,他的市长还好好地当着。这样想,就又觉得有一点欣慰了。

许彩霞是头天晚上告诉王祈隆她想回娘家去住几天的。王祈隆一口就答应了,尽管表面上一直都好好的,王祈隆却始终觉得这些日子这个女人是哪里不对头了。他正苦于想不出什么办法帮助她。她这样脑筋转不过弯的一个人,闹起心思来是很要人命的。王祈隆不喜欢许彩霞仍然没变,但是,过去的不喜欢和现在的不喜欢是改变了方式的。过去同她在一起时,整个人都有种懒散下去的感觉,就像毛主席他老人家说的,以其昏昏,使人昭昭。虽然尚是往上走,但是目标却是模糊的,浑浑噩噩的。既没有多少希望,也不再徒生什么烦忧。现在她的某些举止是让他时时警醒的,尤其是出了上次那件事之后,总觉得什么地方会有暗藏的玄机。王祈隆是个不爱操心,也不怎么会操心的人,他有些恐惧这样的日子。王祈隆需要她清醒,需要她强壮起来,需要她像过去那般缺心少肺。这么一个傻傻的女人,在往常的生活里,她其实是省了王祈隆许多麻烦的。

许彩霞回娘家是王祈隆亲自给她派的车,这是王祈隆第一次给她安排车。过去她要干什么事情,王祈隆是从来不过问的。他那天破天荒给她安排了回娘家去的车,并且看着她箱箱罐罐地往车上装东西。许彩霞那天表现得很坦然,真的就像这家的女主人了,她不再窥视王祈隆的脸色。王祈隆的表现,让她觉得一切都好起来了。是的,一切都将要好起来了!

后来王祈隆回忆起来,许彩霞那一天是前所未有的精神,也是前所未有的自我,好像是准备好了,要去迎接一场新生活的到来。

许彩霞换上了还乡的锦衣,背了她自以为很时髦却与她的身量不十分匹配的黑色小坤包。包里全都是换成十元的新钱,厚厚的、崭崭新的两沓。王祈隆站在阳台上,一直看着她像过年一样欢天喜地地下了楼,然后又往楼上看了看,才上了车子。

车子开出去了。

车子终于在路口那端消失不见了。

王祈隆故意很重地叹了口气,但又叹得很舒心。他想,不管怎么样,日子都在继续。

阳光很烈,王祈隆直到眼睛被刚才停车的那片空地反射得酸酸的,才收回了目光。

许彩霞没有告诉王祈隆她真正要去干的事情,她从此失去了机会。她在王祈隆的记忆里落下的,永远是她回娘家去了的印记。王祈隆永远都不能知道,她最后的那桩心愿,实际上是为了他们这个共同的家,她盼望着这个家从此安定下来,过上正常的日子。这是一个寻常人家的女人、最寻常不过的心愿。

许彩霞回娘家那天是阴历十五,上次娘来,告诉她说她在人祖庙里许了愿,如果躲过这一劫,十五要去庙里还愿。她要先去接了娘,然后去人祖庙里把娘许下的愿还上。她觉得灾难已经过去了,她心里宽展起来。本来就没有什么过不去的,还不是自己跟自己过不去?

阳光是越来越烈了,许彩霞很惬意地眯上了眼睛。许彩霞有个习惯,她坐车喜欢坐在前面。坐在前面视野开阔得多,她能看得清楚路上的行人,行人也能看得见车子里的她。特别是每次回娘家的时候,她就坐在前面端足了架势,一路上都能让村人欣赏到她的春风得意。逢到有相识的,就打开窗户说上两句。碰到小孩,就撒下一把糖,碰到老人,就扔下一盒烟。孩子和老人都用惊羡的目光看着她还有她坐的车子。有一次,车子行到村子外面的小路上,她突然心里高兴,让停下来要去掐两只玉米穗子。恰好有一个农妇从地里面肩了大捆的老玉米衣子出来,听到那妇人喊她,她一下愣了。这妇人原是许彩霞当闺女时最好的玩伴,当年在村里也是数得上的水灵姑娘。许多年不见了,只知道是嫁在邻村,生了三个孩子。现在哪里还有一点当年的模样!身子是干枯的,头发是干枯的,一身的衣服是无法辨得出颜色的,只剩下那两只眼睛还是油亮的,撑大了眼皮看她,笑起来却是满脸的苦相,比哭还难受。与她一比,许彩霞才知道,自己过的真正是天仙般的日子了。这些每次回家遭遇到的小细节,都会在她心里派生出巨大的成就感,会让她受用好大一阵子。很长一个时期了,她每隔一段时间便要回去一次,有时候完全是为了她自己的心理满足。每回去一次,那种好感觉,都会让她找到更多更好的活下去的理由。

  奥迪轿车以一百七十多公里的时速向前奔驰,高速公路在那样一个上午是奇怪的空阔而寂寥。或许,许彩霞是被那透过玻璃投射进来的强烈的光照耀睡着了。车子里的冷气开得很足,凉森森的感觉让人惬意。也很有可能,她是被那舒适的凉爽弄得彻底放松了。许彩霞是走进梦里了,她见到了人祖爷。人祖爷是个长得很喜庆的小老头儿,他穿了红色的衣服,他的头发和胡子都白得像雪一样。许彩霞笑了,原来人祖爷长得和儿子的圣诞老人是一个模样的。许彩霞变得孩子一样快活起来,她朝着人祖爷飞快地跑过去,她在跨越一道过不去的沟坎时突然就飞了起来。许彩霞非常清醒,她是没有翅膀的,但是没有翅膀的她却飞得很好,一种从来没有过的美妙感觉伴着她快乐地升腾。她飞过去了,飞得比风都迅疾,落地的一刹那,她是睁开了眼睛看着的。太阳用那毒辣的光芒把她的眼睛刺得生疼,但她还是很努力地观望着。那么多十元面值的崭新的钞票,纷纷扬扬地、缓慢地向着她的身体洒落下来。毒辣的太阳的光芒渐渐地冷下去,黑暗终于把全部光明吞噬。那些突然撒出来的钱,让她的心最后生生地心疼了一下。

许彩霞是从车子前面被抛出去的。赶到现场的交警说,事故发生的时候,车子前后约一千米的距离,并没有第二辆车驶过。车子是在正常行驶中突然冲破栏杆,飞向路沟的另一侧。车子损毁得并不十分严重,前面的安全气囊自动打开,司机只是面部受了轻伤。从来不系安全带的许彩霞,是被巨大的惯力抛到几米以外的田野里去了,同她一起飞出去的,还有被她搂在胸前的那只小包。那包和她一起,从前窗玻璃上挣脱了出去,在空中完成了几个漂亮的空翻之后才和许彩霞分了手。那些崭新的钱随着她的身体腾空而起,像开笼的鸽子一样四散开去,然后又慢慢地飘过来,把死者的脸和身体覆盖起来。

王祈隆在屋子里关了两天,他不说话,也不想听别人对他说话。他把家里的电话掐掉,然后让司机小王拿着他的手机,除非是上级领导或者特别重要的事情,谁的电话他也不接。

在他脑海里,曾经无数次地设想过许彩霞死的情景。有时他烦起这个女人来,甚至盼着让她死。现在她真的死了,王祈隆才觉得生活好像忽然换了面孔,一切都变了样子,他内心的恐惧也再一次泛上来。这种恐惧从儿子出走就产生了,许彩霞的自杀事件,几乎把他给压垮。好不容易度过这段时间,心里的阴影还没散去,竟然就发生了这样突如其来的事故,让他这些年第一次对已经死了的她不知所措。他现在才知道,有很多东西,是要被最终的力量才能证实的。其实,许彩霞的死对他的打击非常大,这种打击既不是悲伤,也不是痛苦,而是绝望。事实上,经过这么多年的争斗,许彩霞已经成了他生活中固有的一部分。

丧事办得非常隆重,全市各个单位都来了人。平时不记得有来往的亲朋好友,都不知道从什么地方突然泛了出来。来的人见不到王祈隆,就一直在院子里浮游着。花圈和挽帐涨潮一样浩荡着向殡仪馆涌来,有人打保票说,王祈隆自己的葬礼肯定不会这般风光。这话让说的人得了些痛快,让听的人觉得太过残酷。

有人悄悄说,许彩霞命不好。有人却说,是市长命太好!

这些议论里有惋惜的成分,也有中伤的意思。好像当官的死了老婆,就应该当做喜事看一样。

许老虎从东许拉了一卡车的人过来,个个哭得呼天抢地。他们哭许彩霞的死,也哭他们行将失去的、无可挽回的家族光荣。

好端端的,怎么就会突然死了呢?

一个人的死竟然是如此的迅捷,就在昨天,就在前天,人们还在什么地方同她说过话儿,或者是在某处与她擦肩而过。一个旺盛鲜活的生命,突然之间就这样没有了。生命是如此的脆弱,死了的人什么都不知道了,活着的人却是受到了惨重的打击。可他们无论抱了怎样的遗憾,哭得如何心意决绝,永远都不能使死者复活了。

丧事的奢华,多少让亲人们有了一些安慰。女人家,来世上走一遭,也算是值了!许老虎准备等到葬礼结束,跟姐夫提一提自家闺女的事,他想让他的闺女来阳城读高中。闺女若是能进阳城,姐姐跟他过了这么多年,总算是落了一点希望。

王小龙是被人直接接到殡仪馆的。王小龙不哭,他的二姨就过来拉了他的手哭着数叨,傻孩子,还没有尝到没娘的滋味啊!

二姨是亲人中哭得最惨的,她从来没拿小事找过姐姐的麻烦,只铆足了劲要办儿子的大事,她的儿子是许家学习最好的后代了。将来考了大学,大姨若是拉他一把,说不准能成了大事的。可惜孩子还没有长大,这中用的大姨就没有了。二姨哭姐姐,也为自己的儿子遗憾,如何不哭得死去活来。

王小龙表情漠然地看着他们哭,他一直在人群里寻找着他的爸爸。

追悼会就要开始的时候,王祈隆终于出现了。他的脸色苍白,虽然是看不出来表情,但内心的悲痛还是给参加葬礼的人们留下了深刻的印象。他向所有来参加追悼会的人很深地鞠了一躬,然后就在人群里寻找自己的儿子。那王小龙也正望着他的父亲,父子二人目光相遇,又很快躲开了。王祈隆的心突然刀割一样地疼,是儿子让他有了想流泪的感觉,但他忍住了,没流下来。王小龙冷冷地打量着他,王小龙在那一刻恨他的父亲。他不想看到父亲在母亲的葬礼上还是那么虚伪,他以为父亲的悲哀完全是装出来的。但王祈隆还是镇定地走向儿子,因为他是父亲,他现在是儿子在这个世上惟一的亲人了。

悼词非常美好地总结了许彩霞四十多年的人生,当宣读者用哽咽的声音朗诵到,许彩霞的一生,是正直、善良、朴实,对家庭和社会无私奉献的一生时,王小龙突然从父亲旁边向装了妈妈的水晶棺走过去。他与妈妈隔着一层玻璃,却是分明的两个世界。他可怜的妈妈,一直到死后,还得给爸爸装点门面。他的心在流血,他想把这些不相干的人统统赶走。在这个世界上,他觉得只有他才是真正伤心着妈妈的死的。他用只有他自己听得见的声音对她说,妈妈,死了好,儿子再不用看见你那样难堪地活了!

王祈隆也走了过去,他看看已成亡人的许彩霞,看看无助的儿子,突然间泪如泉涌。他是哭他的儿子的,他自己以为他就是为了儿子而哭的。他忍了几天的眼泪,犹如打开了闸门的河流,滚落得汹涌澎湃。奶奶死的时候,他都没有这样痛哭过,他是把他半辈子的心酸都哭出来了。他哭泣的声音从胸腔里忍都忍不住地向外扩张,哭得让所有的声音都停息下来,让所有的目光都粘在他身上。人们看着他,看着他们的市长,看着一个伤痛欲绝的丈夫。

儿子也震惊了,他看着自己的父亲哭得像个孩子一样,心里的堤岸一点点在坍塌。他看到了父亲的悲伤和软弱。他过去之所以恨他的父亲,因为父亲是个强者,而母亲是个弱者,他是因为可怜弱者才痛恨强者。现在父亲也成了一个弱者,父亲也像他一样,成了一个孤零零的人了。他伸出手去,拉住了父亲,灾难把他们父子俩联系在一起,悲哀把他们联系在一起。

那一刻王祈隆知道了,儿子,才是他活着的意义。

王祈隆市长终归是一个有情有义的男人!所有关于他的那些绯闻,在这些被感动了的人们的心目中,统统是可以忽略不计了。

许彩霞火化后被葬在公墓里,修了汉白玉的墓碑和石头围栏。墓碑上有她的照片,许彩霞站在城市的一角,咧着大嘴对与她告别的每一个人没有心肺地傻笑着。她的新邻居们的住处,大致也都是同样的。只是那些形态各异的照片,都不如她笑得那般灿烂。周围的环境被那些终年管理墓地的活人弄得很漂亮,空地上很整齐地种植了鲜花和松柏。人死了,能混到这样精致的地方来住,这让村里来的乡亲们很宽慰,也很羡慕。

许彩霞算是彻底搬到城市里来了,她彻底脱离了农村,做了城市的鬼魂。很快,家乡来墓地送过她的人们便把这一切都遗忘了。只有她的娘偶尔想起来,还会哭上一阵。想想命中的定数,一次次悲从中来。

省委考察组在考察临近结束的时候,召集全市县处级以上干部搞了一次民意测评。王祈隆和宋文举的优秀票都很集中。有人说,因为妻子许彩霞的死,使王祈隆的人气升上去了。话传到王祈隆这里,他并没有辩解。许彩霞没死的时候,他哪次的得票也都是很集中,只是王祈隆对许彩霞的态度,感动了更多的人。关于他的那些谣言,不攻自破。

送走考察组,宋文举松了一口气,如果下一步调整顺利,他的这个句号画得算是圆满了。宋文举把王祈隆喊过来,说,我在省里该为你斡旋的都斡旋过了,应该说没有很大问题的。不过,你自己还是不可轻心,现在的事情复杂。宋文举是在他面前卖人情,王祈隆当然明白。可他的心思根本不在这里,早跑到老远的地方去了。宋文举说完,才半认真半开玩笑地把那封匿名信的事情说了。他说,我看了信,当时也真害怕你有什么问题。现在看来,你还真行!不过,你小子就是现在有问题,也不是问题了。

王祈隆愣了好大一会儿,方才明白了他说的是什么意思,他笑了说,我会有什么问题?什么问题也瞒不了你啊!

王祈隆脸上是笑着的,心里却无端地愁苦起来。许彩霞刚死,许多事情都还乱着,他是无暇去想更多的问题。但是关于安妮的事情,他却是强迫着自己不去想。许彩霞在的时候,他像是有着一道天然的防御屏障,他还真的不犯愁。现在许彩霞死了,他犹如失去了掩体的士兵,赤身露体地暴露在她的火力之下,还有什么办法可以抵挡安妮射向他的子弹呢?

好像许彩霞的死,把他出卖了似的。男人在这种事情上总是要找个借口,才会觉得心安理得。

其实宋文举是没什么意思的,他也许完全是出于关心。男人之间,玩笑开习惯了,对这些事情一般也是不避讳的。他却眼看着王祈隆的脸黯淡下来,心想,这小子还真是条汉子!心里却难免有些替那姑娘难过。宋文举对安妮也挺熟悉的,又有学问,又是大城市里来的,家世什么的都让人羡慕,确实是打着灯笼都难找。但在这种事上,宋文举又不好直说,仍是用了开玩笑的口吻说,祈隆,你可是交了桃花运。你要是自己不好说,我们就以组织的名义替你解决了!

王祈隆说,千万不要,我还真的没有想好。

宋文举说,人家可是对我们市里做过贡献的。而且姑娘确实招人喜欢,你能娶过来,对市里也是人才引进嘛!

王祈隆说,她是不会来的,人家是北京人,距离太大了些。

说完他自己先愣了,他这样说,等于是透露了自己的心思,但又全然不是这个意思。王祈隆真的烦躁起来。

从宋文举那里出来,沤了一上午的天终于开始落起微雨。王祈隆的心里比天气还阴沉。路还没有湿透,树木和青草已经是油绿的了。这样的场景,会让王祈隆忆起一些杂乱无章的事情。其实他喜欢这样的雨,正合了他淡淡的莫名的惆怅。这是他在大学里落下的忧郁病,一旦有这样的气候就会复发。这种天气,把他陷在那无边无际的诗人般的情怀里。

他想,不知道在这样的天气里,安妮是在干什么呢?

王祈隆的愁苦也是真正的,他和安妮的事情,其实许多人都是关注着的。而且,大家现在都反过来向着安妮说话了,他想装糊涂都是糊涂不了的。

王祈隆夜里睡不着觉,趴在阳台上听那时紧时慢的雨声。擎了一杯红酒慢慢地饮,心里到底是拿不定主意打不打电话。安妮走的时候,王祈隆是伤了她的心的。安妮如果不肯原谅他,他就有了一些道理。但他知道,安妮是个通体透明的女人,没有人比他王祈隆更懂得她的脾性。安妮如果是根本没有芥蒂,他就不知道该怎么办了。许彩霞死的实情终归隐瞒不下去,安妮一旦向他示爱,结果就很难想象。要么是两败俱伤,要么是妥协。若是事情就这两个结果,哪一种都不是他所想要的。

没有安妮的时候,女人仅仅是女人;有了安妮,女人的事情就变得既可爱又可怕起来。但女人是女人,女人终究不完全是安妮。

安妮从那次生病离开阳城,一个电话都没再给王祈隆打过。爷爷问起王祈隆和企业的情况来,她却总是能搪塞过去。老人家从头到尾竟然没有发现孙女是藏着心事的。

这样过了一个多月,河南来了两个人到北京找安妮。那两个人见了安妮,眼睛都不会转弯了,只听说是北京的一个老姑娘,却不曾料到是如此的光彩照人。不等交涉,心里已经先自肯定了几分。

来的人说,已经等了她两天,一直联系不上。安妮整天尽顾着游泳健身,泡吧聊天的事情,确实是不好找。安妮笑着说道,你们不说是从河南来的,就更找不到我了。然后才问,你们见我是有什么事吗?

来人的脸上露出些尴尬,相互看着,好像不好意思说。安妮的心里就明白了许多。但她也不点破,仍然是笑着看他们。

是这样的,一个说,关于你在阳城,和市长王祈隆的接触比较多,有一些说法。我们也没别的意思,只是按照组织程序了解一下情况,也不会扰乱你的生活。

另一个说,组织上也是本着对同志负责的原则,尽量不让哪一个人受委屈。

安妮笑得更开了,安妮起身为他们两位添了水。安妮说,我和王祈隆市长?有什么说法呢?说来让我听听。

是这样的,有人举报说你和王祈隆市长关系暧昧。其实我们对王祈隆市长的人品是了解的,但对举报又不能不查。我们来的目的也就是想让你出个证言,说清楚就行了。

安妮依然笑着说,要说这些都是多余的,你们不来见我,也未必对传言相信;你们见了我,我说没有,你们也不一定不相信。

两个人也放松起来,笑了说,明知道是形式,可还是得走这个过场。毕竟是有书为证,空口无凭嘛!

安妮正色道,那你们告诉我,王祈隆市长是怎么说的?

那两个人也正了色说,王祈隆的夫人遇难前,他就澄清了这个问题。我们只是急于结案才需要你的证言材料。

安妮的脸一下子白了,停了老大一会儿才问,他夫人怎么了?

那两个人面面相觑。

他夫人不在了,这么大的事情你竟不知道?

你们真的……?

安妮很快又恢复了镇定的模样。她说,我可以告诉你们了,王祈隆是你们共产党队伍里面,最纯洁、最有原则性,最是男人的人!但是,我还可以告诉你们,我爱他,这和组织没有任何关系!

安妮回到家里,就告诉爷爷,她要到阳城去,马上就走!

爷爷吓了一跳,爷爷迟疑地说,傻丫头,你不是又发疯了吧?

安妮说,我好好的,干吗要疯?

是王祈隆让你去的吗?

爷爷是第一次喊王祈隆的名,他把自己弄得也严肃起来。

安妮知道爷爷已经猜到了什么。她过去围住他的脖子,说,爷爷,是王祈隆让我去的,难道你不喜欢他了吗?

爷爷老半天才长出了一口气,没头没脑地说,我看这天还是要下雨啊!

安妮返回阳城的时候,距王祈隆夫人的丧期已经一个多月了。安妮是凭着一时冲动回来的,有很多问题她连想都没想。真正回到阳城,她才觉得问题不是那么简单,虽然她是个非常直接的女孩。一个问题是,见了王祈隆,她该说什么?能不能把许彩霞给忽略过去?如果忽略不过去,她该如何表现?如果表现出兴高采烈的样子,不管怎么样都是说不过去的;如果表现得很悲伤,安妮是装不出来的。第二个问题是,他王祈隆的内心到底是怎么想的?安妮觉得,横梗在他们中间的,不是许彩霞,或者说许彩霞根本不是他们之间的问题。她是带着伤痕回来的,她的心已经被伤透了,但是,她已经顾不上查看自己的伤口了。

安妮打通了王祈隆的电话。她本来想平静地跟他说话,然而电话一接通,她就控制不住自己了。她低沉地说,我回来了。

王祈隆那边是沉默。安妮又说,我要见你,你不来,我就去找你!

王祈隆知道安妮的性格,他已经没有一点退路,他不得不去面对她了。

放了电话,王祈隆打来一盆热水,他先把右脚脱光泡进水里。那是一只完美的让他满意的脚。其实那只是一只普通的男人的脚,之所以王祈隆感觉到它完美,无非是和左脚比较的结果。他停了好一会儿,才去脱那只左脚上的袜子。那脚踝骨内侧的一点拐骨,触目心惊地显现出来,他把它泡进水里,隔了水看,就更大了。他使劲地用手指按下去,那骨头是没有感觉的,硬硬的。他的心却疼得收缩到一处去了,他厌恶那骨头。

王祈隆洗好脚,先给左脚穿上干净的袜子,那脚上的拐几乎是看不见了。他再穿上一只质地精良的休闲的鞋子,他的左脚就是一只极其正常的脚了。

这个夏天总是在下雨,但雨水落下来似乎都是滚烫的。王祈隆心里的热气怎么都压不下去。王祈隆把车直接开到小楼跟前,坐在车里,看着雨水像瀑布一样地落在挡风玻璃上,心情也随着雨水一波一波地被冲刷着。他索性关掉刷雨器,外面的世界立刻模糊起来。他在后视镜里看了看自己刮得铁青的下巴,那棱角分明的男人的刚毅让他分外感到鼓舞。他突然觉得,自己从来是没有怕过那些闲言碎语的,他更没有怕过曾经活着的许彩霞。他怕的,究竟是什么呢?

安妮已经来到了车前。她欢欣着撑起一把细花阳伞,来到车子跟前接他。

王祈隆先是看到了安妮的那双脚,光着。进入夏天王祈隆就没有见她穿过袜子。穿了半跟的大红皮拖,十个光洁的脚趾上趴着十只圆润的小珠贝。

不管是安妮还是王祈隆,所设想的种种见面的场景,通通没有用了。门还没关上,安妮就紧紧地拥住了他,或者说,是他俩紧紧地抱在了一起。她像一条光滑润凉的蛇,也不知哪里来的那么大的力气,她把一个强壮的男人缠绕得一点反抗的力量都没有了。也许,他原本就是不想反抗的,他固执了那么久,他早就应该缴械投降了。

等待了足足有一千年之久,两个滚烫的唇终是吻在一起了,那么紧密,那么忘乎所以,他们把整个世界都抛在脑后去了。即便是世界的末日到了,谁又能够把这样的一个吻分开!

不时的有眼泪润进嘴里,咸咸的,苦苦的,涩涩的,但又是甜蜜的。是谁在哭泣?是等待了太久的安妮还是克制了太久的王祈隆?她对他的爱,像一只被雨水打湿翅膀的苍鹰,不管多艰难,还是奋不顾身地从一个山头飞向另一个山头;他对她的爱却像一座沉默的火山,尽管内里是滚烫的岩浆,外面却是冰凉的岩石。但这一次,王祈隆觉得,他是彻底没有办法再抗拒那致命的飞翔了。

不知道时间过了多久,安妮牵了王祈隆的手,到了里面房间里。其实从进入里面房间的那一刻王祈隆就清醒了。但他根本无法控制自己,他只是不由自主地跟随着安妮。安妮脸上带着从来没有过的那种羞涩和幸福,她的身子几乎一下也不想离开王祈隆。

安妮脱去了自己薄如蚕丝的短裙,她的完全的美再一次展现在王祈隆面前。这身体曾经这样展示给王祈隆看过。王祈隆开始兴奋起来,他像一个男人那样兴奋起来。他曾经把这个玉体雕刻在自己心里。当他的眼睛再次像雕刻刀一样打量着安妮,他看了那完美的身子,玉一样光洁的腿,尤其是那双美得让他绝望的脚,他觉得自己像被电击一样让他浑身颤抖。天啊!他在心里绝望地哀鸣着。他的心怦怦地跳得自己听得见声响,汗水开始在他的身上滚滚流淌,他无力地闭上了双眼,瘫坐在床沿上。

安妮赤裸着把软了的身子偎在他的怀里,安妮亲吻着他的脸,安妮喃喃地说着情话。安妮说,要了我!我是你的啊!

王祈隆完全是麻木的,王祈隆努了半天的力,他的下身竟然没有一点感觉。

安妮想他是太紧张了,安妮起来帮他脱了鞋子。王祈隆把头抵在她柔软的身子上,深吸了一口气。他颤抖着手解开了自己的衣服，像在做一件艰苦细致的工作，汗水从他头上滚落着，整个胸膛也像水洗了一样，手抖得更厉害了。

他脱了鞋子，但还穿着一双厚厚的棉线袜子。安妮想去帮他脱去那双袜子，她的手还没挨着他的腿，他突然大叫了一声。他说，不！他使劲把腿蜷到胸前，他把安妮闪到一边。他的头发被汗水弄得丝丝缕缕的贴在脸上，他的上衣是完全敞开着的，他却尽顾着穿他的鞋子了。他惊恐的样子把安妮吓倒了。安妮从来没有见过这么狼狈的王祈隆，安妮吓得拉起一条毛巾被把自己遮盖起来。王祈隆看着她，把手放在她头上，他说，安妮，不可以，真的不可以。

安妮说，告诉我，为什么？

不为什么。王祈隆的口气，几乎像是在哀求安妮了。

我不信！我就这么一直等着！

安妮哭泣得绝望而又坚定。王祈隆的心都被她哭碎了，他忍不住又把她抱在怀里。他不知道她所说的等待是今天，还是一直这么等下去。

20

事情隔了三十几年，王祈隆突然清晰地忆起，他八岁那年放了学不回家，和村里的小孩子们去河边耍。奶奶没有打他，奶奶甚至没有责备他。奶奶打来水为他冲洗，奶奶是洗到他的脚的时候，突然喊起来的。奶奶用手托了他的左脚，用他从来没有听到过的凄厉而又隔膜的声音呵责他：你这脚，你这脚，怎么也会长出这么个东西来啊？

王祈隆那是第一次看到，他的左脚的脚踝内侧，长出一个小小的鼓包。不疼，是一块多出来的小小的骨头。他不知道奶奶为什么对这么个不起眼的小骨头那么警觉,好像长出那么个东西,是他王祈隆自己的错。

王祈隆记起,奶奶那次没有为他把那只脚洗完,奶奶突然就撒手不管他了。是他自己草草地洗完了那只脚。他回到房里,就看见奶奶在流眼泪了。

就是从那一天起,奶奶再也没有为他洗过脚。

在他幼年的朦胧的意识里,奶奶是厌恶他的那只脚的。奶奶是因为那多余的一块小骨头厌恶他的脚的。这让他产生了一种不可名状的耻辱感。

随着王祈隆的长大,王祈隆发现大王庄人的脚踝上,都长着那么一个包。他们管那包叫"拐",那叫"拐"的东西不影响他们吃饭穿衣,不影响他们下田做活。他们中有一些人就是带着"拐"走到城市里去了,还有一些人是带着"拐"去到兵营里扛枪杆子保家卫国去了。大王庄的人好像很以此为荣,他们在田里做活或者在村口歇息的时候,会亮出"拐"来互相比试。他们说,那"拐"是代表男人身上的力气的,"拐"越大,力气就越大。

大王庄的女人若是头胎生下了女孩,人们就会说,是她当家的"拐"不行嘛!

王祈隆脚上的"拐"显然是不行的,那么小的一点点,穿上袜子就仿佛看不见了。王祈隆悄悄地留心去看,他爹的脚上是根本没有"拐"的,他的脚上只有小小的一点。他们家在大王庄村,是没有力量的。他不明白的是,他的奶奶却为何如此嫌弃那代表了男人力量的"拐"?

八岁以后,他从没有在大王庄的众人面前脱去过他的鞋子。他脚上有"拐",可是那"拐"太小。他怕看见奶奶伤心的眼睛,可他更是在大王庄村人的面前感到惭愧。后来,王祈隆就带了那小小的"拐"到武汉去上大学了。他发现他的那些同学们脚上并没有长那种叫做"拐"的、被大王庄的男人喻为显示力量的东西。后来,王祈隆读的书多了,他懂得了地域、水土、血缘、遗传、根等许许多多新鲜的名词。

王祈隆是睡着了,王祈隆梦里又重新回复成一个八岁的孩子。他的奶奶正在给他洗那只长了"拐"的左脚,奶奶突然之间泪流满面。后来为他洗脚的人就换成了他的妻子许彩霞,许彩霞只顾捧着他的脚傻呵呵地乐着,她赞叹着丈夫长了一双比她还要秀气的脚。再后来,那小城姑娘黄小凤就不知道从什么地方走了出来,黄小凤为他往脚盆里添了水,黄小凤尽顾着对他讨好地笑,脚盆里的水都溢出来了,汩汩的细流在他们中间淌成了一条小河。王祈隆觉得他是坐在河边浸泡他的腿脚了,阳光照射到清澈的河面上,被微风吹得散碎的河水把黄小凤的眼睛映得越加娇媚起来,她看都没有看一眼他脚上那"拐"。黄小凤突然不见了,黄小凤消失以后,李青苹就风尘仆仆地赶来了。李青苹是个心细的姑娘,李青苹一眼就看到他的脚上去了,李青苹带点惊喜地说,咦,"拐"呀!我们村里也有许多人长了的!

王祈隆就拉了青苹姑娘的手,他在她面前的表现总是那么自如。王祈隆抚了抚她凌乱的头发说,你这么憔悴,像是走了许多路。

李青苹说,是啊,我都走了十几年了啊!

王祈隆觉得心疼起来,他伸出手去,想再次安抚她。他伸出的手却被安妮接了。安妮嬉笑着冲过来搂住了他的脖子。王祈隆说,不!不可以的!

王祈隆是被自己的喊声惊醒的,他发现他是睡在自己家里。许久都没有换洗过的被褥上,还散发出一股子死人的气息。让他安定下来的是,袜子还好好地穿在他的脚上,但腿和脚已经麻木得没有感觉了。

安妮完全是猜测到王祈隆是性能力方面出了问题。她甚至因而判定,她和王祈隆之间的障碍,其实完全是性的障碍。安妮有些失意的悲哀,安妮又有了一些兴奋,安妮的心里反而不着急了。她只是觉得有些可笑,为自己也为王祈隆。

安妮处处留了心。两个人在一起的时候她仍旧是和王祈隆闹,突然抱了他的脖子让滚烫的身子在他的怀抱里不安分。或者胡闹起来,在他已经略微有些松弛的脸颊上啄出个大大的红痕来。有时,她还强迫让他亲。实在拗不过去,王祈隆会在她的额头上鸡啄米似的碰一下,然后就急忙顾左右而言他,那个尴尬样子让安妮更加可笑起来。什么时候安妮不闹了,他才可以镇定一点,却又时时地警惕着,他是真正怕了她了。这样试了几次,安妮就更坚定了自己的猜测。她其实一开始就应该想到,王祈隆是生理上出了故障的。

安妮这样的女孩,她对王祈隆的爱是带着对男性极大的欲望而来的,而且是一开始就直接奔了主题。这个时候,她是完全可以撇得清的,不动声色地、甚至可以半游戏半正式地把两个人的关系弄得清爽起来。这是她的强项,是拿手戏,可以既不伤害到王祈隆又顾全到她自己的面子。但是,当安妮一个人躲在屋子里哭泣的时候,她就已经知道,她是躲不了的,她完全是被从头到尾不能被自己左右的局面弄得迷了心窍。她为得不到而伤心,她什么都顾不得了,她只要他爱她。而且,直到现在,仍然没有什么东西能把她一向骄傲的信心毁掉。她觉得,只要王祈隆承认是爱着她的,所有问题都可以解决。

而且,她觉得过去王祈隆和许彩霞之所以婚姻还这么牢固,除了他们俩具有"家"的形式之外,还具有"家"的实质,那就是,一个在外奔波的男人,和一个守候在家的女人。就是这种形式和实质的结合,才使家成为一个独立的单元。而她安妮,缺少的恰恰就是这个。她使自己独立于任何人之外,哪怕是她的爷爷。安妮就是安妮,她不是任何人的。因为她不是任何人的,她就不能走近王祈隆,因为王祈隆的内心,需要的是一个"家"。

安妮突然变了,她不再和王祈隆赌气,不再任性,她甚至时时刻意替王祈隆着想起来。上班时间她不再打搅他,让他安心处理市里的工作,她还时时提醒他去关心就要参加高考的儿子。安妮就像一个永远长不大的孩子,突然之间长大了。她的一张红润的脸,眼看着变得白皙起来。她不在外面疯跑了,她会静静地坐在家里读书,或者写一些稀奇古怪的东西拿给王祈隆看。她表情里多了许多凝重而又坚定的东西,她觉得自己是个富于牺牲精神的小妇人了。

安妮常常约了王祈隆一起吃饭,有时她还亲自煲汤给他喝,偷偷去药店里,买来滋补的中药加到汤里去。她看着他喝汤,就像一个母亲看着一个儿子。

王祈隆觉得安妮终于是懂得理智了。他见了她不再那么慌乱,也恢复了以往的包容性格,像个大哥哥一样待她,不再刻意地躲着不见她了。

安妮与他的谈话,虽然仍旧带着点不正经,却是非常正式的。

安妮说,其实你是可以离开阳城的。

安妮说了就盯着看王祈隆的表情。王祈隆被她看得一下子就警惕起来,王祈隆的表情却没有带出什么。只是笑了说,我好歹也是做了一市之长的人,离开阳城就那么容易?组织上不批准,而且我也不能置我的几百万人民于不顾吧?

你们这些地方上的小官僚,好像地球离了你们就不转了一样。其实离开你们,地球转得会更好。你们一个阳城市的领导,比美国总统府的人都多!

我是个小官僚?王祈隆还是第一次听安妮这样称呼他。如果她不这样喊他,是没人敢这样喊的。有时候自己也说,我这么个小芝麻官儿!那其实是在自鸣得意。安妮这样一喊,他倒是觉得有点儿吃不消。他在心里叹道,像我这种人不当个小官僚,我还能干什么呢？或者可以换句话说，幸亏当了个小官僚啊！过去王祈隆还真的没有想过这个问题，太严肃了。他不愿意在这种场合想这样的问题，怎么回答都显得自己很窝囊。而且，想着他已经四十多岁的年纪了，还在一次一次地复制这种生活，心里顷刻之间悲哀起来。

安妮以为他动了心思，就说，去北京吧，北京多好啊！

我去北京可以干什么呢？

一个人在北京成功了，就等于在中国成功了。

这个问题，王祈隆还真没想过。从懂事起，奶奶就用城市引诱他。他走了一个又一个的城市，然而又在一个又一个的城市里迷失。他忽然有了更大的迷茫：城市到底在哪里？

王祈隆不知道自己算不算一个成功者，可他清楚地知道，如果他真的去了北京，等于是彻底放弃了自己的一切！如果是那样的话，他哪里还会是王祈隆啊！这就好像一棵树，在淮南为橘，在淮北就成为了枳。

安妮见他沉默，就转了话题。

电视上正在播广告。一个不怎么起劲的女人两分钟跳出来三次，做一种藏药的广告。安妮说，现在医学真是发达了，什么隐秘的病症都可以解决掉的。

王祈隆并不明白她的意思，就说，老百姓看病还是难了点。

安妮说，你又不是老百姓！

王祈隆笑了，说，刚才还说我是小官僚，转眼我又不是老百姓了。那我也总不能因为看病容易，就盼着自己生病吧。

安妮说，男人有时候是碍面子的，正经的有了病也是不肯去看。安妮这样说，心里是有些着急，你王祈隆还是不肯拿我当知己啊！

王祈隆说，你呀，难怪爷爷总要骂你混，哪有谁正经有病不去看的？

安妮正了色说,王祈隆,你是不是把我当做你的亲人?

当然!然后笑道,你没病吧?

安妮依然正色道,你如果把我当你的亲人,有了病会不会告诉我真相?

王祈隆仍然是笑,你呀,越说越起劲了。

安妮说,你要有了不想让人知道的毛病,我们可以到北京去看。北京不行,我们还可以到美国去看。

安妮同王祈隆说起到美国去的话题,就是从那一天开始的,后来安妮又说过许多次。北京已经是个很遥远的影子了,美国从嘴里说出来,就更像是梦一样从耳朵边上擦过去,压根就没进到里面。那一刻他只当是玩笑话了,觉得再说下去,也论不出个理来。就笑了答应,我若病了,一定找你,咱们先去北京,再去美国。

谈话仍然是没有什么结果的,但是安妮想,慢慢的,她能够把他感化了。实在不行,她就把包袱直接抖出来,并且告诉他,她其实不在乎这个。那时,王祈隆就会明白她爱他的心,明白她安妮爱他爱得究竟有多深。

安妮是懂得爱的,安妮到现在才仿佛知道,她其实是懂得爱人的。在过去,她是只知道索取,从来是不讲求还报的。就算是爱过的,也只不过是带了很大的利己主义和寻开心的成分。那时候所谓的爱,来得快,走得也急,所以并不让人惋惜。现在她才懂得,真正的爱是来得很慢的。或者说,正因为来得慢,她才觉得像是真正的爱。安妮不着急,她还要等待着王祈隆自觉起来,至少他应该明白了她的决心。她一心想得到王祈隆的爱,哪怕仅仅是精神的。在眼下这一刻,同王祈隆共同分担他的病痛,就是最大的爱。安妮是踏了心的,她争取的东西必须要得到,她是安妮。就算王祈隆在某些能力上会让人失望,可怎么都阻止不了她要把他争取过来的那分信心。王祈隆已经不是单纯的一个人了,在某种意义上,他已经成了安妮的一种决心。

让安妮满意的是,她这次回到阳城,王祈隆不再回避和她在一起。他们一起吃饭,一起散步,甚至一起出入一些公众场合。除了安妮以外,所有的人都以为,他们二人的婚姻只不过是时间问题了。这样,反倒是省去了许多世面上的闲言碎语。

八月的末尾,王小龙的录取通知书下来了,考取了复旦大学新闻系。王小龙的考分并不是太理想,王祈隆托了许多人,做了许多艰苦细致的工作,才换来了这个结果。王祈隆想到当年自己上大学的时候,是让人家替换了。而现在,却不知道儿子是替换了谁家的儿女。

这是王祈隆为儿子第一次使用市长的权力,仿佛是他人生价值的验证。他亲自带儿子四处购置上学的用品,买了许多时髦的衣服和日用品。只要是儿子看上的,他全部都买下来。他大把大把付钱的时候,心里是有一种隐约的快乐的。实际上他觉得,儿子实现的某些东西,比他自己实现了还让他高兴。

安妮送了王小龙一只 YONEX 网球拍,和一套配套的 ADIDAS 网球服。王小龙还不会打网球,安妮想带他去学,喊了几次都被他搪塞过去了。安妮说,这些东西到了学校里,就成了身份的标识。虽然王小龙和安妮只见过几次,他觉得一点都不讨厌这个有可能取代他母亲位置的、亮丽而又睿智的女人。他们很谈得来,他们时尚起来,王祈隆就只有看电视的份儿了。王小龙把安妮同他的女朋友萧潇放在一起比了,就觉得萧潇身上是缺了许多内容。萧潇今年没有撞上本科分数线,狠狠地哭了一场,准备报名再复读一年。对于他们这些说变就变的孩子,谁又能知道明年会是什么样子呢?王祈隆想想自己过去,上大学之前满脑子的奶奶,大学毕业后还是满脑子奶奶。奶奶几乎成了他生活的轴心。而儿子王小龙可不是这样,他是独立的,他脑子里既没有爹也没有娘,只有他自己。他的个子同父亲一样高了,精神也要同父亲一样高。

而且他的精神世界,比父亲的更丰富,他满脑子的是黑客帝国,NBA和F1汽车拉力赛。更重要的是,他的脚上没有大王庄特有的标志。

王祈隆带了儿子回大王庄去祭祖。王小龙根本没有闻见过太爷爷的气味儿,对太奶奶的印象也完全是模糊的。可父亲只有这一件事是固执的,一定要让他回去。

回到熟悉却又极其陌生的大王庄,王祈隆又一次从那些村人的眼睛里看到了二十几年前的光彩。他亲切地和村里爷儿们招呼,他介绍他的儿子王小龙。他的举止是谦虚的,心里却是埋着无比的自豪。

母亲一见了他们就唠唠叨叨地说,有人看上了他家的风水,在他爷爷奶奶的坟前埋了东西,想借点灵气,他父亲又找人给破了。

王祈隆说,都是乡里乡亲的,怎么能够大小事都计较?更不能相信那些迷信的东西。

娘说,怎么是迷信?村里人可都说,你爷爷当年从南京城里回来,是带回了龙气的。

王祈隆突然拉下脸子,不再和娘说,带了儿子去了坟地。

过去爹和娘从来没有说起过南京。如果奶奶在,他们谁敢这么说起南京?

奶奶坟前按照她的吩咐栽下的女贞已经有大腿儿粗细了。奶奶小时候,家院里栽的就是这样的树。因为它是南方树种,为了找这棵树,王祈隆派人专门去湖北拉回来。树叶儿青青葱葱的,随风摇摆,好像承载了奶奶的生命似的,给整个坟地都带来一种活的气息。秋庄稼已经把荒落丑陋的土地完全给遮没了,到处都是宜人的绿。风儿微微地吹过来,人觉不出,一地的绿浪却是流来流去地翻滚着。王祈隆的心里突然前所未有地平和。这样的情致,这样的清净素淡,王祈隆觉得是那样适合她老人家啊!他难以想象,如果把她这样的骨头,移植到拥挤的闹市里去,她的神态能够一如既往地保持记忆里那分纯净吗?

奶奶是安静地坐在那青葱葱的树下和他说话儿了。

王祈隆磕了头,让王小龙也给太奶奶磕头,便让他走远了。他跪在奶奶坟前没起来,他告诉奶奶,重孙子是考到了更远的地方去了。如果她在天有灵,想必是会笑开的。

他又想起来奶奶对儿子的态度,一时又有些忐忑,不知道带儿子来给奶奶报信,到底奶奶是高兴还是不高兴。

王祈隆并不信迷信,但在奶奶这里,他宁愿自己是迷信的。

爹和娘是突然之间老得不成样子了,在他们身上,王祈隆尽的孝道是太微薄了。面对他们,他才有了反思,他从小到大,在奶奶费尽心力地敦促下,他所争取到的荣耀到底是为了什么?母亲的脸让他觉得何其陌生,这是个一辈子只知道劳作的乡下女人。在她生命的七十多年里,王祈隆还从来不曾拉过她的手,对她说过任何暖心的话。他有时会给他们一些钱,可七十多岁的老人,他们生活在这荒僻的村子里,要钱有什么用呢?

除了责怪他们,王祈隆想,我何曾想到过,我还有父母啊!

这次回来促使王祈隆下了决心,他要把他们带到阳城去。小妹妹已经被他从新源调到阳城自来水公司去了,还没有安置好住房。他想为爹娘买一套房子,等一阵让他们过去,就让他们和妹妹家一起生活。

王祈隆把他的想法对爹娘说了,爹娘怕难为了儿子,却又激动得不得了。奶奶死了,爹几乎没有能力撑起来这个家。幸亏有王祈隆在外面,大家都帮忙,这家才像个家。爹一辈子胆小怕事,树叶掉下来也怕砸了头。即使在儿子面前,他也像欠了他什么似的,点头哈腰的就像个仆人。他这样子,让王祈隆心里非常的不舒服,他对爹的歧视,也许还是来自于奶奶对儿子的不屑。

王祈隆想,哪怕对政治上的敌人,自己都能够敞开心胸,该忍让的都忍让了。为什么对自己的父母却做不到?毕竟那是生养了自己，又吃了一辈子苦的老人啊！况且还有儿子在后面看着他。对于父亲和父亲的父亲的关系，儿子王小龙始终很疑惑地看着。他对自己的爷爷奶奶也没多少感情，父亲王祈隆说起他的家庭，仿佛从来就只有他的奶奶。

王祈隆醒悟到了自己在儿子面前该怎么样对待自己的父母了。他突然决定，在王小龙被送到大学去之前，他一定要让父母搬到城市里住下。

省委的任命文件拖了一个夏天，终于在秋天里有了结果。王祈隆没有接任书记，高蓝青自然也没有如愿提升。通过与新任书记短暂的接触，让高蓝青彻底死了心。新书记原来是省属一家上市公司的董事长，对党务工作并不是很熟悉，而且由于长期在企业形成的习惯，说话办事都要比过去的领导武断得多。高蓝青在市委不得势，又回过头对王祈隆套起近乎来。王祈隆现在和高蓝青相处得不错，和新来的书记的关系也弄得比较融洽。王祈隆其实真的是一个心地非常宽厚平和的领导干部。

尽管王祈隆表面上并没有表现出一点失落来，但还是有各种传言和猜测。有人议论说是装出来的，会掩饰。更多的干部，还是为他鸣不平，或者用不同的方法安慰他，这倒是让王祈隆有些尴尬。对于传言他可以一笑了之，而对于安慰，却不得不反复地解释，解释来解释去反而把问题弄得模糊起来，好像他真的有很多委屈似的。只有安妮是真正了解王祈隆的，她知道，对于接不接书记的事情，王祈隆虽然并不是无所谓，但也不是志在必得，而且是有充分的心理准备的。安妮经过了这么长时间的等待，她也更加了解到王祈隆的另外一个方面，那就是，即使剔除了性的因素，王祈隆也并不曾如她想像中的那样爱她。他看她的目光很重，他看她的目光又非常之轻。

安妮自以为她是了解王祈隆的，可安妮越来越觉得王祈隆是个游离于正常群体之外的、让人生疑的个体,让她无从把握。

王祈隆是亲眼看着安妮从游泳池中心的滑道上跌落到水下去的。

经过专家勘测,阳城地下三百米以下全部是温泉水。水温从下面抽上来可达四十度以上,由于富含多种矿物质,洗浴后皮肤光华如缎。长期坚持,水质中的天然硫磺成分可帮助治愈多种皮肤病。

水上活动中心是王祈隆出任阳城市长后的一大建设项目,与香港一个客商合作,利用一个废弃的体育场,建起了近千亩大的温泉度假村。当时建这个度假村时,王祈隆是基于两方面的考虑,一个是,阳城是一个缺水的城市,市民特别亲水,从解决公益事业的角度,为市民解决实际问题。第二个是,阳城又是一个特别守旧的城市,主要问题是大家都喜欢躲在家里,不愿意走出来,所以有必要创造一个特别大的公共场所,给市民提供更多的交流机会。

度假村的经营采取平民化政策,对外商的收益采取财政补贴的办法,所以从一开始就有比较高的社会和经济效益。安妮和爷爷第一次到阳城来,王祈隆就把这个地方介绍给他们。这里引起了安妮极大的兴趣。她是个泳迷。

王祈隆是下班后陪了安妮来的。孩子们都开学了,巨大的游泳馆里显得空空荡荡。安妮穿了泳衣戴了泳帽,海豚一样地在水中穿行。安妮在水中的姿势很优美,安妮的体力也非常好,她可以一口气在五十米泳道上连续游好几个来回。安妮是变换了各种姿势,特意游给王祈隆看的,一边游一边对坐在岸上的他打着手势。她知道王祈隆是不会下水的。他戴着墨镜,坐在很远的晒台上。安妮想,如果再换上一套白色的休闲装,他还真像那些中东石油国家的阔少。安妮一会儿在水上看他,一会儿又在水下看他。安妮在水上看他的时候,王祈隆还是那个让她既恨且爱的没心没肺的家伙;在水下看他的时候,王祈隆就变成了液体,他在安妮的眼睛里流动。安妮想,他要真是能装在瓶子里的液体多好啊!

游了一阵,安妮就攀缘到泳池一侧高达七八米的滑道上去了。她在滑道上上下了几个来回。再后来,王祈隆就听到一声尖叫。

安妮是从滑道上方头朝下跌落到水里去了。

王祈隆吓出了一身冷汗,因为当时虽然他看着安妮,脑子却停留在其他地方。他几乎忘了跑过去,他坐在沙滩椅上呆呆地看着救生员把安妮从水里捞出来。在巨大的变故面前,他总是这个样子。也许是处变不惊,也许那一刻真是大脑短路。待他清醒一些的时候,安妮已经被护送到救护车上了。

安妮被送到医院后昏睡了二十个小时,这二十多个小时,几乎用尽了王祈隆半生的精力。他第一次这么安静从容地看着安妮,几乎有一种父亲般的情怀。他期待着她醒来,尽管医生告诉他她并没有受伤,只是因为惊吓肺部被灌入了过量的水,因而引起窒息。他还是止不住往不好的方面去想。安妮静静地躺在床上,几乎听不见呼吸。王祈隆一直守着她,如果她伤残了,他就立刻娶了她,哪怕她从此躺在床上,变作一株植物。

他默默地祈祷着,让她醒来,这样好的一个女人,她的生命才刚刚打开。

他看着她,等她醒来,他立刻就告诉她,他要把她留在身边,爱她,从此守着她! 这是一个让他可以为之抛弃一切的女人啊! 从来没有过的,他愿意用生命去呵护的女人!

安妮不能听到他这发自心底的呼唤,安妮若是听得到,她还会为自己的安然无恙庆幸吗? 也许她已经是彻底清醒了的。

王祈隆被自己的设想弄得悲壮起来,眼窝里又湿又热。他从屋子踱到阳台上,又从阳台踱到屋子里,站在安妮的床前,一遍一遍地重复着自己的誓言。

他要娶她,把她留在阳城,从此相守在一起。

因为使用了大量的激素,安妮醒来的时候,精神是出奇的好。她沉沉地睡了几十个小时,像是补足了二十几年所有缺失的觉,脸蛋红扑扑的,整个人就像一轮初升的太阳。

在她醒来的那一瞬间,王祈隆差不多是绝望的。他看着她,突然觉得害怕。他在短暂的几分钟里回忆起他们在一起相处的每一分每秒,实际上从第一眼看到她,他就没有停止过那种不可名状的、让他恐惧的感觉。

安妮先看了一下王祈隆,顽皮地说,都是你不听我的话。要是市长大人陪我一起下去,那滑道就不敢欺负我了。

王祈隆勉强地笑了说,说不定会把我们俩一起甩下去。

那样更好啊!我们就上演了一出中国的泰坦尼克。

然而安妮接下来的一句话,却把王祈隆打了一个趔趄。她说,我想回家了。我特别想爷爷,你送我回北京去陪爷爷好不好?

她是属于北京的。北京是一棵巨大的树,而她就是树上的一片鲜活的叶子啊!

王祈隆拼命抑止住自己的失望,笑了点头,算答应她了。看着安妮期望的眼睛,他又补充了一句,我也想去看看爷爷了!

安妮孩子一样地笑了。

安妮出院了。安妮是站在阳光底下了。安妮说,活着真好啊!

安妮又说,市长哥哥,我们可以走了吧?

在安妮的催促下,他们买好了第二天去北京的机票。那天,他们约好了要在一起吃晚饭。安妮自己去市场上买了许多菜,安妮要亲自下厨了。安妮等待了一个下午。安妮又等了一个晚上。

王祈隆失约了,王祈隆前所未有地失约了。办公室里没人。安妮打了他的手机,手机是关了的。

安妮一直用足够的耐心等待着,安妮在晚上十点多钟的时刻敲响了王祈隆家的门。站立在让她惶恐的门前,她整整敲了十多分钟,那门终于开了。王祈隆已经喝得醉醺醺的。他东倒西歪地站在屋子里,麻木地看着站在门前的安妮。

屋子里的一切,还是依了安妮第一次见到过的样子。她身体瑟瑟地抖起来,她疑心那傻呵呵的女主人,会突然从凌乱的旧沙发上站起来。

王祈隆穿了一件宽大的背心,一条拖过膝弯肥胖的短裤,赤着脚,趿拉着拖鞋。安妮从认识王祈隆还从未见他穿过凉鞋或者拖鞋。安妮最欣赏他这一点,他像是一个标准的西方绅士,他的鞋子往往是他服饰中最讲究的部分。

安妮还是第一次看到王祈隆赤裸的脚。那是一双极普通的男人的脚,那双普通的脚经过长期的保养,已经出落得嫩嫩的像一双女人的脚了。这让安妮很是吃惊,她不知道王祈隆竟然有这么秀气的一双脚。

安妮突然间泪流满面,她很忧伤地哭泣着。她的伤心是因为王祈隆,但又不完全因为王祈隆,那是一种透心彻骨而又无可名状的哭。她知道,她是没有力气把王祈隆从这间屋子里弄出去了。可是,如果让她在这间屋子里,哪怕再多待上半分钟,她都会随时窒息过去。同第一次来这里一样,安妮出了王祈隆家的门,就忍不住呕吐起来。

安妮走了。

安妮走的时候已经明确地醒悟到,王祈隆是不可能走出这个地域的了。这里有他的亲人,有他乐此不疲甘而为之的事业,安妮个人的力量是远远没有这般巨大的。如果王祈隆开口请求她留下来,她能够长此以往地在这个小地方生活下去吗？王祈隆的理智也许是对的,安妮还真的没有想过这个问题。

王祈隆没有请求安妮留下来,他亲自驾车把安妮送到了机场。走上高速公路的时候,安妮说了一句话。安妮说,妈妈要从美国回来了。王祈隆从后视镜里望着她。她却一直扭头看着窗外,满腹心事的样子。虽然只有五十分钟的路程,还是让他急出了一身汗。

过安检的时候,安妮过来拥抱了王祈隆。然后就头也不回地走进了安检门。王祈隆希望他能再回过头来看他一眼,他想再对她挥一挥手,可是她始终没有再回头。

安妮走了!

安妮走后,王祈隆有很长一段时间适应不过来。好像是安妮的走,把所有的人都带走了——许彩霞走了,儿子也走了。这个城市是个只剩下王祈隆一个人的城市。生活又回到了原来的轨道上,但生活永远也回不到原来的轨道上了。王祈隆依然意气风发地出现在电视屏幕上,仍然认真地履行着他的市长职责。阳城又新引进了几个较大的外资项目,还准备举办全省城市运动会。王祈隆把自己陷在事务里,这样让他很充实。他重新对官场充满了激情。

元旦节前夕,市里开了一次常委会。在主题工作研究完之后,书记齐元新把市长和其他副书记留下来,公然在会上提出,要抓财贸的常务副市长给他准备五十万元,用于过节期间的往来开支。他说完,大家都禁不住吸了一口凉气,互相你看看我,我看看你。那齐元新并不去看大家的表情,就对王祈隆说,你抓紧时间安排吧,节日马上说到就到了。然后就散了会。这人看来是真的不懂行政单位财政开支的套路,他完全是把他在企业的做法给搬过来了。

下午,王祈隆还没有想好该怎样应付这件事情,高蓝青却找到他办公室来了。高蓝青进来后反身关紧了门,坐下就直接切入到了正题。他说,祈隆,现在该是你站出来说话的时候了。你一味地退让,最后害了我们,也害了他。几个副书记早就憋不住了,他姓齐的很多做法实在太过分了。过去在处理一些个人问题时,我们

安妮走了。

是竞争对手,我甚至在许多事情上有对不起你的行为。但是,现在已经不一样了,我真是从内心里佩服了你的人品,而且,对我个人的问题,我已经无所谓了。祈隆,我比你大几岁,如果我还有称得起你老大哥的资格,请你相信我一回。你我都算是阳城的开国元勋吧,不能眼看着把这份家当交给齐元新,我们不能看着阳城败在这小子的手上啊!

高蓝青是动了感情的,嗓子都激动得哽咽起来。王祈隆给他倒了杯水,拉他一起在沙发上坐下来,然后,又给他点上一根烟。高蓝青说,我们不让你出面。你只要点头同意就行了。我们几个副书记,一起到省委去。我就不相信,别的不说,就这五十万元,就能做做文章!这阳城的书记,凭天地良心,也该是你王祈隆的!

老兄,王祈隆说,今天能有你这几句话,我当不当书记都已经满足了。老兄,我们都是做了多年的领导干部,干什么事情都要学会设身处地啊。老齐刚来不久,对地方的情况不了解,难免会有一些失误。谁到一个地方不想把工作做好?他在经费的问题上处理得有些不对头,可本意也是为市里的发展考虑的。省委既然把齐元新派来,肯定是经过一翻斟酌的,事情没有我们想象的这样简单。再说了,工作做得怎么样,成绩该记在谁的功劳簿上,我们要相信组织。如果我们靠着不光彩的手段制裁了别人,自己上去心里也是不踏实的。老兄,你是为我好,也是为我们阳城好,你的情意我是领了的。但,我们不能同意你这么做。

高蓝青说,我们怎么是不光彩的手段?我们就是要正大光明地去省委反映问题。

王祈隆说,不!这样我不会同意的。我也希望你听我一次,最终你会想明白的。

高蓝青说,祈隆,如果让我放弃,请你给我一个理由!

王祈隆说,加拿大前总理克雷蒂安曾经问过邓小平同志三落三起的秘诀是什么,小平说,忍耐!忍耐!忍耐!现在,我把这句话转送给你。

高蓝青沉吟了好一阵子才说,祈隆,老哥今天算是服了你了。我听你的,往后工作上只要能为你出力,你说一我不说二。

王祈隆再次握紧了高蓝青的手。

送走高蓝青,王祈隆站在窗前却无端地烦躁起来。这五十万是无论如何也要马上准备出来的,其实对于他和齐元新来说,五十万本身并不是什么大事,而对这五十万的态度,却是他们之间最大的事。王祈隆想,这五十万的资金怎么筹措,怎么样去跟其他几位书记交换意见,的确是一个不小的问题。

王祈隆的爹娘和妹妹都住上了新房,他们也开始了崭新的城市生活。大王庄被他们彻底地甩在身后,成了一个遥远的记忆。王祈隆现在也常常到父母那里去。爹和娘客客气气地接待自己的儿子,看着儿子回来,都慌着站起来,等儿子坐下了,才敢欠着屁股坐下来。儿子从来不看他们的脸,他们脸上的谦卑让儿子受不了。儿子也没那么多话,坐一会儿,问一句"没什么事儿吧?"然后就匆匆地走出去。

走在高楼大厦的夹缝里,虽然有那么拥挤的人流,虽然贵为一市之长,还是让人孤独得像阳光一样,像风一样。王祈隆想不起来是谁说过这样的话。

闲暇的时候,王祈隆会打一个电话给北京的爷爷。爷爷告诉他,安妮是在元旦节的前夕到美国去了。爷爷说,河南是个好地方啊!

真是个好地方!王祈隆答道。但王祈隆没邀请爷爷过来,他说不清楚是为什么。

而且,安妮到美国去,竟然连个电话都没有!

春节那天,王祈隆是自己一个人关在家里吃饺子的。他在商店里买的速冻饺子。他本来想喝点酒,翻遍了柜子,没找到平时他和安妮常常喝的轩尼诗干邑 XO,又放弃了。安妮是在他吃到一半的时候打来的电话。

安妮说,你吃过饺子了吧?有没有记着给我留着啊?我和妈妈也准备自己做饺子吃呢!

安妮又说,你没有喝酒吧?答应我,我不在的时候不要喝酒,好吗?

安妮的声音永远是那么富有磁性,永远是那么健康快乐。王祈隆的眼泪顷刻之间流了一脸,半只饺子竟梗在喉咙里。电话那端的声音贴了耳朵丝丝地传来,距他那么遥远,却又是如此之近。

那大洋彼岸的城市顷刻之间就装到他的心里去了。

他想问的是,你还会不会回来?可是他说出的却是,安妮,你小声点儿,别把你妈妈吵醒了!

我 的 自 白

现在的这个时刻,我退出来了。

不仅是从官场上退出来,是从社会从人生、从梅因所说的"身份和契约"中退出来,甚至是从我自己当中退出来。现在是午后,天是响晴得如宝石一样的纯粹了。歇了午觉起来,一整个的脑汁都迟钝得石头一样坚硬。朦胧着给自己沏上一杯绿茶,看那细嫩的小绿芽儿在温暖里奔突,然后又像一群玩累的孩子,一丝一丝地沉下去,悄没声息地舒展了身子,把自己在狭小的空间里弄得妥帖了。就这样看,让一双眼睛先润着。待一杯一杯品下去,腔子里是慢慢通透了。整个人就像一棵千年的古樟,被清清的山泉滋润着,抚慰着。眼睛明亮了,五脏六腑警醒了,一下子就看到很久以前的、很长远的景致里去了。

四十几年的人生,好像打个盹就走完了。诸多的尴尬已经被明明灭灭的光阴抹平,刻骨铭心的快乐或者惨痛的陈年旧梦,远远淡淡地隐匿到浮光掠影的新鲜事物后面去了;纵然是有心争取到的,或者乐于向那时世炫示的部分,能省略的也差不多全都省略掉了。

慢慢地品着过往的日月,就像是品着眼前这杯珍品的绿茶。

清明的时候,到许彩霞的墓地里走了一遭。许彩霞那被镌刻在石头里的旧照片,在日光云影中裸露得久了,那一脸鲜明的灿烂,渐渐变得含蓄起来。再仔细看,真的是满目的倦怠了。

是我们活人的眼睛老了?还是死人不甘寂寞的灵魂,也一样是被那一世界的纷扰摧残得不堪回首了?

时间过了许久了,记起许彩霞的人仍然是为她的死而惋惜的。我不是狠心的人,我却觉得,有这样的结局,实在是她的造化了。她若是懂得尊严,她也会宁可选择这样的死。我一直以为,我所做的最伤害奶奶的事,就是娶了一个许彩霞。我恨她,为我自己,为我的奶奶。直到她死了,我才惊醒,实际上受我伤害最大的,却正是这么一个叫许彩霞的女人啊!她的一生,完全是在歧视里生活过来的。因为我的原因,她似乎是过上了让人嫉妒的好日子,也正是因为我的原因,她几乎没有过上一天真正的女人的日子。直到现在,我仍然不能用平等的心态想到她,我的心底仍然是嫌弃着她的。而且我常常以为,儿子所拥有的一切,都是我奋斗的结果。可我越来越觉得,许彩霞是用了她的生命,为她的孩子在城市的天地里,铺展出了一片空间。

儿女未来的光荣历史里面,历来是和着母亲的血泪的。

对她我不再有恨,但是,我从心底里知道,我永远不会对她的死,感觉到失去的遗憾。

四处无人的时候,我终于是低下了头,匆忙地不甚情愿地对着她疲倦而宽容的照片,潦潦草草地鞠了一躬。

唉!一个人潦草而认真的一生啊!

奶奶临终的时候,给我留下的那些话,那些事情的真相,永远都将被我埋在心底了。我无可言说,也无从言说。我的爹和娘,我的儿子都是不能知道的了。其实我保护她老人家,就是保护我自己。我就像从奶奶这棵树上采摘的一颗果实,也是惟一的果实。我不能就此坏了奶奶的一世英明。奶奶是家族的光荣,奶奶也会成为家族的耻辱。

奶奶告诉我,她一生没有说过假话。可是,我出生的辉煌却是她捏造的。为了我,她编造出了一个神话一样的故事。直到如今,这个故事还被家乡的人神秘地传诵着。在村人的眼睛里,我生下来就是个龙种。在我幼小的知觉里,是她老人家让我丝毫都不曾怀疑过自己是个非凡的孩子!

过了很多年,我才深刻地醒悟到,奶奶编造出这个离奇的故事,绝对不是一朝一夕使然。她是穷其一生的精力,企图建造起一个曾经过往的现实。她爱我,她更爱的却是往昔的一切,或者说,她是为了再现往昔的一切才爱我。她是把她自己失去的、把儿子丧失掉的全部期待和寄托,都集中到了我的身上。我的出现,对于她,是生命的长河中冲过来的最后一根救命的稻草。

我清楚了真相之后才渐渐明白,她所期待的我成就的辉煌,绝不是这个现实里侥幸和偶然的小作为,而是她倾尽全部生命而精心雕琢的一幅大作品。奶奶才真是一个伟大的艺人!

奶奶告诉我的,是一个让我震惊的大秘密。她那苍茫遥远的声音,时刻都会在我的心底轰然作响。她说,隆儿,你是你爹的儿子,你爹却不是你爷爷的骨血!

我呆呆地望着她,望着这个一生一世都从容不迫的我的八十多岁的祖母。我丝毫都不怀疑她是清醒着的,她的眸子里的坚定不容我有半点的怀疑。

她说,你要记住,你不是大王庄人的子孙!

我不顾众人的极力劝阻,亲自到北京去请老专家,当时觉得只是凭借一时的激动。沉下心来,我突然明白一个事实。虽然有为阳城办一个大企业的动力推动,其实我真实的内心,只是试图从那个历史老人的身上,打捞到一点旧时代的遗迹。他们那一代人,衔着历史的陈迹,默默地张望着这个新时代。我之所以喜欢老人,是因为我觉得那一代人身上都浸润着和我祖母一样的旧时代的信息。那种信息伴随着我成长,确实让我着迷,但也让我迷惑。他们对历史的解读和历史的真实到底是什么样的?这个问题不仅涉及到他们,也涉及到我本身:我是谁?我从哪里来?我要干什么?

在我没去北京之前,实际上我已经被自己长期的臆想折磨着,我完全相信了奶奶的话,我在填写各种表格的时候,会突然想不起来我的籍贯到底是哪里?我喜欢沉迷于寻祖问宗的遐想里。有时候,我就试着填上南京的字样,然后看着它泪流满面——那个我从来不曾亲近过的古城啊!我简直是疯了,我为"南京"而骄傲,即使我不是龙,但我是"南京"!我血管里澎湃的,可是秦淮河的血脉啊!

哈哈哈!我仰天大笑,有谁见过如此狂妄的家伙!

我到北京首先见到的是安妮。开始的时候我是自信的,我和她有同样的高度,甚至可以说,我们身上的衣服和血管里流动的血液,无疑都是一样的了。我能与她,一个北京生长的女孩谈笑风生,我能任凭自己挥洒自如,风度翩翩。其实那一刻,那陌生的一刻,我们都在表演着自己,那是相互吸引的开始。我观察着她目光里的反映,我要让她明白,我不是个乡巴佬,我是一个流落的贵族。我并不看重我头上小城市长的官衔,我需要证明的是我的血脉,我的骨头。

我的目光就是在那样一个时刻,突然巡视到了安妮的脚。她没穿袜子,在那样一个有着浓重秋意的天气里,她光着脚,穿着一双精致的高跟皮凉鞋。

阳城的女人当然也有穿高跟鞋的,可她们把鞋子穿得惨不忍睹。而我,走了那么多个大大小小的城市,自以为见识过各种鞋子和各样的脚。直到那一天我才知道,高跟鞋是要让什么样的脚去穿的。

支撑我自傲起来的骨头和血统,就是在那一时刻轰然坍塌。我一下子清楚了我奶奶三十多年前的恐惧,我的脚踝骨突然间疼痛得让我难以自持。

我的特有的小王庄的脚啊!

不!不是脚,是脚上的那块骨头。

我不知道是自己错了,还是奶奶错了。

我的脸色是煞白的,幸亏那时她的注意力是在别的事情上,才没看到我的失态。一直到见到那个老人,那种刻骨的疼痛才略微有些缓和。

那个年过八旬面目清癯的老人,我看到他竟然是那般的亲切。安妮喊他爷爷,而我也在心里喊了他爷爷。从对视的第一眼起,我就认定他是我的爷爷。我奶奶在心中藏了一辈子的人,应该就是他这个样子的,而不应该是大王庄村和她一起生活了半个世纪的爷爷。看到他,我的信心又重新复苏了。

他和我一样,是"南京"。

我爱上了安妮的爷爷!我那时不能明白,我是为了我的奶奶爱上他的,我是企图把我奶奶的梦延续下去。我们做梦的年代已经太久远了,但我宁愿在梦里一直走下去,我痴心妄想地要抓住一点坚实的东西。为此,我深深地爱上了他。

爷爷!

从北京回来后,我的心一分钟都不能停止为他们而跳动了。

安妮,一想起这个名字,我的心就有一种被撕裂的疼痛。我爱她,我从见到她的第一秒钟直到最后一秒钟,她的每一句话,每一个眼神,每一个动作,都深深地活在我的记忆里。每一次与她在一起,甚至是听到她的声音,我整个身体都是颤抖的。我渴望她的气息,我宁可抛弃我的全部,带着她去浪迹天涯。我几乎要疯了,我拼命嗅她留下的气息,我吻她坐过的椅子,亲她靠过的背垫。我不知道,一个男人,一个我这样从没爱过人的男人,竟然会想一个女人到如此下作的程度。

是的,我是一个没有爱过女人的男人。

我给予奶奶的只是还报,是骨肉间的恩情。我的奋斗所争取到的荣耀,我觉得就是对她最大的爱,也是最大的孝了。

我恨许彩霞,我给予她的全部就是恨。也许从理智上讲,我根本不应该恨她。或者从结果上讲,她感受到的或许不是恨,但我恨她!我生活的支架还没搭起来,就被她一脚踹得粉碎。虽然我娶了她,我没有打过她,也没有骂过她,而且给了她一般人享受不到的物质生活,但那种蕴藏在我心底的恨,一分钟都没停止过。她享受的越多,我的恨就越强烈。几乎所有的人都称赞我是一个好人,可日子如果能重复一次,我还会做这样的好人吗?我的人生中最悔恨的一件事,就是没有在我与她的事情上,做一回坏人!

但我不能不承认我要感谢许彩霞,正是她让我从家庭里完全走出来,把自己全部的精力扑在了事业上。对事业成功的追求,几乎成了我人生的惟一目的。我克制自己,韬光养晦,忍辱负重,就是为了一个目的——要实现奶奶的梦想。

也正是因为有许彩霞梗在那里,才让我庆幸地躲过了黄小凤,躲过了黄小凤式的小城婚姻。那种生活也许是过得去的、填充着大多数人梦想的满足。可对于我和奶奶来说,那是比任何想象都更加糟糕的生活。黄小凤只是我某一个时期生命中的一种验证,是青春期末尾的影子。她对我,充其量是旧挂历上的媚俗女人。看得长久了,似乎连自己都是失去灵魂的。你不会爱一个没有灵魂人,你连恨她的心都没有。她在我记忆里留下的,除了有对自己的厌倦就是对那段日子的厌倦了。

那个化名戴小桃的深圳女孩,对我感恩戴德。她以为我是在怜惜她,我的确是可怜她。但是,我更深的却是为一方百姓感到耻辱,也是考虑我自己的处境。她不会知道,她遇到的并不是一个谦谦君子。如果她不是我家乡的姑娘,如果她不是被我家乡的朋友寻来的,我还会不会是一个负责任的男人？哈哈！我知道自己是个懦夫,我也知道我能戴着虚伪的面具生活,我正是笑话里那个有贼心没贼胆的人。那个晚上,我是多么喜欢那个年轻的女孩啊！我始终遗憾着的,就是没有能够在她面前完全彻底地打开我自己。

李青苹的出现像是小说里的田螺姑娘,她是专门为弥补我的遗憾而来的。她让我警醒,十几年前我所要选择的,就应该是这么一个伴侣。但是,十几年后的我,在许多事情上都更加坚定和成熟了,我不再可能为了一个姑娘,为了一时的冲动,毁掉我已经拥有的一切。是啊,因为李青苹的出现,我更加恨我的妻子许彩霞,也正是因为许彩霞,我不能再破坏一次我的人生。事实上,李青苹的许多事情,我是故意让许彩霞闻到一些气息的。我从不回家,我是刻意地要去折磨她。我因为要折磨许彩霞,而更多地和李青苹在一起。她就像我的不谋而合的一个伙伴,帮助我完成我生命里的一段完美。这么一个年轻的生命,这么一个青春四射的生命,她给了我激情,给了我活力,最重要的是让我体验了我应该有那种的生活。

李青苹让我感觉到的还另有一种成就感,和她在一起,是我最轻松的一段。她不能认识我,我却是握着她的命运。我终于让她走了,她也许是带着伤心离开的。也许她不知道,如果她留下来不走,结果可能会更糟。但她对我所产生的感情,完全是一厢情愿的,我在欲望燃烧得最激烈的时候,都咬着牙坚持住了。我没有乘人之危,我没有不负责任,我并没有做下任何对不起她的事情。我不是个君子,但我绝对不肯让自己做小人。

有一点我必须承认,关于李青苹的走,其实是我提前安排好的。在她到深圳去的三个月前,我已经知道了省委组织部田部长的打算。但在这件事情上我和田俊涛之间是没有交易的,我们有默契,但是没有阴谋。干部的成长背景确实是极为复杂的。组织最终是会客观公正的,但是,组织也不可能存在无缘无故的人才使用。一代一代的学子们都做着好梦,他们过于相信技术的成分,喜欢用它来丈量政治,因而急切地渴望实现自己的梦境。现实就是现实,它不会委身于任何人的梦想。我的成长有苦干加巧干的成分,有投机,也有机缘,我也相信更是有悟不透的命运在里面。但是有一点,我是问心无愧的,在处理田俊涛养父母的问题上,我没有任何一点私欲的因素在里面,我是真实的。我被那一对无私无欲的老人打动了,他们是我的爹是我的娘,是无数个中原大地的父亲母亲的代表。我没有设想过让田俊涛给我任何还报。而我相信,田俊涛的还报里面,也是有着对父母亲的感恩之情的。

我们虽然是官人,我们遵循着政治上的游戏规则,但我们也有自己的道德底线和良知。

我不知道,安妮如果不出现,我会不会真的有一天走到一个我时刻幻想着的世界去?我不知道,是不是恰恰因为安妮的出现,我的幻想才被击碎?我是充满着期待的,也许,我的期待本来就是无果之花。

我更不知道,如果不是安妮主动表达出她的欲望,我会不会让她知道,我对她的那分痴爱?但是,我知道,正是为了她对我的那分热切,我却宁可看着她一天天失去希望。

安妮的热切和放纵,丝毫都没让我觉得有什么龌龊,我觉得那才是她的天然,那才是安妮。她的一切作为都是合理的,都是与她的性情浑然一体的。这是赤子之情,这也是爱的结果,是纯洁的爱的结果。因为无所顾忌,才会一往无前。

上天啊,你创造了安妮和我,为何又创造这种咫尺天涯的爱?

就在我们一次又一次地亲密接触中,就在我应该像一个男人那样大无畏的时候,总是有一种神秘的力量出来阻止我。我知道,那个神就在我自己的体内,它被浓缩成一块软骨,贴在我的脚踝上。是的,那是我的奶奶想极力阻止的,但是没有成功。但是奶奶不知道,它长在奶奶的眼里,却长在我的心里,像一个令人耻辱的红字。尤其是在安妮面前,这种耻辱更具有毁灭性。就在她赤裸在我的眼前,我的五脏六腑都燃烧的时刻,就在我准备伸手掬起我日思夜想的躯体的那一瞬间,我一次次看到了她赤裸的双脚,那脚都是充满着挑逗和诱惑的,我想伏上去整夜地亲吻它们。可是,心里的一道霹雳打下来,把我击得五内俱焚,汗水无声无息地滚落下来,浸透了我的筋骨。我的脚透骨地疼痛,我的身体的力量是一点一点被那疼痛掠去,我清醒地感知到,我和她之间是有着永远的距离的,就像舒婷的诗所说的那样,"尽管近在咫尺,却失去了最后的力量"。

我不可以,不可以让她知道这一切。

我决不是刻意不让自己做,我是做不到。

安妮把我锁在她的房间里,那是我们惟一在一起度过的一个夜晚。我想象不出,世界上还会有如此坦荡的女孩儿家,她是把一切都准备好了,她明白无误地告诉我,她仅仅是想为我奉献出她的一切。

我永远都不会让她知道,我想给予她,不,更重要的是我多么渴望得到她。可是我在开足冷气的房间里任凭汗水滚滚而下,我的脚莫名其妙地钻心地疼痛,我的支撑我生命的根,一点点坚硬的力量都没有了。我恨不能为自己在她面前丧失力量仰天长啸,我的天,我的奶奶,谁能救我啊!

她对我的刺伤就是在那一天发生的。她骂了我,她说,你压根就不是个男人!

天啊!我不是个男人,我不是个男人吗?

我像条狗一样地蜷缩在沙发上,我努尽了最后一丝力量,我要进入她的身体,我要证明我自己。

我爱她,我想要她,天,我做不到!

她也许是睡着了,她在梦里都会是委屈着的。她这样的女孩,从小是被人宠大的,被人呵护大的,被一个个从不让自己失望的欲望堆积大的。她要的不是我,她要的是她自己的欲望,是她对堡垒的征服。

我心疼她,我的爱啊,我想跪在她的床前忏悔,我要向她承认我的无能和无助,告诉她我爱她,从此爱她,哪怕我们的开始便是我们的结束。这是我生命中惟一的一个、我可以为之抛弃一切的女人,从未有过的,我的爱啊!

我的灵魂在强烈的忏悔中失去知觉,我不知道自己是在什么时候睡着的,也不知道睡了多久。我醒来了,我没有走到她的床前,可她却跪在了我的身边无声无息地看着我,那是我第一次看到她眼睛里的冰冷,她的冷扑灭了我倾吐的炽烈。那种冷让我恐惧。

我突然知道我是谁了,也知道我为什么是我。我知道了自己的极限在哪里,也知道了自己为什么不能触及那个极限。在所有动人的故事里,牧羊女都是始乱终弃的合适对象,而城堡里的公主则人人梦寐以求。人们为了牧羊女的不幸大哭一场,然后擦干泪水去追求公主,不会有人认真指责这种做法的,这是现实,是合理的现实,千百年来一直如此。

在我与安妮冰冷的目光触碰的刹那,我知道了,她是上天赐予我的最后一道圣餐。但我不是一个称职的圣徒,我没有资格享受。就像一个排队等候的朝觐者,被排斥在圣光的照耀之外。

我始终不明白,我吸引安妮的到底是什么。也许追问这个问题没有任何意义,因为爱本身是无法说清楚道明白的,正像我自己也说不明白她吸引我的到底是什么。

她是我生命中惟一的一个真正意义上的城市女人。

安妮在的那一段日子,我几乎完全把许彩霞给遗忘了。只要一走出家门,我都强迫自己不去想她。她让我恶心,这个世界上,真的不该有这么一个女人的存在!

如果安妮的存在是为了安慰我的话,那许彩霞的存在就是为了惩罚我。

或者,她们两个的存在,都是为了惩罚我。

安妮的那句话,深深地刺疼了我。她说,我不是个男人!我的脑袋都要爆炸了。我不知道,面对她的时候,我为何突然之间就不是一个男人了?

可是,在许彩霞面前,我就永远是一个男人。我用我全部的体力把她丑陋的肢体差不多碾碎成泥。我不知道这是为什么,我只有在她身上,才能验证自己是个男人。或者我在她身上,仅仅是为了验证自己还是个男人。

我还记得那一天,我在许彩霞身上找到了男人的感觉;可是那一刻我最想见到的,竟然是安妮。我在电话里约了安妮。那是我第一次主动约了要见她。

我刚刚离开一个女人的身体,就要去见安妮。那个时候,我只是想着要证实自己是个男人,而且要证实给安妮看!这对我是如此的重要。一个男人,没有比他在女人的眼里不像个男人更让他抬不起头来了,其他的因素都退得远远的。我是个多么无耻的人啊,我不惜用我的无耻来证明自身的健全了。

我承认我爱安妮,我是打算用生命去爱这个让我心仪的女人的。可是,当我对她的爱遭遇到尊严的威胁时,我首先顾虑到的,却是我自己的形象受不受损毁的问题了。

我是爱安妮,还是更爱我自己?

我是以赴盛宴的心情去见安妮的。我是有备而来,当性退去它爱的外壳时,竟然是让人如此镇定和从容。就像我第一次去见她一样,一切都是刻意准备好了的,我什么都不怕了,只有必胜的信念。我可以不是市长,不是王祈隆,但我不可以不是个男人!

可是,在我看到她的第一眼,闻到她那让我窒息的气息,我一下子就知道自己又完蛋了。所有的坚强都是纸糊的。是的,我得承认,爱又占了理智的上风。我没有办法把视线从她那双美丽无比的脚上拉回来了,而我自己的脚又开始撕心裂肺地疼痛,那破裂的疼痛终于把我体内的信心丝丝漏尽。我被她的脚打败了,我被自己的脚打败了!

女人啊,我生命里的、让我恨,让我爱,让我为之奋力争斗的女人啊!

奶奶在我八岁的时候,用异样的态度打量着我脚上的"拐"。她那一声责问让我深刻地意识到,我的身体上是被打了耻辱印记的。

终于走出了大王庄,我觉得我是条自由自在的鱼,从那片养育了我生命的泥洼子里,毫不犹豫地游进了城市的滚滚急流里。我带着我的自信,带着我的倔强,我是挣扎出了自己的流域。城市的天空是那么的狭隘,城市的空气是那么的污浊,城市的人是那么的自私和丑陋,他们像排斥粪便一样急于排除我。但是,我站了起来,我告诉他们,我要当县长!我在他们的眼眸里观照自己。是的,那些城市里的女孩们,她们用眼光发给你进入城市的通行证。她们,刘圆圆、冯佳、高不可攀的李彤……她们不是个体,是一个无比庞大的群体,我正是从她们的目光里认识了我自己。

我从一个城市游到另一个城市。我从一个小城市游到一个个更大的城市。可是,我越来越迷茫,我的城市在哪里?我奶奶的城市又在哪里?

在城市的屋檐下,我总是在问:我是谁?我从哪里来?我要到哪里去?

走在大学的校园里,我从来没有脱掉过糊得严严实实的袜子。

女人啊，我生命里的，让我恨、让我爱、让我为之奋力争斗的女人啊！

可是那些女孩们,却一样透彻地看到了我的"拐"。

当我当上了县长,那些黄小凤们,任凭我脱得赤条条的,她们也看不到我的"拐"。

我的后来这些与我有过肌肤之亲的女人,她们谁能算得上是我心目中真正的女人?她们和我太相像,就像一棵树上的果实,只不过是一颗挂在南边的枝条上,一颗挂在北边的枝条上。我们的脉管里流动的血液,我们身上寄生的虫子都是没有差异的。我们互相了解,我的一个动作,一个眼神,一点点的气味都能深入到她们的内心。她们不是我的女人,她们只是另一个我,是我的反面。

我恨她们!我恨这些远远近近浓浓淡淡的女人们!我永远都不会让她们从我的愤怒中解脱出来!

就在那一刻,就在我再一次在这个叫安妮的女人面前不像个男人的时刻,我突然发现我对她的那分异乎寻常的爱,其实一样是从那种无限愤恨里派生出来的,一种徒有爱的形式的愤恨。

也许,爱和恨就是一个事物的两面,正面是爱,背面就是恨。恨就是爱的背书。

我突然之间快活起来。我看着在我眼前痛苦万状的安妮,我竟然有一种帝王般的满足。我没有屈服于她的爱的掠夺,而她却被我的吝啬折磨得痛不欲生,就像被一只老猫任意捉弄的老鼠。那一种突然而至的、征服的快乐,把我精神的大旗吹得猎猎作响。

那是我对城市的征服,还是对城市的报复?

在这一刻,我的行为忠实于我的乡村,这不是由于我的信念是多么坚强,而是一种基于守势的怯懦——我不知道能否为自己的征服提供充足的补给。我已没有能力为下一刻的冲动付出代价了。她们要得太多!

什么都不能告诉她,甚至要让她感觉到,我其实并不爱她。

在这个世界上,她是惟一一个被我身上的耻骨蒙蔽了眼睛的女人了,我不能告诉她,我在最渴望得到她的时候,都必须咬紧牙关。否则,我输掉的将不仅仅是一个男人的强健,而将是生养我的那块土地上的骨头的最后一丝尊严。我的奋斗,我所取得的一切——我费尽心血而他们与生俱有。

安妮不仅仅是安妮,我无法将她仅仅看成安妮,从她的身上我每时每刻都能看到他们的影子。她是他们的女人,他们早就划好了范围——就像他们早就知道你的牙缝里有一片菜叶,别指望他们会提醒你,你迟早会发现并且惭愧,甚至他们都不会在乎或希望你的惭愧,因为他们知道你一直会和你的惭愧在一起。哪怕你当了市长,他们提到你的口气也只不过是:噢,那个人……

生活永远像摆在我们面前的新茶,我们尽顾着一杯接着一杯痛快地畅饮,所品尝到的也许不过是惯常的甘醇和苦涩,可在平和碧绿的水影中也难免映印出徒然的触目惊心。我们常常忘了,那一捧又一捧倾倒掉的剩茶里面,有着我们依附在漂浮和沉沦之上的灵魂。我们只记得我们现实的影子——猥琐、恐惧、麻木,我们的盲目与自我,我们充满羞愧的反思和固执。我们虽然都是努力活着的人,我们的生命却是如此的无依无靠。